maritim

Das Buch

2008: Captain Robert DiAngelo hat die Leitung der Abteilung für strategische U-Boot-Analysen bei der CIA an seinen alten Freund Roger Williams abgegeben. Zum Vice Admiral befördert, soll er für die Navy eine Krisenreaktionsgruppe für U-Boot-Einsätze aufbauen. Schneller als ihm lieb ist, schrillen die Alarmglocken. Ein modifiziertes Boot der Seawolf-Klasse, die *USS Alaska*, das bei einem Routineeinsatz für amerikanische Agenten im Iran Unterwassertaxi spielen sollte, ist im Persischen Golf in eine bislang unbekannte Minensperre gelaufen. Eine brisante Situation, die zu einer internationalen Krise führen kann: ein amerikanisches Atom-U-Boot liegt als Havarist manövrierunfähig im relativ flachen Wasser vor der Küste innerhalb der vom Iran beanspruchten Hoheitszone! Und die Besatzung hat nicht einmal die Möglichkeit, auszusteigen und das Boot zu sprengen, denn das würde viel zu viele verräterische Spuren hinterlassen. Bob steht unter enormem Zeitdruck, hat aber eine Idee, wie er die Alaska aus dem Schlamassel befreien kann. Mit einer Handvoll SEALs will er einen Supertanker für die Rettungsaktion kapern …

Der Autor

Peter Brendt, Jahrgang 1964, wuchs im Badischen auf. Nach dem Abitur ging er zur Marine und diente dort zunächst als Navigator, bevor er zu den Waffentauchern wechselte; Teilnahme im Rahmen der NATO an diversen Einsätzen, zusammen mit der US Navy. Nach turbulenten Jahren in Sonderkommandos nahm er seinen Abschied, studierte Informatik, der er dann als selbständiger Softwareentwickler fast zwanzig Jahre treu blieb, bevor er sich verstärkt der Schriftstellerei zuwandte. Seiner Leidenschaft für die Wracktaucherei, die ihn unter anderem in der Irischen See in 168 Meter Tiefe zur *Empress of Britain* führte, frönt er aber nach wie vor weiter.

Von Peter Brendt sind in unserem Hause bereits die U-Boot-Thriller *Crashdive, Shallow Waters, Subdown, Dead Soul* und *Deep Hunters* erschienen.

Peter Brendt

Seawolf

Thriller

Ullstein

Besuchen Sie uns im Internet:
www.ullstein-taschenbuch.de

Umwelthinweis:
Dieses Buch wurde auf chlor- und säurefreiem Papier gedruckt.

Originalausgabe im Ullstein Taschenbuch
1. Auflage Juni 2009

Umschlaggestaltung:
Hilden Design, München/
Buch und Werbung, Berlin
Titelabbildung: Tine Ehrlich
Satz: Pinkuin Satz und Datentechnik, Berlin
Gesetzt aus der Sabon und Antique Olive
Druck und Bindearbeiten: CPI – Ebner & Spiegel, Ulm
Printed in Germany
ISBN 978-3-548-28008-0

Prolog

Der einsame Mann wusste, dass es mit ihm zu Ende gehen würde. Er befand sich in einem Zustand, bei dem der Schmerz zu groß geworden war, um die Tatsache noch ignorieren zu können. Für einen Moment verspürte er einfach nur das Bedürfnis, zu Boden zu sacken, in den Himmel zu starren und vielleicht sein Leben noch einmal Revue passieren zu lassen.

Aber dafür hatte der Sterbende keine Zeit mehr. Schon hörte er die schweren Motoren der Militärfahrzeuge, quietschende Bremsen und gedämpfte Rufe, als die Soldaten ausschwärmten. Mit zusammengebissenen Zähnen taumelte er weiter. Blutige Schleier tanzten vor seinen Augen, während er eine Hand fest auf das Loch in seinem Bauch presste. Nur noch ein paar Schritte. Nur ein paar wenige Schritte bis zum Wasser fehlten noch.

Fast schien es ihm, als würde die See ihn zu einem Bad einladen. Unter anderen Umständen hätte er es mit Schwimmen versucht, aber nicht mit einer verdammten Kugel in seinen zerfetzten Eingeweiden. Sein Ziel waren die Fischerboote. Um eines von ihnen vom Strand ins Wasser zu schieben, würde seine Kraft nicht mehr reichen, er brauchte eines, das bereits im Wasser war.

Er fiel hin und kroch dennoch weiter. Im Sand zog er eine Blutspur hinter sich her. All sein Sinnen war auf ein kleines Boot gerichtet, das nur ein paar Yards vom Ufer entfernt auf den Wellen dümpelte. Im Prinzip nur ein Klacks, aber für ihn so weit entfernt wie das Ende eines Zwanzigmeilenmarsches mit vollem Gepäck bei dessen Anfang.

Derartige Märsche hatte der Todgeweihte schon viele mitgemacht und überstanden. Zwanzig Meilen waren nichts, gar nichts. Im Geiste hörte er wieder seine früheren Ausbilder brüllen, und sein verschmiertes Gesicht verzog sich trotz der Schmerzen zu einem Grinsen.

Rufe ertönten hinter ihm auf Persisch, das er seit seiner Kindheit beherrschte. Die laut erteilten Kommandos trieben ihn zu einer neuerlichen Anstrengung an, und er schleppte sich ins Wasser. Als seine Wunden mit der salzigen See in Kontakt kamen, schoss ein brennender Schmerz durch seinen geschundenen Körper, der die nahende Bewusstlosigkeit vertrieb. Und das war gut so.

Schüsse peitschten ins Wasser, und er konnte vor sich den weißen Strich erkennen, als ein Geschoss dort in die Wellen schlug, wo einen Augenblick zuvor noch sein Kopf gewesen war.

Hastig tat er noch ein paar weitere Schwimmzüge und griff dann zu. Das Boot schwankte erbärmlich, aber irgendwie schaffte er es doch, sich über das Dollbord zu rollen. Tief aus seiner Kehle drang ein dumpfes Stöhnen.

Erneut knallte es am Ufer, aber die Soldaten wateten ihm immerhin nicht hinterher. Er grinste, dieses Mal vor Erleichterung. Der Schmerz machte ihm nichts mehr aus. Er wusste, wenn der Schmerz verschwunden war, würde er nicht mehr am Leben sein. Auf dem Starterknopf des Außenborders hinterließ sein Finger einen blutigen Abdruck. Sein Blick suchte den kleinen Kompass, und er musste blinzeln, um überhaupt etwas erkennen zu können. Für ihn gab es nur eine Richtung: nach Süden.

Kugeln schlugen in das Holz, ein Streifschuss zog eine neue brennende Spur über seine Schulter, und er drückte sich tiefer in die Nussschale. Nässe breitete sich aus. Wahrscheinlich hatte eines der Geschosse das Boot leckgeschlagen, und sein eigenes Blut kam sicher auch noch dazu. Aber selbst dieser Gedanke hatte nichts Beängstigendes mehr für Lieutenant Reza Brown, United States Marine Corps. Er war über den Punkt hinaus, an dem Furcht noch eine Bedeutung hatte. Alles, was jetzt noch zählte, war die Pflicht. Eine letzte Aufgabe galt es noch zu erledigen. Er zurrte den Schulterriemen seiner Tasche fester und drückte sich tiefer in das kühlende Nass, das im Boot stetig stieg.

Während er sich immer weiter vom Strand entfernte, lächelte der Lieutenant melancholisch. Seine Hand hielt den Griff des Außenborders eisern fest, seine offenen Augen blickten zwar noch zum Kompass, der bereits vom Wasser umspült wurde, aber die Skalen sahen sie nicht mehr.

Als der Helikopter am Himmel auftauchte, kurz bevor das Boot die offene See erreichte, war Brown tot. Selbst wenn die Männer in dem Kampfhubschrauber davon gewusst hätten, wäre es ihnen gleichgültig gewesen. Hunderte von Geschossen aus den Bordkanonen der Maschine zerfetzten das Boot in Stücke. Nach zwei Überflügen drehte der Pilot ab. Auftrag ausgeführt. Zurück blieben Holztrümmer und ein durchlöcherter

Leichnam, der einsam mit dem Gesicht nach unten langsam mit der Strömung abtrieb.

Einsam ja, verlassen oder gar vergessen auf keinen Fall. Wenig später stiegen aus dem Dunkel der See schwarze Gestalten auf, umringten ihren toten Kameraden und nahmen Lieutenant Reza Brown wieder mit sich in die schützende Tiefe, aus der sie gekommen waren.

1. Kapitel

1. Tag, 09:00 Ortszeit, 17:30 Zulu – Norfolk, Virginia

»Aaaaachtung!« Die in ihren besten Uniformen aufgetretenen Marines nahmen Haltung an, als der Konteradmiral aus dem Wagen stieg und danach langsam an der Front entlanghinkte. An deren sauber ausgerichtete Linie schloss sich eine weitere an. *Sein Stab!*

Etwas nachdenklich ließ Robert DiAngelo den Blick über die Männer und Frauen schweifen, die da vor ihm strammstanden. Er hatte sich bisher nie wirklich bewusst gemacht, wie viele Leute ihm jetzt eigentlich unterstanden. Es würde eine Zeitlang dauern, bis er die wichtigsten alle kannte, und noch länger, bis alles so lief, wie er sich das vorstellte. Der Gedanke war ernüchternd.

Captain* Spencer Briggs, USMC, trat vor und salutierte zackig. »Ich darf Sie willkommen heißen, Admiral!«

»Danke!« DiAngelos Stimme klang nicht ganz so fest, wie er sich dies gewünscht hätte. Automatisch legte er ebenfalls die Hand an die Mütze. Admiral, das klang für ihn immer noch, als sei jemand anders gemeint.

---

* Captain der Marineinfanterie, d. h. ein Hauptmann, kein Captain der Navy, was einem Oberst entsprechen würde.

Briggs war das winzige Zögern nicht entgangen, und er ließ den Anflug eines Lächelns über sein Gesicht huschen. »Schön, Sie hier zu haben, Sir!« Ohne auf eine Antwort zu warten, schwenkte er mit der Präzision eines Geschützverschlusses zur Seite, um seinem Admiral Platz zu machen.

DiAngelos Augen glitten über die lange Reihe der Uniformen mit den diversen Abzeichen, und er inhalierte dabei tief den ganz eigenen Geruch der nahen See. Auch wenn sie von seinem Standort nicht zu sehen war, so verspürte er dennoch das beglückende Gefühl, erneut wieder zur Navy zu gehören. Der Moment der Unsicherheit war vorbei, als er »Rühren!« befahl.

Nachdem dem protokollarischen Zeremoniell Genüge getan war, zeigte Briggs dem Admiral sein neues Dienstzimmer. DiAngelo ließ sich in den schweren Sessel hinter dem Schreibtisch fallen und lehnte seinen Gehstock achtlos an das Möbelstück. »Setzen Sie sich doch, Captain!«

Briggs nahm auf einem der Besucherstühle Platz.

DiAngelo musterte ihn fragend. »Danke nochmals für den freundlichen Empfang, doch ich habe dabei Commander Wilks vermisst!«

»Der Commander ist noch in Langley, um persönlich den Transport verschiedener Unterlagen zu überwachen!«

Bob hob die Augenbrauen. »Sie meinen, er ist noch mit dem Umzug beschäftigt?«

»So in etwa. Die neue Situation ist anscheinend für alle noch etwas verwirrend.«

»Das kann ich mir vorstellen«, meinte DiAngelo trocken. »Die Navy war ein wenig angesäuert, dass wir ständig ihre U-Boote ausleihen mussten. Intern wusste man bei der CIA auch nicht genau, wieso eine Analyseabteilung dauernd operativ tätig wurde. Der Senat wiederum wollte erklärt bekommen, wieso Reparaturkosten der Navy aus dem CIA-Budget beglichen wurden …«

Briggs gab ein glucksendes Geräusch von sich, und Bob sah ihn so harmlos wie möglich an. »Möchten Sie dazu vielleicht etwas anmerken?«

»Errr … nun ja, wenn Sie so fragen, Sir, es gab Gerüchte, Sie wären ein paar Mal mit dem Material der Navy nicht gerade schonend umgegangen.«

»Stimmt!«, pflichtete Bob ihm bei. »Allerdings gab es über die Beschädigungen, die aus Einsatznotwendigkeiten resultierten, nie wirklich große Diskussionen. Das Ganze gestaltete sich mehr zu einem haushaltspolitischen Thema.« Er zuckte mit den Schultern. »Also kam man auf die glorreiche Idee, diese neue Organisation innerhalb der Navy ins Leben zu rufen und mich zur regulären Marine zurückzuholen.« Bob konnte sich ein Grinsen nicht verkneifen. »Damit gehören wir jetzt zu dem erlauchten Kreis der vielen Abteilungen und Dienste, die sich mit verdeckten Operationen, Terrorismusbekämpfung und«, er hob den Finger, »ganz wichtig, mit U-Boot-Krisen befassen.« DiAngelo setzte ein fast schon schelmisches Lächeln auf. »Wobei es ja selten die U-Boote sind, die Krisen haben.«

»Immerhin hat man Sie in diesem Zusammenhang zum drittjüngsten Konteradmiral in der Geschichte der US Navy ernannt.«

»Danke für die Blumen!«, meinte DiAngelo und neigte leicht den Kopf. »Doch nun verraten Sie mir mal, warum Sie hierher abgestellt wurden.«

Captain Briggs verzog keine Miene. »Der Grund

ist relativ einfach. An sich wollten Sie ja SEALs* zugeteilt bekommen, aber mit der Verfügbarkeit von den Jungs ist das bei all den Einsätzen im Irak und Afghanistan sowie dem sonstigen Aufgabenspektrum so eine Sache. Es gibt einfach nicht genug Leute.«

»Ich hab mir so etwas schon beinahe gedacht. Aus den Versuchen der Navy, die Personalstärke der SEALs aufzustocken, ist demnach ja wohl noch nichts geworden.«

»Sie sagen es, Sir. Die Navy hat die SEALs, die Luftwaffe ihre Delta Force, die Army die Rangers, und alle diese Spezialeinheiten unterliegen natürlich einer gewissen Aufmerksamkeit durch den Senat, zumal sie auch nicht gerade billig sind.«

Wobei es wohl kaum die Kosten sind, die den Senat nervös machen. Den Gedanken behielt DiAngelo allerdings für sich. »Also habe ich in Ermangelung von SEALs Marines bekommen«, konstatierte DiAngelo.

»Es ist nun mal so, dass das Marine Corps keine eigene Sondereinheit hat, was damit zusammenhängen mag, dass wir ohnehin eine Truppengattung aus hervorragend ausgebildeten Spezialkräften sind. Der Ruf, den wir genießen, kommt ja nicht von ganz ungefähr.«

Bob ließ seinen Blick demonstrativ über die Abzeichen und Auszeichnungen auf der Brust des Captains

---

* Die SEALs sind eine Spezialeinheit der US Navy, die dem United States Naval Special Warfare Command untersteht. Der Begriff SEAL ist eine Zusammensetzung aus Sea, Air, Land (Meer, Luft, Boden) und kennzeichnet die Einsatzmöglichkeiten der Truppe, deren Angehörige eine extrem harte Ausbildung (u. a. als Kampfschwimmer und Fallschirmjäger) durchlaufen.

wandern. »Ihrer Personalakte habe ich entnommen, dass Sie bei den Recon-Marines waren, bis diese dann 2006 aufgelöst wurden.«

»Richtig, Sir. Ich war bei den Aufklärern, wenn Sie so wollen. Wobei die beinharte Ausbildung, die wir bei den Recons durchliefen, durchaus mit jener bei den SEALs vergleichbar ist.« Er lächelte verbindlich. »Rangers beispielsweise haben im Gegensatz zu uns keine Schulung als Kampftaucher, und irgendjemandem höheren Ortes erschien das wichtig zu sein.«

»Mit was für Leuten habe ich es nun eigentlich zu tun?« Bob runzelte die Stirn. »Mit tauchenden Aufklärern oder SEALs mit einem lediglich anderen Etikett?«

In Briggs Augen trat ein amüsiertes Funkeln. »Recon-Marines, Sir! Tauchen und Fallschirmspringen können wir nur zufällig durch die weiterführenden Kurse, die wir absolvieren mussten.«

Bob beugte sich vor. »Und Sie meinen, die waren intensiv genug, damit Sie in hundert Fuß Tiefe aus einem U-Boot aussteigen können?« Seine Stimme wurde etwas härter. »Denn das ist es, was vermutlich gelegentlich auf Sie zukommen wird.«

»Da bin ich mir ziemlich sicher, Sir«, erklärte der Captain gelassen. »Wie es der Zufall will, haben wir sogar ein eigenes ASDV*.«

»Nett!« Der Konteradmiral starrte den Captain verblüfft an. »Sieht so aus, als würde jemand wohlwollend an uns denken.«

»So könnte man es ausdrücken, Sir.«

---

* ASDV = Advanced SEAL Delivery Vehicle; Mini-U-Boot, um damit ein kleines Team unbemerkt an Land bringen zu können.

Der erste Anruf kam von Captain Roger Williams, seinem alten Freund und, wie manche auch behaupteten, Spießgesellen.

»Hi, Bob, ich wollte mich nur mal erkundigen, wie es dir als hohem Tier so geht. Oder muss ich jetzt etwa Sir zu dir sagen?«

»Du bist und bleibst ein alter Quatschkopf, Roger!«, meinte Bob fröhlich und angelte sich seine Kaffeemug. »Ich bin erst mal dabei, mir überhaupt so etwas wie eine gewisse Übersicht zu verschaffen. Und wie sieht es bei dir aus?«

Roger lachte, allerdings etwas gequält. »Ich versuche meinen Hintern an deinen alten Stuhl zu gewöhnen. Aber hier stürmen dauernd irgendwelche Leute rein und raus und wollen alles Mögliche über Budgets und sonstigen Kram wissen oder haben irgendwelche Besprechungstermine. Wie hast du das alles bloß im Griff gehabt?«

»Gar nicht!«, bekannte Bob freimütig. »Dafür gibt es schließlich Adjutanten.«

»Deiner ist übrigens auch noch nach wie vor hier, und ich hoffe, du brauchst ihn nicht sofort zurück, denn ich habe den guten Thomas Wilks so was Ähnliches wie schanghait.«

»So, hast du?« Bob hatte Mühe, ernst zu bleiben. »Da brauche ich mich ja nicht zu wundern, warum die treue Seele noch immer nicht hier eingetroffen ist.«

»Keine Bange, ich schicke ihn dir wieder zu, sozusagen postwendend, sobald er mit meinem neuen Adjutanten noch einmal alles Wichtige durchgegangen ist.« Roger Williams seufzte. »Es ist schon komisch, wenn ich mir vorstelle, wie wir früher sehnsüchtig darauf gehofft haben, befördert zu werden, zum Kommandanten beispielsweise ... und jetzt hast du es sogar schon zum Flaggrang geschafft, Bob.«

DiAngelo schnitt eine verächtliche Grimasse. »Als junge Lieutenants haben wir uns einen Admiral als altes Streitross vorgestellt, das von einer bildhübschen Krankenschwester im Rollstuhl rumgefahren wird.« Bob musste bei der Vorstellung unwillkürlich an Angela denken. Auf eine seltsame Art und Weise schien seine Frau auf seine Beförderung um Welten stolzer zu sein als er selbst.

»Man hat's nicht leicht, aber leicht hat's einen«, witzelte Roger. »Auch ich muss mich erst mal mit dem Gedanken vertraut machen, nunmehr bei der CIA zu sein.«

»Einen hübschen Karrieresprung hast du auf jeden Fall getan, und deiner Jenn wird es bestimmt gefallen, dass du jetzt an einem Schreibtisch sitzt und nicht mehr ewig auf See musst.«

»Nach allem, was sie von deinen Eskapaden mitgekriegt hat, die du von dort aus gestartet hast? Du bist ein Optimist.«

»Immer. Hast du am Wochenende eigentlich schon was vor? Falls nein, hätte ich ein Barbecue bei uns daheim auf der Terrasse anzubieten.«

»Und wer wird da sonst noch so rumtanzen?«

»Nur die üblichen Verdächtigen: Sharp, Wilks natürlich sowieso, Marsden, Small und seine Frau, und dazu noch ›Fullspeed‹ Walker, der erst Anfang der Woche wieder an den Golf zurückfliegt.«

»Hättest du was dagegen, wenn ich auch Sarubin mitbringe? Er lebt sich ja ganz gut ein, aber ...«

»Gute Idee, wie geht es ihm?« Bob hatte Sarubin seit Monaten nicht mehr getroffen, weil er anderweitig viel zu beschäftigt gewesen war. Der Russe, dessen

U-Boot er sozusagen versenkt hatte*, arbeitete momentan als Berater ebenfalls für die Firma, aber Bob konnte sich gut vorstellen, dass Sarubin sein früheres Leben vermisste. »Bring ihn einfach mit, dann kann er es mir selbst erzählen.«

Auch etliche andere riefen Bob noch an, um ihm persönlich zu seiner Beförderung zu gratulieren. Vice Admiral Kurt »Fullspeed« Walker sandte eine Kiste Zigarren, Commander Tex Harper von der Deep Sea Emergency Unit eine Flasche zwanzig Jahre alten Bourbon. Den Vogel schoss jedoch ganz eindeutig William Boulden ab, der in Washington D.C. derzeit wieder einmal als persönlicher Sonderberater des Präsidenten fungierte, nachdem er dieses Amt schon zuvor auch bei dessen drei Vorgängern innegehabt hatte. Entgegen all seinen gegenteiligen Beteuerungen hatte er sich ein weiteres Mal mit ins Boot holen lassen. Bob hatte es glatt die Sprache verschlagen, als er dessen Riesenpaket auspackte, denn zum Vorschein kam dabei ein Ölgemälde, das die *Bonhomme Richard* des amerikanischen Seehelden Konteradmiral John Paul Jones aus dem Unabhängigkeitskrieg im Gefecht mit der britischen Fregatte *Seraphis* zum Thema hatte. Eine See voller Großsegler, wobei das amerikanische Schiff sich in einer ziemlich aussichtslosen Position befand, war doch der Brite drauf und dran, sich in dessen Heck zu manövrieren. Eine an sich künstlerisch beeindruckende Darstellung, auch wenn Jones sich und die *Bonhomme Richard* nie und nimmer in eine solche Lage hätte bringen lassen.

Bob grübelte immer noch, wohin in seinem Büro

---

* Siehe Peter Brendt: Deep Hunters

er den Schinken eigentlich hängen sollte, als ihn das Läuten des Telefons aus seinen raumgestalterischen Überlegungen riss.

»DiAngelo.«

»Marsden!« Die Stimme des Vice-Directors klang etwas gereizt.

»Schön, dass Sie auch anrufen, Roger. Bleibt es beim Wochenende?«

Der Leiter der Feldaufklärung, neuerdings als HUMINT* deklariert, knurrte etwas Unverständliches, bevor er fortfuhr: »Ich hoffe, Sie sitzen gut, Bob?«

DiAngelo spürte einen leisen Schauer über seinen Rücken laufen. »Was liegt an, Roger?«

»Heute Nacht um zwei Uhr unserer Zeit hat ein U-Boot einen Toten aus dem Meer geborgen.«

»Um welches Boot handelt es sich dabei denn?«

»Um die *North Dakota*, eines von Ihren, auch wenn der Kommandant von seinem Glück vermutlich noch gar nichts weiß.«

»Verstehe«, sagte der frischgebackene Konteradmiral bedächtig. Die *North Dakota* war ein Boot der Virginia-Klasse und zusammen mit der *Alaska*, der *Tuscaloosa*, der *San Diego* und der *Oklahoma* neuerdings ihm unterstellt – oder würde es sein, sobald sie von ihrem derzeitigen Einsatz zurückkehrte. Fünf Atom-U-Boote bildeten schon ein beachtliches Potential, auch wenn die *North Dakota* noch brandneu sowie relativ unerprobt war und unter allen möglichen Kinderkrankheiten litt, und drei der anderen dreißig und mehr Jahre auf dem Buckel hatten und nur einfach mit Milliardenaufwand modernisiert

---

* HUMINT = **Hum**an **Int**elligence; Informationsgewinnung mittels menschlicher Quellen.

worden waren. Im Prinzip hätte die Navy allerdings einer Zahl von achtzig atomgetriebenen Jagd-U-Boote bedurft, um allen Anforderungen gerecht zu werden. Faktisch verfügte sie jedoch nur über fünfundfünfzig, selbst wenn man großzügig die Mehrzweckboote der Virginia-Klasse als unechte Jagdboote mitzählte. Bob räusperte sich. »Wenn ich richtig informiert bin, operiert die *North Dakota* derzeit noch vor der Straße von Hormuz, soll aber in den nächsten Tagen den Rückweg nach Norfolk antreten.«

»Leider!« Marsdens Groll darüber war unüberhörbar. »Ich habe die Navy zwar gebeten, das Boot zuvor ein paar Positionen abklappern zu lassen, für den Fall, dass Agenten von uns sich absetzen müssen, aber man hat mir ziemlich unmissverständlich erklärt, das ginge nicht, da die *North Dakota* dringend heimkehren müsse.«

DiAngelo spürte förmlich, wie schwer es Marsden fiel, seinen Worten nicht auch noch einen deftigen Fluch anzuhängen. »Falls ich Sie richtig verstehe, dann war der Tote einer Ihrer Leute, Roger.«

»Eine Art Leihgabe, wenn Sie wissen, was ich meine.« Marsden seufzte. »Jedenfalls haben mir die U-Boot-Leute gesagt, dass sie für meine Agenten keine Unter-Wasser-Taxis einsetzen könnten.«

»An U-Booten herrscht nun mal Mangel, da beißt die Maus keinen Faden ab.« Bob zögerte einen Moment, bevor er fortfuhr: »Verstehen Sie mich bitte nicht falsch, Roger. Sie wissen, ich würde alles tun, was möglich ist, aber die *North Dakota* wurde einfach zu früh in Dienst gestellt, ohne wirklich hinreichend erprobt gewesen zu sein. Die diversen technischen Pannen während des Einsatzes waren dann die Quittung dafür.«

»Das Ding muss also unbedingt jetzt in die Werft?«

»Im Prinzip schon, denn das Boot macht einfach noch zu viele Probleme.«

Marsden ließ nicht locker. »Wäre denn eventuell wenigstens ein Kurzeinsatz denkbar?«

»Und welcher Zeitrahmen würde Ihnen dabei vorschweben?«

»Wir werden mindestens eine knappe Woche brauchen, um die Agenten, bei denen die Gefahr droht, dass sie auffliegen, zu erreichen. Etwa eine weitere Woche wird es dauern, bis die sich absetzen können. Das U-Boot müsste demnach in schätzungsweise zehn Tagen die ersten Abholpositionen anlaufen, und alles Weitere würde dann nochmals ungefähr vier bis fünf Tage beanspruchen.«

In Bobs Kopf begann es zu rattern, als er Entfernungen, Geschwindigkeiten und Zeitfaktoren korrelierte. Zehn Tage, zweihundertvierzig Fahrtstunden, dreißig Knoten. Das ergab summa summarum siebentausendzweihundert Seemeilen. »Viel Zeit bis zum Anlaufen der eigentlichen Operation bliebe ja dann wirklich nicht«, sagte der Konteradmiral nachdenklich.

In Anbetracht der Tatsache, dass Bob lange genug der Firma angehört hatte, setzte Marsden einiges Vertrauen in ihn. »Haben Sie vielleicht eine Idee, die uns weiterhelfen könnte?«, fragte er hoffnungsvoll.

»Kommt darauf an. Das einzige wirklich einsatzfähige Boot, über das ich momentan verfüge, ist die *Alaska* vom Typ Seawolf.«

Die Stimmung des Vice Directors der CIA schien sich wieder etwas aufzuhellen. »Mit der waren Sie ja selbst auch schon ein paar Mal unterwegs.«

»So ist es, und daher weiß ich auch, dass die Baueinheiten der Seawolf-Klasse, auch wenn es davon nur ganze drei gegeben hat, verdammt gute Boote sind. Allerdings ist die *Alaska* momentan anderweitig verplant. Jemand von Ihrem Verein möchte gerne ein paar Aktivitäten rund um Kuba herum näher überprüft wissen.«

»Das Kuba-Problem haben wir schon seit über vierzig Jahren, da kommt es auf ein paar Wochen mehr oder weniger auch nicht an, meinen Sie nicht? Ich regle das.« Marsden schien sich eine Notiz zu machen. »Und danke, Bob!«

»Danken Sie mir, wenn wir Ihre Leute haben.«

Als das Gespräch beendet war, saß Bob ein paar Augenblicke gedankenverloren hinter seinem Schreibtisch. Es ging also wieder los, schneller, als er erwartet hatte. Er drückte den Knopf der Gegensprechanlage, und eine Stimme meldete sich: »Sir?«

Bob musste sich eingestehen, dass er keine Ahnung hatte, wer da dran war. »Und mit wem spreche ich jetzt?«

»Gunnery Sergeant Blake, Sir!«

»Sehr schön, Gunny. Ich brauche schleunigst die Berichte über den Einsatzstatus der *Alaska* auf den Tisch. Und Commander Martinez soll sich auch gleich zu mir auf die Socken machen.«

»Aye, aye, Sir!«

1. Tag, 21:45 Ortszeit, 17:45 Zulu – *USS North Dakota*,
vor der Straße von Hormuz,
60 Seemeilen südlich der iranischen Küste.

Ein heftiges Beben schüttelte das Boot, als der Turm der *North Dakota* die Wasseroberfläche durchbrach, aber das war kein Wunder, denn das Jagdboot lief immerhin fünfundzwanzig Knoten Marschfahrt. Die Radar- und Funkantennen hatte der Kommandant bereits vor dem Auftauchen ausfahren lassen, und in der Zentrale wusste man daher, dass an dieser Stelle die Luft rein war.

Kaum war das Luk frei, jumpte auch schon Commander Christian Brooks, gefolgt von der Turmwache, in die Wanne. Die Sonne war zwar schon untergegangen, aber noch ließ die Dunkelheit auf sich warten. Über Wasser kam Brooks sich immer ein wenig nackt und ungeschützt vor. Als typischer U-Boot-Mann fühlte er sich in den Tiefen der See einfach wohler.

Ein Lautsprecher knackte vernehmlich. »Hubschrauber im krkrsflug! Grün null-acht-null, krkrkrksssss.«

Der Kommandant verdrehte kurz die Augen und versetzte dem Gerät einen kräftigen Schlag, woraufhin es gänzlich verstummte. Missmutig wandte er sich seinem XO zu. »Gibt's an der Kiste eigentlich überhaupt etwas, das einigermaßen anständig funktioniert?«, fauchte er ungnädig.

Der Lieutenant Commander zuckte mit den Schultern. »Die Turbinenanlage arbeitet tadellos, der Düsenringpropeller ebenso, Sir!«

»Beschreien Sie es mal besser nicht, Wayne.«

»Fragen Sie mal nach, ob wir das richtig verstanden haben«, forderte Wayne Schuster den Mann am Befehlsübermittler auf. »Helikopter aus Grün null-acht-null.«

»Aye, aye, Sir«, murmelte der Mann, der wie alle an Bord Kummer mit dem neuen Boot gewohnt war, und stellte die Anfrage per Gefechts-Befehlsübermittlung, die an sich eine Art Fallback bildete, falls an den normalen Kommunikationssystemen Störungen auftraten. Mittlerweile hatte sich BÜ als einziges zuverlässiges Mittel entpuppt, um Befehle und Informationen innerhalb des beinahe achttausend Tonnen verdrängenden Rumpfes weiterzugeben. Mit vier Torpedorohren, zwölf Vertikalstartern für Cruise-Missiles, der modernsten Elektronik der Welt, auch wenn sie zum Teil von handelsüblichen Komponenten aus dem Hause Northrop Grumman Electronic Systems stammte, und einer Besatzung von einhundertfünfunddreißig Mann galt das Boot sozusagen als das Nonplusultra der amerikanischen U-Boot-Flotte. Aber so ganz stimmte das nicht. Die Virginias waren langsamer als ihre Vorgänger der Los-Angeles- und der Seawolf-Klasse, konnten weniger tief tauchen, auch wenn die offiziellen Verlautbarungen die üblichen achthundert Fuß plus angaben, und sie waren zudem leichter bewaffnet. Selbst die unbemannten Unterwasserdrohnen der *North Dakota* wurden bereits von anderen Nationen erfolgreich seit Jahren eingesetzt, um in flachem Wasser aufzuklären oder Minenfelder zu lokalisieren. Geplant wurde dieser Typ Mehrzweckboot ursprünglich als kostengünstigere Alternative zu den zwei Milliarden Dollar teuren Seawolfs, letztendlich hatte die *North Dakota* dann aber das Doppelte gekostet. Und technisch zuverlässig musste sie auch erst noch werden. Auf die Werft kam da einiges zu.

Grund zur Zufriedenheit hätte Commander Brooks jedenfalls hinsichtlich seiner Mannschaft gehabt, denn trotz der technischen Probleme hatte die Besatzung die ihr gestellten Aufgaben alle erfüllt, manchmal etwas unorthodox und abweichend von den Handbüchern, aber nichtsdestotrotz erfüllt. Schuld daran, dass Commander Brooks sich so unwohl in seiner

Haut fühlte, war auch der Tote, den er an Bord hatte. Der war zwar keiner von seinen Männern, aber ein SEAL, genauso wie jene, die die *North Dakota* auf diesem Einsatz begleiteten. Er wusste nicht, warum der Mann an Land gewesen war und was er dort gemacht hatte. Doch was spielte das jetzt überhaupt noch für eine Rolle?

»Hubschrauber acht Meilen, Grün null-acht-null. Hält direkt auf uns zu.«

Der Commander hob sein Glas an die Augen und schaute in die angegebene Richtung, etwas vorlicher als Steuerbord querab. Der Hubschrauber kam aus Westen, entweder aus Oman oder den Emiraten. »Dann wollen wir mal. Wayne, lassen Sie den armen Kerl nach oben bringen.« Er warf einen kurzen Blick nach Süden. Die internationalen Tankerrouten führten relativ dicht unter Land in die Straße von Hormuz und wieder hinaus. Hier, ganz an deren Anfang, war die Straße noch breit, ungefähr hundertzwanzig Meilen, doch an ihrer engsten Stelle waren es nicht einmal mehr dreißig Meilen, durch den sich ein Viertel des weltweiten Tankerverkehrs drängte. Ein Nadelöhr, das besser niemals verstopfte, denn die Ölzufuhr der ganzen westlichen Welt hing davon ab. Aber genau mit dessen Blockade drohte der Iran. Schon länger hatten Pasdaran, die Armee der Wächter der Islamischen Revolution, ihre Shahab-3-Raketen auf die stark befahrene Wasserstraße gerichtet, und eben deshalb zog die US Navy, seit sich die entsprechenden Drohungen aus Teheran wieder verschärft hatten, Schiffe in dem Gebiet zusammen, um für den Fall der Fälle gewappnet zu sein. Deswegen waren ja auch sie hier, und deswegen war wahrscheinlich auch Lieutenant Brown hier gewesen.

Eine Luke öffnete sich auf dem Vorschiff, und ein paar Männer kletterten auf den kurzen Laufsteg. Dann wurde ein schwarzer Plastiksack aus der Luke gezerrt, nicht sehr pietätvoll, aber es ging eben nicht anders.

Rotoren ließen die Luft aufwirbeln, als der Helikopter langsam anschwebte. Das Wetter war gut, der Seegang weniger als drei Fuß hoch, beinahe Ententeichverhältnisse. Ein Stretcher wurde an einer Leine abgewinscht, die Seeleute legten den Toten in das Metallgestell und zurrten die Gurte fest. In Minutenschnelle war das ganze Manöver erledigt, und der Stretcher mit seinem traurigen Inhalt entschwebte in die Höhe. Commander Brooks legte die Hand an die Mütze. Eine kurze Geste nur, eigentlich belanglos, aber vielleicht auch nicht.

Minuten später verschwand das Boot wieder in sein eigentliches Element, Wassertiefen von beinahe fünftausend Fuß, steil abfallende Unterwasserkliffs, Berge und Täler, die nie ein Mensch zu Gesicht bekommen hatte.

Für Lieutenant Reza Brown hingegen ging die Reise weiter. Zuerst mit dem Hubschrauber in die Vereinigten Arabischen Emirate, dann per Flugzeug mit einem Zwischenstopp in England zurück in die Staaten. Durch die Zeitverschiebung erreichten seine sterblichen Überreste bereits am Morgen des folgenden Tages das Walter Reed General Army Hospital in Washington D.C. … und mit ihm ein kleiner Beutel, der alles enthielt, was der Bordarzt der *North Dakota* in den Taschen des Toten gefunden hatte.

2. Kapitel

2. Tag, 06:30 Ortszeit, 11:30 Zulu – Norfolk, Virginia

»Ich melde mich dann ab, Sir!« Commander Martinez griff nach seiner Mütze. »Mit Ihrer Erlaubnis, Sir?« Aber sein verschmitztes Lächeln strafte den dienstlich formalen Ton Lügen.

»Viel Glück, Joshua.«

»Wird schon schiefgehen, Sir«, erklärte der seinem Konteradmiral. »Ich habe ein gutes Boot und eine eingespielte Crew, auch wenn ein paar der Jungs ein bisschen sauer sind, dass wir schon wieder raus sollen, aber in ein, zwei Tagen hat sich das gelegt.«

»Behalten Sie aber dennoch im Hinterkopf, dass ein paar der Abholpunkte sehr dicht unter Land liegen und es dort verkehrsmäßig kaum weniger chaotisch zugehen dürfte als auf dem Sunset Boulevard von Los Angeles. Rechnen Sie daher mit allen Eventualitäten.«

»Wie immer, Sir, Chaos ist schließlich bei der Navy kein Fremdwort«, witzelte Martinez und legte die Hand an die Mütze. »Ich bin dann in See.«

Der Konteradmiral erhob sich und erwiderte den Gruß. »Gute Fahrt und immer eine Handbreit Wasser unterm Kiel!«

»Danke, Sir!« Der Kommandant der *Alaska* machte kehrt und verließ DiAngelos Dienstzimmer.

Der Konteradmiral blickte ihm kurz hinterher, bevor er wieder in seinem Sessel Platz nahm. Es war noch früh am Morgen, aber bei der Marine war man es gewohnt, früh aus den Kojen zu krabbeln. Trotzdem war dies keine Zeit, zu der man normalerweise einen Admiral bereits im Dienst antraf, nicht einmal auf See. Ausgenommen von dem normalen Wachbetrieb tendierten Admiräle angeblich dazu, Spätaufsteher zu sein und leicht Fett anzusetzen. Auch wenn er es nicht mehr genau wusste, so war er vermutlich als junger Sublieutenant auch dieser Auffassung gewesen. Bob fand diese Vorstellung belustigend, wurde aber schnell wieder ernst. Dass er schon da war, aber von seinem Stab noch niemand, war nicht optimal. DiAngelo beschloss, auf der Führungsebene ein neues Rund-um-die-Uhr-Arbeitszeitmodell einzuführen. Während er über weitere organisatorische Maßnahmen nachsann, blickte er aus dem Fenster. Über das vordere Gebäude hinweg konnte er die letzte der langen Piers sehen, die wie Finger in die Hampton Road ragten. Sewell Point, die Halbinsel, auf der die Basis lag, wurde durch Hampton Road, Willoughby Bay und den Chesapeake begrenzt. Wie die Halbinsel selbst, die als solche kaum mehr zu erkennen war, so hatte sich auch die Navy im Laufe der Jahrzehnte verändert, und DiAngelo fragte sich, wie die Zukunft aussehen würde. Als er sein eigenes Boot kommandiert hatte, galten noch die Regeln des Kalten Krieges. Die Einsatzgebiete der Jagdboote hatten unter dem Eis der Polkappe gelegen, in den tiefen Gräben vor der amerikanischen Ostküste und bisweilen auch in der Karibik. Ihr Auftrag im Falle eines Falles wäre es gewesen, die russischen Boomers zu erledigen, bevor die ihre Abschusspositionen erreichen und die USA mit ballistischen Raketen eindecken konnten. Ein Einsatzgebiet wie die Straße von Hormuz wäre damals einfach nicht in Betracht gezogen worden.

Mittlerweile jedoch war die Navy überall und musste es sein, da Krisen global geworden waren, und weil eine ganze Anzahl anderer befreundeter Nationen eher dazu neigte, einfach alle Anzeichen drohender Gefahr zu unterschätzen, bis es zu spät war. Und wenn dann irgendwo die Kacke richtig am Dampfen war, dann war von denen kaum jemand bereit, Amerika tatkräftig zu unterstützen. Man hielt sich lieber aus dem Ganzen heraus und pflegte einen beinahe schon traditionellen Antiamerikanismus. Die bösen Cowboys waren wieder irgendwo im Krieg. Daran hatten sich die USA mittlerweile gewöhnt. Nur: Wenn der Iran irgendwann tatsächlich zuschlagen würde, und diese Wahrscheinlichkeit wuchs, dann gingen in Europa eben nicht die Lichter aus, weil die Navy notfalls den Tankern den Weg freischießen würde. Was aber dann manche Europäer nicht daran hindern dürfte, Amerika in die Schuhe zu schieben, auch noch einen Krieg mit dem Iran angefangen zu haben.

An der langen Pier löste sich ein Boot aus dem Päckchen und strebte langsam der See entgegen. *USS Alaska*, die Seawolf, war unterwegs.

2. Tag, 18:00 Ortszeit, 14:30 Zulu – *USS Thunderstorm*,
vor dem Schatt al-Arab

Der Mann, der genüsslich seine Zigarre rauchte, machte sich nichts vor: Sie hätten nicht hier sein sollen, und er schon gar nicht. Sollten seine Vorgesetzten davon erfahren, würden sie ihm den Allerwertesten bis zum Stehkragen aufreißen. Ein Erfolg hingegen ließe die Aktion natürlich in einem ganz anderen Licht erscheinen, und nachträglich würde dann jeder dafür gewesen sein.

»Sie kommen ... Sir!« Der junge Lieutenant, der das Fast Patrol Craft vom Typ PCF Mark V befehligte, schien die Anwesenheit von Vice Admiral Kurt Walker, in der Navy als »Fullspeed« bekannt, weitaus mehr zu beunruhigen als die Aussicht, unter Umständen bald mit seinem kleinen Boot in ein Gefecht verwickelt zu werden.

»Was zeigt der Schirm?«

»Vier, fünf Fahrzeuge, der Größe nach Fischerboote. Abstand sechzehn Meilen. Sie laufen nicht mehr als zwei Knoten, aber langsam und stetig in unsere Richtung.«

Der Admiral schaute auf das Gewimmel leuchtender Punkte auf dem Radarschirm. Vier der Kontakte waren mit Fettstift markiert. »Sehr gut, mein Sohn!«, sagte er anerkennend und nahm die restlichen zahllosen Punkte näher in Augenschein. Einige liefen offenbar zurück in den Iran, andere in Richtung Irak. Krieg, Frieden, unsicherer Frieden oder unerklärter Krieg, für die Fischer hatte es keine Bedeutung. Sie mussten raus aufs Meer, um ihren Lebensunterhalt zu verdienen.

»Wenn die mit Radar ausgerüstet sind, dann dürften sie uns auch bereits ausgemacht haben«, meinte der Lieutenant.

Walker schüttelte den Kopf. »Nicht unbedingt, es sei denn, sie sind besonders misstrauische Hunde.« Er warf einen Blick durch das offene Schott hinaus auf die See und ihr Schwesterboot *Blizzard*. Auf Grund ihrer geringen Größe zählten die Patrol Crafts eindeutig zu den Schiffchen der US Navy. Eigentlich waren auch sie für Special Operations vorgesehen, doch das hatte Kurt Walker nicht daran gehindert, sich zwei davon »auszuleihen«. Man hatte ihn von der Siebten zur Fünften Flotte versetzt, um für eine Verbesserung der Sicherheit der Lage zu sorgen. Also sollte sich auch niemand von seinen Oberen beschweren, wenn er genau das tat. Walker zog an seiner Zigarre. »Und selbst wenn deren Radar uns erfasst haben sollte, dann werden sie uns wohl eher für Fischtrawler halten, die ihre Schleppnetze ausgebracht haben.«

Die beiden Patrouillenboote krochen in der Tat mit gerade einmal drei Knoten durch die ruhige See. Weniger ging nun wirklich nicht mehr, wollten sie nicht ihre Steuerfähigkeit verlieren. Noch aber waren die Fast Patrol Crafts von den Fischerbooten aus mit Sicherheit nicht mit bloßem Auge zu erkennen, da sie dafür zu niedrig waren. »Trotz des nahenden Sonnenuntergangs möchte ich wetten, dass die Brüder nicht den Anbruch der Dunkelheit abwarten werden«, meinte Walker.

»Bei dem Tempo, das die vorlegen, werden sie noch ziemlich lange brauchen, um in unsere Nähe zu gelangen.«

»Täuschen Sie sich da mal nicht, mein Sohn«, erklärte »Fullspeed«. »Die werden nicht so langsam bleiben.«

2. Tag, 09:30 Ortszeit, 14:30 Zulu – Langley, Virginia

Jack Small und die anderen Agenten inspizierten die auf dem Tisch ausgebreiteten Utensilien. Es waren nicht besonders viele: eine dunkle Leinenhose mit

Gürtel, dazu ein schlichtes dunkelblaues Baumwollhemd, eine Feinripp-Unterhose, weiße Tennissocken und derbe Arbeitsschuhe. Des Weiteren eine Werkzeugtasche, ein Magazin für eine Automatik mit vier Schuss, ein goldener Ring, Reste iranischer Ausweispapiere, und ein undefinierbares Etwas.

Liu Small, erst seit kurzem mit Jack verheiratet, knöpfte sich das Hemd vor. »Zerfetzt an der Schulter und vorne im unteren Teil total voller Blut.«

»Das passt zum ersten vorläufigen Bericht der Pathologie. Die Jungs im Walther Reed haben sofort mit der Obduktion begonnen, als der Leichnam eintraf.« Jack sah auf die Uhr. »Das war heute Morgen um sechs.«

»Todesursache Bauchschuss?«

Small nickte. »Eine Scheißart zu sterben.«

»Weiß vielleicht jemand, was das hier eigentlich ist?«, fragte einer und deutete auf den grauen Gegenstand aus Plastik.

Jack betrachtete das runde Plastikgehäuse, an dem außen ein paar Befestigungslaschen angebracht waren, genauer. Auf dessen Unterseite befand sich ein Loch, in dem ein Zahnkranz steckte. »Keine Ahnung, was das sein könnte«, bekannte Jack und warf einen Blick in die Begleitunterlagen. »Hier steht lediglich, dass es sich um das einzige Teil handelt, das sich in der Werkzeugtasche befunden hat.«

Ohne auf eine Aufforderung zu warten, schnappte sich Liu die Werkzeugtasche aus verstärktem Polsterstoff. In dem Material steckten etliche Holzsplitter, aber der Verschluss war noch völlig intakt. Lediglich der Schultergurt war an einer Stelle nahezu durchgeschmort, wobei das Schwarz der Brandstelle an den Rändern seltsam verschmiert auslief. Liu griff sich erneut das Hemd. An der linken Schulter und dem Ärmel wies es ebenfalls Brandlöcher auf.

»Was hältst du davon, Jack?«, fragte sie ihn.

»Die tiefschwarzen Ränder deuten auf extrem hohe Temperaturen hin. Von daher tippe ich auf Brandmunition, die der Helikopter verschossen hat. Nur vermag ich mir dann nicht so recht zu erklären, warum dabei nicht der ganze Körper völlig verkohlt ist.«

»Vermutlich, weil dessen Großteil sich unter Wasser befand und nur noch die Schulter herausragte. Brandmunition wird gegen ungepanzerte Ziele eingesetzt und hat hochsensible Zünder, die natürlich auch bei der Berührung mit der Wasseroberfläche hochgehen«, erklärte einer der Jungspunde aus Smalls Agentenriege.

»Da die Pathologen kein Wasser in seiner Lunge vorgefunden haben, muss er also schon vorher tot gewesen sein. Ein Wunder, dass er es mit seinem Bauchschuss überhaupt so weit geschafft hat.«

»Dass er sich aufs Meer geflüchtet hat, dürfte ja wohl kein Zufall gewesen sein«, sagte Liu bedächtig und führte dann ihren Gedankengang zu Ende. »Demnach muss er gewusst haben, dass dort in der Nähe eines unserer U-Boote operierte.«

»Und dass dieser Lieutenant Brown von den SEALs das alles auf sich genommen hat, kann nur bedeuten, er wollte uns unbedingt und unter allen Umständen dieses graue Ding zukommen lassen, das ein bisschen wie eine Zeitschaltuhr aussieht«, ergänzte Small. »Unsere schlauen Techniker sollen sich gefälligst mal auf ihre Hammelbeine stellen und herausfinden, was das überhaupt für ein Teil ist und wozu es gehört.«

2. Tag, 21:00 Ortszeit, 17:30 Zulu – *USS Thunderstorm*, vor dem Schatt al-Arab

»Sie nehmen Fahrt auf!«

»Na, wer sagt's denn?«, meinte Admiral Walker ungerührt. »Geben Sie an *Blizzard*, Position zu uns halten.« Er griff zu seinem Glas. »Wo befinden die sich jetzt?«

»Zwölf Meilen östlich von uns. Laufen bereits über fünfzehn Knoten.«

»Entfernung zu den iranischen Hoheitsgewässern?«

Es dauerte einen Augenblick, bis er die gewünschte Information erhielt. »Etwas über sechzig Meilen.«

»Das gibt uns ausreichend Raum«, konstatierte »Fullspeed«.

Der Lieutenant trat aus der Brücke in die Nock. »Sie laufen auf die Küste zu, Sir. Wir riskieren, sie zu verlieren.«

»Bah ... irgendwann müssen sie auch wieder raus, mein Sohn, egal in welches Schlupfloch sie sich jetzt verkriechen.« Walker kaute auf seiner mittlerweile kalt gewordenen Zigarre herum. Der Schiffsverkehr war in den letzten drei Stunden in dieser Gegend deutlich weniger geworden, und die See war bis auf die vier unbekannten »Fischerboote« beinahe leer. »Aber vermutlich haben Sie mit ihrer Einschätzung sogar recht, mein Sohn. Es würde das Ganze nur unnötig in die Länge ziehen. Geben Sie der *Blizzard* Bescheid, dass wir loslegen.«

Auch der Mann an den Maschinenkontrollen schien bereits auf den Befehl gewartet zu haben, denn die *Thunderstorm* machte einen regelrechten Satz vorwärts, als die Schrauben plötzlich anfingen, mit voller Kraft zu schlagen. Der Bug des Bootes hob sich etwas aus dem Wasser, und innerhalb von Minuten erreichten beide Patrol Crafts ihre volle Geschwindigkeit von fünfunddreißig Knoten. Mit Sperenzchen war nun Schluss!

»Sie haben uns entdeckt!« Der Radarbeobachter musste seine Meldung brüllen, um bei dem Lärm der Detroit-Schiffsdieselmotoren in der Nock verstanden zu werden. »Sie machen kehrt, und sie sind höllisch schnell, Sir!«

Walker hob das Glas. Im schwindenden Licht konnte er die Boote förmlich heranfliegen sehen. Fischerboote, von wegen! Der Admiral lächelte zufrieden vor sich hin, denn auch die Iraner hatten damit die Maske fallen lassen. »Signalisieren Sie denen, für eine Kontrolle zu stoppen!«

»Für eine Kontrolle?« Der Lieutenant machte kein besonders geistreiches Gesicht. »Die werden den Teufel tun.«

Walker ließ das Glas sinken. »Das steht auch nicht zu erwarten. Tun Sie es trotzdem.« Seine Stimme klang fast schon unnatürlich ruhig. »In ein paar Minuten werde ich Ihnen nämlich befehlen, das Feuer auf ein paar Boote der iranischen Marine zu eröffnen, mein Sohn, und dann möchte ich gern die rechtlichen Voraussetzungen geschaffen haben, um das zu tun.«

»Aye, aye, Sir!« Immer noch kopfschüttelnd wies der Lieutenant den Signalgast an: »Geben Sie rüber: Anhalten für eine Untersuchung.«

Walker hob erneut das Glas, um sich die vier Boote, die wirklich nicht größer als Fischerboote waren, dafür aber über dreißig Knoten liefen, etwas genauer anzuschauen. Sie hatten Gleitrümpfe, und entsprechend stark mussten die Maschinen sein. Er war bereit, jede

Wette darauf einzugehen, dass sie auch bewaffnet waren.

Das Klappern der Signallampe verstummte. Auf dem vordersten Boot blinkte ein Licht auf. Walker versuchte, aus den Morsesignalen schlau zu werden, aber genauso gut hätte der andere auch das Rezept für irgendein persisches Nationalgericht senden können. »Ich bin ein wenig aus der Übung. Was sagt er?«

»Scheint nicht für uns bestimmt zu sein, Sir!«, erklärte der Signalgast und fing an zu buchstabieren: »A-N-J-N-A-N-…«

Walker fuhr herum. »Hart Steuerbord! Die Brüder wollen es wissen! Feuer frei, sobald sie schießen!«

Die Warnung erfolgte gerade noch rechtzeitig. Auf den beiden vorderen iranischen Booten stieg jeweils eine Leuchtspurgirlande scheinbar zögernd in den Himmel auf, erreichte einen Scheitelpunkt und sauste danach wie eine glühende Peitsche nach unten in die See. Die Schützen waren von der abrupten Kursänderung der *Thunderstorm* überrascht worden.

Auf den Vor- und Aufbaudecks der beiden Patrouillenboote begannen die Maschinenkanonen zu rattern. Vor dem Bug des iranischen Führungsbootes spritzten die Fontänen der Aufschlagsäulen hoch, aber kein rotes Aufleuchten signalisierte einen Treffer. Scheinbar mühelos schoss das rasende Schnellboot zwischen dem Granatfeuer hindurch.

»Achtung, sie teilen sich!«

Die beiden hinteren Schnellboote der Formation drehten nach Steuerbord und öffneten damit eine tödliche Zange. Wieder kreuzten sich die Bahnen der Leuchtspurmunition.

Die machten das gar nicht schlecht. Walker warf

einen Blick über die Schulter, aber die *Blizzard* hielt immer noch die Position hinter ihnen. »Dwarslinie, wir halten direkt auf das Führungsboot, mal sehen, wie denen das schmeckt!«

»Aye, aye, Sir!« Der Lieutenant hob den Kopf und brüllte nach achtern zum Aufbaudeck: »Heizt ihnen ein, Jungs!«

Der Admiral quittierte das Funkeln in den Augen des jungen Offiziers mit einem Grinsen. »Los, Dwarslinie, wir greifen uns den Mufti!« Er spürte förmlich das Adrenalin, das in sein Blut schoss. So eine direkte Gefechtsauseinandersetzung hatte nun mal einen anderen Charakter als der scheinbar klinisch saubere Krieg der großen Schiffe, die blinkenden Symbole auf taktischen Schirmen, die Feuerleitlösungen, die schamvoll verbargen, dass hier Menschen versuchten, einander zu töten. Was hier ablief, war direkt und unverbrämt: du oder ich, eine andere Lösung gab es nicht. »Los, gebt's ihnen!«

Einschusslöcher in den Aluminiumaufbauten des Patrol Crafts zeugten von den ersten Treffern des Gegners, eine Leuchtspurgranate verfehlte die *Thunderstorm* nur um wenige Yards. Allerdings hatte sich das zweite Schnellboot in seinem Bemühen, seinem Anführer Feuerunterstützung zu geben, zu nahe an die *Blizzard* herangewagt, die nun ausscherte, um in Dwarslinie backbord hinter die *Thunderstorm* zu gehen. Erneut setzte das Stakkato der Schnellfeuerkanonen ein, unter das sich das hellere Rattern der Maschinengewehre mischte. Verdutzt bemerkte der Admiral, dass einer der Offiziere sogar mit seiner Pistole auf das iranische Boot feuerte, als ob das Ding so weit tragen würde. Aber auch das gehörte zum Wahnsinn eines solchen Schnellbootgefechtes.

Eines der vier iranischen Boote trieb nun antriebslos ab, was aber deren Besatzung nicht daran hinderte, die amerikanischen Patrouillenboote weiterhin unter Beschuss zu nehmen, obwohl hinter ihr bereits die Flammen in die Höhe schlugen. »Lieutenant! Bringen Sie uns näher an das Führungsboot ran!«, befahl der Admiral.

»Die *Blizzard* hat Probleme, Sir!«

Der Admiral wandte kurz den Kopf. Achtern des Aufbaudecks quoll grauer Qualm aus dem Schiff, das an Fahrt verlor. Auf der Brücke blinkte eine Morselampe auf.

»Sie bitten um Beistand.«

»Die müssen gefälligst ohne uns durchhalten!«, knurrte Walker und deutete nach vorne. »Erst kommt der dran! Geben Sie es ihm, Lieutenant!«

Granaten deckten das Führungsboot ein und ließen ihm keine Chance, machten Kleinholz aus ihm, setzten es in Brand. Verzweifelte Männer sprangen ins Wasser, um dem gnadenlosen Beschuss zu entgehen, während das Schwesterboot versuchte abzudrehen, aber unvermindert weiterfeuerte. »Zurück zur *Blizzard*!«, befahl Walker und duckte sich instinktiv, als Querschläger durch die Luft sausten.

Morsesignale blitzten auf. »*Blizzard* hat den Brand unter Kontrolle, sie können fünfundzwanzig Knoten halten.«

Der Admiral blickte kurz zu dem Schwesterschiff hinüber. Die *Blizzard* hing etwas nach Backbord, und noch immer qualmte das halbe Boot, aber die gerichtete Geschütztätigkeit auf den Gegner hielt nach wie vor an.

Eines der verbliebenen zwei iranischen Schnellboote näherte sich rasend schnell der *Thunderstorm*.

Es musste annähernd vierzig Knoten laufen. Der Bug ragte hoch aus den Wellen, und nur der Heckteil hatte noch Kontakt mit der See. Mächtige Wasserfontänen sprühten zu beiden Seiten weg, während eine Maschinenkanone und ein paar MGs Feuer und Verderben spien.

Die *Thunderstorm* war schwerer und nicht ganz so wendig bei ihren Manövern, aber der schwerere und stabilere Rumpf konnte dafür auch mehr einstecken. Schuss um Schuss hämmerten die beiden Boote aufeinander ein. Sekunden nur, aber in diesen Sekunden flogen Hunderte von Geschossen aus den glühenden Rohren. Eine Leuchtspurgranate riss das Vordeck des amerikanischen Patrouillenbootes auf, brachte das vordere Geschütz zum Schweigen, tötete oder verletzte die Männer, die es bedienten. Weitaus verheerender aber waren die Wirkungstreffer bei dem iranischen Schnellboot. Die niedrige Brücke hatte sich in ein flammendes Inferno verwandelt, Munition explodierte an Bord und raste wie ein grausiges Feuerwerk kreuz und quer in alle Richtungen. Was die *Thunderstorm* im Abstand von nur etwa zwanzig Yards passierte, war nur mehr ein hilfloses, brennendes Wrack.

Die *Thunderstorm* verlangsamte ihre Fahrt. Auf dem Vordeck kümmerten sich Seeleute um die Verwundeten. »Wo steckt eigentlich der vierte und letzte der Brüder?«, wollte Walker wissen.

»Hinter der *Blizzard* und gibt anscheinend Fersengeld, Sir!«

»Fühlt sich jetzt wohl etwas alleine, eh?«, lautete dazu der Kommentar des Admirals. »Lassen Sie ihn sausen, immerhin haben wir drei erledigt. Das haben Sie gut gemacht, mein Sohn. Dann wollen wir uns jetzt mal um die *Blizzard* kümmern.« Unwillkürlich blickte er auf die Uhr. Nicht einmal ganze zwanzig Minuten hatte das mörderische Gefecht gedauert.

3. Kapitel

4. Tag, 08:30 Ortszeit, 13:30 Zulu – Langley, Virginia

Vice Director Roger Marsden beugte sich vor. »Ich hör wohl nicht recht? Das Ding besteht aus Plastik und ein paar Metallteilchen. Was daran soll strahlen?«

»Genau das habe ich unsere Eierköpfe auch gefragt«, erklärte Jack Small. »Die Antwort fiel allerdings etwas verwirrend aus, jedenfalls für mich.«

Marsden atmete tief durch. »Versuchen Sie trotzdem, mir die Geschichte einigermaßen verständlich zu verklickern.«

»Ganz wie Sie wollen, Boss!« Special Agent Jack Small versuchte, sich zu konzentrieren. »Das Teil, wofür auch immer es bestimmt sein mag, muss neben strahlendem Material gelegen haben. Irgendwo zuvor einmontiert worden, ist es aber jedenfalls nicht. In dieser Hinsicht sind sich die Leute vom Labor nach ihrer eingehenden Untersuchung ziemlich sicher.«

Der Vice Director runzelte die Stirn. »Also hat das Ding sich irgendwo in einem Lager, Depot oder was auch immer mit strahlender Umgebung befunden.«

»So ungefähr«, bestätigte Small.

»Weiß man denn, was für eine Art von Strahlung das gewesen sein könnte?«

Der Agent schüttelte den Kopf. »Nicht konkret. Da

es offenbar eine ganze Reihe von Stoffen gibt, deren Teilchenstrahlung einander ähnelt, wollten sich die Physiker in dieser Hinsicht nicht festlegen. Die Liste, die sie mir mitgegeben haben, ist ellenlang und strotzt nur so von Formeln, mit denen ich absolut nichts anfangen kann. Hinsichtlich der Staubspuren, die im Inneren des Gehäuses gefunden wurden, ist der Befund allerdings eindeutig. Er enthält das radioaktive Isotop Strontium-90, das nicht in der Natur vorkommt, sondern nur bei Atombombenexplosionen oder in Kernreaktoren entsteht. Die Laborleute haben versucht, es mir als nukleare Asche zu erklären.«

»Doch woher die stammen könnte, wussten die Weißkittel vermutlich nicht zu sagen.«

Small nickte. »Das ist leider so, Boss. Und abgesehen davon, bleiben für mich auch so noch genügend Rätsel. Wer war dieser SEAL, warum war er dort, und für wen arbeitete er? Handelte es sich dabei um eines unserer Projekte, von dem ich nur nichts weiß, oder war er für einen anderen Dienst aktiv?« Der Special Agent zögerte einen Moment, bevor er nachdenklich fortfuhr: »Dann hoffe ich doch, dass es wenigstens einer von unseren Diensten war.«

»Ich bin mir nicht sicher«, bekannte der Vice Director der CIA. »Irgendetwas ist verdammt schiefgelaufen.« Er zog einen Bericht aus dem Stapel auf seinem Schreibtisch. »Hier, lesen Sie das mal!«

Minuten vergingen, und nur das leise Rascheln von Papier unterbrach die Stille. Marsden blickte aus dem Fenster und hing seinen Gedanken nach. Abwägen, beurteilen, handeln. Die USA hatten viele Geheimdienste. Das fing beim FBI an, das auch als Inlandsgeheimdienst für Spionageabwehr und Terrorismusbekämpfung zuständig war. Dann gab es natürlich die Homeland Security des Heimatschutzministeriums, die sich auf den Schutz vor terroristischen Bedrohungen im Inland konzentrierte, die DEA des Justizministeriums, deren weltweiter Kampf dem Drogenschmuggel galt, die NSA des Verteidigungsministeriums, spezialisiert auf weltweite elektronische Spionage, die Geheimdienste der vier militärischen Waffengattungen, zusammengefasst unter dem Dach der DIA, der Defense Intelligence Agency, und schließlich noch die CIA, die Firma selbst. Aber das waren nur die wichtigsten. Nicht einmal die CIA wusste genau, wie viele Einzeldienste und Dienstchen existierten. Gerüchte besagten, dass das Innenministerium, das Außenministerium und sogar der Präsident über Agenten verfügten, die nur dem jeweiligen Amtsinhaber berichteten. Die Geheimdienstszene der USA war der reinste Dschungel, und jeder der Dienste hütete seine eigenen Geheimnisse.

»ONI, das Office of Naval Intelligence?«, entfuhr es Small überrascht. »Für die DEA?« Er wirkte sichtlich irritiert. »Und die stolpern über eines unserer Netze? Treten sich die Leute gegenseitig auf die Füße?«

Marsden wandte den Blick von dem großen Fenster und dem Panorama der friedlichen Gemeinde McLean ab. »Es ist nicht ganz so verrückt, wie es sich anhört, Jack.« Seine Stimme war ernst. »Die iranische Regierung braucht Geld, und zwar Devisen. Bei denen ist inzwischen sogar das Benzin rationiert.«

»Aber nicht, weil denen das Öl knapp wird, sie haben nur nicht genug Raffinerien.«

»Und sie horten Sprit für ihre Streitkräfte. So weit, so gut. Wir alle wissen, dass der Iran an allen Fronten aufrüstet. Selbst diejenigen, die das immer wieder abstreiten, zweifeln nicht daran. Es ist nur eine Frage der Prinzipien, dies zu leugnen.« Er machte eine Pause. »Aber das ändert nichts an der Tatsache, dass sie Devisen brauchen. Hätten sie die, könnten sie ihren Sprit gleich um die Ecke einkaufen. Die Emirate produzieren genug, aber die wollen Dollars sehen, keine iranischen Pfund.«

»Selbst wenn die Iraner über Dollars verfügten, würden sie die wohl kaum in Benzin investieren, sondern in Technologie.«

»Das liegt nahe, nachdem etwa auch die Russen nach unseren Informationen ihre Atomgeschäfte nur auf Dollarbasis abwickeln.«

»Und dann hat irgendjemand um die Ecke gedacht und angenommen, die Muftis könnten zur Devisenbeschaffung ja auch ins Drogengeschäft einsteigen. Ist an der Sache überhaupt etwas dran?«

Der Vice zuckte mit den Schultern. »Als Produzent ist der Iran, sieht man von Cannabis einmal ab, bisher nicht in Erscheinung getreten. Das Land bildet eher die klassische Transitstrecke für den Opiumschmuggel von Afghanistan auf dem Weg nach Europa. Das iranische Militär geht bislang aktiv gegen die Drogenbanden vor und vernichtet jedes Jahr über zweihundert Tonnen Rauschgift, das sind mehr als achtzig Prozent der weltweit beschlagnahmten Drogen. Von daher glaube ich einfach nicht, dass Teheran einen Schwenk vollzogen hat und selbst in das Geschäft eingestiegen ist. Rein nach Gefühl würde ich behaupten, die DEA-Leute sind da einer Ente aufgesessen. Aber das hindert sie nicht daran, den Quatsch zu *glauben*.«

»Das klingt plausibel«, pflichtete Small Marsden bei. »Trotzdem kann ich nachvollziehen, dass unser Marinegeheimdienst ONI sich für den Mullah-Staat interessiert, zumal die Navy ja damit rechnet, in absehbarer Zeit mit den Iranern aneinanderzugeraten.«

»Alle unsere Streitkräfte tun das. Die Situation im Irak spricht schließlich Bände, gleichgültig, was die Politik behauptet.« Marsden winkte ab. Der Zwiespalt zwischen der Realität und dem, was manche Politiker als Realität verkauften, war kein neues Thema. Aber das änderte nichts an der Situation. »Das ONI untersteht der DIA, die gewissermaßen die Dachorganisation der Geheimdienste aller vier Teilstreitkräfte bildet. Aber natürlich ist man bei der DIA auch nicht unbedingt immer über alles informiert.«

»Mit anderen Worten, die sind aus allen Wolken gefallen, als Sie angerufen und ihnen einen SEAL als ONI-Leiche präsentiert haben?«

Marsden setzte ein leicht zynisches Lächeln auf. »Aber nicht doch! Da wir ja alles gute Freunde sind, wurde mir versichert, man werde der Sache nachgehen.« Er deutete auf den Bericht. »Dass ich den habe, wussten die Kameraden natürlich nicht, und ich sah auch keinen Grund, ihnen das unbedingt auf die Nase zu binden.«

»Ich weiß, wir sind eine große wunderbare Familie.« Small seufzte. »Und was uns noch zu unserem Glück gefehlt hat, ist dieses strahlende Objekt, von dem keiner weiß, in welche Art von Gerät es gehört. Gefunden bei einem toten ONI-Agenten, der aber im Dienste der DEA unterwegs war. Und ganz durch Zufall sucht er den Kontakt zu zweien unserer Agenten.« Jack beugte sich vor. »Er muss deshalb gewusst haben, wo das U-Boot war, und wir wissen beide, was das bedeutet!«

4. Tag, 10:30 Ortszeit, 14:30 Zulu – *USS Alaska*, Atlantik

Lieutenant Commander King kam in die Zentrale und wedelte mit einem Blatt Papier in der Luft herum. »Na, was haben Sie denn Schönes zu bieten?«, fragte Joshua Martinez seinen Funkoffizier.

»Einen Funkspruch mit Angaben zu den Treffpunkten nebst ein paar weiteren Instruktionen, Sir!«

Der Kommandant überflog den Text und pfiff durch die Zähne. »Wir kriegen den Suez.«

»Wie darf ich das verstehen, Sir?«

Martinez tat sich noch immer etwas schwer mit seinem neuen XO. Irgendwie vermisste er John Turk, mit dem er so lange zusammen auf der *Baton Rouge* und der *Alaska* gefahren war. Aber dann war es an der Zeit gewesen, dass der »Lange« ein eigenes Boot bekam. Doch kein Preis ohne Schweiß, denn vor das eigene Kommando hatten die Götter der höheren Marinehierarchie etliche Lehrgänge gesetzt, die es erfolgreich zu absolvieren galt. Für Martinez hatte es durchaus etwas Amüsantes, sich den auf der Schulbank schwitzenden Turk vorzustellen. Dessen begriffsstutziger Nachfolger gab auch in dieser Hinsicht nichts her. »Wir haben den Kanal als Passage zugewiesen bekommen«, klärte er ihn daher auf.

»Dann muss es ziemlich dringlich sein, Sir!« Der Lieutenant Commander bemühte sich, einen neutralen Gesichtsausdruck zu wahren, aber Martinez spürte die Unsicherheit des Mannes, als dieser fortfuhr: »Nicht dass Kriegsschiffe nicht den Suezkanal benutzen würden, Sir, aber …«

Commander Martinez winkte ab. »Geschenkt! Natürlich liegt es in der Natur von U-Booten, möglichst unauffällig zu operieren, aber wir können schließlich nicht durch den verdammten Suezkanal tauchen.« Normalerweise wurde der von Atom-U-Booten nach Möglichkeit ebenso gemieden wie der Panamakanal. Wenn sie nicht ohnehin schon an der Westküste stationiert waren, wurde allgemein bevorzugt, sie um Afrika beziehungsweise Südamerika herumfahren zu lassen. In Anbetracht der hohen Marschgeschwindigkeiten der Boote war die Zeitersparnis durch die Kanäle im Normalfall selten relevant. »Sie sollten sich daran gewöhnen, Mister King, dass es bei Einsätzen, die von Admiral DiAngelo geleitet werden, grundsätzlich immer irgendwo brennt.« Er erhob sich aus seinem Sessel. »Wie dem auch sei, ich mache einen Rundgang durch das Boot. Die Zentrale gehört ganz Ihnen, Mister King.« Martinez begab sich zum Schott, wo er sich aber noch einmal umdrehte. »Beginn der Gefechtsübungen ist übrigens in einer Stunde.« Das unterdrückte Stöhnen hinter sich hörte er mit einer gewissen Befriedigung.

Doch das Gefühl währte nur kurz, als er an die kommenden Aufgaben dachte. Sowie sie also durch den Suezkanal fuhren, würde die Nachricht, dass eine Special-Operations-Seawolf in die Golfregion verlegte, sofort die Runde machen. Sie fielen gewissermaßen mit der Tür ins Haus.

4. Tag, 11:45 Ortszeit, 15:45 Zulu – Washington D.C., White House

»Roger!« Die Überraschung in der Stimme von William Boulden war unüberhörbar, obwohl dem persönlichen Berater des Präsidenten nachgesagt wurde, nichts und niemand könne ihn wirklich überraschen.

Doch es gab Fälle, in denen er sich nicht auf sichere Fakten stützen konnte, sondern sich mehr auf seinen Instinkt verlassen musste, was aber natürlich niemand zu wissen brauchte. Und dass Marsden ihn direkt im Weißen Haus anrief, war völlig ungewöhnlich. Der Präsidentenberater reagierte vorsichtig. »Was verschafft mir denn die Ehre Ihres Anrufs?«

»Es gibt ein Problem, Sir.«

»Es gibt immer irgendwo ein Problem. Fragt sich nur, wie groß Ihres ist.«

»Es könnte sogar riesig sein, und deshalb habe ich auch nicht den offiziellen Dienstweg eingeschlagen.« Marsden war sich darüber im Klaren, dass diese Vorgehensweise heikel war, denn sie konnte unter Umständen als politische Manipulation des Geheimdienstes ausgelegt werden, und in Amerika war man in diesem Punkt empfindlich bis hin zur Paranoia. »Wir sind durch Zufall auf etwas gestoßen.« Den nachfolgenden Zusatz betonte er eigens: »Im Iran.«

Boulden schwieg für einen Augenblick. Der Iran war ein chronisches Problem, sozusagen das Magengeschwür der amerikanischen Politik. Ahmadinedschads Bestrebungen, die auf eine schiitische Vormachtstellung im Nahen Osten abzielten, waren eindeutig, und trotz aller gegenteiligen Beteuerungen verfolgte er auch ganz klar die Absicht, den Iran nuklear aufzurüsten und die Ölwaffe einzusetzen. Der gesamte Nahe Osten war ein riesiges Pulverfass, und der iranische Präsident würde alles tun, damit es Amerika um die Ohren flog. Iran, das bedeutete grundsätzlich Ärger, selbst wenn die Nachricht gelautet hätte, über Teheran sei lediglich die Sonne aufgegangen. »So, so«, meinte Boulden, und es klang fast wie ein Stöhnen. »Dann lassen Sie mal hören!«

»Durch eine Verquickung von Umständen sind verschiedene Dienste, die hinter unterschiedlichen Dingen her waren, gemeinsam an ein hochbrisantes Indiz geraten.« Roger Marsden räusperte sich. »Ich habe triftigen Grund zu der Annahme, dass der Iran mit seinem Atomprogramm weiter ist, als allgemein angenommen wird.«

Boulden entspannte sich etwas. Diese Aussage war nicht gerade neu und geisterte schon länger durch die Medien. Und speziell die Politik der verbündeten Europäer war darauf ausgerichtet, die weitere Entwicklung erst einmal abzuwarten. »Was meinen Sie mit weiter? Drei Monate, sechs?«

»Von wegen«, sagte Marsden. »Sieben Jahre!«

Der Präsidentenberater musste nun doch schlucken. »Ist das Ihr Ernst?«

»Mit so etwas spaße ich nicht!«, erwiderte Marsden empört.

»Sieben Jahre, das würde aber ja bedeuten …« Boulden geriet ins Stocken.

Der CIA-Mann ergänzte den Rest mitleidslos. »Es würde bedeuten, dass Teheran die Bombe hat oder zumindest innerhalb der nächsten Monate haben wird.«

»Wie sicher ist diese Information?«

»Wir wissen, dass es im Iran irgendwo eine heiße Anlage geben muss, können aber nicht beweisen, dass sensible Anreicherungstechnologie mit im Spiel ist, Sir.«

»Also würde man uns die Sache bei der UNO wieder einmal nicht abkaufen.« Boulden ging bereits im Geiste mögliche Optionen durch, doch die waren erschreckend gering. »Welche Chancen sehen Sie, die Sache zu verifizieren?«

»Das kommt darauf an, Sir«, sagte der Vice Director langsam und bedächtig. »Bildmaterial allein dürfte kaum reichen, nicht nach dem, was ein paar Leute damals in der Irak-Geschichte angestellt haben. Es müsste schon etwas Handfestes sein.«

»Und was stellen Sie sich darunter vor?«

»Bauteile, die sich eindeutig zuordnen lassen, einen Reflektor aus Beryllium oder so was in der Richtung.« Es klang, als fände Marsden langsam Gefallen an der Idee. »Traumhaft wäre natürlich gleich eine komplette funktionsfähige iranische Atombombe.«

»Das wäre ein Alptraum, Roger!« Der Präsidentenberater holte tief Luft. »Mir wäre um Welten wohler, wenn die noch kein so ein Ding fertig hätten.«

Marsden kicherte. »Ich glaube kaum, dass der werte Mister Ahmadinedschad einen feuchten Käse darauf gibt, was Sie gern hätten, Sir.«

»Die Wette würden Sie gewinnen. Aber nun mal im Ernst: Wie könnte so eine Operation Ihrer Meinung nach praktisch aussehen?«

»Eines unserer U-Boote ist gerade unterwegs, um Agenten aufzunehmen, die ...«

»Stopp, stopp! Das will ich gar nicht so genau wissen«, wehrte William Boulden ab. »Wenn ich Ihre Worte richtig deute, dann wäre die Abtransportfrage kein Problem. Das Boot könnte mitnehmen, was immer Ihre genialen Klemm- und Klaubrüder im Iran auch zu stehlen gedenken.«

»Wir bevorzugen in diesem Zusammenhang den Ausdruck ›beschaffen‹, Sir. Aber prinzipiell, ja.«

»Dann scheint ja alles bestens geregelt zu sein. Bloß: Wozu benötigen Sie dann eigentlich mich?«

»Ich habe Sie lediglich um unserer alten ...«

»Hören Sie auf, Roger. Sie sind ein altes Schlitzohr«, unterbrach ihn Boulden. »Wenn Sie mich nicht bräuchten, würde ich von der ganzen Sache erst erfahren, wenn Sie den Mullahs ein halbes Kraftwerk geklaut hätten. Also raus mit der Sprache, wo drückt der Schuh?«

»Die Navy ist knapp an U-Booten. Dass Robert DiAngelo eine kleine Reaktionsgruppe hat, ist für uns zwar ein Vorteil, aber er hat einfach zu wenig Boote, über die er verfügen kann.« Marsden zögerte. »Es könnte eine Situation entstehen, in der wir ein, zwei Boote mehr einsetzen müssten.«

»Sie wollen, dass ich politischen Druck auf DiAngelo ausübe?«, fragte Boulden vorsichtig nach.

»Um Himmels willen, nein! Dafür kennen wir ihn beide zu gut, um zu wissen, dass dies bei DiAngelo nie und nimmer funktionieren würde.«

»Also, worum geht's dann?«, fragte Boulden, der anfing ungeduldig zu werden, unwirsch.

»DiAngelo hat die Seawolf, die als Einzige einsatzklar war, in Marsch gesetzt. Seine anderen Boote liegen zur Instandsetzung oder Umrüstung in der Werft. Ich will die Dinger mit Priorität wieder voll einsatzfähig bei DiAngelos Geschwader, oder wie immer man das auch bei der Navy nennen mag, wissen.«

»Und?«

Marsden stöhnte etwas gequält auf. »DiAngelos neue Reaktionsgruppe gehört formal zur Navy, und der mangelt es, wie üblich, an Geld. Durch diese Konstellation wiederum kann die CIA die erforderlichen Maßnahmen nicht aus dem Reptilienfonds finanzieren.«

Boulden überdachte die Situation. Natürlich war das Vorhandensein dieses Reptilienfonds der CIA eine allgemein bekannte Tatsache, auch wenn kaum jemand, nicht einmal er selbst, eine annähernde Vorstellung davon hatte, wie groß dieser Topf eigentlich war, aber er musste ziemlich gigantisch sein. Das Problem bestand eher darin, dass der Reptilienfonds eigentlich gar nicht existierte, jedenfalls nicht offiziell. Das bedeutete, man konnte daraus zwar diskret riesige Summen abzweigen, um irgendwo einen Diktator zu schmieren. Was aber auf keinen Fall ging, war, mit dem Geld Rechnungen amerikanischer Unternehmen zu bezahlen, die aus regulären Aufträgen resultierten. Denn die wiederum hätten derartige Millionenbeträge als Einnahmen gegenüber den US-Finanzbehörden deklarieren müssen. Und dann wäre es nur eine Frage der Zeit gewesen, bis die ganze Sache hochgekocht wäre. Im Senat hätte die Opposition Zeter und Mordio geschrien, und irgendwelche Untersuchungsausschüsse hätten die CIA gnadenlos auseinandergenommen. »Wie haben Sie das eigentlich gehandhabt, als DiAngelo noch zur CIA gehörte?«

»Da galt das Verursacherprinzip. Einer von uns, der in unserem Auftrag handelte, hatte dabei ein Boot der Navy demoliert, und wir zahlten. Das lief ganz offiziell, die Kosten wurden aus den regulären Etats bestritten.«

»Also brauchen wir eine Dollarpipeline?«

»Sie bringen es auf den Punkt!«

»Wieso habe ich jetzt das Gefühl, Sie betrachten DiAngelos Boote immer noch als die Privatnavy der Firma?«, fragte Boulden mit leicht amüsiertem Unterton. »Also schön, in Anbetracht der Lage sehe ich zu, was ich tun kann. Es gibt ein paar Leute, mit denen ich mich mal unterhalten könnte. Nur: Über welche Summen reden wir überhaupt?«

»Die Aufträge sind im Prinzip von der Navy bereits

erteilt worden, es geht also nur um deren vorrangige Abwicklung im Rund-um-die-Uhr-Verfahren und eventuell ein bisschen zusätzliche Ausrüstung die … äh … sagen wir, die Boote für unsere Zwecke nützlicher machen würde.«

»Wie viel, Roger?« Boulden hatte Mühe, geduldig zu bleiben.

»Sagen wir, so über den Daumen gepeilt achtzig bis hundert?«

»Millionen?«

»Man muss das in Relation setzen. Der Umbau eines SSBN zu einem SSGN, wie es DiAngelo hat, verschlingt allein schon vierhundert Millionen pro Einheit, Sir.« Marsden klang, als wolle er sich persönlich dafür entschuldigen.

»Ich verstehe ja nicht sonderlich viel von der Materie, aber sind das nicht Raketenboote, die von ballistischen Raketen auf Cruise-Missiles umgerüstet werden? Was zum Teufel haben Sie vor, Roger. Soll DiAngelo etwa für Sie einen Krieg anzetteln? Das sind vom Typ her nicht gerade U-Boote, die man an irgendeine Küste schickt, um Agenten abzusetzen oder aufzunehmen.«

»Nein, Sir, aber sie bieten Raum für ein komplettes Boat Team der Navy-SEALs. Und gesetzt den Fall, man lässt ein Raketen-Silo leer, dann könnte man vielleicht da auch eine Rakete, die von irgendwoanders her stammt, reinpacken und abtransportieren.«

»Roger, sagen Sie mir einfach, dass das nicht wahr ist.« Boulden war seine Erschütterung anzumerken. »Sie wollen eine komplette Rakete mit nuklearem Gefechtskopf stehlen?«

»Beschaffen, Sir, wir bevorzugen den Ausdruck beschaffen.«

Konteradmiral DiAngelo nervte der Papierkram auf seinem Schreibtisch, den er durchsehen musste, und so bedeutete das Klingeln des Telefons eine willkommene Unterbrechung bei dieser lästigen Tätigkeit. Er nahm ab und meldete sich.

Der Gunnery Sergeant war dran. »Mister Boulden möchte Sie sprechen, Sir.« Und mit ehrfurchtsvollem Ton fügte er hinzu: »Er ruft vom Weißen Haus aus an.«

»Dann stellen Sie ihn mal durch, Gunny!« Persönlich mochte DiAngelo den Präsidentenberater und hatte ihm schließlich auch schon einiges zu verdanken. Doch dass dieser hochrangige Spitzenpolitiker ihn einfach so mir nichts, dir nichts im Büro anrief, war dennoch etwas irritierend. Da musste mächtig was im Busche sein. Es knackte in der Leitung. »DiAngelo! Was kann ich für Sie tun, Sir?«

»Hallo, Admiral«, trompetete Boulden, »na, wie geht's denn so?«

Robert verdrehte die Augen. Wenn Boulden schon so anfing, anstatt gleich ohne Umschweife zur Sache zu kommen, wie es sonst seine Art war, dann musste es um was verdammt Großes gehen. »Danke der Nachfrage, Sir. Mich über Arbeitsmangel zu beklagen, habe ich jedenfalls keinen Grund.«

»Wie schön für Sie«, meinte Boulden leutselig. »Ein gemeinsamer Freund hat mich übrigens angerufen und mir von Ihrem kleinen Grillfest heute Abend erzählt und mich dazu eingeladen.«

Was zur Hölle ging hier vor?, fragte sich DiAngelo verwundert. Boulden war als einer der engsten Berater des Präsidenten ein ganz hohes Tier. Sein Terminkalender war so voll, dass selbst wichtige Persönlichkeiten aus dem In- und Ausland unter Umständen drei Monate auf ein Treffen mit ihm warten mussten. Und jetzt lud der Mann sich quasi selbst bei Familie DiAngelo ein. »Ich freue mich auf Ihr Kommen, Sir. Verhungern und verdursten werden Sie bei uns unter Garantie nicht.«

»Das habe ich auch nicht angenommen.« Die Stimme des Politikers wurde eine Nuance ernster. »Vielleicht ergibt sich dabei ja auch die Gelegenheit, über Ihr Geldproblem zu reden?«

DiAngelo war jetzt völlig verdattert. »Wie darf ich das verstehen, Sir?«

»Mister Marsden hat mir geflüstert, dass es etwa achtzig bis hundert Millionen Dollar extra kosten wird, ihre U-Boote *schnell* einsatzklar zu machen.« Boulden gab DiAngelo einen kurzen Augenblick Zeit, die Zahl zu verdauen. »Er schnitt dabei auch das Thema des Bedarfs von zusätzlicher Ausrüstung an. Also, wie sieht es aus?«

Der Konteradmiral runzelte die Stirn. Finanzfragen waren eigentlich nur relativ bedingt seine Baustelle, sein Job war es, die Boote einzusetzen. »Die neue *North Dakota* muss mit diversen Kinderkrankheiten in die Werft, aber das läuft sozusagen auf Garantie. Die *Tuscaloosa* soll nächste Woche das Dock wieder verlassen können. Bei der *San Diego* wird es ebenso wie bei der *Oklahoma* allerdings noch eine geraume Zeit dauern, bis deren Umbau fertig ist. Zwei Monate schätzungsweise, und danach kommt natürlich noch die Erprobung.«

»Ich hatte Gelegenheit, mit ein paar Herren zu sprechen, und die *North Dakota* geht daher unverzüglich ins Dock, sowie sie eintrifft.«

DiAngelo holte tief Luft. Trotz aller Planung gab es auf Grund von technischen Unwägbarkeiten immer so etwas wie eine Warteschlange. Und dass die *North Dakota* davon ausgenommen wurde, wollte schon was heißen. Der Einfluss, den Boulden über alle möglichen Kanäle ausüben konnte, war durchaus imponierend. »Danke, Sir!«

»Bei der *San Diego* werden es vier Wochen statt der veranschlagten acht«, fuhr Boulden ungerührt fort. »Die Experten haben mir versichert, mit einem Haufen Überstunden sei das zu schaffen. Gemeinhin vermeidet die Navy natürlich so etwas wegen der Budgetknappheiten.«

»Sir, wenn das ruchbar wird, dann dürfte Admiral Sharp allerdings einen Veitstanz ohnegleichen aufführen und mich komplett zur Schnecke machen.« DiAngelo bekam so langsam eine Vorstellung davon, wofür die achtzig bis hundert Millionen eingesetzt werden sollten, auch wenn er keine Ahnung hatte, wo das Geld herkam.

»Admiral Sharp war zuerst auch nicht begeistert von meinen Vorstellungen.«

DiAngelo kam aus dem Staunen nicht mehr heraus.

»Aber nachdem ich ihm die Dinge etwas genauer auseinandergesetzt habe, stimmte er zu.« Boulden lachte leise. »Natürlich habe ich ihm auch zusichern müssen, die Finanzierung zu gewährleisten.«

»Danke … äh … danke, Sir!«, stammelte DiAngelo.

»Ein Problem bildet momentan allerdings noch die *Oklahoma*, ein enormer Kasten, der statt ballistischer Raketen nun Cruise-Missiles erhält.«

»Wie Sie sagen, Sir, die Ohio-Klasse besteht aus den

größten atomar angetriebenen U-Booten der Vereinigten Staaten, allerdings ist die *Oklahoma* aber auch ein vierunddreißig Jahre alter Dinosaurier.«

»Ich habe den Eindruck, es ist etwas überdimensioniert für das, was Sie normalerweise tun.«

»Sagen wir mal so: Die Bewaffnung mit Marschflugkörpern vom Typ Tomahawk ist bei unseren normalen Einsätzen überhaupt nicht vonnöten, denn das sind Erstschlagwaffen bei einem kriegerischen Konflikt. Der Vorteil, den die *Oklahoma* jedoch auf Grund ihrer Größe bietet, besteht darin, dass ganze Boat Teams der SEALs mit an Bord genommen werden können, was wiederum dank der Schleusen Möglichkeiten zu Tauchereinsätzen …«

»Mal langsam, Admiral!«, unterbrach Boulden ihn. »Mister Marsden hat mich auf eine Idee gebracht, die ich dann den Experten zur Prüfung unterbreitet habe. Natürlich steht eine Stellungnahme noch aus.« Dem Präsidentenberater war anzumerken, dass er darüber verärgert war. »Aber man hat mir versichert, dass ich eine erste Einschätzung bekomme, noch bevor ich zu Ihrem Barbecue fliege.«

»Verraten Sie mir denn auch, worum es bei der Idee geht, Sir?«

»Lassen Sie sich überraschen, Admiral. Heute Abend werden Sie mehr darüber erfahren.«

4. Kapitel

4. Tag, 18:30 Ortszeit, 23:30 Zulu – Norfolk, Virginia

Die illustre Herrenrunde, die sich um den großen Grill versammelt hatte, setzte sich aus drei Admirälen, vier Senioroffizieren, drei U-Boot-Kommandanten, einer davon ein Russe, der die Seiten gewechselt hatte, zusammen. Von den beiden anwesenden Zivilisten war der eine Berater des amerikanischen Präsidenten, der andere Vice Director der CIA. Alle miteinander hatten mittlerweile Jacketts und Krawatten abgelegt und widmeten sich hemdsärmelig dem Barbecue, denn Grillen war so ziemlich die letzte verbliebene Domäne der Männerwelt.

»Wichtig ist das Bier!«, erklärte William Boulden im Brustton der Überzeugung. »Das Fleisch gehört zuerst mit Öl, Senf und schwarzem Pfeffer mariniert, und dann auf dem Grill mit Bier abgelöscht. Das gibt der Sache doch erst den wahren Pfiff!«

»Schade um das schöne Bier«, tat Commander Tex Harper seinen Standpunkt kund. »Ich bevorzuge bei einem Steak immer die Texas-Variante, außen scharf gebraten, innen noch rot, und gewürzt wird erst hinterher. Das Bier sollte man besser nur so trinken.«

Roger Marsden, der sich zum Grillmeister aufgeschwungen hatte, wendete routiniert die Fleischstücke und schloss danach wieder den Deckel des Smokers.

Bob stand etwas am Rande, spielte den Beobachter und hing dabei seinen eigenen Gedanken nach. Bisher war es noch nicht zu dem avisierten Gespräch mit Marsden und Boulden gekommen, und natürlich war er gespannt darauf, was die beiden wohl ausgeheckt haben mochten, und welche Rolle sie ihm dabei zugedacht hatten.

»Sie schauen so nachdenklich drein«, sagte Igor Sarubin, als er sich zu ihm gesellte. Der Russe prostete ihm mit seiner Bierflasche zu. »Nasdarowje!«

Sie stießen miteinander an, und jeder nahm einen tiefen Schluck. »Schande über mich«, sagte der Russe und grinste. »Ich habe Ihnen ja noch nicht einmal wirklich zur Beförderung gratuliert, Admiral.«

»Danke trotzdem.« Bob wusste nicht, was er sonst noch dazu hätte sagen sollen. Dass alles so gekommen war, verdankte er der Tatsache, dass die Navy ihn von der CIA hatte zurückhaben wollen. Dabei hatte nicht zuletzt eine Rolle gespielt, dass es ihm bei einer Mission im Auftrag der Firma gelungen war, Sarubins U-Boot zu versenken. Für den hatte dies das Ende seiner Karriere bedeutet, für DiAngelo einen weiteren Schritt nach vorn. Sie beide wussten das nur zu gut.

»Ich hörte, Sie sind jetzt Berater bei der Firma?«

Igor lächelte und legte den Finger an die Lippen. »Pscht, alles streng geheim!«

»Und wenn Sie es mir sagen, müssen Sie mich hinterher töten!« Der alte Witz hatte zwar schon längst einen Bart, war aber in Geheimdienstkreisen nicht totzukriegen.

Sarubin schüttelte den Kopf. »Nein, aber ich müsste Ihre Filmsammlung in Geiselhaft nehmen.«

»Waaah!« Der Konteradmiral simulierte so etwas wie Panik. »Alles, alles, aber nur nicht meine Filme!«

Den beiden Männer war ihr Faible für Hollywoodstreifen gemeinsam. DiAngelo, der über eine Kollektion von etwa viertausend Filmen verfügte, hatte sich für sein Hobby sogar im Keller seines Hauses ein perfektes Heimkino eingerichtet. Sarubin, der seine Sammlung in Russland hatte zurücklassen müssen, nutzte daher jede sich bietende Gelegenheit zu einem Besuch bei den DiAngelos, auch deshalb, weil die beiden ihm mit ihren »Kontakten« unter die Arme greifen konnten, um wieder eine eigene Cinemathek aufzubauen, wobei sich der Russe als ausgesprochen gewitzt erwies. Sarubin senkte die Stimme, als befürchte er, ein Feind würde mithören. »Ich habe eine Spur der *Symphonie des Grauens* gefunden«, verkündete er stolz. »Einen 1922er Nosferatu!«

»Klingt für mich wie ein altes Auto.« Roger Williams, Bobs alter Freund, der nur den letzten Satz mitbekommen hatte, trat zu ihnen. »Was ist so besonders daran?«

In Sarubins Augen trat ein amüsiertes Funkeln. »Vom Original aus dem März 1922 gezogen, für das Bram Stokers Witwe Florence 1924 vor einem Berliner Gericht die Vernichtung aller Positive und Negative erwirkte.«

Man sah Williams an, dass er die Signifikanz dieser Information nicht begriff. Bob übernahm es, ihn aufzuklären. »Damals wurden nicht alle Kopien vernichtet. Als der Murnau-Film später für Sammler digitalisiert wurde und auf DVD kam, wurden ein paar Szenen geschnitten.«

»Sieben Minuten, die fehlen!«, ergänzte Igor eifrig. »Aber ich bin jetzt an der Vollversion dran, die vermutlich in Hongkong schwarz auf DVD gebrannt wurde.«

»Es gibt nichts, was es nicht gibt«, meinte DiAngelo kopfschüttelnd. »Was verlangt der Verkäufer?«

»Tausend Dollar, aber ich glaube, ich kann ihn runterhandeln auf siebenhundertfünfzig.« Sarubin rieb sich vergnügt die Hände.

Captain Williams schnappte nach Luft. »Ich glaub, ich spinne! So viel Geld für so ’nen alten Schinken?«

»Glaub mir, es wäre ein echtes Schnäppchen«, sagte Bob. »Wenn die Filmversion erstmal hier in den USA sein sollte, kenne ich Sammler, die das Fünffache dafür hinblättern, ohne mit der Wimper zu zucken.« DiAngelo blickte Sarubin in die Augen. »Obwohl ich beinahe glaube, Sie wollen ihn behalten?«

In das Gesicht des Russen trat ein empörter Ausdruck. »Würden Sie so eine Kostbarkeit etwa wieder aus der Hand geben?«

»Nein«, bekannte Bob freimütig. »Aber der Versuch, Ihnen den Film eventuell abkaufen zu können, musste ganz einfach sein.«

Roger Williams sah Bob nur noch entgeistert an, während Igor fast schon großzügig meinte: »Angucken mit mir gemeinsam bei einer Privatvorführung ist natürlich immer drin für Sie, Admiral. Doch jetzt hol ich mir erst mal ein Bier. Soll ich jemandem auch noch eins mitbringen?«

»Mir bitte«, sagte Bob und sah dem Russen hinterher, der zur offenen Terrassentür schlenderte.

Williams gab ein Ächzen von sich. »Du hast ihm gerade unverblümt fünftausend Dollar für ’nen ollen Vampirfilm angeboten! Jenn würde mich glatt auf der Stelle erschlagen, wenn ich das getan hätte.«

Bob legte Roger die Hand auf die Schulter. »Trag’s mit Fassung. Weißt du, ich bin mir ziemlich sicher,

Angela hätte mir die Hölle heiß gemacht, wenn ich nicht wenigstens den Versuch gestartet hätte.«

»Fünftausend Dollar? Ihr verrückten Filmfreaks habt sie doch wirklich nicht alle!«

In der Küche der DiAngelos kümmerten sich derweil die Frauen um die Beilagen zum Barbecue. Jennifer Williams schälte frische Tomaten, die sie zuvor in einem Sieb kurz in kochendes Wasser getaucht hatte, damit die Haut besser abging.

»Kann es sein, dass U-Boot-Fahrer Entzugserscheinungen bekommen, wenn sie nicht mehr raus auf See müssen, ich meine jetzt, wo doch auch dein Mann ...«

»Was für eine bescheuerte Frage!«

»Entschuldige«, sagte Angela DiAngelo. »Die kam mir eben einfach so in den Sinn.« Sie strich sich eine Strähne ihres blonden Haares aus dem Gesicht und wechselte das Thema. »Im Kühlschrank ist auch noch eine Schüssel Kartoffelsalat, den habe ich gestern schon angemacht, damit er durchziehen kann.« Sie tat so, als würde sie die plötzliche Besorgnis in den Augen der anderen Frauen nicht bemerken.

»Vermissen kann man immer etwas«, sagte Liu Small leichthin.

»Sie haben gut reden, Liu«, meinte Madge Marsden, die nicht nur aufgrund ihres Alters eine unbestreitbare Autoritätsperson war.

»Sag mal«, fragte Angela die Chinesin, »auch wenn mich das eigentlich nichts angeht, tragt ihr euch, Jack und du, mit dem Wunsch nach Kindern?«

»Klar haben wir darüber auch schon öfter miteinander geredet. Teenager sind wir beide ja gerade keine mehr, und Jack fürchtet, er könnte für so was zu alt sein.«

»Jack ist nur wenig älter als Bob und …«

Liu kicherte. »In dieser Hinsicht spielt das wirklich keine Rolle … aber er hat sich ausgerechnet, dass er bereits auf der falschen Seite der fünfzig sein würde, wenn seine Söhne mit ihm Baseball spielen wollen.«

»Was haben wir doch für tolle Männer!«, seufzte Angela. »Jung genug, um bei U-Boot- oder anderen Einsätzen rund um den Erdball Kopf und Kragen zu riskieren, fühlen sie sich allemal. Nur wenn's darum geht, für die Kinder da zu sein, schlaffen sie plötzlich ab.«

»Na ja, und falls … es würde mir so gehen wie dir, Angela. Stay-at-home-Mom und Hausfrau.« Lius Gesicht drückte aus, was sie von dieser Vorstellung hielt.

Jennifer war mittlerweile dabei, ihre Tomaten in Stücke zu schneiden. Sie machte sich nicht einmal die Mühe, von ihrer Arbeit aufzusehen, als sie sagte: »Entweder Ethan zur Großmutter und Rückkehr in den Dienst … oder ein zweites Kind.«

Die anderen Frauen starrten sie überrascht an, ein paar Lippen zuckten verdächtig.

»Wahrscheinlich bedeutet die Navy weniger Stress als die Rolle der unzufriedenen Hausfrau«, setzte Jenn trocken hinzu.

Madge setzte noch einen drauf. »Du könntest dir auch einen jungen Hund anschaffen, den musst du wenigstens nicht aufs College schicken.«

Der Bann war damit gebrochen, und allgemeines Gelächter erfüllte die Küche.

Bob quittierte den Heiterkeitsausbruch, der aus dem Haus zu ihm drang, mit Zufriedenheit. Die Stimmung bei den Frauen war demnach ebenfalls gut. Seine Augen suchten William Boulden, der sich etwas von dem Trubel am Grill abgesetzt hatte. Der Präsidentenberater blickte versonnen hinunter auf die Naval Base, den größten Flottenstützpunkt der Welt. Allein die zwei gigantischen atomgetriebenen Flugzeugträger zogen die Aufmerksamkeit eines jeden Betrachters magnetisch auf sich. Wie Festungen auf einem Berg ragten die größten jemals gebauten Kriegsschiffe mit ihren Winkeldecks aus dem Wasser. Titanen der See, mit 3200 Mann Schiffsbesatzung und knapp 2500 Leuten Flugpersonal, konstruiert und geschaffen, ganze Seegebiete zu beherrschen. Nichts war geeigneter, um machtvoll die militärische Präsenz der Vereinigten Staaten auch weit entfernt vom heimischen Kontinent zu demonstrieren. Jetzt im Licht der untergehenden Sonne wirkten sie aber dennoch verletzlich, und im Grunde genommen waren sie das auch. In See wurden sie rund um die Uhr von einer Carrier Strike Group eskortiert, die sich aus drei bis fünf Zerstörern der Arleigh-Burke-Klasse oder Kreuzern der Ticonderoga-Klasse, einer Fregatte sowie zwei Atom-U-Booten zusammensetzte und der die Aufgabe zufiel, den Träger gegen Angriffe aus der Luft oder zu Wasser zu sichern. Boulden blickte hinaus auf die weiter hinten liegenden Piers, wo die so täuschend harmlosen Formen der U-Boote bereits anfingen, in der heraufziehenden Dämmerung zu verschwimmen. Die mit Cruise-Missiles bestückten SSGNs vermochten mehr als einhundertfünfzig Tomahawks im Salventakt abzufeuern, mit konventionellen Sprengköpfen allemal genug, um eine Stadt in Schutt und Asche zu legen, mit nuklearen Gefechtskörpern würde dies die Einleitung des Weltuntergangs bedeuten. Unter der glatten Hülle verbarg sich die Feuerkraft einer ganzen Flotte.

Andere U-Boote wiederum waren Jäger und trotz des zugegebenermaßen erweiterten Einsatzfeldes der Angriffs-U-Boote hatte sich am Grundprinzip nicht wirklich etwas verändert: suchen, finden, zerstören. Alles andere waren Dinge, die nebenher erledigt wurden. Beide Typen von U-Booten würden zusammen bei einem kriegerischen Konflikt großen Ausmaßes das schlagkräftigste Arsenal darstellen, das auf See verfügbar war. Und ausgerechnet auf diesem Sektor hatte die Politik massive Einschränkungen beschlossen, eine Militärdoktrin, die zumindest fragwürdig war. Kritiker spöttelten, sie beinhalte die größte Seeschlacht, die Amerika jemals verloren hatte – ohne auch nur einen Schuss abzufeuern.

Bob ging nun auf Boulden zu. »So, wie's aussieht, sind die anderen derzeit alle gut beschäftigt und fröhlich. Wäre das jetzt nicht eine günstige Gelegenheit, nebenher ein Pläuschchen über Ihre Idee zu halten, Sir?«

»Warum auch nicht. Gehen Sie ruhig schon einmal vor in Ihr Arbeitszimmer. Ich sammle bloß noch schnell Marsden ein und komme dann mit ihm nach. Wir sind ja schließlich nicht zum ersten Mal hier.«

»So funktioniert das nicht!« DiAngelos Finger glitt über die Bauzeichnung eines Ohio-Bootes. »Sehen Sie, hier unter den achteren Silos liegen die Quartiere für die SEALs. Es wäre nicht damit getan, die Raketencontainer einfach rauszureißen und eine große Luke im Oberdeck zu schaffen. Erstens würden Sie die wegen des Wasserdrucks kaum aufkriegen, sowie sie tiefer als ein paar Fuß sind, und zweitens würden

Sie diesen ganzen Bereich fluten. Das wären Hunderte von Tonnen Wasser, die das Boot absacken ließen wie einen Stein.«

»Die Bedenken haben die Experten der Werft mir gegenüber auch bereits geäußert.« Boulden starrte missmutig auf die Skizze mit dem Längsschnitt. »Es muss doch einen Weg geben, das Boot mit einer Art Laderaum zu versehen.«

»Wie groß soll der überhaupt sein, damit das Zeug, das sie da verstauen wollen, reinpasst?«

»Mister Marsden?«

Roger Marsden löste sich von der Kommode, an die er sich gelehnt hatte. »Das Zeug ist ungefähr fünfzig Fuß lang und hat etwa vier bis fünf Fuß Durchmesser. Das Gewicht dürfte nach unseren Erkenntnissen bei rund dreißigtausend Pfund liegen.*«

»Hört sich nach einer Rakete an«, sagte Bob, ohne sich dabei seine Verwunderung anmerken zu lassen.

Marsden grinste wie ein Wolf. »Bingo! Nur keine von unseren. Wir adoptieren gewissermaßen ein oder zwei Babys der Iraner.«

»Darf ich mal fragen, wohin sie die Dinger bringen wollen, um sie überhaupt bis zum Boot zu kriegen?«

»Daran arbeiten wir noch. Über die Grenze in den Irak kämen wir damit niemals, Armenien und Turkmenistan fallen aus. Blieben die Türkei oder Afghanistan als Alternativen. Aber zwei Raketen mit nuklearen Gefechtsköpfen durch Afghanistan zu transportieren, würde eine Menge Risiken bergen.«

»Und was ist mit der Türkei?«

Marsden zuckte mit den Schultern. »Deren Grenze

---

* 15 m Länge, 1,20 m Durchmesser, 14.500 kg Startgewicht für eine iranische Shahab-3- oder Ghadr-Mittelstreckenrakete.

liegt vom Ort unserer Beschaffungsmaßnahme verdammt weit weg, obwohl ich sogar glaube, dass die Türken uns als treue NATO-Partner die Dinger ohne Ärger zu machen in ihr Land bringen ließen. Doch würde darüber auch nur das Geringste durchsickern, dann wäre das natürlich Wasser auf die Mühlen der Islamisten, und wir können es uns nicht leisten, durch so was den gegenwärtigen Status quo zu destabilisieren.«

»Was also bleibt?«

»Die Anlage, in der die Muftis alles zusammenbauen, liegt nur knapp dreihundert Kilometer von der Straße von Hormuz entfernt.«

DiAngelo bekam einen leichten Hustenanfall. »Wie großartig!«, merkte er danach sarkastisch an. »Das nördliche Ende besteht aus einer Flachwasserzone, in der ein Boot wie die *Oklahoma* zur leichten Beute werden würde, obwohl ...« Er runzelte nachdenklich die Stirn. »Kurt Walker, der dort unten das Kommando über die Fünfte Flotte hat, fliegt morgen früh wieder an den Golf.«

»Ein alter Spezi von Ihnen, Bob, ich weiß.« In Marsdens Worten schwang eine Warnung mit. »Allerdings fehlt es nicht an Leuten, die mit seinem militärischen Verhalten keineswegs einverstanden sind.«

»Was hat er denn angestellt?«

»Er hat den Iranern ein kleines Seegefecht geliefert. Zwei unserer Patrouillenboote wurden dabei schwer demoliert, es gab Tote und Verletzte.«

»Sieht ihm ähnlich. Und die Iraner?«

»Haben drei Boote verloren, ein viertes entkam beschädigt. Das Problem ist, dass Admiral ›Fullspeed‹ zwar beweisen kann, dass die Boote Waffen für mutmaßliche terroristische Gruppen schmuggelten, aber nicht, dass sie zur iranischen Marine gehörten.« Marsden lächelte schmal. »Obwohl das natürlich die Spatzen von den Dächern pfeifen.«

»Demnach hat er also mächtig Ärger am Hals.«

»Und wie!«, bestätigte der CIA-Vice-Director. »Gewisse Interessengruppierungen haben ihn auf der Abschussliste.«

DiAngelo sah Boulden an. »Handlungsspielraum, uns bei dem Unternehmen diskret zu unterstützen, hat er daher wohl nicht?«

»Ich fürchte, nein, denn er muss im Augenblick um seine eigene Haut fürchten. Was aber nichts daran ändert, dass ich zweierlei haben will: Erstens ein U-Boot, das diese verdammten Raketen aufnimmt, aus iranischen Gewässern heraus- und einigermaßen dezent in die Staaten bringt. Zweitens einen Mann, der gegebenenfalls einspringen kann, falls es ein paar übereifrigen Senatoren gelingt, Walker für eine Zeitlang kaltzustellen.«

»Sie wollen doch nicht etwa mich in die Golfregion schicken?«

»Warum nicht? Mir schwebt dabei so eine Art unsichtbarer Supervisor an Bord eines U-Boots vor.«

»Das dürfte so nicht klappen, Sir.« DiAngelo wich dem Blick Bouldens nicht aus. »Klar, das mit dem U-Boot lässt sich arrangieren, aber um in Walkers Fußstapfen zu treten, wenn alle Stricke reißen, fehlt es mir immer noch an Rang.«

William Boulden hob den rechten Zeigefinger. »Sehen Sie, darüber habe ich mich vorsorglich schon mal etwas schlaugemacht. Im Prinzip können die Joint Chiefs, der Verteidigungsminister oder der Präsident jederzeit einfach jemanden nach Maßgabe der Dinge einsetzen.« Er sah DiAngelo ernst an. »Und sollte die besagte Situation eintreten, was natürlich niemand hofft, dann können Sie sich darauf verlassen, dass ihre Bestallung vom Präsidenten persönlich kommt. Davon abgesehen würde Admiral Sharp wohl kaum zögern, den Erlass sofort gegenzuzeichnen.«

Wieder einmal musste DiAngelo sich eingestehen, dass Boulden ein Mann war, der wusste, wo's langging. Eine Bemerkung konnte er sich aber dennoch nicht verkneifen: »Sharp würde das sogar mit Kusshand tun und sich dabei noch einen Ast lachen.«

»Sie werden also fliegen?«

»Ja, aber nach Ägypten. In ein paar Tagen passiert die *Alaska*, meine einzige Seawolf, den Suezkanal, und ich werde dann dort an Bord gehen.«

Marsden nickte zustimmend. »Das ist auf alle Fälle besser und weniger auffällig, als noch einen Admiral in die Emirate oder Saudi-Arabien einschweben zu lassen.« Er sah die beiden anderen Männer fragend an. »Damit wäre das also beschlossene Sache?«

Bob lächelte etwas verkrampft. »Das Flachwasser-Problem als solches ist damit dennoch nicht gelöst.«

»Und wir haben auch noch nicht raus, wie wir die Raketen in das Boot kriegen«, merkte Boulden an.

DiAngelo ging zu einem Bücherregal und zog ein Handbuch heraus. Nach einigem Blättern fand er, was er suchte. »Mit fünfzig Fuß sind die Dinger etwas länger, aber bedeutend schlanker als eine Trident D5.«

»Und was ergibt sich daraus?«

Bob rechnete kurz überschlagsweise. »Wir haben etwas Spielraum, da die Ohios ursprünglich konstruktiv für die Trident-Raketen ausgelegt wurden. Der Umbau zu SSGNs sieht ja primär vor, deren ehemalige Silos durch neue Container für jeweils sieben Tomahawks zu ersetzen. Falls zwei der alten Schächte einfach unverändert leer bleiben, dann kommen wir der Sache schon ein Stück näher.«

»Was die Dimensionen der iranischen Raketen anbelangt, so handelt es sich dabei allenfalls um näherungsweise Schätzungen«, gab Marsden zu bedenken. Was passiert, wenn die Biester auch nur einen halben Zoll zu lang sind?«

»Ich nehme an, sie werden schlimmstenfalls etwas rosten.« DiAngelo klang leicht amüsiert. »Selbst bei offenen Deckeln und gefluteten Schächten bekommt das Boot keine Probleme. Tief zu tauchen ist dann allerdings nicht mehr drin, aber das kann es dort ohnehin nicht. Was mir mehr Kummer macht, ist, wie wir die Raketen davon abhalten, bei jedem Manöver einfach hin und her zu rutschen. Dafür muss irgendeine sinnvolle Vorrichtung her, um sie festzulaschen. Die Werftleute sollten sich da noch was Vernünftiges einfallen lassen.«

Boulden nickte zufrieden. »Darauf können Sie Gift nehmen, denn sonst ziehe ich denen persönlich die Hammelbeine lang!«

Die Barbecue-Party währte noch lange, die Stimmung war prächtig, und entsprechend dauerte es, bis sich die Runde so langsam auflöste und auch der letzte Gast gegangen war und Bob und Angela in ihre Betten kamen. Müde, wie er war, machte Bob sogleich das Licht seiner Nachttischlampe aus.

Doch Angela wollte noch nicht schlafen. »Sag mal, was habt ihr eigentlich so Wichtiges zu besprechen gehabt, nachdem ihr euch, du, Boulden und Marsden, für eine Weile in dein Arbeitszimmer abgeseilt hattet?«

»Das hätte ich dir schon noch erzählt«, druckste Bob etwas herum.

»Du sollst wohl wieder los?« Die Frage klang eher nach einer Feststellung.

Er griff nach ihrer Hand und drückte sie sanft. »Nur vertretungsweise und völlig unauffällig für den Fall, dass ›Fullspeed‹ vor einem Untersuchungsausschuss antanzen muss. Eine harmlose Geschichte.«

»Dass ich nicht lache!« Angela kannte ihren Mann nur zu gut. »Hat das was mit Martinez zu tun, der mit einem deiner U-Boote vor wenigen Tagen ausgelaufen ist?«

Derartige Einsätze unterlagen natürlich der Geheimhaltung, und natürlich hätte er darüber selbst mit seiner Frau nicht sprechen dürfen, aber ... »Ich werde kurzfristig an Bord der *Alaska* gehen, vermutlich in Port Said. Du musst das bitte verstehen, das gehört einfach zu meinem Job mit dazu.«

»Wann?«

»Ich weiß es noch nicht ganz genau, aber es könnte verdammt schnell gehen.«

Angela nahm ihn in die Arme. »Dann lass uns die verbleibende Zeit nutzen.«

5. Kapitel

7. Tag, 15:00 Ortszeit, 13:00 Zulu – Hafen von Suez, Ägypten

Robert DiAngelo trug Zivil und führte mehr Gepäck mit als man auf einem U-Boot dabeihaben sollte, selbst wenn es sich dabei um eine große Seawolf handelte. Joshua Martinez legte die Hand an die Mütze. »Willkommen an Bord, Sir!«

»Danke, Joshua. Sehen Sie zu, dass die Männer den Kram an Bord bekommen. Wenn es nicht anders geht, sollen sie den Inhalt des großen Koffers eben ausräumen und das sperrige Ding einfach zurücklassen.«

Der Kommandant der *Alaska* schaute etwas verwundert aus der Wäsche. »Sir?«

»Keine Sorge, ich bin auf meine alten Tage keineswegs eitel geworden. Es kann nur sein, dass ich das Zeug, das ich da mitgeschleppt habe, eventuell noch brauche. Das erkläre ich Ihnen dann später.«

»Aye, aye, Sir!« Commander Martinez winkte ein paar Seeleute herbei. »Auf geht's, Männer, schafft das Gepäck vom Admiral an Bord, notfalls durchs Torpedoluk. Ihr könnt alles in meine Kammer bringen.« Mit einem Grinsen auf dem Gesicht folgte er dem Admiral nach unten. Martinez hatte keine Ahnung, warum er plötzlich Befehl bekommen hatte, DiAngelo hier in Suez aufzulesen, aber der Sachverhalt weckte Erinnerungen. Nicht umsonst genoss

DiAngelo einen legendären Ruf als Troubleshooter, und wann und wo auch immer er höchstpersönlich in Erscheinung trat, gab es nichts, womit nicht gerechnet werden konnte.

DiAngelo hatte sich an dem winzigen Tisch in der Kommandantenkammer niedergelassen und das lädierte Bein weit von sich gestreckt. Als er Martinez' Blick bemerkte, zog er eine Grimasse. »So ein Klimawechsel ist nichts für meine alten Knochen. Ich fürchte, mein Bein wird mich irgendwann noch umbringen.«

»Der Arzt kann Ihnen eine Schmerztablette …«

Bob winkte ab. »Geht schon.« Demonstrativ zog er das Bein wieder an. »Ich will gar nicht erst mit dem Zeug anfangen.« Er zwang sich zu einem Lächeln. »Die Frage, warum ich so überraschend hier auftauche, steht Ihnen förmlich ins Gesicht geschrieben, Josh. Deshalb will ich Sie auch gar nicht groß auf die Folter spannen. Ich brauche sozusagen Asyl.«

»Sie brauchen … waaas?« Martinez starrte ihn entgeistert an.

»Asyl, einen heimlichen Unterschlupf, nennen Sie es, wie Sie wollen. Kurt Walker, der Kommandeur der Fünften US-Flotte, hat einen Teil seines Auftrages zu ernst genommen und ein paar iranische Boote abgefangen, die allem Anschein nach Waffen für Insurgenten in den Irak schmuggelten.«

»Ich verstehe es immer noch nicht, Sir. Es gehört ja zu den Aufgaben der Navy, so etwas zu verhindern.«

»Ja und nein. Drei iranische Schnellboote wurden versenkt, zwei amerikanische Patrouillenboote beschädigt. Es gab Tote und Verletzte auf beiden Seiten, auf iranischer Seite aber wohl eher nur Tote. Ich habe mit Walker gesprochen. Die Dinger waren derart vollgestopft mit Waffen und Munition, dass sie regelrecht explodierten.«

»Demnach war also Walker selbst mit von der Partie?«

Der Admiral sah ihn amüsiert an. »Walker hat schließlich nicht umsonst den Spitznamen ›Fullspeed‹ verpasst bekommen. Er ist eben gern vor Ort, weil er es hasst, am Schreibtisch herumzuhocken und auf eintreffende Meldungen zu warten. Vielleicht fällt es ihm aber auch nur schwer, seine Männer allein loszuschicken.«

Von der Sorte kenne ich mindestens noch einen!, schoss es Martinez sofort durch den Kopf, ein Gedanke, den er jedoch tunlichst für sich behielt. »Und wie kommen Sie ins Spiel?«, erkundigte er sich stattdessen.

»Walker steht unter Beschuss. Dass die Boote aus dem Iran kamen, ist offenkundig, aber der Beweis, dass sie der regulären iranischen Marine angehörten, ist kaum zu führen. Die Untersuchung der geborgenen Waffenteile ergab lediglich, dass sie russischer Herkunft waren, und Kalaschnikows gibt es praktisch überall, das ist ähnlich wie bei den israelischen Uzis.«

»Und deshalb reißen jetzt irgendwelche neunmalklugen Leute den Mund auf von wegen, die Navy habe einen kriegerischen Zusammenstoß mit dem Iran provoziert?«

»Die übliche Nummer eben«, sagte Bob säuerlich. »Daher will man mich als ›eiserne Reserve‹ inkognito in der Hinterhand haben, falls Walker plötzlich von gleich auf jetzt kaltgestellt werden sollte.«

»Na ja, unbemerkt und unauffällig, das sollten

wir hier ja wohl hinkriegen, Sir! Was ich mich aber dennoch frage ist, ob wir künftig stillschweigend wegsehen sollen, wenn die Iraner ihre Waffenlieferungen mit wehender Flagge und Blaskapelle in den Irak schippern?«

»Es gibt Stimmen, die besagen, dass wir überhaupt nicht dort sein sollten.«

»Verdammte Gringos«, knurrte Martinez. »Die meisten dieser Schwätzer haben vermutlich nicht einmal annähernd eine Vorstellung davon, wo der Irak liegt.«

»Lassen Sie sich nicht frustrieren, Joshua«, meinte DiAngelo und wechselte das Thema. »Ich soll Ihnen übrigens schöne Grüße von Ihrem ehemaligen XO ausrichten.«

»John Turk? Wie geht's ihm?«

»Das können Sie ihn demnächst vielleicht selbst fragen. Sobald sein Boot aus der Werft kommt, wird er sich auf die Socken machen.«

»Ohne Erprobungsphase?«

»Er bekommt zwei Tage, in denen er testen kann. Entweder er befindet das Boot okay, oder er bricht ab. Wir werden es erfahren.«

Martinez stutzte. »Heißt das, es wird daran gedacht, dass wir zusammen operieren?«

Der Admiral nickte bestätigend. »Wenn es so weit ist, werden Sie ihn mit der *Alaska* unterstützen und ihm Rückendeckung geben, Joshua.« Bob sah ihn ernst an. »Sehen Sie, die CIA hat triftige Gründe für die Annahme, dass die Iraner unter Umständen bereits über einsatzbereite Atomwaffen verfügen. Um letzte Gewissheit zu erlangen, wird sie daher ein Team ins Land einschleusen.« DiAngelo machte eine kleine Pause, bevor er fortfuhr: »Und wenn die Annahme zutrifft, dann sollen die Jungs eine eindeutige Beweissicherung vornehmen.«

Martinez' Augen wurden plötzlich kugelrund. »Aber Sir, das geht doch niemals gut! Das meinen Sie doch nicht im Ernst?«

»Wieso nicht?« Der Admiral lehnte sich zurück. »Die sonst in Sachen Iran so zurückhaltende Weltöffentlichkeit könnte ein derartiges Ding kaum mehr ignorieren und müsste endlich Farbe bekennen.«

»Verdammte Gringos!«, fluchte Martinez. »Das ist doch nicht zu fassen! Die CIA will eine komplette Rakete mit Gefechtskopf klauen, und Turk soll Taxi spielen!«

»Sie sagen es, Commander. Und deshalb sollten Sie jetzt die *Alaska* wieder in Bewegung setzen, damit wir hier in Suez nicht noch anfangen, Wurzeln zu schlagen.«

»Aye, aye, Sir!«

7. Tag, 18:15 Ortszeit, 14:45 Zulu – Teheran, Iran

Der Arzt trat einen Schritt zurück und schüttelte den Kopf. »Da ist nichts mehr zu machen!« Mit ausdruckslosem Gesicht sah er sich in dem kahlen Kellerraum aus Beton um, der von einer nackten Glühbirne an der Decke erhellt wurde. Es roch nach Schweiß, Erbrochenem und Blut. Den Toten auf dem rohen Holztisch hatte die Furcht dahingerafft oder vielleicht auch ein Elektroschock.

Der Offizier, der ihn herbeizitiert hatte, fluchte wütend und schüttelte den Toten. »Das könnte dir so passen, du verdammter ungläubiger Hund! Mir hier einfach so wegzusterben!«

Der Arzt legte dem Offizier beruhigend die Hand auf die Schulter. »Er ist tot! Vergessen Sie ihn, Oberst.«

Der Oberst stieß den Leichnam mit einer verächtlichen Geste zurück auf den Tisch. »Füllen Sie den Totenschein aus, Herzversagen, wie üblich. Möge Allah den Hund in der tiefsten Hölle braten.«

»Wie Sie wünschen, Oberst.« Der Arzt zuckte mit keiner Wimper, obwohl die Elektroden noch an Brust und Genitalien des Toten hingen. Aber Tote hatten keinen Anspruch auf Würde, nicht hier unten. Den hatten sie schon zu Lebzeiten eingebüßt, wenn sie hierher in eine der Verhörzellen des VEVAK*, des iranischen Geheimdienstes gebracht wurden. Ob Spione oder Homosexuelle, ob Oppositionelle oder nur zufällig Festgenommene – bei der Behandlung wurde nicht groß unterschieden; hier unten ging es nicht um Revolution und Wahrheit oder religiösen Glauben, hier unten zählte nur zu sagen, was die Verhöroffiziere hören wollten, und die Belohnung bestand bestenfalls in einem gnädigen Tod.

Oberst Yadollah Ghazdivi blickte auf den Toten. »Der verdammte Misthund hat uns über eine Woche lang nichts verraten!« Wütend trat er gegen ein Tischbein. »Nichts! Absolut nichts!«

»Kann es sein, dass er vielleicht gar nichts wusste?«

---

* VEVAK: Iranischer Geheimdienst. Seine Spezialeinheit, die Al-Qud, kam in die Schlagzeilen z. B. in Zusammenhang mit dem Mykonos-Anschlag in Deutschland oder der Ermordung von Exil-Iranern in ganz Europa und den USA. Die Beteiligung an weiteren terroristischen Anschlägen konnte bisher mangels Mitarbeit der iranischen Behörden nicht endgültig geklärt werden.

»Unwahrscheinlich. Er hat sich schließlich mit diesem anderen Spion getroffen, den wir bloß noch nicht geschnappt haben. Unsere Verhörmethoden müssen ausgebaut werden, denn das hier ist ineffektiv.«

Ghazdivi steuerte wieder auf eines seiner Lieblingsthemen zu: Wahrheitsdrogen. »Wir hätten es ja mit Natriumamytal versuchen können, Oberst.«

»Hätten, können, sollen«, fauchte der Oberst. »Ein bisschen spät, nicht wahr?«

Doktor Bashir, ein durchaus erfahrener Kenner der Materie, hatte Mühe, sein ausdrucksloses Gesicht zu wahren. Die Anwendung von Wahrheitsseren wurde meistens überschätzt. Sie beeinträchtigten das Urteilsvermögen und die Konzentrationsfähigkeit des Befragten, aber sie nahmen ihm nicht die Fähigkeit zu lügen. Vor allem aber machten sie ihn anfällig für Suggestionen, was wiederum geschickte Verhörspezialisten voraussetzte, die dergleichen zu vermeiden wussten. Allerdings zweifelte Doktor Bashir daran, dass es die bei ihnen gab. Also nickte er nur. »Zu spät, ja, Oberst.« Er zwang sich zu einem Lächeln. »Vielleicht dann beim nächsten Mal.«

»Darauf können Sie Gift nehmen!«, meinte der Geheimdienstoffizier eisig. »Die Amerikaner werden kommen, es ist nur eine Frage der Zeit.«

7. Tag, 10:30 Ortszeit, 15:30 Zulu – Langley, Virginia

Roger Marsden sah Jack Small dabei zu, wie er verschiedene Kisten aus Regalen hob und in der Mitte des Kellerraumes stapelte. »Sie wollen wirklich selbst gehen, Jack?«

»Es ist mein Job, Boss.«

»Papperlapapp!«, schnaubte Marsden. »Ich kann genauso gut jemand anderen schicken, einen von den jüngeren Agenten.«

Small starrte Marsden ungläubig an. »Das haben Sie jetzt nicht gesagt, Boss?« Er grinste. »Die Werte meines letzten Fitnesschecks waren sogar besser als bei so manchem Grünschnabel. Also vergessen Sie es.«

Marsden schoss den letzten Pfeil ab, den er noch im Köcher hatte. »Was meint eigentlich Liu dazu?«

»Sie kennt mich, und wenn es nach ihr ginge, würde sie am liebsten mitkommen. Aber wir kriegen keine geeignete Legende für sie hin, nicht in der zur Verfügung stehenden Zeit.« Er klappte eine der Kisten auf, in der sich bereits eine MP7 befand, und packte seine eigene Pistole, die er aus dem Schulterholster zog, mit dazu. »Von der muss ich mich leider wegen der Flughafenkontrolle trennen«, sagte er mit einigem Bedauern.

»Aber es ist ja nur vorübergehend, da die *Oklahoma* sie zusammen mit dem ganzen anderen Geraffel mitbringen wird.«

»Haben Sie eigentlich SEALs zusätzlich angefordert?«

»Nein, ich hielt es für besser, den Kreis der Beteiligten klein zu halten. Zwei unserer eigenen Einsatzteams plus DiAngelos Recons unter Captain Briggs sind auch so eine verdammt schlagkräftige Truppe.«

»Die Pferdchen wären also gesattelt«, stellte Marsden fest.

Jack spürte auf einmal Unsicherheit, wie seinerzeit vor zwanzig Jahren in Prag. Trotz des Kalten Krieges eine mit heute nicht mehr vergleichbare Situation, damals existierten gewisse Regeln, und es gab eine Art

Kodex. »Machen Sie sich mal keine Sorgen, Boss«, sagte Small bewusst locker, bemüht, sich seine Gefühle nicht anmerken zu lassen. »Wird schon schiefgehen.«

»Passen Sie trotzdem gut auf sich auf, Jack. Die verdammten Muftis schneiden Ihnen den Kopf oder zuvor noch was ganz anderes ab, falls sie Sie kriegen.«

»Ich sehe schon zu, dass sie mich nicht schnappen. Aber tun Sie mir einen Gefallen und bleiben Sie selbst am Ball, denn etwas stimmt an der ganzen Geschichte nicht. Wir wissen, dass Reza Brown Kontakt zu unseren Leuten aufnehmen wollte und dabei gestellt wurde. Unsere anderen Agenten vor Ort hat der VEVAK aber bisher nicht hochgehen lassen.«

»Stimmt, das ist mir auch schon aufgefallen«, sagte Marsden. »Es gibt dafür zwei mögliche Erklärungen: Brown war ein Einzelfall, auf den sie erst durch irgendwelche Umstände ganz spät aufmerksam wurden; denkbar wäre aber auch, dass sie die meisten unserer Agenten ausfindig gemacht haben, aber noch nicht zuschlagen wollen, warum auch immer.«

»Wenn der iranische Geheimdienst damit abwartet, liegt eine Schlussfolgerung verdammt nahe: Er will jemanden schützen. Und das würde bedeuten, wir haben einen Maulwurf in den eigenen Reihen. Sie verstehen, Boss, warum ich nur noch Ihnen traue, aber sonst keinem. Was meinen Sie, soll ich auch noch eine Kiste Haftminen mitnehmen?«

7. Tag, 22:15 Ortszeit, 18:45 Zulu – Jaz Murian, Iran

Die iranische Kulturerbe-Organisation ICHO hat allein für die Provinz Hormozgan mehr als zweihundert Orte von historischer und kultureller Bedeutung, wovon etliche sich in der Provinzhauptstadt Bender Abbas befinden, wie beispielsweise die Latidan-Brücke oder der Hindu-Tempel, der natürlich nicht mehr religiös genutzt werden durfte, seit der Iran schiitischer Gottesstaat geworden war.

Der Big Bird, der kurz nach zweiundzwanzig Uhr Ortszeit in einer Höhe von rund viertausend Kilometern den Iran überflog, hörte auf viele Namen. Abgekürzt lautete seine technische Bezeichnung auf KH-13, da es sich um die dreizehnte Generation amerikanischer Spionagesatelliten handelte. Offiziell, wobei dieses Wort bei einem Geheimdienstsatelliten relativ zu verstehen ist, lautete die Bezeichnung 8X EIS Misty, was darauf hindeutete, dass Misty nach den Vorstellungen der Entwickler ein furchtbar neugieriges Mädchen war, das fleißig mit seinem EIS, dem Enhanced Imaging System, ganze Reihen digitaler Bilder im sichtbaren und im Infrarot-Bereich schoss. Auch von der Marinebasis Bender Abbas, verschiedenen Industrieanlagen sowie der malerischen Altstadt Bender Abbas'.

Eine der Industrieanlagen, die Misty auf ihrem Überflug sozusagen »mitnahm«, erstreckte sich über eine Länge von beinahe vier Meilen entlang des Westufers des Jaz Murian, eines an sich großen Sees, dessen Oberfläche sich jedoch aufgrund der hohen Verdunstung im Sommer stark verkleinerte, denn Temperaturen von nahe fünfzig Grad Celsius waren dort nicht ungewöhnlich. Entsprechend salzhaltig war sein Wasser, das ohne Aufbereitung nicht zu trinken war. Umrahmt von kahlen Bergen war das Gebiet trotz des Sees eine wüste Ödenei aus roten, sonnenverbrannten Felsen, Geröll und Hitze, Hitze und noch mehr Hitze. Eine menschenfeindlichere Gegend, außerhalb jedweder Zivilisation gelegen, war nur schwer vorstellbar.

Dennoch gab es dort eine Fabrik, angeblich für Kunstdünger, die 1995 errichtet worden war, und natürlich waren schon früh erste Zweifel laut geworden, was den wahren Charakter dieser Anlage betraf. Sieben Jahre nach dem Ende des Ersten Golfkrieges, dem neunjährigen Grenzkrieg zwischen dem Iran und dem Irak, war Teheran immer noch dabei, seine Armee wieder aufzubauen, eine zeitaufwendige Aufgabe. Allein schon das Offizierskorps war beispielsweise erst durch die Revolution und dann durch den Krieg stark dezimiert worden. Auch wenn die Öldollars wie Wasser flossen, so lagen 1995 Atomwaffen, ebenso wie biologische Waffen, außerhalb der Möglichkeiten. Man setzte als Alternative auf den Bereich chemischer Kampfstoffe, jener Waffe, die auch der Irak im Krieg gegen den Iran eingesetzt hatte.

Spätestens seit Februar 1997 verfügten die iranischen Revolutionsgarden über C-Waffen. Es war die Zeit, in der auch der iranische Geheimdienst immer wieder mit Morden im Ausland in Verbindung gebracht wurde, unter anderem auch im Zusammenhang mit der schiitischen Hisbollah, die in diesen Jahren bereits im Libanon immer mehr erstarkte. Und spätestens seit März 1997 wusste man im CIA-Hauptquartier in Langley, dass die Anlage am Jaz-Murian-Becken eine von dreien dieser Art war, die chemische Kampfstoffe produzierte, jene »kleinen« Massenvernichtungswaffen, vor denen in der weiten Welt der UNO zumeist ungehört gewarnt wurde.

Wie die amerikanischen Satellitenbilder zeigten, hatte sich seitdem in Jaz Murian in all den Jahren wenig verändert. Ein paar neue Gebäude waren hinzugekommen, Anlagen modernisiert worden, und der LKW-Verkehr hatte auch nicht auffallend zugenommen. Nicht einmal, als man anfing, über das iranische Atomwaffenprogramm zu reden, wurde Jaz Murian größere Aufmerksamkeit geschenkt. Man begnügte sich mit dem Wissen, dass dort, entgegen allen Versicherungen der Regierung in Teheran, C-Waffen produziert wurden.

Professor Amir Sharid sah trotz der späten Stunde noch schnell die Listen mit den Strahlungswerten der Personendosimeter durch, doch Auffälligkeiten waren keine zu erkennen. Das wäre auch das Letzte gewesen, was der Professor gegenwärtig hätte gebrauchen können.

Mit einem unterdrückten Gähnen sah er auf die Uhr. Der amerikanische Satellit war bereits durch und würde die üblichen Fotos zur Erde funken, die genau das zeigten, was die Amerikaner erwarteten: eine Fabrikanlage, Wärmequellen von Reaktorbehältern, in denen chemische Reaktionen abliefen, herumstehende Fahrzeuge. Was dem Himmelsspion aber verborgen blieb, war viel entscheidender. Drei Stockwerke tief unter der Erde lief bereits seit vier Jahren ein Schwerwasserreaktor, dessen Errichtung nur hier möglich gewesen war, weil der See ausreichend Kühlwasser lieferte. Ein Vorteil, den die anderen ursprünglich zur Kampfstoffproduktion gebauten Anlagen nicht hatten.

Selbst durch die Wiederaufnahme der Uran-Anreicherung in Nathan, in der fernen Provinz Isfahan, hatte sich für Jaz Murian nichts geändert. Zum einen war die Anlage als solche international bekannt, zum anderen würde man noch Jahre brauchen, sie so weit zu entwickeln, dass hochangereichertes, waffenfähiges Uran produziert werden konnte. Für den Betrieb eines normalen Kernreaktors reichte ein Uran-235-Anteil von etwa drei bis fünf Prozent, für eine Atombombe hingegen würde man fünfundachtzig Prozent benötigen, ein gewaltiger Unterschied.

Jaz Murian war anders ausgelegt, und Professor Sharid war stolz darauf, wie sein »Baby« sich entwickelt hatte. Man konnte schließlich auch mit Plutonium Atomwaffen bauen. Sicher, Plutonium-239 hatte seine Nachteile, es war giftig, schwer zu handhaben und erlaubte wegen seiner spezifischen Strahlungsprobleme, die es bei Uran in vergleichbarer Form so nicht gab, nur eine begrenzte Freiheit bei der Wahl eines Atombombendesigns, was wiederum die Konstruktion einer Megatonnenbombe ausschloss. Allein, die brauchte der Iran auch nicht, sondern Gefechtsköpfe für Mittelstreckenraketen und relativ kleine taktische Kernwaffen. Und für die eignete sich Plutonium hervorragend.

Aus natürlichem Uran in einem schwerwassermoderierten Reaktor Plutonium-239 zu erbrüten, war ein zeitaufwendiges Geschäft, da sich aus jeder Tonne Rohmaterial der gewünschte Stoff nur in kleinen Mengen gewinnen ließ. Aber nun, nach vier Jahren, besaß die schiitische Revolution genügend waffenfähiges Plutonium für seine beiden ersten Kernwaffen. Professor Sharid gähnte erneut, es wurde Zeit, ins Bett zu gehen.

6. Kapitel

9. Tag, 09:45 Ortszeit, 06:15 Zulu – Teheran,
Imam Khomeini International Airport

Jack Small folgte den anderen Passagieren über die Brücke in den Kontrollbereich. Es war das erste Mal, dass er auf dem neuen Flughafen Teherans, der ungefähr zwanzig Meilen südwestlich der Stadt lag, gelandet war. Bei seinen früheren Besuchen war er immer auf dem alten Mehrabad International Airport angekommen. Doch an den unzähligen Uniformierten, die auch hier in Gruppen an sämtlichen Ecken rumstanden, hatte sich nichts geändert.

Gelassen wartete er am Förderband auf das Eintreffen seines Gepäcks und stellte sich anschließend zur Passkontrolle an.

»Zweck Ihres Aufenthalts?«

»Geschäftlich.« Seinem Englisch einen harten russischen Akzent zu verleihen, war für den Agenten keine Kunst, da er fließend Russisch sprach.

Der Beamte in der kleinen Kabine blätterte den russischen Pass, der eine perfekte Fälschung war, durch, verglich das Foto mit dem Mann, der vor ihm stand, und klatschte dann seinen Einreisestempel auf eine freie Seite des Dokuments. »Angenehmen Aufenthalt.«

Small unterdrückte ein Grinsen. »*Spassiba*!« Gemütlich schlenderte er zum Ausgang. Russen galten im

Iran als gern gesehene Gäste, auch wenn die Chinesen und Nordkoreaner sie mittlerweile von Platz eins auf Platz drei der wichtigsten Handelspartner verdrängt hatten. Den Iwan Jestowneski, zu dem Jack geworden war, gab es natürlich auch in echt, für den Fall, dass jemand auf die Idee kommen sollte, die Personalien zu überprüfen. Der Mann war selbständiger Handelsvertreter, unter anderem für Unterhaltungselektronik, und arbeitete schon seit längerem »nebenher« auch für die CIA, kein Topmann, aber loyal. Die drei Wochen Urlaub in der Karibik auf Kosten der Firma hatte er jedenfalls redlich verdient.

Jack nahm sich ein Taxi und ließ sich zum Laleh Hotel bringen. Dort angekommen gönnte sich Small ein verspätetes Frühstück. Etwa eine Stunde später verließ er sein Zimmer und klopfte an eine andere Tür auf demselben Flur. Ein schlanker Mann öffnete und ließ ihn wortlos ein. Mit Genugtuung registrierte er, dass im Bad, das offen stand, das Funkgerät bereits aufgebaut worden war. Die restlichen Männer hingen im Wohnraum herum und lasen in Magazinen oder kontrollierten die Handfeuerwaffen, die zusammen mit dem Funker und dessen zwei Kameraden auf dem Landweg über die irakische Grenze eingereist waren, die lückenlos bei einer Länge von 1460 Kilometern zu überwachen den Iranern nicht möglich war. Die anderen Teammitglieder waren jeweils einzeln per Flugzeug gekommen, getarnt als Geschäftsleute oder Techniker. Einer der Agenten, ein gebürtiger Kurde, hatte sogar ein Gastarbeitervisum in seinem Pass.

Jack blickte zufrieden über die austrainierten schweigsamen Gestalten. Das waren allesamt Profis, die ihr Handwerk beherrschten und wussten, was mit ihnen passieren würde, wenn sie sich Fehler leisteten und in die Hände des VEVAK fielen. Jeder war vor Beginn der Mission in seine Aufgaben eingewiesen worden, so dass er sich auf eine kurze Ansprache beschränken konnte. »Männer, wir haben vierzehn Tage Zeit herauszufinden, wo die Iraner ihr Spielzeug verstecken, und wenn alles herum ist, evakuieren wir das gesamte Netz. Sie kennen unsere Kontaktpersonen. Vielleicht kriegen wir über sie heraus, mit wem Reza Brown sich im Vorfeld seines Coups getroffen haben könnte. Das wäre ein erster entscheidender Anhaltspunkt. Noch Fragen?«

Die Agenten schüttelten nur schweigend die Köpfe.

»Saddam, Sie kommen als Partner mit mir mit!«, erklärte Small dem Jüngsten im Team. »Das hier wird sicher eine andere Nummer als weiland in Beirut.«

Saddam Rasik, gebürtiger Iraker, naturalisierter Amerikaner und ehemaliger Leutnant des USMC, den Jack Small von dort für die CIA abgeworben hatte*, erhob sich von der Couch. »Warum auch nicht, Boss!« Den zierlichen Mann, der seine Jugend im Irak, in einer Zeit verbracht hatte, als täglich die Explosionen der Autobomben durch die Städte dröhnten, war durch nichts aus der Ruhe zu bringen.

9. Tag, 18:30 Ortszeit, 15:30 Zulu – *USS Alaska*,
vor dem Persischen Golf

»Anlauf beginnt, Sir! Kurs wird zwo-neun-fünf!« Die Stimme des Navigationsoffiziers verriet keinerlei Unruhe.

---

* Siehe Peter Brendt: Deep Hunters

»Lassen Sie sich nicht aufhalten, Lieutenant!«, sagte Bob DiAngelo.

Joshua Martinez, der DiAngelo seinen Kommandantensessel überlassen hatte, wandte sich dem XO zu. »Mister King, zweihundert Fuß, Kurs zwo-neunfünf! Umdrehungen für zwanzig Knoten.«

Beinahe gemächlich änderte das Boot Kurs und Tiefe, die Nase nur eine Winzigkeit nach oben gerichtet. Von seinem NO wollte Commander Martinez den Abstand zur Küste wissen.

»Siebzehn Meilen, Sir!«

»Das Wasser wird allmählich verdammt flach hier, Sir«, bemerkte Martinez in Richtung des Konteradmirals.

»Durchschnittlich weniger als dreihundert Fuß sind natürlich nicht gerade viel«, meinte Bob gelassen. »Auch wenn es hier einen Haufen Verkehr gibt, könnte es allerdings nicht schaden, wenn die Sonarabteilung trotzdem versucht, verdächtige Geräusche herauszufischen.«

»Aye, aye, Sir!«, murmelte Martinez, konnte seine Nervosität aber dennoch nicht unterdrücken, weil die vorhandenen Tiefen für eine Seawolf eigentlich zu gering waren. Doch wie erst würde sich Turk mit seinem Riesen der Ohio-Klasse in solch einem Gewässer vorkommen? »Das Terrain beschnuppern«, so hatte DiAngelo dies genannt, als er Befehl gegeben hatte, in den Golf einzulaufen.

»Kurswechsel auf drei-fünf-null in sechzehn Minuten!«, meldete der NO. »Dann sind es noch vierzig Meilen bis zur Straße, Sir!«

»Wollen wir bis ganz dahin?«, fragte Martinez DiAngelo.

»Wir bleiben noch anderthalb Stunden auf Kurs,

das reicht dann für heute.« Mit leicht schräg gestelltem Kopf schaute er hinauf zur Decke, meinte daraufhin aber nur: »Aha!«

Die Männer in der Zentrale hielten den Atem an und lauschten. Allerdings war ein Geräusch im eigentlichen Sinne nicht zu hören, sondern eher eine Art dumpfes Vibrieren zu spüren. DiAngelo blickte in die fragenden Gesichter um sich herum und setzte ein Grinsen auf. »Willkommen im Persischen Golf.«

Martinez schaltete sofort und griff zum Mikrofon. »Sonar: Wie viele Tanker haben Sie?«

Der Sonaroffizier klang verblüffend fröhlich. »Jede Menge, Sir. Zu viele für die automatische Zielverfolgung.«

Die Auskunft überraschte Martinez dann doch etwas. Seit der letzten Nachrüstung der Elektronik konnten die Computer der Seawolf bis zu vierzig Ziele gleichzeitig verfolgen und bis zu vier gleichzeitig bekämpfen. »Und was heißt das etwas genauer?«

»Ich würde schätzen, dass sich im Umkreis von dreißig Meilen an die hundert Tanker aufhalten.« Der SO lachte leise. »Schöne niederfrequente Geräusche. Da sollen die Iraner mal versuchen, uns in dem Durcheinander auszumachen.«

Commander Martinez runzelte die Stirn. »Können Sie selbst überhaupt noch etwas hören?«

»Ich würde, wenn es entsprechend was gäbe. Kriegsschiffschrauben drehen schneller und produzieren ein hochfrequenteres Profil. Im Moment aber negativ und nichts dergleichen dabei.«

9. Tag, 18:30 Ortszeit, 15:30 Zulu –
iranisches konventionelles U-Boot *Mokhanar*,
vor dem Persischen Golf

Ein beliebtes Gesprächsthema unter Experten ist die Erörterung der Frage, welche U-Boot-Klasse eigentlich die leiseste der Welt ist, einmal bei den großen Atom-U-Booten, zum anderen bei den kleinen konventionellen U-Booten, deren Einsatzgebiet immer mehr die sogenannten Littoral Waters geworden sind. Und wer über Letztere spricht, kommt an drei Typen nicht vorbei: der neuen deutschen Klasse 212 A, die sicherlich als Gesamtpaket eines der besten konventionellen U-Boote darstellt, das jemals gebaut wurde; der chinesischen Song-Klasse, durch die die Amerikaner regelrecht geschockt wurden, nachdem es einem dieser Boote gelungen war, längere Zeit unentdeckt mit einem amerikanischen Trägerverband mitzulaufen und dann mitten in dem Konvoi in Reichweite seiner Torpedos aufzutauchen. Und dann gab es noch gewissermaßen das Sonderangebot auf dem Export-Markt, die russische Kilo-Klasse, deutlich preisgünstiger als die deutschen 212er und von jedem x-beliebigen Staat einfach zu erwerben, weil dafür keine strengen Ausfuhrrichtlinien existierten. Doch das soll nicht bedeuten, dass die Kilos deswegen schlecht seien. Die US Navy hat einen Spitznamen für sie, der im Laufe der Jahre gebräuchlicher geworden ist als die offizielle NATO-Bezeichnung »Kilo«: »Black Hole«, denn ein schwarzes Loch im Wasser macht kein Geräusch. Der Iran hatte das Sonderangebot bereits 1996 angenommen und drei dieser Boote gekauft.

Die *Mokhanar* stand nur ungefähr zehn Meilen vor der Küste von Oman. Mit lediglich zwei Knoten Geschwindigkeit bewegte sich das Dreitausendtonnenboot nur wenige Meter über dem sandigen Meeresgrund dahin, und selbst diese zwei Knoten dienten mehr dazu, die Strömung auszugleichen als wirklich irgendwohin zu fahren.

Im Inneren der Röhre herrschte der typische Mief eines konventionellen U-Bootes, es roch nach Schweiß, Dieselöl und warmem Essen. Kapitänleutnant Khoudi unterdrückte ein Gähnen. Noch eine Woche mussten sie die Stellung halten, bis ein Schwesterboot sie ablösen würde und sie nach Bender Abbas zurückkehren konnten. Bis dahin hatten sie nichts weiter zu tun, als auf einlaufende amerikanische Kriegsschiffe zu lauern, um gegebenenfalls Zeit, Typ und Kurs zu notieren und weiter auf Wachposition zu bleiben.

»Kontakt in eins-null-drei, mittlere Entfernung, getaucht!«

Khoudi sprang auf und war mit ein paar schnellen Schritten beim Sonaroffizier.

»U-Boot, ziemlich leise!« Der Oberleutnant griff nach einem Computerausdruck des Sonarsystems, dessen Leistungsfähigkeit den Möglichkeiten eines dieselelektrischen Patrouillen-U-Bootes entsprach. Ein gutes System, ohne Frage, aber verglichen mit den Systemen der großen Atom-U-Boote bereits im Ansatz dadurch gehandicapped, dass es mit Batteriestrom laufen musste, und Energie war nun mal für ein konventionelles Boot das Maß aller Dinge. Vierhundert Meilen Reichweite bei drei Knoten, das war alles, was in den Batterien steckte, bis sie wieder bei Überwasserfahrt aufgeladen werden mussten. »Könnte ein Atom-U-Boot sein, denn es ist schnell.«

Der Amerikaner, und der Kommandant hatte keinen Zweifel, dass es einer war, hielt sich offensichtlich von den iranischen Hoheitsgewässern gut frei. Khoudi verwarf die Idee, dem unbekannten Boot zu folgen. »Notier den Sachverhalt.« Er schüttelte den Kopf. »Na, der traut sich was.« Vor seinem geistigen Auge erschien die Karte des Golfs. Momentan stand das fremde Boot vierzig Meilen vom Eingang der Straße von Hormuz entfernt. Das Wasser wurde anschließend noch flacher, und wie ein gigantischer Bogen wand sich der Schifffahrtsweg auf den nächsten zwanzig Meilen zurück nach Südwesten. Aber im Norden dieses Bogens lagen die Inseln Hormuz, Larak und Queshm, alle drei iranisches Hoheitsgebiet. Sollte der Amerikaner dort spionieren wollen, würden ihn ein paar Überraschungen erwarten. Von daher wäre es für alle besser, dessen Boot würde sich näher auf der omanischen Seite der Straße halten.

9. Tag, 11:30 Ortszeit, 16:30 Zulu – *USS Oklahoma*,
Norfolk, Virginia

Commander John Turk blickte über die in Reih und Glied angetretenen Männer. Sie alle waren jetzt seine Männer, denn er war nun der Kommandant. Die Zeiten, da er Martinez fragen konnte, wenn er nicht weiterwusste, waren vorbei, und die letztendliche Verantwortung lag nunmehr einzig und allein bei ihm.

»Besatzung vollzählig angetreten, Sir!« Lieutenant-Commander Jason Foster salutierte schneidig.

»Danke!« Turk erwiderte den Gruß. Im Vergleich zu den Booten, auf denen er bisher gefahren war, hatte er es mit einer weitaus größeren Besatzung zu tun: einhundertsechzig Mann, zu denen noch knapp hundert Recons kamen. Trotz der gewaltigen Dimensionen des Bootes würde es ganz schön eng zugehen. Er räusperte sich: »Männer der *Oklahoma*, in wenigen Minuten werde ich den Befehl geben einzusteigen, und wir werden unser Boot hinaus auf die See bringen. Ihr kennt mich nicht, also ist es nur fair, wenn ich euch sage, was euch erwartet. Wir werden unser Boot auf Herz und Nieren überprüfen, und gleichzeitig werde ich euch testen, schleifen und drillen. In ein paar Tagen werdet ihr mich hassen und ich euch verfluchen, Männer. Aber nehmt es nicht zu persönlich, das ist alles Teil des Jobs. Entscheidend wird sein, dass wir alle miteinander Hervorragendes leisten und ein erstklassiges Team abgeben – das der *Oklahoma*! Chief of the Boat*: Lassen Sie die Männer einsteigen!«

Eine Stunde später strebte der gerundete Bug der *Oklahoma* der offenen See entgegen. Oben auf dem Turm blickte John Turk nachdenklich hinaus auf den Atlantik.

9. Tag, 12:30 Ortszeit, 17:30 Zulu – Washington D.C.

Das Restaurant, in dem sich Roger Marsden zum Lunch verabredet hatte, gehörte eher zu der bescheideneren Sorte, aber er hatte es ganz bewusst gewählt, um auszuschließen, dass zufällig sonst noch jemand dort aufkreuzte, der ihn kannte.

»Warten Sie schon lange?«

---

* Chief of the Boat, auch kurz COB genannt, ist der dienstälteste Unteroffizier auf einem U-Boot, meist im Range eines Master Chief Petty Officer.

Höflich stand Marsden auf, als Vanessa Smith, Agent in Charge der DEA, auf seinen Tisch zusteuerte. »Nein, ich bin auch gerade erst gekommen und habe noch nicht einmal einen Drink bestellt.«

»Dann sollten wir das schleunigst nachholen«, meinte Mrs Smith, nahm Platz und fügte mit einem entschuldigenden Lächeln hinzu: »Ich bin zudem fast am Verhungern, aber Sie wissen, wie das ist, man kommt irgendwie nicht raus aus dem Büro.«

»Demnach gibt es bei Ihnen wohl viel zu tun?«, erkundigte sich der Vice Director der CIA.

»Wie immer«, sagte die farbige Frau, von der er wusste, dass sie fünfundvierzig war und ursprünglich als Feldagentin angefangen hatte. »Und was verschafft mir die Ehre eines Lunchs mit der Firma?«

»Wie Sie wissen, sind wir über einen Ihrer Leute gestolpert, einen gewissen Reza Brown, den Sie sich von der Navy ausgeliehen hatten.«

»Eine reine DEA-Operation, Mister Marsden, und ich bin leider nicht befugt, Ihnen darüber nähere Auskünfte zu geben.« Sie winkte einen der Kellner herbei.

Marsden, der wusste, was er wollte, bestellte für sich Mineralwasser und Caesar Salad, während sie sich bei dem Kellner erst noch erkundigte, ob es etwas gäbe, das er ihr besonders empfehlen könne. Marsden nutzte die Gelegenheit, die DEA-Agentin etwas näher zu betrachten. Sie war hochgewachsen und hatte für ihr Alter nach wie vor eine bemerkenswerte Figur. Doch Marsden machte sich nichts vor. Die Frau, die in jüngeren Jahren eine umwerfende schwarze Schönheit gewesen sein musste, war längst zu einem beinharten Profi in dem Geschäft herangereift. Als der Kellner sich entfernt hatte, nahm er den Gesprächsfaden wieder auf. »Ich glaube, wir können es uns schenken, um den heißen Brei herumzureden. Spätestens in dem Moment, da sich Brown an unsere Leute wandte, war das keine reine DEA-Operation mehr. Und deshalb versuchen wir im Augenblick herauszubekommen, was dort genau abgelaufen ist.«

»Und was soll ich Ihrer Meinung nach dazu beitragen können?«

Roger beugte sich vor. »Etwas Kooperation könnte nicht schaden, Mistress Smith. Woher wusste Brown, wohin er sich wenden musste? Agierte er alleine? Und vor allem, hinter was war er her, und in welcher Ecke des Landes war er zuvor unterwegs?«

»Eine Menge Fragen, die Sie da haben«, stellte Vanessa lapidar fest. »Auf ein paar davon hätten wir gerne selber Antworten.«

Das hörte sich nicht gut an, doch Marsden ließ sich nicht so einfach abspeisen. »Zumindest dürfte Ihnen ja wohl bekannt sein, welchen Auftrag er hatte.« Er sah sie ernst an. »Der Irak ist Ihr Spielplatz, was die DEA betrifft, doch wenn nur die Hälfte dessen stimmt, was so gemunkelt wird, ist es auch der Iran.«

»Nette Art, das zu formulieren.« Sie lächelte, aber das Lächeln erreichte nicht ihre Augen. »Wir führen in gewisser Weise einen Krieg, genau wie Sie, nur nicht unbedingt an den gleichen Fronten. Und es hat der DEA nicht immer Glück gebracht, auf die Hilfe der CIA zu vertrauen.«

Da war sie wieder, die alte Geschichte. Die Drug Enforcement Administration hatte Noriega, »die Ananas«, wie der Mann wegen seines pockennarbigen Gesichts genannt wurde, kaltstellen wollen, aber die CIA hatte lange ihre schützende Hand über den panamesischen Machthaber gehalten, da über sein

Land die Waffen an die Contra-Rebellen in Nicaragua gingen, die die linksgerichteten Sandinisten stürzen sollten. Im Gegenzug hatte die CIA über Noriegas Geschäfte mit dem Medellín-Kartell hinweggesehen. Als dann auch noch herauskam, dass Noriega zusätzlich auf der Gehaltsliste der CIA stand, war zwischen den beiden Diensten eine Eiszeit angebrochen, die bis heute anhielt. Marsden wusste, dass er sich auf morastigem Terrain bewegte, als er sagte: »Wir alle hatten damals unsere Gründe, Mistress Smith.« Mein Gott, klang das lahm.

»Wo waren Sie damals eigentlich, ich meine in den Jahren vor der Invasion Panamas im Dezember neunundachtzig?«

Marsden zuckte mit den Schultern. »Darüber darf ich keine Auskunft geben. Zentralamerika war jedenfalls nie mein Gebiet.«

»Ihr Laden wollte die Contras in Nicaragua unterstützen und brauchte dafür Noriega als Mittelsmann. Und während Ihre Leute ihn schmierten, ließen seine Leute unsere Leute umlegen, wenn sie ihm oder seinen Freunden vom Medellín zu nahe kamen.«

»Das ist fast zwanzig Jahre her, Frau Kollegin.« Er breitete etwas unsicher die Arme mit nach oben zeigenden Handflächen aus.

»Trotzdem erinnere ich mich immer noch an die Gesichter von Freunden, die damals ins Messer liefen«, sagte Vanessa bitter. »Warum sollte ich also heute der CIA mehr über den Weg trauen?«

Roger Marsden lehnte sich zurück. »Weil einer der Ihren tot ist, und weil nun meine Leute Gefahr laufen, eventuell ebenfalls den Iranern in die Hände zu fallen. Wer Ärger mit Noriega hatte, bekam eine Kugel in den Kopf, aber wer von dem VEVAK in die Mache genommen wird, muss um seinen Tod als Erlösung betteln und bekommt dann womöglich gnadenhalber schön langsam den Kopf abgeschnitten. Um das zu verhindern, sollten Sie mir vertrauen.«

Sie bedachte ihn erneut mit einem misstrauischen Blick. »Nur darum geht es? Ihre Leute abzusichern und möglicherweise eine undichte Stelle abzudichten?«

»Einzig und allein darum!« Die Lüge kam Marsden glatt über die Lippen.

»Na ja, ein paar Dinge werde ich Ihnen vermutlich schon mitteilen können«, bekannte Vanessa Smith zögernd. »Brown war bei dieser Operation nicht auf sich allein gestellt, sondern hatte als Partner einen gewissen Said Habb.«

»Der Name sagt mir im Augenblick nichts, obwohl er mir irgendwie bekannt vorkommt.«

»Der Mann gehörte früher mal zur Firma, und die CIA hat ihn achtundneunzig samt seiner ganzen Familie evakuiert, als der Boden zu heiß für ihn wurde. Ihr Verein verpasste ihm in den Staaten eine neue Identität und hat ihn danach einfach vergessen und abgehakt.«

»Und wie sind Sie an ihn geraten?« Für Marsden hatte das Gespräch eine ungeahnte Wende genommen. »Er wird sich ja wohl nicht freiwillig bei Ihnen gemeldet haben.«

»Sie werden lachen, aber es war tatsächlich so. Sein Sohn Ismael bekam in den USA Drogenprobleme mit den Stoffen aus der Partyszene. Entziehungskuren halfen nicht, denn er wurde immer wieder rückfällig. Die übliche Geschichte.«

»Und dann?«

»Ismael Habb starb nach einer zu langen Partynacht mit zu vielen Ecstasy-Pillen an einem Kreislaufzusammenbruch, bei dem Teufelszeug keine ganz seltene Folge.« Vanessa Smith konnte die Bitterkeit in ihrer Stimme nicht unterdrücken. »Der Junge war mal eben neunzehn Jahre alt.«

Roger begann zu verstehen. »Und Vater Habb besann sich danach auf sein altes ›Handwerk‹ und zog gegen die Drogendealer, die seinen Sohn auf dem Gewissen hatten, ins Feld.«

»Ja, und was er dabei mit seinen bescheidenen Möglichkeiten als Privatmann so alles herausfand, war schon beeindruckend. Als er mit dem Ergebnis seiner Recherche zu uns kam, haben wir Said Habb gleich komplett für uns angeheuert.«

»Und als Sie jemanden für den Iran brauchten, war er folglich eine logische Wahl, genauso wie Brown. Er war Muttersprachler und kannte das Land. Und über Kontakte, die sich wiederbeleben ließen, dürfte er noch immer verfügt haben.«

»Natürlich kannte er als Ehemaliger ein paar Leute aus Ihren Netzen, aber er hatte seitens der DEA keine Anweisung, mit denen Kontakt aufzunehmen.«

»Nur tat dafür Brown als ihr Agent genau das, und ich frage mich, warum?«

Vanessa Smith zuckte mit den Schultern. »Auch wir wissen es nicht. Das Einschleusen von Habb und Brown klappte problemlos, jedoch die Quelle, aus der angeblich die Drogen sprudeln sollten, existierten in der Form nicht. Wir waren da offenbar einer Fehlinformation aufgesessen. Die beiden traten als Käufer auf, aber alles, was ihnen angeboten wurde, waren relativ bescheidene Mengen von nicht einmal erstklassigem Heroin. So ging das sechs Wochen.«

»Lassen Sie sich doch nicht die Würmer einzeln aus der Nase ziehen, Mistress Smith!«

»Sehr viel mehr habe ich nicht zu bieten, Mister Marsden. Die letzte Information, die uns erreichte, besagte, ein gewisser Sayyid Thoum sei an sie herangetreten. Ein Name, mit dem wir wenig anfangen können. Sie vielleicht?«

»Unter Umständen«, erklärte Marsden etwas ausweichend.

»Jetzt lassen Sie aber mal die Hosen runter!«, fauchte die Frau ihn an. »Ich habe Ihnen erzählt, was ich weiß, und darf jetzt wohl auch etwas Kooperation von Ihrer Seite erwarten!«

Der Vice Director der CIA sah sich genötigt einzulenken. »Immer unter der Voraussetzung, dass wir tatsächlich beide denselben Mann meinen, könnte es sich dabei um einen Chemiker handeln.«

»Das würde ja passen, nicht wahr?«

»Täuschen Sie sich da mal bloß nicht! Der Sayyid Thoum, der uns ein Begriff ist, gilt als einer der führenden Köpfe im Zusammenhang mit C-Waffen-Entwicklung im Iran.«

»Das mag sein, Mister Marsden, aber könnte er sich nicht dennoch mit einem Drogenlabor eine Nebeneinnahmequelle geschaffen haben? Am Knowhow dürfte es dafür ja nicht fehlen, und die Summen, um die es dabei geht, sind ja wohl auch mehr als ein bisschen zusätzliches Taschengeld.«

»Nein, das sicher nicht«, räumte Marsden ein. »Aber diese Version der Geschichte halte ich dennoch für unwahrscheinlich.«

7. Kapitel

10. Tag, 04:00 Ortszeit, 00:30 Zulu – *USS Alaska*,
Persischer Golf

Mit gerade einmal zehn Knoten folgte die *Alaska* einem Tanker, der, offensichtlich von Kharg* kommend, in die Straße von Hormuz einlief. Bei Wassertiefen zwischen nur zweihundert und zweihundertfünfzig Fuß konnte jeder Fehler, konnte jede Abweichung in der Navigation verhängnisvolle Folgen haben.

»Sonnenaufgang in sechzig Minuten.« Die Stimme des Navigationsoffiziers klang zu beiläufig, um glaubwürdig zu sein.

»Danke, NO!«, sagte Commander Martinez und dachte für einen Augenblick nach. Bei der Geschwindigkeit, die sie momentan liefen, würden sie fünfzehn Stunden benötigen, bis sie durch die Straße durch waren, während oben helles Tageslicht herrschte. Er wandte sich an DiAngelo, der im Kommandantensessel saß und scheinbar gelangweilt im Seehandbuch blätterte. »Sollten wir nicht besser mit der Fahrt hochgehen, Sir? In fünf Stunden könnten wir aus dem Schlauch wieder raus sein.«

Der Admiral blickte auf und schüttelte den Kopf. »Die Iraner haben den gesamten Nordbogen als Übungsgebiet für ihre U-Boote ausgewiesen, und ich

* Kharg: Iranischer Ölverladehafen auf der gleichnamigen Insel

möchte die Burschen nicht unbedingt auf uns aufmerksam machen, indem wir mit Karacho durch die Straße von Hormuz rauschen.«

»Verdammte Gringos!«, murmelte Martinez mal wieder. »Aber Sie haben recht, war ja auch nur so eine Idee. Mir ist nur bei dem Gedanken nicht ganz wohl, dass man uns bei dieser Wassertiefe eventuell aus der Luft sichten könnte.«

»Nicht in den nächsten paar Stunden. Die Sonne steht flach, und die See wird das Licht spiegeln wie flüssiges Metall.« Bob sah auf die Uhr. »Ich würde schätzen, dieser natürliche Schutzschild hat mindestens noch bis elf Uhr Bestand. Nein, Joshua, die Hauptgefahr für uns bleiben U-Boote und Sonarbojen, und deshalb verhalten wir uns auch weiterhin ganz brav und leise.«

»Aye, aye, Sir.«

Martinez lehnte sich gegen eine Konsole, was ihm einen missbilligenden Seitenblick seines XO einbrachte, ihn aber völlig kalt ließ. »Was meinen Sie, Admiral, können die Iraner ihre Drohungen wahr machen und die Straße sperren, sollte es hart auf hart kommen?«

»Die Iraner haben einen ganzen Schwung Seezielraketen von den Chinesen gekauft und bauen selbst eine verbesserte Version der C-802 unter dem Namen Noor. Damit ließen sich zumindest ein paar Tanker versenken. Die Wracks würden zwar nicht die Straße blockieren, aber dennoch eine psychologisch verheerende Wirkung auslösen. Selbst wenn es anschließend gelänge, auch nur die Hälfte der Öltransporte aus dem Golf durch den Bezug aus anderen Quellen zu kompensieren, so würden die Ölpreise dennoch explodieren und in astronomische Höhen steigen. Ein weltweites Chaos wäre die Folge, falls dieser Ahmadinedschad vollends durchknallen sollte.«

Der kleine Lautsprecher über dem Kommandantensessel erwachte mit einem leisen Knacken zum Leben. »Sir, Kontakt an der Oberfläche in Rot null-zwo-vier, Abstand etwa fünfundzwanzig Meilen.«

DiAngelo griff zum Mikrofon. »Sonar, was haben Sie?«

»Der Computer identifiziert das Schiff als eine Fregatte britischen Ursprungs aus der Alvand-Klasse, Sir.«

DiAngelo überlegte kurz. Die Iraner hatten mal über drei dieser Dinger, die in den frühen Siebzigern gebaut worden waren, verfügt. Zwei davon waren bereits 1988 mit der US Navy aneinandergeraten und hatten dafür büßen müssen*. »Wie viele Alvands gibt denn der Computer insgesamt für den Iran an?«

»Drei, Sir.«

»Demnach könnten Sie das erste der neuen Schiffe erwischt haben, das nach alten Plänen gebaut wurde.«

Der Sonaroffizier stutzte. »Sir?«

»Unter dem Namen Mowaj haben die Iraner noch mehr von den Dingern in der Mache. Also taufen Sie den Kameraden hier mal Mowaj-Eins und sehen zu, dass er uns nicht ins Gehege kommt.«

---

* Während des Iran-Irak-Krieges versuchten die iranischen Seestreitkräfte die Straße von Hormuz zu verminen, was von der US Navy verhindert wurde. Dabei kam es zu einem Gefecht, bei dem die Fregatte *Sahand* versenkt und die *Sabalan* so schwer beschädigt wurde, dass sie für zwei Jahre in der Werft verschwand. Ebenfalls wurde damals der Minenleger *Iran Ayr* versenkt.

Martinez schaltete sich ein. »Wir haben noch etwas Raum nach Steuerbord. Im Augenblick laufen wir ja nur hinter dem Tanker her, mitten durch den sogenannten Tiefwasserweg, der für uns natürlich alles andere als das ist.«

»Hinter dem bleiben wir erst mal.« Der Admiral rieb sich das Kinn. »Soweit wir wissen, sind die Fregatten sowieso keine U-Boot-Jäger, und außerdem macht der Tanker so viel Lärm, dass der Iraner uns ohnehin nicht hören kann.«

10. Tag, 04:00 Ortszeit, 00:30 Zulu –
iranisches konventionelles U-Boot *Mokhanar*,
vor dem Persischen Golf

Kapitänleutnant Khoudi quetschte sich durch den engen Gang in die Zentrale. »Sonar, wie sieht es aus?«

»Der verdammte Tanker macht einen derartigen Lärm, dass ich den Ami kaum oder manchmal auch gar nicht hören kann.« Der Sonaroffizier blickte von seinen Kontrollanzeigen auf. »Es kann eigentlich nur derselbe sein wie gestern, nur dass er während der Nacht in den Golf gelaufen ist. Peilt jetzt in zwo-viernull.«

»Eigentlich könnte er genauso gut aufgetaucht über Wasser marschieren.« Khoudi schob seine zerknautschte Mütze etwas weiter nach hinten. »Immerhin kann er ja ganz offiziell in den Irak wollen.«

»Es sei denn, er hat andere Absichten, die sich aber von selbst erledigt haben dürften, da er sich jetzt bereits wieder auf dem Rückweg befindet«, meinte der Sonaroffizier.

Khoudi hielt diesbezüglich seine Skepsis bei. »Der

amerikanische Kommandant kennt diese Gewässer nicht so gut wie wir. Er hat genaue Karten, kein Zweifel, aber für mich hat es den Anschein als wolle er sich mit der Umgebung vertraut machen, denn wir befinden uns hier nicht gerade im offenen Ozean.«

»Sie meinen, er schnüffelt einfach nur so herum?«

Der Kapitänleutnant nickte. »Gestern hat er systematisch das Gebiet vor der Straße ausgekundschaftet, letzte Nacht ist er durch sie gelaufen.«

»Und warum das alles?«

»Woher soll ich das wissen? Vielleicht wartet er einfach nur darauf, dass wir uns mit ihm anlegen und den Amerikanern einen Grund für eine kriegerische Auseinandersetzung liefern. Die brennen doch förmlich darauf.«

»Wir nicht?«

»Natürlich wollen wir es denen zeigen, aber erst zu einem späteren Zeitpunkt, an dem wir die Trümpfe ziehen können. Trotzdem würde es mich schon jucken, dem Ami, der sich aufführt, als gehöre der Golf den Amerikanern, was überzubraten.«

»Und was machen wir jetzt? Soll ich den Kontakt im Logbuch …«

»Zum Teufel, nein! Wir werden nur ein hübsches Spielchen mit ihm veranstalten.«

10. Tag, 04:00 Ortszeit, 00:30 Zulu – Teheran, Laleh-Hotel

Einige der Agenten kehrten nacheinander spät oder sogar erst in den frühen Morgenstunden in die angemietete große Hotelsuite zurück, wo allerdings Jack Small und der Funker vom Dienst nach wie vor noch wach waren, denn noch fehlte einer der Männer.

»Sir!« Der Funker wandte nicht einmal den Kopf. »Ich hab was für uns!«

Mit einem Ruck war Jack auf den Beinen.

»Entschlüsselung läuft, Bestätigung habe ich natürlich keine gesendet.«

Solange sie nur im Äther lauschten, waren sie sicher, da sich ein Empfänger im Gegensatz zu einem Sender nicht selbst verraten konnte. Selbst das kürzeste abgegebene Funksignal hätte hier in Teheran innerhalb von Minuten die allgegenwärtigen Funkpeilwagen von Pasdaran* und VEVAK herbeigelockt. Neben Peking war Teheran wahrscheinlich die am besten elektronisch überwachte Stadt der Welt. Amateurfunk war grundsätzlich verboten, auf Internetblogging standen Gefängnisstrafen oder Schlimmeres, und keine E-Mail erreichte ihren Empfänger, ohne nicht vorher von den Sicherheitsbehörden gefilzt worden zu sein. Die Angst, dass die eigenen Bürger womöglich Kontakt mit dem dekadenten Westen haben und über die dunklen Dinge in dem Gottesstaat die internationale Presse informieren könnten, war einfach zu groß. Aber den Empfang von Funknachrichten von außen zu verhindern, war unmöglich, weil man nicht ohne weiteres einfach großflächig stören konnte, denn schließlich waren die staatlichen Einrichtungen, angefangen beim Militär, selbst emsige Funker.

Augenblicke später spuckte der kleine Drucker ein paar Blatt Papier aus, die sich Jack Small sofort griff und überflog. Unwillkürlich pfiff er dabei durch die

---

* Der offizielle Name für die iranischen Revolutionsgarden, die mit etwa 125 000 Mann die stärkste militärische Organisation bilden.

Zähne. »Langley teilt mit, dass dieser Brown einen Partner gehabt hat, der spurlos verschwunden ist.« Der Inhalt der zweiten Seite bereitete dem CIA-Mann aber noch mehr Kopfzerbrechen, denn angeblich sollten Brown Designerdrogen von einem in Fachkreisen renommierten iranischen Chemiker angeboten worden sein. Das klang irgendwie nicht schlüssig, zumal dieser Sayyid Thoum nicht in Teheran, sondern in Bender Abbas, achthundert Meilen weiter im Süden, lebte. Jack konzentrierte sich auf die spärlichen Angaben über den Professor. Zu Zeiten des Schah-in-Schah hatte der Mann in England studiert, war nach der Promotion und einer Doktorarbeit über chemische Trennverfahren nach Persien zurückgekehrt und hatte etliche Jahre in der Pharmaforschung verbracht. Nach der Revolution von 1979 arbeitete er, ob freiwillig oder nicht – das blieb offen –, an militärischen Projekten. Laut Dossier war er dabei einer der führenden Köpfe bei der C-Waffen-Entwicklung. Über den Menschen Thoum fanden sich ab 1984 in dem Bericht keine Informationen mehr, was darauf hindeutete, dass er als Geheimnisträger rigoros abgeschottet worden war.

»Sayyid Thoum!« Jack murmelte den Namen vor sich hin. Irgendwas passte da schlichtweg nicht zusammen, nicht, wenn Thoum wirklich Drogen angeboten haben sollte. Doch was, falls der C-Waffen-Spezialist was ganz anderes angeboten hatte? Der plötzliche Gedanke elektrisierte Small, denn irgendwie musste Brown ja an das mutmaßliche Raketenteil gekommen sein, das zusammen mit spaltbarem Material gelagert worden war. Und dergleichen erfolgte nun einmal nur in streng geheimen und gesicherten Anlagen, zu denen nicht Hinz und Kunz Zutritt hatten, aber ein

Mann wie Sayyid Thoum natürlich schon. Blieb als Ungereimtheit, dass allen geheimdienstlichen Informationen zufolge das iranische Atomprogramm in Nathan entwickelt wurde und nicht unten im Süden des Landes, wo der C-Waffen-Spezialist Thoum tätig war.

Nachdenklich starrte Small ins Leere. Jemand würde den Professor aufsuchen müssen. Sollte der sich allerdings tatsächlich als Drogendealer entpuppen, dann war das schon schlimm genug. Doch was passieren würde, wenn Thoum der Köder in einer Falle des VEVAK war, das mochte der Agent sich besser nicht vorstellen.

10. Tag, 04:10 Ortszeit, 00:40 Zulu – *USS Alaska,*
Persischer Golf

»Kontakt, Grün null-eins-fünf, getaucht, Abstand ungefähr drei Meilen.«

Martinez fuhr auf dem Absatz herum, aber DiAngelo hatte bereits nach dem Mikrofon gegriffen. »Sonar, haben Sie einen Kurs und eine Geschwindigkeit?«

»Noch nichts Genaues, aber er legt zu, Sir! Kommt näher! Geräuschsignatur verändert sich. Er wechselt Kurs.«

Für Bob gab es kein Zögern. »Martinez, volle Kraft! Feuerleitlösung berechnen und in den Computer geben.«

»Ausweichmanöver, Sir?«

»Gehen Sie an ihm vorbei.« Es konnte nicht anders sein, als dass der Kerl in der Fahrrinne gelauert hatte. Nur warum er jetzt mit der Fahrt hochging, war eine ganz andere Frage, die Bob für sich behielt, da es an

Bord der Seawolf ohnehin niemanden gab, der sie hätte beantworten können.

»Feuerleitlösung steht! Äußere Klappen öffnen?«

Der Konteradmiral bediente sich erneut des Mikrofons. »Können Sie hören, ob der andere sich feuerbereit macht?«

»Keine Chance bei diesem Lärm«, erklärte der Sonaroffizier wie aus der Pistole geschossen. »Ich bin schon froh, wenn ich ihn nicht wieder verliere. Er läuft jetzt mit fünfzehn Knoten, Kurs null-eins-drei. Wandert nach links aus.«

Wieder gesellte sich ein neues Detail zum Lagebild, das sich in DiAngelos Kopf formte. »Wenn er uns die Backbordseite zukehrt, dann hat er uns in seinem Seitensonar.«

»Angreifen kann er auf diesem Kurs nicht«, stellte Joshua Martinez fest. »Er riskiert, dass wir einfach hinter seinem Heck durchgehen.«

»Die Kilos haben zwar keine Heckrohre, sind aber kleiner und wendiger als wir. Keiner hindert den Iraner daran, wieder auf uns zuzudrehen.«

»Will er uns provozieren?«

»Durchaus denkbar«, meinte DiAngelo. Das Spiel war ja nun nicht gerade neu. Die Iraner kreisten mit ihren Überwasserfahrzeugen gerne mal mit schussbereiten Waffensystemen um andere, bevorzugt amerikanische, Schiffe rum. Identifizierungsanfragen wurden geflissentlich ignoriert, und sollten US-Kriegsschiffe etwa drohen, das Feuer aufgrund der bedrohlichen Zurschaustellung zu eröffnen, dann dauerte es selten länger als eine Woche, bis es deswegen iranische Protestnoten gab und die IRNA* ein Video vorführ-

---

* Islamic Republic News Agency, iranische Nachrichtenagentur

te, das den Sachverhalt ganz anders darstellte, eine Praxis, derer man sich schon seit den frühen achtziger Jahren befleißigte.

»Also, was tun wir?«

»Hinter ihm durch, taktische Geschwindigkeit, und dann hängen wir ihn ab.« Bobs Blick glitt über die Kommandantenkonsole, deren bunte Markierungen die Ziele darstellten. »Bleiben Sie feuerbereit, Commander. Sollte er hinter uns eindrehen und auch nur husten, puste ich ihn sonst wohin weg.«

»Allerdings haben auch wir keine Heckrohre, Sir!«

DiAngelo grinste. »Schade eigentlich. Wenn er also eindreht, zacken wir nach Backbord und ziehen einen schönen weiten Bogen. Entweder gibt er auf oder folgt uns, was seine Batterien nicht lange mitmachen dürften. So oder so kommen wir wieder in Schussposition, sollte es notwendig sein.«

Sekunden verstrichen und reihten sich zu Minuten. Zweiundfünfzigtausend Pferdestärken wirkten auf den Pumpjet-Antrieb und beschleunigten die *Alaska* auf fünfundzwanzig Knoten

»Geräuschsignatur verändert sich.« Die Stimme des Sonaroffiziers hatte einen warnenden Ton angenommen. »Er dreht.«

»Wohin?«

»Einen Augenblick, Sir!« Die Stimme in dem kleinen Lautsprecher verstummte für einen Moment und kehrte dann zurück. »Er dreht nach Backbord! Irrer Iwan!«

Irrer Iwan! Ein Begriff aus längst vergangenen Tagen für einen wilden Haken, aber im Zeitalter der Lateralsonars aktueller denn je. Ein U-Boot, wenn es nicht gerade ein Schleppsonar ausfährt, ist im achteren Sektor taub. Daher hatten sich russische Kommandanten bereits während des Kalten Krieges angewöhnt, plötzlich nach einer Seite zu zacken. Doch zu jedem Manöver gab es immer wieder auch ein Gegenmittel. Der Verfolger, wenn es denn einen gab, stellte sich einfach schlagartig tot, denn das verfolgte U-Boot brauchte schließlich eine gewisse Zeit, um weit genug herumzukommen, damit sein Sonar im Bug den ehemaligen Hecksektor absuchen konnte. Doch das war einmal. Wenn heute ein verfolgtes U-Boot einen Irren Iwan fuhr, dann brauchte es im Grunde lediglich den Kurs um ungefähr fünfundvierzig Grad ändern, um mit seinen Sensoren entlang der Bootsseiten jedes verdächtige Geräusch auffangen zu können.

»Er kommt hinter unser Heck, aber das ist auch schon alles. Er ist zu nahe, um irgendwelche Dummheiten zu machen. Der verdammte Gringo will uns mit dieser engen Drehung offenbar foppen«, vermutete Martinez. »Er kommt hinter unser Heck, aber das ist dann auch schon alles.«

»Wir gehen nach Backbord«, entschied DiAngelo. »In einem schönen weiten Bogen, wenn ich bitten darf. Fahrt für zwanzig Knoten.«

»Sie wollen das Towed Array* ausbringen?«

»Erraten. Neue Erkenntnisse verspreche ich mir davon nicht, aber ich will damit erreichen, dass der Kerl sich davor hütet, zu dicht hinter unserem Heck zu laufen.«

Martinez erteilte die entsprechenden Befehle. Schweigen legte sich über die Zentrale, bis der Lautsprecher sich wieder meldete. »Er folgt uns.«

»Das war anzunehmen«, meinte DiAngelo. »NO,

---

* tieffrequentes Schleppsonar

geben Sie mir Kurse, die uns genau außerhalb der iranischen Hoheitsgewässer halten. Wir ziehen einen vollen Kreis über die ganze Straße.«

»Aye, aye, Sir!«

»Was haben Sie vor, Sir?«, fragte Martinez.

»Wir drehen eine Ehrenrunde durch deren ausgewiesenes U-Boot-Übungsgebiet, dessen größter Teil sowieso in internationalen Gewässern liegt. Mal schauen, was die Iraner da eigentlich treiben.« DiAngelo angelte sich das Mikrofon. »Sonar, haben Sie die Fregatte noch? Mowaj-Eins?«

»Die läuft entlang der Küste, weiter nach Westen, Sir. Ich glaube nicht, dass die an Bord bislang etwas von uns und ihrem anhänglichen Kameraden mitbekommen haben, der sich an unsere Fersen geheftet hat.«

»Na, fein«, lautete DiAngelos Kurzkommentar. »Dann wollen wir mal ein oder zwei Runden drehen. Die dürften reichen, um unserem Freund Probleme mit den Kapazitäten seiner Batterien zu bescheren.«

10. Tag, 04:30 Ortszeit, 01:00 Zulu –
iranisches konventionelles U-Boot *Mokhanar*,
Straße von Hormuz

»Verdammte Scheiße, was macht denn der?« Kapitänleutnant Khoudi studierte mit wachsendem Entsetzen die Karte, auf der der Navigator den Kurs des amerikanischen U-Bootes sauber mitgeplottet hatte. Nun näherten sie sich mehr und mehr dem nördlichen Scheitelpunkt dieses Kreises. »Sonar, schalten Sie auf Aktiv!«

»Das wird er hören und ...«

Mit einer energischen Handbewegung brachte der Kommandant den Mann zum Schweigen. »Genau das soll er!« Khoudi dachte fieberhaft nach. Dem Amerikaner eine Nachricht zukommen zu lassen, war nicht möglich, solange sie getaucht fuhren, es sei denn … »Können Sie mit dem Kasten auch irgendwie morsen?«

Der Sonaroffizier glotzte entgeistert drein. »Morsen?«

»Ja, morsen!«, schnauzte Khoudi ihn an. »Wieso muss ich eigentlich auf diesem Boot jedes Wort dauernd wiederholen? Können Sie den Ami warnen? Der Verrückte läuft sonst demnächst in ein Minenfeld!«

Der Sonaroffizier ließ den Blick über seine Konsole, die Schalter und Bildschirme wandern. »Dazu ist die Anlage zwar nicht gebaut, ich kann aber technisch etwas versuchen, doch dafür benötige ich schon ein paar Minuten.«

»Dann legen Sie mal schleunigst los!« Der Kapitänleutnant schloss für einen Augenblick die Augen. Was für ein verdammter Mist, mit dem er nicht gerechnet hatte! Er hatte angenommen, der Ami würde einfach ablaufen und nicht so was hier veranstalten. Er öffnete die Augen wieder. »Fahrt auf zehn Knoten reduzieren!« Es wurde Zeit, dass er wieder an sein eigenes Boot dachte.

Die Antwort auf die Frage, wie man einen Seeweg ohne sonderlich großen Aufwand unpassierbar macht, hatte für die Iraner wie für alle anderen Nationen, die sich jemals in den letzten hundert Jahren mit diesem Thema befassten, gleich gelautet: Seeminen.

Seeminen waren billig, einfach zu produzieren und im Grunde für den Anwender risikolos. Natürlich waren die modernen Formen dieser Sperrwaffen nicht mehr mit den Ankertauminen des Ersten und Zweiten Weltkrieges vergleichbar, denn es waren zumeist Grundminen. Ausgestattet mit elektronischer Intelligenz lagen sie in flachen Gewässern auf dem Meeresgrund und lauerten. Sie konnten Geräusche identifizieren und beispielsweise nur durch das dumpfe Dröhnen von Tankern, nicht jedoch durch das hellere Singen von Schnellbootschrauben ausgelöst werden.

Die Minen, die vom Iran für den Fall einer Konfrontation mit der US Navy vorsorglich ausgebracht – man könnte auch sagen geparkt – worden waren, sollten zunächst auch gar nicht scharf sein, sondern sich erst selbst aktivieren, wenn ihre Sensoren einen bestimmten Morsecode empfingen. Doch eine derartige Programmierung auf Mikrochip-Niveau ist kompliziert und birgt durchaus das Risiko von nicht beabsichtigten Wechselwirkungen. In der jüngeren Militärgeschichte hat es dafür etliche Beispiele gegeben: Jagdflugzeuge, die unvermutet in Rückenlage gingen, wenn sie bei der Überquerung des Äquators vom Autopiloten gesteuert wurden; Radarsuites mit seitenverkehrten Anzeigen, Waffen, die nicht reagierten, wenn die Außentemperaturen bestimmte Werte überschritten … aber auch Waffen, die ungeplant scharf wurden. Die meisten Vorfälle dieser Art konnten vor der Öffentlichkeit geheim gehalten werden, selbst wenn sie in einschlägigen Fachkreisen eifrig und kontrovers diskutiert wurden, wobei es aber zumindest einen Konsens gab: Im Zeitalter der Elektronik konnte man nie ganz sicher sein, welche Programmierfehler, von denen man überhaupt noch nichts ahnte, im eigenen Waffenarsenal lauerten.

Bei den rund zweihundert Minen am Grund der

Straße von Hormuz in der Nähe der iranischen Küste, dennoch aber immer noch in internationalen Gewässern, bestand daher die Wahrscheinlichkeit, dass etwa bis zu zehn Prozent von ihnen ungewollt scharf sein könnten. Minen, die auf die Annäherung von Fahrzeugen, auf Geräusche und teilweise auch Veränderungen des Magnetfeldes prompt reagieren würden.

8. Kapitel

10. Tag, 04:40 Ortszeit, 01:10 Zulu – *USS Alaska*,
Straße von Hormuz

»Er setzt sein Aktivsonar ein, Sir!« Dem Sonaroffizier war die Verblüffung anzumerken. »Doch da wäre noch etwas.«

»Wie soll ich das verstehen?«, fragte DiAngelo.

»Er scheint etwas zu senden. Klingt wie eine verzerrte Sprachnachricht.«

»Lassen Sie mal hören!«

»Aye, aye, Sir!« Im Lautsprecher knackte es ein paar Mal, dann folgte ein hohles Rauschen und Wortfetzen mit Echohall, die in der Zentrale kaum zu verstehen waren: »… explodieren … Gefahr … Iran …«

Martinez verdrehte die Augen. »Ungläubige, ihr werdet alle sterben, wenn ihr euch dem Iran entgegenstellt … bla, bla, bla! Der findet es wohl witzig, uns zu beschimpfen!«

»Das wäre etwas viel Aufwand für dieses Vergnügen«, meinte DiAngelo, der eine gewisse Unruhe in sich aufkommen spürte. »Was, wenn an der Gefahr wirklich was dran ist?«

»Dann wäre der Iraner der Letzte, der uns warnen würde.«

Bob schnappte sich das Mikrofon. »Sonar, was macht er?«

»Er wird langsamer und dreht etwas ab. Den neuen Kurs habe ich noch nicht, Sir!«

»Durchgeben, sobald der feststeht!« Der Admiral wandte sich zu Martinez. »Wir gehen hart nach Backbord und runter auf fünfzehn Knoten. Bringen Sie uns zurück in die Mitte der Straße.«

»Sie glauben ihm?«

Bob zuckte mit den Schultern. »Keine Ahnung, Joshua, aber es kann nichts schaden, den Bogen etwas enger zu schlagen.«

»Also schön! Mister King, Steuerbord zwanzig, Umdrehungen für fünfzehn Knoten!« Mit ein paar schnellen Schritten war der Kommandant am Kartentisch. »Neuer Kurs wird eins-acht-null, genau Süd!«

Ein plötzliches Schaben an der Bordwand ließ die Männer zusammenzucken. Martinez wurde bleich. »Was war das denn bloß?«

10. Tag, 04:40 Ortszeit, 01:10 Zulu –
iranisches konventionelles U-Boot *Mokhanar*,
Straße von Hormuz

»Er reagiert und wird langsamer«, gab der Sonaroffizier bekannt. »Verdammt, ich verliere ihn!«

»Solange es nicht laut kracht, ist das nicht tragisch!« Khoudi schüttelte den Kopf. »Der hat sie doch nicht alle – in einem ausgewiesenen Sperrgebiet rumzugurken!«

»Die Amerikaner sehen unsere Ansprüche etwas anders, Kommandant. Für sie ist das internationales Gewässer.«

»Pah, internationales Gewässer!«, schnaubte Khoudi wütend. »WO! Wir drehen auf Süd! Bringen Sie uns um das Minenfeld herum, wir sehen zu, dass wir den Ami auf der anderen Seite wieder zu fassen kriegen.«

»Jawohl, Kommandant!« Der Wachoffizier in der Zentrale nickte kurz und begann, die Anweisungen in eine Reihe von Befehlen umzusetzen. Die *Mokhanar* legte sich etwas auf die Seite, als der Druck auf die Ruder zunahm. Hart drehte das Boot nach Süden, wieder auf die Mitte der Straße von Hormuz zu, dorthin, wo die gewaltigen Tankerschrauben dröhnten.

»Wenigstens scheint der Himmelhund unsere Botschaft verstanden zu haben«, stellte der Kapitänleutnant mit einer gewissen Erleichterung fest. »Was macht er jetzt?«

Der Sonarmann lauschte in seine Kopfhörer und studierte gleichzeitig seine Anzeigen. »Schwer zu sagen, er ist weg! Das Boot ist langsamer und damit leiser geworden. Verda …«

Der dumpfe Knall einer Detonation rollte durch das Wasser und traf die Hülle der *Mokhanar*. Gleich darauf krachte es erneut. Die beiden Männer sahen einander aus aufgerissenen Augen an.

10. Tag, 04:45 Ortszeit, 01:15 Zulu – *USS Alaska*,
Straße von Hormuz

Durch die Wucht der Explosion wurde der Bug der Seawolf steil nach oben geschleudert, während das Heck gleichzeitig in den sandigen Meeresgrund schlug.

Die Abteilung I im Vorschiff riss auf, und durch das große Leck schoss Wasser mit hohem Druck in den Bugtorpedoraum. Die Männer flohen nach achtern und schlugen hinter sich das wasserdichte Schott zu, während irgendwo entfernt eine weitere Detonation erfolgte. Im ganzen Boot flackerte das Licht, als der Reaktor sich automatisch selbst herunterfuhr und alle wichtigen elektrischen Systeme auf Batteriestrom wechselten. Schaurig heulten überall die Sirenen Kollisionsalarm, Alarmleuchten blinkten und tauchten alles in ein ständig wechselndes Rot- und Gelblicht.

DiAngelo sprang aus dem Kommandantensessel auf, verlor aber sofort den Halt, als der Bug der *Alaska* plötzlich wieder herabsauste wie ein Fallbeil. Schwer stürzte der Admiral auf das Deck.

Auch etliche andere wurden durch diese abrupte Bootsbewegung durch die Gegend geschleudert, Stimmen schrien wild durcheinander, doch Martinez übertönte sie alle. »Schadensmeldungen! Ich brauche Meldungen!« Er starrte wütend in die Zentrale. »Ruhe, verdammt noch mal! Jeder auf seinen Posten.« Seine Augen suchten den XO. »Mister King! Alles stopp! Klar zum Notaufstieg!«

»Belege das!« Bob hangelte sich an der Kommandantenkonsole in die Höhe, aus einer kleinen Platzwunde an seiner Stirn rann Blut. »Belege das! Steuern Sie zwo-fünf-null!«

»Sir! Wir müssen nach oben und …«

»Kommt nicht in Frage, der Iraner ist immer noch da und wartet nur darauf, dass wir rauskommen, um uns endgültig zu erledigen.« Mit einem leichten Aufstöhnen ließ sich DiAngelo in den Kommandantensessel plumpsen. »Mein Gott, die haben das wirklich getan!«

Nathan King blickte entsetzt auf die Flutkontrollen. »Bugraum ist vollgelaufen und offenbar noch eine Abteilung. Wir kommen nicht auf!« Er starrte seinen Kommandanten an, als wolle er um den alles entscheidenden Befehl betteln.

Martinez beachtete seinen XO gar nicht. Anblasen, ohne den Reaktor zur Verfügung zu haben, bedeutete hinterher, nahezu hilflos an der Oberfläche zu hängen. Wenn sie Pech hatten, würden die Strömungen sie unter Umständen bis an die Küste treiben, und die Iraner würden sich die Hände reiben. Also aussteigen und das Boot sprengen? Martinez spürte bei dem Gedanken einen Stich in seinem Herzen, obwohl er sich eingestehen musste, dass diese Lösung immer noch besser wäre, als das Boot den Iranern in die Hände fallen zu lassen, die vor nichts zurückschreckten, wie er in diesen Sekunden überdeutlich begriffen hatte. Dass die Iraner die Straße von Hormuz offenbar schon seit längerem bis hinaus in internationale Gewässer vermint hatten, besagte eigentlich alles.

Blieb als letzte Möglichkeit der Versuch davonzuschleichen so gut es ging, bis so viel Wasser in das Boot eingedrungen war, dass es auf den Grund sackte. Das würde ihnen vielleicht Zeit geben, ein paar Schäden zu reparieren, irgendwie weiterzukommen, bis in den Schutz der Fünften Flotte.

»Mister King, Kurs wird zwo-fünf-null, und besorgen Sie mir endlich die Schadensmeldungen! Und jemand soll endlich den Alarm abschalten!«

Auch Admiral DiAngelo beschäftigte sich mit der Frage, was mit dem Boot werden sollte. Auf keinen Fall konnte er zulassen, dass eine Seawolf in die Hände der Iraner geriet. Nicht nur wegen der Meldungen, die dann um die Welt gehen würden, und der damit verbundenen unvermeidlichen internationalen Krise, sondern auch, weil dieses Boot für die Iraner so etwas wie einen technischen Quantensprung dargestellt hätte. DiAngelo wagte sich gar nicht auszumalen, was es bedeuten würde, sollten die Iraner das Boot vielleicht heben und wieder einsatzklar machen – mitsamt dem ganzen Waffenarsenal an Bord.

Taumelnd schwenkte die *Alaska* auf den neuen Kurs ein. In der Zentrale hatte man den Eindruck, als würden ständig große Gewichte von einer Seite auf die andere verschoben, und es musste daher wohl so sein, dass der Bugraum nicht komplett abgesoffen war und das Wasser bei jeder neuen Bewegung hin- und herschwappte. Aber irgendwo im Boot musste noch etwas anderes ablaufen, worüber die großen Konsolen in der Zentrale keine Auskunft gaben. Denn wäre dem nicht so, hätte sich das Wasser einfach auf der tieferliegenden Seite gesammelt, und das Boot hätte eine stabile Schlagseite bekommen. Nur die gab es nicht. Schwankend wie ein angeschlagener Boxer schlich die *Alaska* davon, vom Batteriestrom mit knappen vier Knoten angetrieben, während gleichzeitig immer mehr Wasser in den Bootskörper eindrang. Es war nur eine Frage der Zeit, bis die Seawolf einfach zu schwer werden und auf den nahen Meeresgrund heruntersacken würde. Das Ende ihrer Fahrt.

10. Tag, 04:50 Ortszeit, 01:50 Zulu –
iranisches konventionelles U-Boot *Mokhanar*,
Straße von Hormuz

»Er ist zwar weg, aber es muss ihn erwischt haben. Die Explosionen haben wir alle vernommen, und ich hatte im Sonar eindeutige Sirenengeräusche«, erklärte der Sonaroffizier. »Der Ami muss irgendeine Art von Kollisionsalarm ausgelöst haben.«

»Also schön, wir ziehen einen halben Kreis«, entschied Khoudi. »Wenn Sie dann nichts haben, tauchen wir auf und informieren das Hauptquartier in Bender Abbas. WO, wir gehen noch einmal um das Minenfeld herum! Sechs Knoten, absolute Ruhe im Boot, damit die Männer im Hochschapp bessere Chancen haben.«

Aber das amerikanische Boot war und blieb verschwunden. Sollte es sich beschädigt davonschleichen, dann war es zu langsam und damit zu leise, um mit den Möglichkeiten der *Mokhanar* erfasst zu werden. Sollte es zerstört oder schwer beschädigt am Grund liegen, dann tat es das mitten in einem Minenfeld, das nicht so unscharf war, wie man angenommen hatte, und da hineinzulaufen hieße, das gleiche Schicksal für ihr eigenes Boot zu provozieren.

Die nächsten eineinhalb Stunden an Bord der *Mokhanar* verliefen eigenartig. Außer den Männern in der Zentrale und den Sonarleuten hatte niemand wirklich etwas zu tun. Der Rest der Besatzung konnte nur warten, was passierte. Doch U-Boot-Fahrer, ausgewählt in zahlreichen Eignungstests, sind nun mal aus einem besonderen Holz geschnitzt, um den körperlichen wie auch den mentalen Anforderungen des Lebens in einer solchen engen stählernen Röhre überhaupt gewachsen zu sein, und sie sind technisch versiert und hoch diszipliniert. Die Besatzung der *Mokhanar* bildete da keine Ausnahme, allerdings mit dem kleinen Unterschied, dass sie aus handverlesenen Männern der Pasdaran bestand, glühenden und bedingungslosen Anhängern ihres Glaubens.

Aber da sie auch Seeleute, mehr noch, U-Boot-Fahrer waren, konnte nicht ausbleiben, dass sie sich die Schreckensszenarien auf dem amerikanischen U-Boot ausmalten. In einem schwer beschädigten Boot auf Grund zu liegen und vielleicht darauf zu warten, dass die Luft ausging, das war die ultimative Furcht, die jeden U-Bootfahrer, gleich welcher Nation, beseelte. Und so bekam auch Allah an diesem Tag ein paar Bittgebete zu hören. Um 6:20 Uhr brach Khoudi die vergebliche Suche nach dem amerikanischen Boot ab, die *Mokhanar* tauchte auf und schickte einen ersten verschlüsselten Funkbericht an das Flottenhauptquartier in Bender Abbas.

10. Tag, 10:15 Ortszeit, 06:45 Zulu –
USS Dwight D. Eisenhower,
5. US-Flotte vor dem Persischen Golf

Vice Admiral Kurt Walker hatte sich angewöhnt, die während der Nacht und am frühen Morgen eingegangenen Positionsmeldungen speziell in Hinblick auf die *Alaska* durchzusehen, eine verständliche Reaktion, denn sollte er politisch kaltgestellt werden, dann fuhr auf diesem Boot ja sein Nachfolger spazieren. Doch noch war es nicht so weit.

»Adju!« Seine Stimme war mehr ein Bellen.

»Sir?« Der Lieutenant Commander sprang dienstbeflissen auf. »Was kann ich für Sie tun?«

Walker unterdrückte den Impuls, die Augen zu verdrehen. »Ich finde keine neue Meldung von der *Alaska*.«

»Es ist auch keine eingegangen, Sir!« Das Gesicht des Adjutanten blieb ausdruckslos.

»Aha …« Walker runzelte die Stirn. »Von wann stammt die letzte Meldung?«

»Achtzehn Uhr Zulu gestern Abend. Sie enthielt

aber nichts Konkretes.« Der Adjutant griff nach einem Ordner. »›Beabsichtige Gebietsaufklärung.‹ Genauere Angaben fehlen.« Der LCDR zögerte. »Die beiden anderen Boote haben sich übrigens regulär von den befohlenen Positionen aus gemeldet, Sir.«

Zur Überraschung des Adju breitete sich ein Grinsen auf dem Gesicht des Admirals aus. »Höre ich da etwa einen Anflug von Kritik durch, Commander?«

»Ich bitte Sie, Sir! Es ist nur etwas verwunderlich, dass die *Alaska* keine konkreteren Befehle hat. Commander Martinez erfreut sich einer … sagen wir ungewöhnlichen Bewegungsfreiheit. Die anderen Senioroffiziere beginnen deswegen bereits Fragen zu stellen, die ich nicht beantworten kann.«

»Dann ist es ja gut. Sollten Sie diese Fragen nämlich beantworten können und das dann auch noch tun, müsste ich Ihnen leider bei lebendigem Leibe die Haut abziehen.«

Der Adjutant, der die bisweilen etwas drastische Art seines Admirals gewohnt war, zuckte nicht einmal mit der Wimper. »Trotzdem wäre es vielleicht nicht ganz abwegig, wenn …«

»O mein Gott!« Nun verdrehte Walker doch noch die Augen. »Die Neugier wird Sie noch umbringen, Walter.«

»Aye, aye, Sir!«

Walker dachte einen Augenblick nach. »Na schön, dann kommen Sie mal mit in meine Kammer. Irgendwo auf den Meeren der Welt ist bestimmt schon die Sonne untergegangen, und mir ist jetzt nach einem Drink.«

Der Lieutenant Commander folgte seinem Herrn und Meister nach nebenan in einen Raum, der mehr einem Büro als einer Schiffskabine glich. Einzig die salzige Luft, die durch ein geöffnetes Bullauge hereinströmte, verriet, dass sie wirklich in See waren.

»Machen Sie es sich bequem, Walter.« Der Admiral nahm hinter seinem Schreibtisch Platz und zog aus einer der Schubladen Gläser und eine Flasche Bourbon hervor. »Aus Kentucky«, verkündete er. »Vielleicht sollte ich mich in dieser gesegneten Ecke zur Ruhe setzen, wenn es einmal so weit ist.«

Der Spruch war alt, aber natürlich lächelte Walter Pike pflichtschuldigst. »Und Ihre Leber vermachen Sie der medizinischen Forschung, Sir?«

»Ich sehe, wir verstehen uns.«

Der Admiral schenkte großzügig bemessen ein und schob eines der Gläser über den Schreibtisch. »Runter damit!« Nachdem er diesen Worten den Vollzug hatte folgen lassen, lehnte er sich in seinem Sessel zurück. »Sie wissen, was kocht, Walter. Die Herrschaften in Washington nehmen mir die Sache mit den iranischen Schnellbooten immer noch übel.«

»Ich kam nicht umhin, das entsprechende Funkfernschreiben zur Kenntnis zu nehmen, Sir. Rechnen Sie wegen dieser Anhörung mit Ärger?«

»In Washington? Immer!« Walker verzog angewidert das Gesicht. »Aber im Moment ist das eigentlich nebensächlich. Wichtiger ist, dass ein anderer Kommandant bereitsteht, der sofort für mich einspringen kann, sollte ich abgesägt werden.«

Walter Pike, des Admirals rechte und bisweilen auch noch linke Hand, zog scharf die Luft ein. »Das klingt, als läge fast schon eine Vorverurteilung vor, Sir!«

»Papperlapapp!« Walker winkte ab. »Das ist eine abgesprochene Vorsichtsmaßnahme für den Fall der Fälle. Doch sollte er eintreten, dann erwarte ich von Ihnen, dass Sie den Mann vorbehaltlos und nach

Kräften unterstützen.« Walker grinste. »Wissen Sie, ich habe ihm versehentlich mal ein paar Wasserbomben nachgeworfen, und man könnte ihn einen guten Freund nennen!*«

»Sogar einen sehr guten, wenn er Ihnen das nicht krummgenommen hat, Sir.«

»Davon können Sie getrost ausgehen! Um die Sache kurz zu machen: Konteradmiral DiAngelo befindet sich an Bord der *Alaska.*«

»Tut mir leid, Sir, aber den Namen bringe ich, obwohl ich mich in den Admiralsstäben recht gut auskenne, nicht unter.«

»DiAngelo war bis vor kurzem eine Weile bei der CIA. Erst jüngst haben sie ihn zum Konteradmiral gemacht und ihm eine U-Boot-Krisenreaktionsgruppe gegeben. Technisch untersteht er dem Befehlshaber der U-Boote, aber dahinter steht Admiral Sharp.«

»Demnach ist er also Sharps Mann?«

»Nicht wirklich, aber irgendwie schon. DiAngelo ist, was seine Entscheidungen anbelangt, ziemlich unabhängig.«

»Und im Augenblick ist er quasi auf der *Alaska* im wahrsten Sinne des Wortes auf Tauchstation gegangen. Der Aufenthalt dürfte ihm wohl schwerlich schmecken.«

Es dauerte eine halbe Minute bis der Admiral sich vor lauter Lachen wieder einkriegte. »DiAngelo, ein U-Boot unbequem finden? Walter, er wird das verdammte Ding mit auf das Flaggschiff bringen wollen, wenn er hier der Boss wird.« Walker massierte seine Nasenwurzel. »Was ich aber nicht weiß, ist, ob er nicht irgendwas auskocht und deswegen keine Rou-

* Siehe Peter Brendt: Crashdive

tinemeldung geschickt hat, oder ob er in Schwierigkeiten steckt. Falls er nur quietschfidel mit seiner Seawolf im Golf spazieren fährt, würden wir ihn nur in Probleme bringen, wenn wir eine Suchaktion starten. Doch genauso gut kann bei ihm auch etwas schiefgegangen sein, und dann zählt jede Stunde.«

»Eine schwierige Entscheidung, Sir!«

»Ich stelle mir so etwas wie eine diskrete Suchaktion vor, auch wenn ich jetzt noch nicht weiß, wie man die im Golf aufziehen könnte. Und ich möchte, dass Sie mir ein paar Verbindungen herstellen, diskret über Satellitentelefon, und nicht über den normalen Funkverkehr.« Walker kritzelte etwas auf ein Blatt Papier und schob Pike die Notiz zu. »Diese drei Männer brauche ich, und zwar schnell.«

Der Adjutant warf einen Blick auf das Blatt und erbleichte. »Sir …«

»Dachten Sie etwa, ich habe überhaupt keine Freunde?« Walker grinste. »Klingeln Sie die Gentlemen aus den Betten und sagen Sie ihnen, es sei dringend.«

10. Tag, 02:45 Ortszeit, 07:45 Zulu –
Langley und Norfolk, Virginia

Walter Pike erreichte Roger Marsden, dessen Name als erster auf Walkers Liste stand, erst eine Stunde später, und das auch nur auf Umwegen über den diensthabenden Agenten im CIA-Hauptquartier. Er war dennoch froh, ihn nun endlich zu Walker durchstellen zu können. Anschließend Kontakt mit Admiral Sharp in Norfolk aufzunehmen, war kein Problem. Mit William Boulden in Verbindung zu treten gelang allerdings nicht.

Die beiden Telefonate verliefen für Walker zufriedenstellend in seinem Sinne. Admiral Sharp sicherte ihm Rückendeckung zu, und Roger Marsden die volle Unterstützung der CIA.

In Langley wurde die Abteilung für strategische Analysen in Alarm versetzt, da sich DiAngelos alte Dienststelle in U-Boot-Unternehmungen bestens auskannte. Bereits um 04:30 Uhr erschien ein immer noch zerknautscht aussehender Captain Roger Williams im Lagezimmer – der Mann, der von allen vielleicht am ehesten wusste, wie DiAngelo dachte und handelte. Und um 06:00 Uhr morgens Ortszeit in Virginia ging eine verschlüsselte Funkmeldung an Jack Small in Teheran. Nur erreichte diese Meldung den Agenten nicht mehr, sondern lediglich die Mitglieder seines Teams.

9. Kapitel

10. Tag, 11:15 Ortszeit, 07:45 Zulu – *USS Alaska*, Straße von Hormuz

»Der Leitende ist bereit, den Reaktor wieder anzufahren.« Martinez rieb sich die kalten Hände.

DiAngelo, auf dessen Stirn ein großes Pflaster prangte, nachdem der Bordarzt die Platzwunde mit zwei Stichen genäht hatte, nickte müde. »Dann wird es hier wenigstens wieder etwas wärmer, das wird den Männern guttun.«

»Ansonsten ist das Boot im Rahmen des Möglichen abgesichert, Sir!«

»Es grenzt ohnehin fast schon an ein Wunder, dass wir es geschafft haben, mit unseren lausigen vier Knoten sechzehn Meilen von dem Minenfeld wegzukommen, bevor wir auf Grund gesackt sind. Können denn die Techniker schon eine Einschätzung geben, wie viel Wasser wir überhaupt im Boot haben?«

»Negativ, Admiral. Die sind immer noch dabei, sich um die lebenswichtigen Funktionen an Bord zu kümmern.«

Die beiden Männer waren erfahren genug, um zu wissen, wie es um das Boot stand. Theoretisch gab es immer noch die Möglichkeit, mit Pressluft anzublasen und einen unkontrollierten Notaufstieg einzuleiten. Doch je nachdem, wie viele Zellen es erwischt hatte, konnte daraus auch nichts außer der Verschwendung der wertvollen Pressluft werden. »Für den Augenblick liegen wir hier ziemlich sicher«, erklärte DiAngelo. »Die Iraner werden dort anfangen, nach uns zu suchen, wo es gerumst hat. In einem Minenfeld keine ganz einfache Sache, die sie Zeit kosten wird.«

»Unsere eigenen Leute werden uns irgendwann vermissen und selbst aktiv werden.«

»Das schon, aber sie werden kaum eine ganze Flotte in die Straße entsenden, denn das könnte auf den Beginn eines Krieges hinauslaufen, den beide Seiten zwar im Prinzip wollen, bloß jetzt noch nicht. Wir brauchen daher zunächst einmal den genauen Status des ganzen Bootes, damit wir uns überlegen können, was wir selbst zu tun vermögen.«

Martinez sah sich in der leeren Zentrale um, die Gasten waren überall im Boot unterwegs, um bei den Reparaturen mitzuhelfen. Das Boot lag still auf Grund und konnte sogar möglicherweise nicht auftauchen, selbst wenn sie es gewollt hätten. Aber im Augenblick wäre das vielleicht ohnehin keine gute Idee gewesen, denn an der Wasseroberfläche herrschte heller Sonnenschein, die nächsten Basen der iranischen Luftwaffe lagen nur ein paar Flugminuten entfernt, und das unablässige Dröhnen der Tankerschrauben zeigte an, dass dort oben mehr als genug Fahrzeuge schwammen, mit denen man kollidieren konnte.

Der Kommandant studierte die Anzeigen auf den Konsolen, von denen allenfalls die Hälfte funktionierte. »Es hat den Anschein als machten wir nach wie vor Wasser, zwar nur wenig, aber offenbar stetig. Solange die Techniker das nicht abstellen können – falls überhaupt –, verbessert sich unsere Situation nicht.«

»Von der Möglichkeit, eine Meldeboje hochzuschicken, halte ich nicht viel«, erklärte DiAngelo. »Denn die Frage, wer zuerst hier wäre, unsere Leute oder die Iraner, würde eine ziemlich eindeutige Antwort finden. Im Augenblick haben wir genug Luft und Frischwasser, Proviant ist ohnehin kein Thema, und damit haben wir auch Zeit, die weitere Entwicklung abzuwarten.«

»Nicht unendlich, Sir!«

»Das ist schon klar, Joshua!«

10. Tag, 05:00 Ortszeit, 10:00 Zulu – Langley, Virginia, Abteilung für strategische Analysen

Roger Williams studierte intensiv die Karte, während er gleichzeitig den Telefonhörer gegen das Ohr presste. »Wir arbeiten noch daran, Sir!«

»Dann tun Sie das gefälligst noch einen Zacken schneller, Captain!« Aus Marsdens Worten sprach dessen Ungeduld. »Solange wir keine Vorstellung davon haben, was im Golf geschehen ist, können wir gar nichts in Bewegung setzen.«

»Das weiß ich auch, Sir! Ich nehme an, Bob war unterwegs, um das dortige flache Terrain aufzuklären. Ich weiß ungefähr, worum es geht, aber was sich eventuell als hilfreich erweisen könnte, wären Informationen über Treffpunkte und Zeiten der geplanten Rendezvous.«

»Die sind doch jetzt schon Makulatur«, fauchte Marsden verächtlich. »Das Boot ist überfällig, wenn ich Sie daran erinnern darf!«

Captain Williams signalisierte einem der vorbeieilenden Analytiker, dass er gerne einen Schluck zu trinken gehabt hätte, denn Kaffee war so ziemlich das Einzige, was ihn überhaupt noch leidlich auf den Beinen halten konnte. »Was glauben Sie, warum ich um diese Uhrzeit hier bin, Sir?«, sagte er etwas unwirsch. »Bob ist nicht umsonst seit vielen Jahren mein Freund.«

»Was wollen Sie damit zum Ausdruck bringen, Williams?«

»Nicht mehr, als dass ich ihn ziemlich gut kenne.«

»Geschenkt!«, knurrte der Vice Director der CIA. »Kommen Sie doch endlich mal zur Sache!«

»Gleichgültig, was auch immer passiert sein mag, ist das Seegebiet, in dem die *Alaska* sich befindet, nicht tief genug, als dass das Boot, sollte es auf Grund gegangen sein, durch den Wasserdruck zerquetscht werden könnte. Also gibt es im Wesentlichen zwei Szenarien.«

»Und die wären?«

Williams schluckte. »Die *Alaska* wurde, wodurch auch immer, schwerstens beschädigt, und ein großer Teil der Besatzung ist womöglich dadurch ausgefallen. In diesem Fall würden die Überlebenden alles dransetzen, auszusteigen und das Boot zu sprengen, damit es nicht in iranische Hände fällt. Die Folgen wären dennoch fatal, und die muss ich Ihnen ja wohl nicht extra aufzählen.«

Marsden seufzte. »Wie wahr! Und die Variante zwei?«

»Das Boot ist noch relativ intakt und die Besatzung noch einigermaßen vollständig. Dann wird die Crew versuchen, mit Bordmitteln am Grund Reparaturen auszuführen, so gut dies geht. Sollte das gelingen, werden sie irgendwann wieder auftauchen und sich melden.«

»Und dann?«, hakte Marsden nach.

»Dann wird Bob Hilfe brauchen, in welcher Form genau, hängt von dem Zustand des Bootes ab.«

»Na wunderbar!«, meinte Marsden sarkastisch. »Und wie kriegen wir das raus?«

»Gar nicht!« Der Captain nahm den Kaffeebecher, der ihm gereicht wurde, mit einem dankenden Nicken entgegen.

»Momentan können wir allenfalls darüber spekulieren. Dass allerdings an Bord der *Alaska* ein gravierender Unfall eingetreten ist, vermag ich nicht zu glauben. Ich könnte mir vielmehr eher vorstellen, dass die Seawolf in eine uns bislang unbekannte U-Boot-Falle oder in ein Minenfeld geraten ist. Sollte die Annahme stimmen, dann müssen diese Abwehrmaßnahmen ja irgendwann auch eingerichtet worden sein, ohne dass wir dies registriert haben. Eine nochmalige, zeitlich rückwärts gehende Auswertung von Satellitenaufnahmen der Region könnte uns da eventuell schlauer machen.«

»An dem Gedanken ist was dran«, musste Marsden einräumen. »Die Bildauswertung wird mich zwar wegen einer solchen Archivsuche meucheln wollen, weil deren Personalstärke kaum ausreicht, um das aktuelle Geschäft zu erledigen, aber das soll mir in diesem Falle schnuppe sein.«

10. Tag, 13:45 Ortszeit, 10:15 Zulu – Bender Abbas, Iran

Die drei kleinen Schiffe der Kalvan-Klasse, die den Hafen verließen, waren weder von ihrer Anzahl noch von der Größe her auffällig. Kurioserweise handelte es sich dabei jedoch um ehemalige amerikanische Küstenwachkutter, die letzten ihrer Art, die noch schwammen. Sie waren zu Zeiten des Schahs von den USA an den Iran verkauft worden, als noch niemand ahnte, dass Ayatollah Khomeini jemals aus dem Pariser Exil in sein Land zurückkehren würde.

Ursprünglich hatten die Boote mal unter anderem auch über U-Jagdsysteme verfügt, die man aber irgendwann nur noch als vorsintflutlich bezeichnen konnte. Deswegen hatte es 1995 auch keine Verwunderung darüber gegeben, dass in den Werften von Bender Abbas die Wasserbombenracks und die U-Abwehrmörser entfernt worden waren und gegen stärkere Flugabwehrbewaffnung ausgetauscht wurden. Allerdings war die Annahme, dass die dazugehörigen Sensoren entfernt worden waren, falsch. Sie basierte auf der Tatsache, dass man auf den Satellitenbildern von 1995 erkennen konnte, wie die Rümpfe in den fraglichen Bereichen aufgeschnitten worden waren. Aber in Wirklichkeit hatten die drei verbliebenen Kalvans, ein viertes Boot war im Krieg gegen den Irak versenkt worden, eine Modernisierung ihrer Sensorik erfahren, eine wilde Mischung chinesischer, nordkoreanischer und russischer Technik, zumeist illegal nachgebaut. Das war zwar nicht State of the Art*, erfüllte aber seinen Zweck.

Mit aufschäumendem Kielwasser machten sich die drei Boote in einer engen Dwarslinie auf den Weg. Rund zehn Stunden Fahrt lagen vor ihnen, bis sie das zweihundert Meilen entfernte U-Boot-Übungsgebiet erreichen würden.

Etwa zeitgleich verließ eine Gruppe von Raketen-

---

* Bezeichnung für den höchsten anzunehmenden Entwicklungszustand einer Technologie (nicht zu verwechseln mit Stand der Technik).

Schnellbooten, die ebenfalls nicht der normalen Marine, sondern den Pasdaran unterstanden, das Übungsgebiet und steuerte an der Küste entlang in Richtung Bender Abbas. Um fünfzehn Uhr Ortszeit war lediglich die alte Fregatte als einzige Einheit der iranischen Marine im Übungsgebiet verblieben.

10. Tag, 08:30 Ortszeit, 13:30 Zulu – Washington D.C.

William Boulden, Präsidentenberater und, soweit es sich als notwendig erwies, politischer Strippenzieher, erreichte sein Büro um kurz vor neun Uhr Ortszeit. Nichts an seinem gepflegten Äußeren verriet, dass der Mann die Nacht nicht daheim verbracht oder gar, dass er relativ wenig Schlaf bekommen hatte.

»Sir, Admiral Sharp von der Navy und Mister Marsden von …«

Boulden hob abwehrend die Hand und schnitt seiner Sekretärin das Wort ab. »Danke, ich weiß, wer die Gentlemen sind und wo sie arbeiten. Also, was *wollen* sie!«

»Beide bitten dringend um Rückruf, Sir!«

»Okay. Dann holen Sie mir zuerst Marsden ans Telefon, und anschließend bringen Sie mir bitte einen Kaffee«, sagte der Politiker und zog sich in sein Arbeitszimmer zurück.

Drei Minuten später hatte er Marsden an der Strippe und einen Kaffee auf seinem Schreibtisch. »Mister Marsden, Sie haben um einen Rückruf gebeten?«

»Mister Boulden, gut, dass ich Sie endlich erreiche …« Die Erleichterung in der Stimme des CIA-Vice-Directors war unüberhörbar. »Wir haben ein dickes Problem an der Backe!«

»Und das besteht worin?«

»Die *Alaska* hat zwei routinemäßige Meldungen ausgelassen und ist überfällig. Das Beunruhigende daran ist, dass DiAngelo in solchen Dingen absolut zuverlässig ist, weil er haargenau weiß, was solche fehlenden Routinemeldungen auslösen können.«

Boulden nahm einen Schluck von seinem Kaffee, bevor er nachfragte. »Demnach wollen Sie mir bedeuten, die *Alaska* sei verschwunden. Welche Maßnahmen haben Sie eingeleitet?«

»Admiral Sharp hat Kurt Walker freie Hand für eine diskrete Suchaktion gegeben, und ich würde gerne mein Team in Teheran darauf ansetzen, die Aktivitäten der iranischen Marine genauer zu überwachen, oder, um es präziser auszudrücken, ihrer Revolutionsgarden.«

»Das bedeutet, Sie wollen Ihren kleinen Raketendiebstahl zurückstellen.« Boulden dachte nach. »Daran, dass die *Oklahoma* sich immer noch auf dem Weg in den Golf befindet, hat sich ja wohl nichts geändert?«

Marsden räusperte sich. »Nein, Sir. Sollte DiAngelo wirklich sein Boot irgendwo vor der iranischen Küste ruiniert haben, dann könnte die *Oklahoma* ein Mittel sein, um die Iraner abzulenken.«

»Ich merke, auch darüber haben Sie bereits nachgedacht«, stellte Boulden fest und blickte dabei aus dem Fenster auf die Pennsylvania Avenue hinaus. »Die Sache hat aber einen Haken.«

»Ich weiß.« Marsden zögerte kurz. »Es kann sein, dass die Muftis DiAngelo erwischen, bevor wir ihn finden.«

10. Tag, 19:15 Ortszeit, 13:45 Zulu – Teheran, Iran

Oberst Yadollah Ghazdivi legte den Hörer auf die Gabel. In seinem Kopf überschlugen sich die Gedanken. Die Tatsache an sich, dass die Amerikaner wie erwartet aufgekreuzt waren, war nicht beunruhigend. Ihn irritierte dabei nur die Art und Weise. Er hatte eher mit der Einschleusung eines Einsatzteams gerechnet, nicht aber mit einem U-Boot, obwohl das natürlich auch Agenten an Land setzen konnte.

Der Oberst rekapitulierte die Situation. Aus dem gefangenen amerikanischen Spion hatte er nichts herausbekommen, wobei ihn noch immer wurmte, dass der Mann all seinen Verhörmethoden standgehalten hatte. Dass im Mittelpunkt des Interesses der Amerikaner das Atomprogramm in Isfahan stand, lag auf der Hand. Nur, was wussten sie darüber?

Mehr, als er bisher angenommen hatte? Und sollte dem so sein, blieb die Frage, woher sie ihre Informationen hatten.

Er lehnte sich zurück und dachte nach. Irgendwo gab es eine undichte Stelle, und die wiederum hatte dazu geführt, dass die Amerikaner gehandelt hatten. Ein Schritt ergab den nächsten, und der bisher letzte Schritt hatte dazu geführt, dass ein U-Boot irgendwo vor der Küste auf eine Mine gelaufen war, was an sich schon gar nicht hätte passieren dürfen. Aber noch befremdlicher war, dass die Amerikaner überhaupt dort operiert hatten, fernab von allen wichtigen Anlagen. Was also hatten sie in der Straße von Hormuz gewollt? Es wurde höchste Zeit, das rauszufinden.

10. Tag, 19:15 Ortszeit, 13:45 Zulu – Bender Abbas, Iran

Jack Small und Saddam Rasik erreichten Bender Abbas mit dem Zug kurz vor acht Uhr abends. Da es zu spät war, um an diesem Tag noch groß etwas zu unternehmen, quartierten sie sich in einem der Touristenhotels ein, die es erstaunlicherweise ebenso noch gab wie Touristen, denn schließlich galt der Iran weltweit nicht gerade als sicheres Reiseland. Dennoch konnte man im Iran ziemlich sicher sein, dass keine kleinen unabhängigen Gruppen existierten, die Touristen entführten. Dieses Recht behielten sich exklusiv der Staatsapparat beziehungsweise die Pasdaran vor.

»Was haben Sie für morgen geplant, Boss?«

»Wir müssen versuchen, Sayyid Thoum zu finden. Mehr als dass er eine Wohnung in der Stadt hat, wissen wir nicht, aber wir haben keine Adresse.«

»Wie alt ist dieser Thoum eigentlich?«

»Zweiundvierzig nach unseren Unterlagen, soll aber zehn Jahre jünger aussehen. Das Dossier über ihn sollten Sie eigentlich gelesen haben, Rasik«, sagte Small leicht vorwurfsvoll.

»Habe ich natürlich auch, bloß frage ich mich seitdem, was er für ein Typ Mensch sein mag.«

»Wissenschaftler, gläubiger Moslem, das ist so ziemlich alles, was uns in der Hinsicht bekannt ist.«

»Gläubiger Moslem bin ich ebenfalls«, erklärte Rasik, der Amerikaner irakischer Herkunft. »Doch Moslem zu sein, schließt nicht aus, dass man auch mal ausgehen und Spaß haben kann. Der Islam ist ja keineswegs nur die Religion der alten Männer.«

»Worauf wollen Sie hinaus, Rasik?«

»Na, irgendwie muss dieser Thoum ja an die DEA-

Agenten geraten sein. Die sind ja nicht von Labor zu Labor gewandert und haben einfach jeden in einem weißen Kittel gefragt, ob sie ein paar Drogen haben können. Die wären da überhaupt nicht reingekommen.«

»Nein. Die sind durch irgendwelche Lokalitäten gezogen, so wie die DEA das auch in Amerika tun würde, wenn sie nach kleineren Dealern Ausschau hält, um über die an die großen Fische ranzukommen. Und irgendwie habe ich den Verdacht, als habe uns die DEA noch nicht alles erzählt. Brown und Habb müssen ganz konkret auf jemanden oder etwas angesetzt worden sein, nur möchte ich fast wetten, dass Sayyid Thoum nicht das Ziel war.«

»Dennoch hat Thoum irgendwas von den Aktivitäten der beiden mitbekommen und sie seinerseits kontaktiert. Und unauffällig getroffen haben kann er sie nur an einem Ort, an dem Brown und Habb verkehrten, einem Club oder so was in der Richtung.«

Small konnte nur mühsam ein Grinsen unterdrücken. Für jemanden, der im kriegsgeschüttelten Bagdad aufgewachsen und erst vor ein paar Monaten in Beirut erstmalig um die Häuser gezogen war, hatte der junge Rasik schnell dazugelernt. »Das klingt nach einer langen Nacht für uns.«

»Was meinen Sie, wie viele Bars und Clubs gibt es hier überhaupt, Boss?«

»Keine Ahnung, aber vermutlich etliche, denn Bender Abbas ist immer noch Touristen- und Hafenstadt in einem.«

»In den billigsten Läden herumhängen dürfte Thoum bei seinem Einkommen als Spitzenmann allerdings kaum.«

Small griff nach seiner Jacke. »Na schön, versuchen wir unser Glück, vielleicht stolpern wir ja irgendwo über den Mann.«

10. Kapitel

11. Tag, 08:30 Ortszeit, 05:00 Zulu – Bender Abbas

»Boss, Sie sehen so aus, wie ich mich fühle!«

Small beäugte Rasik misstrauisch. »Ich dachte, Moslems dürfen keinen Alkohol zu sich nehmen?«

»Was trunken macht, sei verflucht, ja«, bekannte der junge Agent recht kläglich. »Obwohl ich nur gekostet habe, weiß ich jetzt, warum der Prophet das Zeug verboten hat.«

»Ein Frühstück kann auf alle Fälle nicht schaden.« Jack, der weniger unter den Nachwirkungen von Alkohol als unter Schlafentzug litt, sah auf die Uhr. »Danach sollten wir Kontakt mit dem Team in Teheran aufnehmen.«

Saddam Rasik nickte, bereute die unbedachte Bewegung aber gleich darauf. »Einen Tick sind wir ja immerhin weitergekommen.«

»So ist das eben in unserem Gewerbe: Mühsam ernährt sich das Eichhörnchen«, erklärte Small mit einem Augenzwinkern. Thoum selbst hatten sie zwar nirgends angetroffen, aber zumindest herausgefunden, dass der Chemiker ein Faible für einen noblen Tanzclub hatte, in dem er Samstagnacht Stammgast zu sein schien, da die Freitage die Sonntage der islamischen Welt waren. Dummerweise war aber erst Donnerstag, doch eine zweitägige Warterei mochte in Hinblick auf die relativ hohe Wahrscheinlichkeit, dass in dem Club dann eine Kontaktaufnahme klappte, vertretbar sein.

»Bleiben wir hier, oder kommen wir am Samstag noch mal wieder, Boss?«, wollte Rasik wissen.

»Ich glaube, wir bleiben hier, nur sollten wir uns ein Zweitquartier suchen, falls die Dinge dumm laufen.«

»Ich passe auf, ob Ihnen jemand folgt, Boss.«

»Umgekehrt, mein Lieber!«

11. Tag, 12:30 Ortszeit, 09:00 Zulu – *USS Alaska*, Straße von Hormuz

»Also, was haben wir?«

Commander Martinez blickte seinen Admiral säuerlich an. »Einen besseren Schrotthaufen. Ich will das gar nicht beschönigen, Sir, es sieht übel aus.«

»Dann lassen Sie uns System für System durchgehen«, forderte DiAngelo ihn auf.

Joshua Martinez überflog kurz seine Notizen zu den diversen Meldungen der Schiffstechniker. »Zunächst einmal das Positive. Der Reaktor läuft, alle Kühlsysteme sind in Ordnung, Energie ist ausreichend vorhanden.«

»Wie sieht's mit Luft und Frischwasser aus?«

»An der Anlage zur Frischwassererzeugung hat es irgendwo einen Kurzschluss gegeben, aber der Leitende ist optimistisch, dass er sie in Bälde wieder zum Laufen kriegt. Luft ist kein Problem.«

»Das ist doch immerhin was! Also können wir hier herumliegen, bis uns die Makkaroni ausgehen oder die Iraner uns finden.«

»So ungefähr, Sir. Bloß viel wird uns das auch nicht

nützen. Die Sonarsysteme im Bug haben wir eingebüßt, Niederfrequenz können wir ebenso vergessen wie das Aktivsonar. Was uns bleibt, sind die Lateralsensoren, allerdings sind die Computer im Sonarcompartment momentan noch ohne Strom. Weil sich Wasser in den Kabelschächten ausgebreitet hat, ist ein Teil der Stromnetze lädiert. Die Techniker ersetzen Leitungen, schalten um, was geht, und versuchen nach wie vor, den Rest trockenzulegen. Die Kabel zu den beschädigten Sektionen sind gekappt, die Schächte zugeschweißt. Wenigstens kommt kein neues Wasser mehr ins Boot.«

Bob wusste, dass sie sich dem entscheidenden Punkt näherten. »Und wie sieht es vorne aus?«

»Wie gesagt, die schweren Schäden befinden sich alle vorn. Wir haben vier Zellen verloren, dazu mindestens noch zwei Trimmzellen.«

»Wenn wir also den Rest anblasen, dann ragt unser Heck aus dem Wasser wie ein Turm, und der Bug wird senkrecht nach unten zeigen«, stellte DiAngelo nüchtern fest.

»So ungefähr, Sir!« Der Kommandant nahm seine Mütze ab und knautschte sie wütend zusammen. »Der Chief sieht das genauso. Wenn wir auch nur eine einzige Zelle dort vorn noch intakt hätten, könnten wir davonhinken. Der Bug würde zwar wie ein nasser Sack durchhängen, und mehr als zwei, drei Knoten würden nicht drin sein, aber wir kämen hier weg. Aber so ...« Martinez holte erst einmal ganz tief Luft. »Sir, ich glaube, wir sind geliefert.«

Bob spürte eine bleierne Müdigkeit in sich aufsteigen, denn genauso wie die meisten anderen an Bord hatte er seit zwei Tagen kein Auge zugetan. Er hatte auch nicht an Martinez' Besprechung mit dem Chief und den anderen Technikern teilgenommen, sondern war in der Kommandantenkammer geblieben und hatte nachgedacht, über Dinge, die richtig oder auch falsch gewesen waren, über Optionen und Möglichkeiten. Aber noch immer fehlten ihm ein paar Stücke an dem Bild in seinem Kopf. Oder vielleicht war er auch nur zu müde, um sie zu erkennen. »Was schlagen Sie also vor?«

»Ich sehe keine andere Wahl, als die Besatzung aussteigen zu lassen und das Boot zu sprengen. Wir haben ein DDS* und das ASDV**. Die Iraner werden uns gefangen nehmen, es wird zähe Verhandlungen über unser weiteres Schicksal geben, aber irgendwann werden die Iraner uns dann schon wieder an unsere Leute übergeben.«

»Wir sind an der Grenze der Zwölfmeilenzone ihrer Hoheitsgewässer, aber die Iraner werden reklamieren, wir seien *in* ihnen gewesen, obwohl deren Anspruch auf zwölf Seemeilen strittig ist. Das Seerechtsübereinkommen der UNO wurde von den USA nie unterzeichnet.«

Martinez sah DiAngelo verunsichert an. »Und was ändert das an unserer Lage?«

»Die USA beanspruchen ja selber nur drei Seemeilen und haben Ausdehnungen auf zwölf Seemeilen nur bilateral als Fait accompli akzeptiert. Für den Iran trifft das aber nicht zu.«

---

* Dry Deck Shelter, ein Modul an U-Booten, das Tauchern den Zugang und das Verlassen eines getauchten U-Bootes erlaubt.

** Advanced Seal Delivery Vehicle, ein Unterwasserfahrzeug (kein Mini-U-Boot, es ist nach oben offen), das dazu benutzt wird, SEALs an Küsten abzusetzen.

»Die Iraner werden davon ausgehen, dass sie unsere Anerkennung nicht brauchen. Wenn die uns auffischen, werden sie so oder so darauf beharren, dass wir innerhalb der von ihnen beanspruchten Gewässer waren. Höchstens das diplomatische Tauziehen könnte härter werden, sollte ihnen unser Boot in die Hände fallen.«

»Das wird es nicht, weil es das nicht darf, Joshua! Nicht einmal als zerstörtes Wrack.« Der Admiral schüttelte energisch den Kopf. »Wie sieht es mit Antrieb und Tiefenrudern aus?«

»Die vorderen Tiefenruder haben etwas abbekommen, aber die Techniker glauben, sie kriegen die wieder hin, jedenfalls so weit, dass wir sie benutzen könnten, sollten wir Fahrt ins Boot bekommen und den Bug vom Grund wegkriegen.« Joshua zuckte mit den Schultern. »Beim Antrieb haben die Kurzschlüsse derart gewütet, dass die vorhandenen Ersatzteile vorn und hinten nicht reichen. Der Chief ist am Stöhnen, denn er hat einen Reaktor für neunzig Millionen Dollar, aber was ihm fehlt, sind Sicherungen für fünf Dollar und ein paar schlichte Elektronikteile, die auch nicht Gott und die Welt kosten. Alles in allem größtenteils nur Kleinkram, aber ohne das Zeug können wir uns den Gedanken abschminken, von hier wegzukommen.«

»Nur mal angenommen, wir hätten es, könnte es dann nicht doch vielleicht einen Weg geben?« Bob schloss die Augen und massierte die Nasenwurzel. »Bliebe immer noch das Wasser im Vorschiff. Wir kriegen es nicht raus, also müssen wir sein Gewicht irgendwie kompensieren.«

»Mehr Auftrieb erzeugen, als die verbliebenen Zellen hergeben, können wir nicht. Was wir bräuchten, wäre ein Hebeschiff, nur würden uns die Iraner kaum in Ruhe arbeiten lassen, wenn unsere Leute hier mit so einem Ding anrücken.« Martinez starrte DiAngelo giftig an. »Das bin ich selbst schon ein Dutzend Mal durchgegangen, ohne zu einem besseren Ergebnis gekommen zu sein, Sir.«

Bob behielt die Ruhe. »Dass wir Hilfe von oben benötigen, ist klar, und der einzige Schiffstyp, der sich hier unauffällig bewegen kann, sind Tanker, denn die gibt's hier mehr als reichlich.«

»Schön und gut, die haben genügend Auftrieb und alles, aber wie wollen Sie …« Martinez hielt inne und sah DiAngelo aus großen Augen an. »Oh nein!«

»Wieso nicht?«

»Das geht niemals gut. Ganz abgesehen davon, benötigten wir zumindest etwas Antrieb, um mit dem Tanker zu drehen.«

»Ich sehe, Sie haben verstanden, worauf ich hinauswill.« Der Admiral nickte zufrieden. »Schlechter kann die Lage ja nicht werden, oder? Dann besorgen Sie mir schon mal eine schöne Einkaufsliste vom Chief.«

Es verging ein ganzes Weilchen, bis bei Martinez der Groschen fiel. »Sie wollen doch nicht etwa selbst an Land gehen, Sir!«

»Doch, in der kommenden Nacht. Sie sind der Kommandant, und die Crew und das Boot brauchen Sie. Und sehen Sie zu, dass Ihre Leute wenigstens eine Mütze voll Schlaf kriegen.«

»Das … das …« Der Kommandant wollte offensichtlich noch Einwände erheben, ließ es dann aber doch sein. »Aye, aye, Sir!«

11. Tag, 14:30 Ortszeit, 11:00 Zulu –
Atomanlage Jaz Murian, Iran

Professor Sharid strahlte in die Runde wie ein gütiger Onkel, der soeben eine Kindergesellschaft mit ein bisschen Spielzeug erfreut hatte. »Zufrieden, meine Herren?«

Oberst Ghazdivi nickte kaum merklich mit dem Kopf. »Lange genug gedauert hat das Ganze ja. Mich interessiert nun vor allem der Zeitraum, den Sie veranschlagen, um weitere Bomben mit Material bestücken zu können.«

Das Lächeln des Professors verschwand wie weggewischt. »Mit etwas mehr Mitteln vielleicht neun Monate. Wir brauchen einen zweiten Reaktor und eine zweite Großzentrifuge.«

»Wie wissen wir, dass die Bomben funktionieren?«

Der Frager, ein noch junger Mann, hatte zwar Persisch gesprochen, aber mit einem kehligen Akzent, der deutlich verriet, dass dies nicht seine Muttersprache war, sondern wohl eher Arabisch.

»Einen Atomwaffentest durchzuführen, wäre sicher wünschenswert …«

»Nein!«, unterbrach Oberst Ghazdivi den Professor energisch. »Eine derartige Demonstration wäre in Anbetracht der gegenwärtigen politischen Lage nicht opportun.«

»Trotzdem bedauerlich«, erklärte der junge Mann mit sichtlicher Enttäuschung. »Wie groß ist das Risiko, dass die Bomben nicht funktionieren.«

»Ich bin zwar nicht darüber informiert, wer Sie sind, oder warum Sie hier sind, aber mir reicht natürlich aus, dass Oberst Ghazdivi sich für Sie verbürgt hat«, sagte Sharid betont langsam und ruhig.

»Immerhin kann ich Ihnen versichern, dass sämtliche Einzelteile bis hin zur Zündung mehrfach überprüft wurden. Alles was fehlt, ist ein abschließender Test mit Plutoniumladung, wobei bedacht werden sollte, dass wir ohnehin momentan nur über zwei komplette Bomben verfügen.«

Der vierte Mann im Raum, der bisher geschwiegen hatte, schaltete sich nun ein. »Es wäre vielleicht nicht ganz verkehrt, wenn Sie uns etwas mehr über Ihre Vorstellungen eines Einsatzes erzählen, nicht, dass Sie die Möglichkeiten der kleineren Ausführung, für die Sie sich interessieren, überschätzen.«

»Mir wurde etwas von sechsundzwanzig Megatonnen Sprengkraft gesagt.«

»Das ist zutreffend, doch trotzdem ist das Ding nicht größer als die Kofferbomben, die Sie bisweilen verwenden.« Die Stimme von Sayyid Thoum wurde eine Nuance kühler. »Nur damit endet die Ähnlichkeit auch schon. Ihr neues Baby könnte natürlich etwas empfindlich reagieren, sollten Sie es falsch anfassen.« Zufrieden registrierte der Chemiker, wie das Gesicht des Mannes sich zu einem ungesunden Grau verfärbte.

»Wollen Sie damit andeuten, die Bombe sei nicht sicher?«

»Überhaupt nicht. Das Ding ist so sicher, wie so etwas nur sein kann … sachgemäßen Umgang vorausgesetzt. Können Sie den denn gewährleisten?«

»Wie lange würden Sie brauchen, um jemanden entsprechend auszubilden?«, fragte Oberst Ghazdivi. »Es muss ja auch nicht gleich zum Atomphysiker sein. Es reicht, wenn der Betreffende die Bombe scharf machen und zünden kann.«

»Ein paar Monate wohl schon«, erklärte der Professor.

»Vier Wochen müssen reichen!«, bestimmte der Oberst, der zwar die Uniform der Pasdaran trug, aber fraglos auch zum VEVAK gehörte. Eine gefährliche Kombination.

Thoum fixierte den Araber streng. »Vier Wochen sind das Mindeste, es sei denn, Sie wollen es darauf ankommen lassen, dass Ihr Mann es nicht einmal merkt, wenn die Bombe beim Transport etwas abbekommen hat. Sie werden bestimmt nicht darauf erpicht sein, in so einem Fall eine Strahlungsspur zu hinterlassen!«

Der junge Mann und Ghazdivi wechselten einen raschen Blick, dann nickte der Oberst. »In Ordnung, wir haben verstanden, was Sie meinen. Von dem Moment an, da wir Ihnen die Leute schicken, haben Sie vier Wochen Zeit für diesen Kurs, aber keinen Tag mehr!«

Später, nachdem die beiden Besucher gegangen waren, setzten sich Sharid und Thoum im Büro des Professors zusammen. Der sonst so würdige Professor schäumte vor Wut. »Vier Wochen! Was bildet dieser Ghazdivi sich eigentlich ein?«

»Ich nehme an, er hat einen engen Zeitrahmen vorgegeben bekommen.«

Sharid rieb sich am Kinn. »Was ich als Wissenschaftler getan habe, erfolgte als Beitrag, um unser Land und unseren Glauben zu verteidigen. Nur bezweifle ich, dass dieser Begleiter von Oberst Ghazdivi ›Verteidigung‹ im Sinn hat.«

»Ich ahnte so etwas, seit wir die Anweisung bekamen, die kleine Bombe zu bauen«, bekannte Thoum.

»Und es hat Ihnen nichts ausgemacht?«

»Wenn die Hisbollah die Bombe irgendwo zündet,

dann wird das nicht in einem islamischen Land sein, und schon gar nicht in einem schiitischen.« In die Augen des Chemikers trat ein fanatischer Glanz. »Wenn Tausende Ungläubiger durch diese Bombe sterben, wird Amerika wissen, dass es unseren Glauben nicht mehr straflos beleidigen oder unser Land bedrohen kann.«

Der Professor war zutiefst erschüttert von der Ungeheuerlichkeit des soeben Gehörten, zumal vor seinem geistigen Auge das Bild eines Atompilzes aufstieg. »Sie haben es also gewusst?«

»Vermutet«, korrigierte Thoum ihn.

Der Professor schluckte. »Der Rahbar* weiß, was er tut, und wer bin ich, dass ich seine Entscheidungen in Frage stellen könnte?« Sharid neigte das Haupt, weniger aus demütigem Respekt, als um dem Chemiker nicht in die Augen sehen zu müssen. Natürlich hatte der von Anfang an Bescheid gewusst. Dreimal war er von Ghazdivi aufgesucht worden, aber nie hatte der Oberst ihn zu Thoum befragt, weil der ohnehin für ihn arbeitete. Die Erkenntnis traf den Professor wie ein Schlag. Langsam und schwerfällig hob er den Kopf. »Die letzten Tage ist es immer spät geworden, lassen Sie uns Schluss für heute machen.« Sharid konnte nicht verhindern, dass seine Stimme brüchig klang.

---

* Rahbar, der oberste Rechtsgelehrte und damit der uneingeschränkte Herrscher noch oberhalb der iranischen Regierung, oberster Befehlshaber der Streitkräfte und oberster Richter noch über allen formal obersten Richtern, die von ihm eingesetzt werden.

11. Tag, 22:45 Ortszeit, 19:15 Zulu –
die SEALs der *USS Alaska*,
Straße von Hormuz

Bob spürte den Druck auf seiner Brust und musste für einen Augenblick mit der aufsteigenden Panik kämpfen. Als das Wasser wie eine scharf gezogene Linie über seine Maske kletterte, hielt er automatisch den Atem an. Sergeant Jones, einer der Marines und dazu abgestellt, ihn sicher nach oben zu bringen, schlug ihm auf den Rücken, und erschrocken zog der Admiral die Luft ein. Aus dem Atemregler drang ein Zischen, das ihm unter Wasser erschreckend laut erschien. Er atmete vorsichtig aus und registrierte dabei, dass kein Blasenschwall aufstieg. Rebreather! Das Wort schwirrte zusammenhanglos mit einem halben Dutzend anderer Begriffe wie »Dekompression«, »Tarierung« oder »Caissonkrankheit« durch seinen Kopf. Doch mehr noch beschäftigte ihn die Vorstellung, dass die Wasseroberfläche etwa zweihundert Fuß über ihnen lag, aber die Taucher hatten ihm versichert, dass sie ihn heil nach oben bringen würden, solange er nur nicht das Atmen vergaß und keine hektischen Bewegungen machte. Er musste ihnen ganz einfach vertrauen.

Der Lieutenant, dem das kleine SEAL-Team unterstand, schaltete die Schleusenbeleuchtung aus, und auf einmal fand sich DiAngelo völlig im Dunkeln wieder, und seine Beklemmung wuchs.

Die Taucherlampen flammten kurz auf, erloschen aber wieder, als der Lieutenant das äußere Schott der Schleuse öffnete. Kein Licht, es konnte von oben gesehen werden! Sergeant Jones packte ihn von hinten am Flaschenventil und zog ihn langsam mit sich. Die Öffnung nach draußen war nur ein Schatten.

Erneut zog Bob erschrocken die Luft ein. Sehen konnte er nicht viel, die mächtigen Formen des Bootes verloren sich rasch in der Schwärze der See, doch mehr noch als die kaum vorhandene Sicht, setzte Bob das Gefühl zu, inmitten eines unvorstellbar großen dunklen Raums zu schweben und jeden Moment ins Nichts abtrudeln zu können. Seltsamerweise erfüllte sich diese Befürchtung aber nicht, und DiAngelo überkam der Drang, irre zu kichern.

Der Sergeant, der ihn sich geschnappt hatte, schleppte ihn weiter, ein Stück an der Hülle der *Alaska* empor, dann über das Deck, auf dem vorn das ASDV festgelascht war. Das kleine Unterwassergefährt ähnelte einem nach oben offenen Minibus. Es gab Sitze, in welche die Taucher, die weiter aus ihren Flaschen atmeten, sich mitsamt der Ausrüstung hineinzwängten. Obwohl die Bewegungen langsam abliefen, spürte Bob, dass die Männer keinerlei Zeit verlieren wollten. Wenn er die Erklärungen richtig verstanden hatte, dann bedeuteten zweihundert Fuß Tiefe, dass sie mit jedem Atemzug mehr Stickstoff aufnahmen, als sie ausatmeten. Außerdem atmeten sie, was für ihn merkwürdig geklungen hatte, zu viel Sauerstoff. DiAngelo fühlte die ersten leichten Anzeichen einer seltsamen Euphorie in sich aufkommen. Ihm blieb nichts anderes übrig, als den SEALs, die so viel mehr von dieser für ihn fremden Welt verstanden, bedingungslos zu vertrauen. Er konzentrierte sich auf den Druck hinter sich, wo der Sergeant nach wie vor eisern das Flaschenventil als Handgriff nutzte, um zu verhindern, dass sein Admiral bei jedem Atemzug wie ein Jojo auf- und abschwebte.

Endlich, aber in Wirklichkeit nur Minuten nach dem Ausstieg, löste sich das kleine Vehikel aus seinen

Deckshalterungen und nahm langsam Fahrt auf, mehr vorwärts als nach oben.

DiAngelo warf einen Blick auf seine Anzeigen und konnte es kaum fassen, dass er bereits so viel Luft verbraucht haben sollte. Vorsichtshalber hielt er die Konsole mit den Anzeigen über seine Schulter, so dass der Sergeant die schwach glimmenden Displays ablesen konnte. Von hinten stieß ein Arm in sein Blickfeld, und die Hand zeigte ein »O« aus Daumen und Zeigefinger – alles okay!

Zu gern hätte Bob mitgehört, wie die SEALs untereinander die Lage über ihre Unterwassersprechverbindungen erörterten, und bedauerte deshalb, dass er keine der großen Vollgesichtsmasken trug. Doch davon hatte der Lieutenant ihm dringend abgeraten, weil man bei einer so großen Maske ständig den Druck ausgleichen musste, eine Kleinigkeit für einen geübten Taucher, eine nicht zu bewältigende Schwierigkeit für einen Admiral, der nicht nur keine Ahnung vom Tauchen, sondern auch noch die letzten Jahre mehr an Schreibtischen verbracht hatte.

Ein plötzlich neu einsetzendes Geräusch, das nicht von den großen, dumpf dröhnenden Schrauben der Tanker stammte, ließ ihn zusammenzucken. Es war das helle, schnelle Singen von Schrauben, wie ein kleines Kriegsschiff sie hatte.

Das ASDV nahm etwas Fahrt auf. Die Schallsignale eines Aktivsonars hallten durch das Wasser, doch deren Quelle schien noch weit entfernt zu sein. Unbeirrt hielt das ASDV seinen Kurs bei, Richtung Küste.

11. Tag, 22:45 Ortszeit, 19:15 Zulu – Mayhem-Club, Bender Abbas

Das Mayhem war nicht die Art von Club, die jemand, der das Land nicht kannte, irgendwo im Iran erwartet hätte. Aber genau wie in der Hauptstadt selbst, so gab es auch in Bender Abbas verschiedene Welten, die der armen, aber gläubigen Bevölkerung, die Viertel, in denen Ayatollah Khomeini überlebensgroß von Hauswänden auf tiefverschleierte Frauengestalten blickte und auch noch Jahrzehnte nach seinem Tod als Heiliger verehrt wurde. Und es gab die Viertel, in denen der Tschador mit Pluderhosen, Kopftuch und schwarzem Gesichtsschleier aus Pferdehaar etwas bequemeren Formen zur Verhüllung der Frauen gewichen war. In den wohlhabenderen Gegenden wohnten zumeist diejenigen, die von der Revolution profitierten.

Aber hinter der offensichtlichen Wirklichkeit existierten im Verborgenen durchaus auch noch andere Bezirke, in denen Leute mit Geld und Einfluss ihre Bedürfnisse befriedigen konnten. Obwohl Drogen, Prostitution, ja sogar laute Tanzmusik verboten waren, gab es Etablissements, in die kein Polizist seine Nase hineinsteckte, um dem religiös begründeten Gesetz Geltung zu verschaffen, denn dort verkehrten, abgesehen von einigen wenigen Touristen und Geschäftsreisenden, mit Vorliebe die oberen Chargen der lokalen Revolutionsgarden und sonstige hochrangige Leute, die über jede Menge Beziehungen und iranische Rials verfügten.

Im Mayhem-Club wurde Techno-Musik gespielt, die in Europa vor zehn Jahren »in« gewesen war. Jack Small beobachtete vom Bartresen aus die Gestalten, die sich im Stroboskoplicht auf der Tanzfläche tummelten, darunter auch ein paar Schönheiten mit betont durchsichtigen Schleiern. Ein Whiskey kostete umgerechnet fünfundvierzig Dollar, Bier jedoch gab es gar keins. Eigentlich fehlte nur ein Longdrink auf der Basis von Kamelmilch, aber den hatten selbst Smalls erfahrene Augen nicht auf der Getränkekarte finden können.

Der Agent warf einen Blick hinüber zu einem der kleinen Tische, an dem Rasik sich angeregt mit einer Dame unterhielt, die Small als durchaus käuflich einstufte. Jack grinste in sich hinein. Der Junge zeigte ungeahnte Talente und strahlte in dieser Umgebung eine geradezu unverschämte Lässigkeit und Selbstsicherheit aus.

Eine Bewegung am Eingang ließ Small den Kopf wenden. Thoum war gekommen, auch wenn heute eigentlich nicht »sein« Tag war, was immer das zu bedeuten haben mochte. Nachdenklich nippte Jack an seinem Drink und nahm sich Zeit, den Chemiker etwas eingehender zu studieren. Was er über ihn gelesen hatte, stimmte. Der Mann sah jünger aus, als er war, obwohl sein Haar sich zu lichten begann. Im Widerschein der grell aufleuchtenden Discoblitze wirkte er eher etwas zu hager, beinahe eine Spur wölfisch. Dass Thoum so ehrgeizig war, wie es in den Berichten über ihn hieß, glaubte Jack Small aufs Wort.

Völlig entspannt stand der Chemiker in der Nähe des Eingangs und musterte offenbar sein Revier. Jack fragte sich, worauf er wohl aus war: auf Frauen, etwas Unterhaltung oder ein kleines Zusatzgeschäft nebenbei? Ungefährlich war der Mann keinesfalls, denn nachdem er Kontakt mit Reza Brown aufgenommen hatte, waren die DEA-Agenten kurz darauf in höllische Schwierigkeiten geraten. Small musste mächtig auf der Hut sein, damit Rasik und ihm nicht das Gleiche passierte.

11. Kapitel

11. Tag, 23:00 Ortszeit, 19:30 Zulu –
iranisches Patrouillenboot *Kalvan*,
Straße von Hormuz

Die Dunkelheit hatte sich über die Straße von Hormuz gesenkt. Im Hauptfahrwasser glänzten die Dampferlaternen der großen Tanker, und bisweilen wurde ein rotes oder grünes Positionslicht, je nachdem, ob das Schiff den Golf verließ oder in ihn einfuhr, sichtbar. Die Tonnen des Fahrwassers, die Leuchtfeuer von As-Salamâh und Dimareh auf der Südseite und Jazireh-Yeh, Khowar-Eminab und Larak auf der Nordseite der Straße mischten sich mit den Laternen der kleineren Schiffe in den Inshore-Verkehrsgebieten zu einem verwirrenden Netz blinkender, funkelnder und blitzender Lichter, ein Irrgarten aus Navigationshilfen und Warnzeichen in Form von Kardinaltonnen*.

Die *Kalvan* tuckerte abgedunkelt mit gerade einmal vier Knoten vor sich hin und führte auch keine Positionslichter. Sie bildete kaum mehr als einen Schatten, der von den meisten der großen Schiffe in der Fahrrinne nicht einmal bemerkt wurde, zumal die Kurse der Patrouillenboote zu dicht unter Land lagen, als dass die handelsüblichen Radargeräte fähig gewesen wären, die *Kalvan* und ihre beiden Schwestern, die

---

* Kardinaltonnen sind Zeichen, die vor Gefahren dicht unter der Oberfläche warnen, beispielsweise Felsen oder Wracks.

dem Führungsboot in einer weit auseinandergezogenen Dwarslinie folgten, von den vielen kleinen vorgelagerten Inseln und aus dem Wasser ragenden Felsen zu unterscheiden.

Dass die drei Patrouillenboote unter dem nächtlichen Sternenhimmel durch die spiegelglatte See nur dahinkrochen, hatte natürlich Gründe. Unter ihren Rümpfen jagten Hochfrequenzsonare ihre Impulse in die schwarze See. So unsichtbar die kleinen Boote an der Oberfläche quasi waren, so sicher würde das Aktivsonar ihre Anwesenheit unter Wasser meilenweit verraten. Aber die Iraner hatten keine andere Wahl, denn nur mit aktivem Hochfrequenzsonar war es möglich, die hier überall am Grund ausgelegten Minen überhaupt zu erkennen. Theoretisch hätten die Minen überhaupt kein Problem sein dürfen, da sie nicht scharf gemacht worden waren. In diesen Gewässern hatten sie deshalb oft genug geübt, auch nachdem die Minen bereits ausgelegt worden waren, und nie war etwas passiert. Aber nun war auf einmal alles anders. Zwei Minen waren hochgegangen, und mit ziemlicher Wahrscheinlichkeit lag hier irgendwo ein amerikanisches Atom-U-Boot auf Grund rum, möglicherweise als zerfetztes Wrack voller Leichen, vielleicht aber auch nur teilweise beschädigt, so dass die Besatzung Reparaturversuche durchführen konnte. Nicht gänzlich auszuschließen war auch die dritte Möglichkeit, dass der Havarist es unter Umständen geschafft haben könnte zu entkommen.

Dies zu überprüfen ging jedoch nur in der Form, in der sie es taten. Die Iraner benutzten zwar auch ihre Passivsonare, um nach Geräuschen zu lauschen, die von dem U-Boot hätten stammen können, doch sie wussten, dass ihre diesbezüglichen Erfolgsaussichten nahezu bei null lagen, da ihre Aktivsonare, auf die sie nicht verzichten konnten, beinahe das gesamte Frequenzspektrum übertönten. Zwei Minuten nach elf Uhr empfing das Passivsonar der *Kalvan* trotzdem eine ungewöhnliche Signatur, die sich nach einem leisen Schleifen anhörte. Allerdings vermochten weder die Systeme des Patrouillenbootes noch die Männer im Horchschapp sie etwas Bestimmtem zuordnen. Nach etwas mehr als einer Minute verschwand das unbekannte Geräusch wieder, und niemand an Bord maß ihm irgendwelche Bedeutung bei, da mit Sicherheit auszuschließen war, dass es in irgendeiner Form von einem großen Atom-U-Boot stammen konnte.

11. Tag, 11:30 Ortszeit, 19:30 Zulu – Langley, Virginia

»Wir konnten endlich Kontakt mit dem Team in Teheran aufnehmen, Sir.«

Marsden blickte den jungen John Wheeler an, der zur Berichterstattung in sein Büro gekommen war. »Und? Soll ich raten, worum es geht, oder erzählen Sie es mir freiwillig?«

»Verzeihung, Sir«, stammelte Wheeler mit hochrot angelaufenem Kopf. »Special Agent Small und Special Agent Rasik haben Teheran verlassen und sind nach Bender Abbas gefahren, wo sie ein paar Tage bleiben werden. Mir wurde versichert, Small sei informiert, dass die *Alaska* vermisst wird.«

»Und wie stehen die Dinge in Teheran selbst?«

»Was die Ausschleusung anbelangt, wirkte der Special Agent vor Ort optimistisch, wobei sie aber noch nicht alle unsere Agenten erreicht haben. Es gibt jedoch einen Hinweis darauf, dass einer der bislang vermissten Informanten möglicherweise einen Kontakt mit Habb hatte, nur kann mit dem Datum was nicht stimmen.«

»Wieso?«

Der jüngere Agent reichte Marsden den Funkspruch über den Tisch. »Sehen Sie selbst.«

Der Vice Director überflog den Text, aus dem hervorging, dass einer der ihren, der für die Firma arbeitete, eine Verabredung mit Habb, dem zweiten DEA-Agenten, der noch immer spurlos verschwunden war, in Teheran getroffen hatte, die terminlich ausgerechnet an dem Tag stattfinden sollte, an dem dessen Partner fern der Hauptstadt vor der Küste des Iran gestorben war. »Was«, fragte Marsden heiser, »veranlasst Sie zu der Annahme, das Datum könne nicht zutreffend sein?«

»Es muss falsch sein, Sir!« John Wheeler beharrte auf seiner Meinung. »Fraglos feststehen dürfte, dass Brown an diesem Tag nicht in Teheran war.«

»Eben!« Marsdens Stimme gewann die alte Schärfe zurück. »Versuchen Sie mal herauszufinden, welche Möglichkeiten es gibt, von der Küste zurück nach Teheran zu kommen und umgekehrt. Plausible Erklärungsmodelle wären: Entweder ist Brown von Teheran zur Küste geflüchtet, oder aber Habb und er haben sich dort getrennt, und Habb ist von Bender Abbas zurück nach Teheran, auf welchem Weg auch immer.«

Der junge Agent wurde eine Spur blasser. »Sir, wenn Sie mit Letzterem recht haben, dann muss Habb einen wahnsinnig triftigen Grund für seine Rückkehr in die Höhle des Löwen gehabt haben.«

»Und ob er den hatte! Er war markiert und Brown genauso, und beide machten sich darüber nichts vor. Habb wusste folglich, dass er die Aufmerksamkeit auch nicht mehr von Brown ablenken konnte. Trotzdem hat er Kontakt mit einem Informanten aufgenommen, den er dadurch gefährdet hat, was sich daran zeigt, dass dieser Mann spurlos verschwunden ist.«

»Klingt nicht sehr professionell«, meinte der junge Agentenschnösel. »Er ist in Panik verfallen und hat Hilfe gesucht.«

»Unterstützung ja – Panik nein! Habb muss etwas so Wichtiges bei sich gehabt haben, das er unbedingt noch weitergeben wollte, bevor seine Verfolger ihn erwischen würden. Und er muss auch felsenfest angenommen haben, dass sein Kontakt sauber war.«

»Zum damals aktuellen Zeitpunkt schon. Nur schließt das nicht aus, dass der VEVAK die Spuren, die zu der eigentlichen Quelle führen, inzwischen rückwärts verfolgt hat, und die wäre damit selbst ja wohl bedroht, es sei denn, die ist mittlerweile abgetaucht.«

Marsden schüttelte den Kopf. »Die Quelle kann nur Thoum gewesen sein, und genau hinter dem sind jetzt Small und Rasik her.«

11. Tag, 23:00 Ortszeit, 19:30 Zulu – Mayhem-Club, Bender Abbas

Jack Small, der Thoum nicht aus den Augen ließ, hatte noch keine Gelegenheit gefunden, an den Mann ranzukommen. Der Chemiker hatte mit ein paar Leuten geplaudert, hier und da irgendwelche Bekannte begrüßt und sich bereits vor dem ersten Drink mit einer jungen Blondine auf die Tanzfläche begeben. Jack unterdrückte ein Seufzen. Wenn der Doktor in irgendeiner Weise für den VEVAK arbeitete, dann wäre das die Erklärung, warum Reza Brown hatte flüchten müssen, und über den weiteren Verbleib von Habb gäbe es dann auch keine Zweifel mehr. Praktisch gab es nur zwei Möglichkeiten: Entweder Thoum hatte den iranischen Geheimdienst auf die beiden DEA-Agenten gehetzt, oder er stand selber unter Beobachtung.

Soweit dies die Lichtverhältnisse erlaubten, hielt der CIA-Agent Ausschau nach »Kollegen« der anderen Seite, die Thoum möglicherweise gefolgt waren und ihn überwachten. Aber weil Profis, die sich jemandem an die Fersen heften, alles dransetzen, um möglichst nicht aufzufallen, war das Ganze schwierig. Da der Club gut besucht war, bildete es zudem kein Problem, in der Masse einfach unauffällig mitzuschwimmen. Denkbar war ja ferner auch, dass das Mayhem mit winzigen Videokameras überwacht wurde und irgendwer von einem Büro aus den Chemiker im Auge behielt.

Jack gab es auf, weil die Zahl der potentiellen Kandidaten zu groß war. Allein am anderen Ende der Bar hingen mindestens zwei Gestalten herum, von denen er nicht wusste, ob ihr Interesse der Blondine galt, mit der Thoum tanzte, oder dem Chemiker selbst.

Mit einem scheinbar gelangweilten Lächeln bewegte der Doktor seinen Körper auf der Tanzfläche. Ihm, der sonst so ein begeisterter und exzellenter Tänzer war, fehlte heute irgendwie der letzte Schwung.

Auch wenn die Musik für eine normale Unterhaltung entschieden zu laut war, so vermochte Thoum aber dennoch seiner Tanzpartnerin die Worte von den Lippen abzulesen. »Der an der Bar!« Mit ihren Augen deutete die Blondine in Richtung des ausländischen Whiskeytrinkers. Fragte sich nur, wo der zweite Mann war, den es geben musste, denn bereits an der Tür hatte man ihm erzählt, dass zwei Männer da seien, die sich tags zuvor nach ihm erkundigt hätten. Thoum führte seinen Mund kurz an das Ohr der jungen Frau. »Es wird Zeit, dass du dich an die Arbeit machst.«

11. Tag, 23:00 Ortszeit, 19:30 Zulu –
vor dem Mayhem-Club, Bender Abbas

Der Beifahrer presste das Handy etwas fester ans Ohr, denn die Verbindung war mal wieder lausig, aber das war im Iran normal. Andere Seiten des Jobs waren ärgerlicher. »Das ist bereits der dritte Club, den er heute aufsucht, und es steht nicht zu erwarten, dass er bald nach Hause gehen und sich ins Bett legen dürfte.«

»Er ist bekanntermaßen ein Nachtschwärmer«, sagte Oberst Ghazdivi eher gelangweilt.

»Oberst, Thoum gehört immerhin zu uns und hat, was Jaz Murian angeht, hervorragende Arbeit geleistet.«

Ghazdivi gab am Telefon eine Art missbilligenden Brummens von sich. »Und Sie sind seit vier Jahren für ihn verantwortlich. Setzen Sie daher gefälligst ihren Hintern in Bewegung, und machen Sie, dass Sie *in* den Club kommen. Ihren Bericht erwarte ich morgen früh!«

»Ganz wie Sie wünschen, Oberst!« Der Agent beendete das Gespräch und sagte, bereits schon im Aussteigen begriffen, zu seinem Fahrer: »Er will, dass ich mich selbst in den Schuppen begebe.«

Der Agent stieg aus und machte sich auf dem Weg

in den Club so seine Gedanken. Als dessen Führungsagent kannte er Thoum natürlich ziemlich gut, der entgegen des äußeren Anscheins ein religiöser Mensch, ein bisweilen regelrecht fanatischer Moslem und Schiit war. Aber er war auch ein geborener Schauspieler, eine Eigenschaft, die ihn in den Augen des VEVAK nur noch geeigneter hatte erscheinen lassen. Denn so etwas wie die Errichtung einer geheimen Atomanlage in Angriff zu nehmen, ohne einen der eigenen Leute im innersten Führungszirkel sitzen zu haben, wäre natürlich undenkbar gewesen. Thoum war ein Glücksfall gewesen, in jeder Hinsicht, und der Agent hatte nicht die geringste Ahnung, warum Ghazdivi den Mann jetzt so eng überwacht haben wollte. Etwas musste passiert sein, das den VEVAK an Thoum zweifeln ließ.

11. Tag, 23:15 Ortszeit, 19:15 Zulu – Straße von Hormuz, eine halbe Meile vor dem Strand

Schwerelos entschwebten die Gestalten dem offenen ASDV, wobei der Sergeant den Admiral einfach wieder formlos hinter sich herzog. Bob war nicht unglücklich darüber, denn die Kälte begann seinem Bein langsam zuzusetzen, und bei jedem Flossenschlag fuhr ein ekelhafter Schmerz durch das verkrüppelte Glied. Erfreulich war, dass es nach oben ging.

Der plötzliche Temperaturübergang beim Erreichen der Warmwasserschicht überraschte DiAngelo, weshalb er einmal mehr mit der richtigen Atmung durcheinanderkam und zappelte. Sergeant Jones verhielt in der Bewegung, während die anderen SEALs langsam weiter aufstiegen. Bob, der wusste, dass Jones permanent Kontakt mit ihnen hatte, zwang sich, ruhig zu bleiben und wieder gleichmäßig zu atmen. Nach der gefühlten Ewigkeit von einer Minute ging es weiter, und mit ruhigen Flossenschlägen zog der SEAL ihn vorwärts, immer dem Kompass an seinem Handgelenk folgend.

Nass glänzende schwarze Gestalten schlüpften aus dem Wasser, die ersten suchten sofort Deckung, die Kommandoharpunen schussbereit erhoben, aber der Strand war menschenleer, so weit das Auge blickte. Lieutenant Walter Jackson atmete erleichtert durch, bevor er das Handzeichen zum Sammeln gab. Jones, der hilfreich den Arm um Bobs Hüfte gelegt hatte, kam mit dem hinkenden Admiral an. Jackson unterdrückte einen leisen Fluch, auch wenn sie schon vorher gewusst hatten, dass sie nicht groß würden marschieren können. Im Augenblick stellte DiAngelo für sie lediglich ein Gepäckstück mehr dar, und sie mussten hier weg, bevor die Sonne aufging und ein Aufklärungsflugzeug sie würde entdecken können. Der wasserdichte Container, der normalerweise dazu diente, Waffen trocken unter Wasser zu transportieren, enthielt diesmal überwiegend Zivilklamotten. Nicht dass sie hoffen konnten, damit als Iraner durchzugehen, aber immerhin würden sie weniger auffallen als in ihren schwarzen Neoprenanzügen.

11. Tag, 23:15 Ortszeit, 19:15 Zulu – Mayhem-Club, Bender Abbas

Saddam Rasik wandte sich verwundert um, als er eine Bewegung hinter sich spürte. Eine junge Frau schob sich dicht hinter ihm vorbei in die Sitznische, einer der wenigen Plätze im Club, an dem, wenn auch mit Mühe, eine Unterhaltung möglich war. Mit einer kurzen Kopfbewegung bedeutete sie den beiden Damen zu verschwinden, was diese zu Rasiks Überraschung auf der Stelle kommentarlos taten. Er selbst erhielt quasi als Erklärung nur ein kurzes Lächeln unter dem fast durchsichtigen Schleier, das natürlich nichts besagte.

Automatisch blickte der junge Agent in einen der vielen Spiegel, um zu kontrollieren, was hinter ihm vorging. Thoum hüpfte erneut auf der Tanzfläche herum, wurde nun aber dabei von einem Neuankömmling, einem Iraner, so betont unauffällig beobachtet, dass es geradezu auffällig war. Aus den Augenwinkeln sah Rasik, wie Small, der anscheinend vorgehabt hatte, auf dem Parkett Kontakt mit dem Chemiker aufzunehmen, in Richtung der Toiletten abbog. Demnach hatte auch er den Braten gerochen. Rasik wandte sich seiner neuen Gesellschaftsdame zu. »Sind wir uns schon mal begegnet?«

»Nicht dass ich wüsste, aber Bender Abbas ist ja auch nur ein besseres Dorf. Darf ich fragen, was Sie hierher geführt hat?«

»An sich bin ich geschäftlich im Iran unterwegs und wollte einfach mal auch einen Abstecher an die Küste machen.«

Über den Rand des Schleiers hinweg blickten ihn zwei dunkle Augen fragend an. »Import oder Export?«

Rasik spürte, wie ihm der Kragen ein wenig eng wurde. »Das kommt jeweils darauf an«, erklärte er etwas vage.

»Einkäufe für Ausfuhrzwecke bergen ein gewisses

Risiko, denn nicht jeder Handel wird von den Pasdaran toleriert.«

Er nickte leichthin. »So etwas soll vorkommen und gehört berücksichtigt.«

Die Frau beugte sich näher zu ihm hin. »Wie ich einem Ihrer Freunde bereits sagte, liegen die Gefahren woanders.« Die Sprödigkeit ihrer Stimme verriet die ganze Anspannung und Nervosität, unter der sie stand. »Ich hoffe, dass Mister Brown gesund heimgekommen ist.«

Die Katze war damit aus dem Sack. Rasik spürte einen kalten Schauer über seinen Rücken laufen. Nicht sie mussten den Kontakt suchen, denn der hatte sie gefunden! Dass Thoum hinter der jungen Frau stand, da war er sich in diesem Augenblick ziemlich sicher, und dass der sie vorgeschickt hatte, konnte nur bedeuten, der Chemiker war sich bewusst, bereits selbst ins Visier genommen worden zu sein.

Der Agent zwang sich, seine Gesichtsmuskeln unter Kontrolle zu halten. »Leider nein, denn Mister Brown erlitt bedauerlicherweise unterwegs einen tödlichen Unfall. Soweit ich weiß, wurden aber sein Leichnam nebst den privaten Besitztümern in seine Heimat überführt.« Im Schein der Discoblitze ihre Reaktion zu deuten, war schwer, aber Rasik hatte den Eindruck, als würde sie zusammenzucken. Demnach schien sie davon nichts gewusst zu haben, was dafür sprach, dass sie clean war.

Eine beiderseitige Schweigepause setzte ein, bis die Frau sich einen Ruck gab. »Ich nehme an, Mister Browns Kollege hat dann ebenfalls keinen Bericht mehr erstatten können.« Sie zögerte. »Wir hatten nämlich mit dem Kommen von mehr als zwei Agenten gerechnet!«

12. Kapitel

12. Tag, 03:30 Ortszeit, 00:00 Zulu – *USS Alaska*, Straße von Hormuz

An Bord der *Alaska* herrschte eine gefährliche Stimmung, geprägt von der Ohnmacht, nichts mehr tun zu können, außer zu warten. Nun, da jene Reparaturen ausgeführt waren, die sich mit den vorhandenen Mitteln hatten bewerkstelligen lassen, galt es nur noch, Zeit totzuschlagen. Und was eignete sich dafür innerhalb der Besatzung besser, als Diskussionen darüber zu führen, wie es weitergehen sollte.

Commander Martinez war sich beim Rundgang durch sein gesunkenes Boot dieser Situation bewusst, denn auf jeder Station, an der er vorbeikam, verstummten die Gespräche der Männer schlagartig. Und es stand zu erwarten, dass irgendwann bald Vorschläge an ihn herangetragen werden würden, dass es vielleicht nicht verkehrt sein dürfte, das Boot besser doch zu verlassen. Manchem der Männer mochte die Aussicht, von den Iranern aufgefischt zu werden, weniger schlimm vorkommen, als der Gedanke, in diesem Stahlmantel noch Ewigkeiten auf dem Meeresgrund herumzuliegen.

»Verfluchte Gringos«, knautschte Martinez zwischen zusammengebissenen Zähnen heraus. Er musste die Männer irgendwie anderweitig ablenken, aber wie, ohne Lärm zu verursachen?

12. Tag, 03:30 Ortszeit, 00:00 Zulu –
die Clubs von Bender Abbas

Mittlerweile tourten sie durch den dritten Club seit dem Verlassen des Mayhem, aber auch hier würden sie nur eine Stippvisite abgeben. »Haben Sie irgendeinen Schatten bemerkt, Saddam?«, fragte Special Agent Jack Small seinen jüngeren Partner.

»Nein, Boss.«

Small unterdrückte ein Gähnen. »Dann ziehen wir mal in den nächsten Laden, in dem wir laut Anweisung ihrer unbekannten Schönheit um vier Uhr eintrudeln sollen. Bleibt bloß zu hoffen, dass wir da nicht in eine Falle tappen.«

Jack kippte den Rest seines Drinks hinunter. »Es gibt nur einen Weg, das herauszufinden. Wir müssen hin. Also los!«

Ihre nächste Anlaufstation, die sie genannt bekommen hatten, sah von außen nach nichts oder allenfalls schäbig aus, im Gegensatz zu dem Türsteher, einem muskelbepackten Zweimetermann, der sie durchwinkte. Ganz offensichtlich war der zuvor instruiert worden, und Jack Small spürte, wie das Adrenalin in seinem Körper zu pulsieren begann.

Hinter der Eingangspforte folgte ein langer Gang, der an einer Garderobe vorbei in den eigentlichen Club führte, dessen Wände unter dem harten Schlag der Bassboxen vibrierten. Small sah sich suchend um, aber niemand schien sie zu erwarten.

»Was nun?«, fragte Rasik.

»Wir stürzen uns ins Getümmel«, sagte Jack. »Los genug ist hier ja trotz der späten Stunde noch einiges.«

Gemeinsam steuerten sie die Bartheke an. Auf der Getränkekarte fehlte auch hier nicht der völlig überteuerte Bourbon. Jack entschied sich aber dennoch für Mineralwasser, während Rasik einen Orangensaft orderte.

Ihre bestellten Getränke ließen erstaunlich lange auf sich warten. Fast fünf Minuten verstrichen, bevor der Barkeeper ihnen die beiden Gläser über den Tresen schob. »Das geht aufs Haus!«, erklärte er in bestem Oxford-Englisch.

»Und was verschafft uns die Ehre?«

»Es gibt jemanden, der Sie sprechen möchte.« Der Barkeeper lächelte sie an. »Nehmen Sie aber ruhig erst einmal einen Schluck zu sich, und wenn Sie mir dann folgen wollen, tun Sie sich keinen Zwang an.«

Der Barkeeper marschierte voran durch einen Gang, an dessen Ende, dem Geruch nach zu urteilen, die sanitären Einrichtungen lagen, bog aber vorher ab und führte sie zu einem Aufzug, vor dem drei Männer mit harten Gesichtern und einem Hang zu dicken Goldketten herumlümmelten und rauchten. Das waren in jeder Hinsicht schwere Jungs, wobei Small auf Zuhälter oder Dealer tippte.

Gerade mal ein Stockwerk höher gingen die Aufzugstüren schon wieder auf, und Rasik und Small folgten ihrem Führer in eine Art von Büro, in dem ebenfalls ein paar Burschen herumhingen, die demonstrativ keinerlei Notiz von den Neuankömmlingen nahmen. In einem Nebenraum zählte jemand Geld, und die Menge der gebündelten Scheine war eindeutig zu groß, als dass es sich dabei allein um die Nachteinnahmen des Clubs handeln konnte. Er musste sich zusammenreißen, um nicht durch die Zähne zu pfeifen, aber das hätte man wahrscheinlich übel vermerkt.

An der Stirnseite des Raumes saß an einem großen Mahagonischreibtisch ein älterer Mann in dunklem Geschäftsanzug. Er blickte nur kurz auf, sagte »Sie dürfen!«, und wandte sich wieder seinen Papieren zu.

Der Barkeeper machte sich an der raumhohen Regalwand mit Ordnern zu schaffen. Small hörte ein leises Klicken, als deren Mittelteil erst nach vorne fuhr, dann zur Seite schwang und eine Öffnung in der Wand freigab.

»Gehen Sie ruhig durch«, forderte der Barkeeper die beiden CIA-Agenten auf. »Ich muss nämlich wieder nach unten.«

Small war klar, dass es ein Zurück nun nicht mehr gab. Trotzdem hatten er und Rasik ein mulmiges Gefühl, als die Regalwand sich hinter ihnen sofort wieder schloss. Als sie auf der anderen Seite einem großen Kleiderschrank entstiegen, waren sie in einem nicht sonderlich aufgeräumt wirkenden Schlafzimmer gelandet. Im Rahmen der Tür, die offenbar zu den weiteren Wohnräumen führte, lehnte eine junge Frau, die Jeans, Bluse, aber dennoch einen Schleier trug. Trotz dieser Verwandlung war sich Small sicher, dass es sich um dieselbe Person handelte, die seinen Partner im Mayhem angesprochen hatte.

Sie bemerkte seinen Blick und zuckte mit den Schultern. »Kommen Sie!«

Als sie das Wohnzimmer betraten, erhob sich Doktor Thoum aus einem der Sessel und deutete einladend auf das Sofa. »Nehmen Sie doch Platz, meine Herren! Kaffee?«

»Gern!«, sagte Jack Small und fügte hinzu: »Ich muss zugeben, ich bin beeindruckt.«

Sayyid Thoum neigte lächelnd kurz den Kopf, aber

ein Flackern in seinen Augen verriet die Angst, die er hatte. »Ein Gebot einer gewissen Notwendigkeit, Agent …«

»Small, Jack Small, und neben mir sitzt mein Kollege Saddam Rasik.«

»Auf Ihr Kommen hatten wir gehofft, auch wenn wir darüber absolut nichts wussten. Wenn zutrifft, was Naide mir berichtet hat, dass Mister Brown Amerika nicht mehr lebend erreicht hat, dann komme ich vermutlich nicht umhin, Ihnen die ganze Geschichte nochmals von vorne zu erzählen, damit Sie sie überhaupt verstehen können.«

12. Tag, 07:30 Ortszeit, 04:00 Zulu –
USS Dwight D. Eisenhower,
5. US-Flotte, vor dem Persischen Golf

Der Briefing-Room war gerammelt voll. Da, wo normalerweise Piloten für ihre Einsätze eingewiesen wurden, hatten sich Kommandanten, Erste Offiziere und ASW-Offiziere des Trägerverbandes versammelt.

Admiral Walker trat hinter das Pult und hielt sich nicht mit langen Vorreden auf. »Gentlemen, Sie alle kennen die Situation. In den vergangenen zwei Tagen sind einige Ihrer Schiffe durch die Straße von Hormuz bis in den Golf gelaufen und wieder zurück. Fündig geworden sind wir dabei nicht, und ich gebe zu, dass ich das nicht so recht verstehe. Normalerweise sollten unsere Systeme in der Lage sein, sogar ein intaktes U-Boot aufzuspüren, das überhaupt nicht entdeckt werden will. Warum, so frage ich mich, hat das im Falle der *Alaska*, die vermutlich auf Grund liegt und auf Hilfe hofft, nicht geklappt?«

Die Offiziere sahen einander zögernd an, bevor der erste ein kurzes Handzeichen gab.

»Captain Harris, bitte!«, sagte Walker.

Der Kommandant eines Zerstörers, der erst am Tag zuvor bis in die Straße gelaufen war, erhob sich von seinem Platz. »Wir gehen von der Prämisse aus, dass die Seawolf schwer beschädigt ist. Was aber, wenn sie größtenteils intakt geblieben ist und lediglich auf Grund liegt, weil sie sich nicht fortbewegen kann?«

»Sagen Sie es mir?«

»Dann wird Commander Martinez mit seinen Leuten versuchen, Reparaturen durchzuführen, und zwar so leise wie möglich, um nicht die Aufmerksamkeit der Iraner zu wecken.«

»Bis hierhin klingt das logisch.« Kurt Walker stützte sich mit den Ellenbogen auf das Pult. »Aber warum reagiert die *Alaska* dann nicht auf unsere Schiffe?«

»Weil sie es, so steht zu vermuten, nicht kann. Denkbar, dass ihre Sonarsysteme was abbekommen haben und ganz oder teilweise nicht mehr funktionieren. Vielleicht sitzen ihr aber auch die Iraner zu dicht auf der Pelle. Es könnte ja immerhin sein, dass sie sogar innerhalb der iranischen Hoheitsgewässer liegt und weiß, dass wir sie da kaum mit Gewalt rausholen können.«

»Hoffen wir, dass das nicht auch noch der Fall ist, denn das wäre dann wohl die perfekte Scheiße«, erklärte Walker drastisch unverblümt. »Wenn ihr Sonar, wie von uns angenommen, beschädigt ist, vermag sie Über- und Unterwasserfahrzeuge nicht mehr wahrzunehmen, beziehungsweise zu identifizieren. Ist das so weit richtig?«

Ein paar der ASW-Offiziere nickten, aber Harris schüttelte den Kopf. »Nur bedingt, Sir. Ich denke, es hängt auch vom Winkel der Peilung ab, ob sie überhaupt was hören kann. Was die Identifikation angeht, so wird diese von den Computersystemen erbracht. Wenn sie also aus dem, was sie möglicherweise hört, nicht schlau wird, könnte das bedeuten, ihre Computer sind ausgefallen.«

Captain Thyne, ebenfalls Zerstörerkommandant, meldete sich zu Wort. »Mein ASW hat mir gerade was ins Ohr geflüstert, und ich glaube, er hat eine Idee, die nicht schlecht klingt.«

»Dann mal raus damit!«

Thyne klopfte dem Lieutenant an seiner Seite aufmunternd auf die Schulter. »Also los!«

Der junge ASW-Offizier starrte seinen Admiral an wie ein hypnotisiertes Kaninchen die Schlange. »Verzeihung, Sir, ich dachte mir nur …« Er brach ab.

Walker grinste. »Keine Bange, ich beiße schon nicht, höchstens im Extremfall.«

»Na ja, wenn die *Alaska* nicht mehr in der Lage ist, Maschinengeräusche zu identifizieren, dann sollten wir Martinez vielleicht ein akustisches Signal zukommen lassen, mit dem er auch ohne Computer etwas anfangen kann.«

»Wie meinen Sie das?«

»Vorstellen könnte ich mir die Ausstrahlung eines typisch amerikanischen Hits wie *See You Later Alligator*, denn für dessen Erkennung bedarf es keines Computers, und die Iraner würden ja wohl kaum zu Rock 'n' Roll greifen, Sir.«

»Es sei denn, sie würden Commander Martinez bluffen wollen.«

Der Lieutenant wurde eine Spur kleiner. »Verzeihung, Sir, daran hatte ich jetzt nicht gedacht, Sir. Vergessen Sie daher das Ganze bitte einfach wieder.«

»Von wegen, mein Sohn! Bis auf Bill Haley ist Ihr Vorschlag nämlich ausgesprochen sinnstiftend.« Der Admiral blickte in die Runde. »Gentlemen, was ich Ihnen jetzt gleich mitteilen werde, ist streng geheim. Das Militärrecht lassen wir mal außen vor, aber wenn Sie auch nur das geringste Wort von dem, was ich Ihnen erzähle, rumquatschen, dann trete ich persönlich in Erscheinung und drehe Ihnen den Hals um. Verstanden? Aus übergeordneten Gründen befindet sich nämlich an Bord der *Alaska* auch noch Konteradmiral Robert DiAngelo. Der Mann ist, wenn es um spezielle U-Boot-Sondermissionen geht, legendär, auch wenn vermutlich die wenigsten von Ihnen den Namen schon einmal gehört haben dürften, da er in den letzten Jahren für die CIA tätig war. Privat ist DiAngelo ein ausgemachter Filmfan. Was wir daher benötigen, sind Soundtracks, um ihm gezielte Botschaften musikalisch unter Wasser zukommen zu lassen.«

12. Tag, 00:00 Ortszeit, 05:00 Zulu – Norfolk, Virginia

Zum ersten Mal seit Tagen war Captain Williams heimgekommen, um die Uniform zu wechseln und wenigstens eine Nacht mal wieder im eigenen Bett zu verbringen. Er spürte die Erschöpfung und die Frustration. Dutzende von Mitarbeitern waren alle Szenarien durchgegangen, aber Fakt war und blieb, es gab zu viele Eventualitäten. Und von den Bildauswertern, die die alten Satellitenaufnahmen sichten sollten, lagen nach wie vor keine neuen Erkenntnisse über das von ihm vermutete iranische Ausbringen von Minenfeldern vor.

Trotz all seiner Sorgen um den ungeklärten Verbleib

der *Alaska*, war Williams um Mitternacht in einen tiefen Schlaf gefallen, weil der erschöpfte Körper sein Recht forderte. Das Schrillen des Telefons brauchte ein paar Augenblicke, ihn wieder zurück in die Welt der Lebenden zu rufen. Unsicher tastete seine Hand nach dem Gerät. »Ja, Williams«, murmelte er etwas rammdösig.

»Werden Sie munter, Mann, mich hat schließlich eben Vice Admiral Walker auch nicht gerade umsonst aus dem Bett geklingelt«, erklärte Marsden hörbar sauer.

Der Captain war mit einem Schlag hellwach. »Sie haben das Boot gefunden?«

»Schön wär's!«, knurrte der Vice Director der CIA. »Die haben da unten ein Ei ausgebrütet. Weil sie davon ausgehen, dass das Sonar der *Alaska* im Eimer sein könnte, wollen sie musikalische Botschaften ins Wasser abstrahlen.«

»Verzeihung, Sir, aber ich kapiere nur Bahnhof.«

»Soundtracks von Filmen, aus denen DiAngelo Botschaften ableiten kann!« In Anbetracht der Uhrzeit klang Marsden unangenehm energisch.

»Bei allem Respekt, Sir, auch wenn ich mit Bob befreundet bin, muss ich da passen. Ich war noch nie ein übertriebener Kinogänger. Sinnstiftende Filmmusiken könnten allenfalls Angela DiAngelo oder auch Sarubin raussuchen und zusammenstellen, da sie beide ebenfalls Hollywood-Freaks sind. Jemand anderen wüsste ich Ihnen jedenfalls aus dem Stehgreif nicht zu nennen, Sir!«

»Na gut«, willigte Marsden ein. »Ich treibe Sarubin auf, und Sie sprechen mit Angela.«

13. Kapitel

12. Tag, 09:45 Ortszeit, 06:15 Zulu –
DiAngelos Gruppe, an der Straße von Hormuz,
35 Meilen von Bender Abbas entfernt

Die Straße, der sie in gebührendem Abstand seitlich im Gelände folgten, um nicht gesehen zu werden, war kaum befahren.

Obwohl der scheinbar unverwüstliche Sergeant Jones schon längst auch noch sein Gepäck zu tragen mitübernommen hatte, war Robert DiAngelo mit seinen Kräften so ziemlich am Ende.

Auf ein Handzeichen des Lieutenants, der den Trupp anführte, geriet der Weitermarsch ins Stocken, die SEALs gingen sofort flach in Deckung, während Bob sich einfach nur zu Boden sinken ließ. »Jones«, ächzte er, »können Sie mal für mich feststellen, was sich da vorn an der Spitze tut?«

»Aber klar doch, Sir«, sagte der Marine und robbte los.

Der Admiral hob den Kopf und peilte die Lage. Aber mehr, als dass die Straße, der sie bislang parallel gefolgt waren, nunmehr in einer Senke verschwand, vermochte er nicht zu entdecken.

Als der Sergeant nach ein paar Minuten auf allen vieren zurückgekrochen kam, fragte er ihn: »Und, was gibt's?«

»Der Lieutenant bittet Sie, selbst nach vorne zu kommen, Admiral.«

»Flach in Bauchlage, nehme ich an«, sagte DiAngelo etwas sarkastisch.

»Das dürfte unvermeidlich sein, Sir, damit man Sie von unten aus nicht sehen kann.« Jones war anzumerken, dass sich sein Mitleid deswegen in Grenzen hielt.

Bob war schweißgebadet, als er es vor bis zu Jackson auf den Hügelkamm geschafft hatte.

Der Lieutenant setzte seinen Feldstecher ab und drehte sich zu ihm um. »Da unten gibt es eine Art Truckstop, Sir, und der Gedanke, uns zu motorisieren, liegt nahe.«

»Vom Prinzip her eine famose Idee, aber Sie werden ja jetzt wohl nicht mitten am helllichten Tag ernsthaft ein Fahrzeug klauen wollen?«

Jackson grinste amüsiert. »Das ist die beste Zeit, weil mit so was niemand rechnet, Sir.«

Bob spähte nachdenklich hinunter in die Senke. Den Abhang mit seinem verkrüppelten Bein hinunterzuklettern, hielt er für ein Ding der Unmöglichkeit. Aber er hatte ja unbedingt mitgemusst. Einmal mehr verfluchte er seine Dickköpfigkeit. »Also gut, Lieutenant! Wie haben Sie den Ablauf gedacht?«

»Jones wird Sie und die Männer außen herum führen. Ich gehe mit einem Begleiter runter, und wir schnappen uns was Geeignetes. Die großen schweren Tanklaster und Sattelschlepper sind natürlich nichts für uns, aber schließlich stehen da unten ja auch noch ein paar kleinere LKW mit Planenaufbau sowie der eine oder andere Kastenwagen rum. Da müssen wir sehen, wo wir rankommen. Treffpunkt wird sein eine Meile oberhalb der Ausfahrt, in Richtung Bender Abbas.« Jackson sah den Admiral kurz besorgt an. »Werden Sie das in zwei Stunden schaffen, Sir?«

»Und wenn ich auf dem Zahnfleisch daherkrieche, Lieutenant.«

12. Tag, 03:00 Ortszeit, 08:00 Zulu – Norfolk, Virginia

Im Haus der DiAngelos brannte zwar überall Licht, aber nur im Keller mit dem Heimkino und dem Filmarchiv ging es geschäftig zu. Angela stand immer noch wie verloren inmitten des Trubels und gab den Männern der Stützpunktkompanie hier und da halbherzig Anweisungen, was wie zu verpacken sei, denn was sie hier in aller Eile in Transportkisten verluden, waren unersetzliche Schätze, jedenfalls für Cineasten. Von den alten Walt Disneys über die *Tophar-Mumie* von 1920 bis hin zu Stanley Kubricks Kriegsfilm *Full Metal Jacket* war so ziemlich alles dabei, was das Herz eines Filmfans höher schlagen ließ.

Aber Angelas Gedanken waren schon weit weg, bei Bob, dessen Boot irgendwo inmitten eines der heißesten Krisengebiete der Welt vermisst wurde.

Oben vor dem Haus hielt ein weiterer Wagen, und ein paar Augenblicke später stapften Roger Marsden und Igor Sarubin die Treppe herunter. »Angela!«, sagte Marsden etwas hilflos.

Die blonde Frau winkte ab. »Schon okay, Mister Marsden. Bringen Sie Neuigkeiten mit?«

Marsden war anzumerken, dass er in Gegenwart der Soldaten nichts erzählen wollte. Sarubin schob sich an dem CIA-Vice vorbei und musterte das Durcheinander. »Gehen Sie mit Mister Marsden ruhig nach oben, Angela, ich kümmere mich schon um die Filme.«

»Ihre eigenen sind wohl schon verladen?«

»Das ging flott, denn meine neue Kollektion ist

leider noch ziemlich bescheiden, wie Sie ja selbst wissen.« Bedauern klang in der Stimme Sarubins mit, denn seine alte Filmsammlung war in Russland zurückgeblieben, und er hatte in den Staaten völlig von vorne angefangen müssen, aber er zwang sich zu einem Lächeln. »Ihre Schätze sind bei mir in guten Händen, Angela.«

In Bobs Arbeitszimmer ließ Marsden sich ächzend auf einem der Stühle nieder. »Von der *Alaska* gibt es leider nichts Neues zu berichten. Wir können nur ziemlich sicher annehmen, dass das Boot beschädigt, aber nicht zerstört wurde.«

»Denn sonst wären Wrackteile aufgetaucht … und Leichen«, sagte Angela mit gepresster Stimme. »Über U-Boote brauchen Sie mir nichts zu erzählen, denn ich war schließlich in meiner aktiven Zeit nicht umsonst bei der Navy als Sonaroffizier auf den Dingern unterwegs, auch wenn das schon ziemlich lange her ist.«

»Das Problem ist, wir wissen nicht, wie wir mit ihm Kontakt aufnehmen und ihm eine Botschaft zukommen lassen können.«

»Und da verfiel jemand auf die Idee, Sarubin und mich ins Spiel zu bringen.«

»Es ist keineswegs so verrückt, wie es sich anhört, Angela. Im Zeitalter der Elektronik kann man im Prinzip alles dechiffrieren, was zuvor verschlüsselt wurde, es sei denn, ein Code ist so abwegig, dass er gar nicht für einen solchen gehalten wird. Ihr Mann hat den Dreh ja schon einmal erfolgreich praktiziert.«

»Ein Unterwasserkonzert mit Filmmusiken, die Bob inhaltlich was sagen und bei denen er erkennt, dass die Auswahl der Stücke von mir stammt.« Angela DiAngelo gab sich einen Ruck. »Auch wenn Sie die Frage im Moment vermutlich nicht beantworten können, wie Bob darauf überhaupt antworten soll, baue ich darauf, dass meinem Mann dazu schon noch was einfallen wird. Bringen Sie also Mister Sarubin und mich an den Golf.«

12. Tag, 07:00 Ortszeit, 08:00 Zulu – *USS Oklahoma*, Südatlantik

Commander Turk musterte die Gasten in der Zentrale, die routiniert ihren Aufgaben nachgingen. Die Männer bildeten mittlerweile eine gute, eingefahrene Crew, wozu nicht zuletzt das ständige Übungsprogramm beigetragen hatte, das er abspulen ließ. Seit Tagen liefen sie unter Funkstille, immer auf großer Tiefe und so schnell die große Schraube das Boot vorantreiben konnte. Mit allen Tricks und Überlast schafften sie getaucht immerhin sechsundzwanzigeinhalb Knoten.

»Zeit zum Frühstück, Sir!«, meinte einer der Offiziere zu ihm.

Eine nette Art, wie Turk fand, ihm mitzuteilen, dass er die Platte putzen und sie gefälligst in Ruhe lassen sollte, denn für die Besatzung in der Zentrale stand ein Frühstück natürlich erst nach dem Wachwechsel an. Er lehnte sich bequemer in seinem Kommandantensessel zurück. »Noch nicht ganz! Geben Sie Alarm, Feuer in Abteilung Sechs!« Er blickte auf die Uhr. »Los!«

Das Schrillen der Alarmklingeln bereitete dem morgendlichen Frieden an Bord ein abruptes Ende. Auf drei Decks rannten Leute zu ihren Stationen. Männer, teilweise noch mit Rasierschaum im Gesicht, rasten durch die Gänge und fluchten, was das Zeug hielt über den verrückten Alten.

In der Zentrale lauschte Commander Turk den Meldungen, die über Lautsprecher eingingen. Diese Alarmübung hatten die Wachhabenden sich und der Besatzung schließlich selbst eingebrockt. Demonstrativ sah er auf die große Uhr über den Konsolen. »Drei Minuten sind bereits rum! Mister Foster, habe ich vielleicht die Meldung nur überhört, dass ein Feuerlöschtrupp in Abteilung Sechs eindringt?«

Der XO räusperte sich. »Die Männer sind noch nicht …«

»Eben!« John Turk legte sein Gesicht in traurige Falten. »Eben, Mister Foster!«

12. Tag, 11:45 Ortszeit, 08:15 Zulu –
35 Meilen vor Bender Abbas

Lieutenant Jackson schlenderte ruhig zwischen den abgestellten Fahrzeugen auf dem Parkplatz der Fernfahrerstätte herum. Er wusste, er würde nicht auffallen, denn wie überall am Golf kamen die Kapitäne der Landstraße aus aller Herren Länder. Angetan hatte es ihm ein älterer Iveco, ein Siebentonner mit Pritsche und Plane, der eben erst vorgefahren war und dessen Fahrer es eilig gehabt hatte, die Toilettenhäuschen aufzusuchen. Jackson wünschte sich, er hätte jetzt einen aufgeschnittenen Tennisball zur Verfügung gehabt, den er am Türschloss hätte einsetzen können. Ein kräftiger Schlag hätte gereicht, um die Verriegelung aufspringen zu lassen. Mit einem raschen Blick hin zu dem Corporal, der Schmiere stand, vergewisserte der Lieutenant sich, dass die Luft rein war, bevor er sein SOG-Kampfmesser aus der Cordura-Scheide zog.

Drei Minuten später rollte der kleine LKW bereits unbehelligt in Richtung der Ausfahrt. Auf der Überlandstraße herrschte so gut wie kein Verkehr. Im Rückspiegel konnte Lieutenant Jackson lediglich einen Truck entdecken, der in weitem Abstand folgte, und es dauerte auch ein ganzes Weilchen, bis ihnen auf der Gegenfahrbahn ein kleiner Konvoi aus zwei Tanklastern entgegenkam.

Während der Lieutenant sich auf die Straße konzentrierte, beschäftigte der Corporal sich mit den Frachtpapieren. »Na, haben wir was Interessantes geladen?«, erkundigte sich Jackson.

»Die Hälfte von dem Zeug kann ich ohnehin nicht lesen, aber es sind auch ein paar Kopien in Englisch dabei. Demnach befördern wir Teile für eine Bohrausrüstung, ein Fass mit Schmieröl und …«, der Corporal pfiff überrascht durch die Zähne, »… zwei Kisten mit Plastiksprengstoff, vierzig Kilo C4, um genau zu sein.«

»Die haben vielleicht Nerven!«, entfuhr es Jackson.

»Sollte das Zeug hochgehen, dann war dies eben Allahs Wille«, spöttelte der Corporal und blickte aufmerksam durch die Windschutzscheibe auf die Gegend. »Ich schätze, wir dürften bald den Treffpunkt mit dem Rest des Teams erreicht haben, Sir. Sollen wir uns dann von dem Kram trennen?«

Jackson dachte kurz über die Frage nach. C4 spazieren zu fahren beinhaltete natürlich ein Risiko, wobei allerdings von Schlaglöchern herrührende harte Erschütterungen oder Stöße den Stoff nicht zur Explosion bringen konnten. Eine Kombination aus hohen Temperaturen und Druckeinwirkung hingegen war brisant gefährlich. Alles in allem aber war die Handhabungssicherheit hoch, vermutlich mit ein Grund, warum Ölleute diesen eigentlich im militärischen Bereich üblichen formbaren Sprengstoff ebenfalls schätzten.

»Lassen wir das doch den Admiral entscheiden«, erklärte der Lieutenant. »Vielleicht kann er mit dem C4 ja auch noch was anfangen.«

12. Tag, 12:00 Ortszeit, 08:30 Zulu –
Flughafen Bender Abbas

Saddam Rasik blickte auf seine Armbanduhr. In ein paar Minuten würde die etwas verspätete Maschine nach Teheran ja hoffentlich endlich aufgerufen werden. Die wenigen Passagiere des Inlandsfluges, zumeist Geschäftsreisende, die ihr Ohr nicht vom Handy wegbekamen, verloren sich mehr oder weniger in dem großen Wartebereich. Auch wenn die Zahl der Menschen um sie herum überschaubar war, so beschäftigte den jungen Agenten trotzdem die Frage, ob sich darunter wohl Leute befinden mochten, die auf sie angesetzt worden waren. Das Nichtvorhandensein eines Schattens war logischerweise nicht zu verifizieren, allenfalls dessen Gegenwart.

Jack Small, der neben dem jungen Irako-Amerikaner vor sich hin döste, öffnete langsam die Augen und sagte leise, obwohl er wusste, dass dies bei einem Richtmikrofon nichts nützen würde: »Die beiden Sicherheitsbeamten sind nicht koscher und auch der dicke Geschäftsmann mit seiner Sekretärin nicht.«

»Wie sind Sie bloß darauf gekommen?«, wisperte Saddam.

»Die beiden Sicherheitsbeamten sind mir aufgefallen, als wir reinkamen, weil sie Glocks mit sich führen. Ein alter Fehler, man wählt als Verkleidung eine Uniform, zu der sowieso eine offen getragene Pistole gehört und behält einfach die eigene vertraute Dienstwaffe bei, statt zu einer zu greifen, die zur Uniform passt.« Ein kleines spöttisches Lächeln spielte um Smalls Lippen. »Glocks! Die regulären Sicherheitsbehörden verwenden immer noch die alten Makarovs.«

»Und der Geschäftsmann?«

»Er telefoniert die ganze Zeit, vergisst dabei aber, wenigstens ab und zu zwischen den Gesprächen mit seiner Sekretärin zu reden. Sie hockt die ganze Zeit nur da und glotzt teilnahmslos auf ihr Klemmbrett.«

»Mehr nicht?«

»Das reicht völlig. In unserem Metier verraten sich Menschen nie durch große Fehler, immer nur durch kleine Unachtsamkeiten.«

Der jüngere Agent hatte das Gefühl, ihm werde der Kragen eng, obwohl der oberste Knopf seines Hemdes gar nicht zugeknöpft war. »Und was machen wir jetzt? Die können uns jederzeit …«

Jack hob abwehrend die Hand. »Wenn die uns hoppnehmen wollten, hätten sie es schon getan. Die haben es nicht nötig, auf eine unauffällige Gelegenheit für eine Verhaftung zu warten.«

Rasik tat sich schwer zu begreifen, wie Jack so ruhig bleiben konnte, obwohl ihnen bereits der VEVAK im Genick saß. »Wollen die sich an unsere Fersen heften, damit wir sie zu unseren Leuten führen?«

»Bingo! In Teheran müssen wir uns dann etwas einfallen lassen, um sie abzuschütteln, doch bis dahin sollten wir einfach die Ruhe ein wenig genießen, denn sie wird nur noch von kurzer Dauer sein.«

»Was haben Sie vor?«

»Außer unsere Freunde ein bisschen zu beschäftigen, im Moment nicht viel. Aber Sie werden nach Amerika fliegen.«

»Wie das?«

»Wir sind die Einzigen, die Kenntnis davon haben, was Thoum zu erzählen hatte, und deshalb muss einer von uns beiden Bericht erstatten.« Jack lehnte sich zurück. »Und derjenige werden Sie sein, Saddam.«

14. Kapitel

12. Tag, 15:00 Ortszeit, 11:30 Zulu –
Ayatollah Khomeini Airport, Teheran

Smalls wachsame Augen erspähten den ersten Mann des neuen Observierungsteams bereits, als sie aus dem Sicherheitsbereich herauskamen. »Links, der Geschäftsreisende ohne Notebook«, raunte er Rasik zu, während er sich einen Kofferkuli angelte und in Richtung des Förderbandes der Gepäckausgabe schob. »Verdammt, ich kann den zweiten Mann, den es mindestens geben wird, nicht entdecken.«

»Was nun?«

»Plan B!«

»Es existiert doch gar kein Plan B«, stellte sein Partner verwundert fest.

»Jetzt gibt es ihn! Achten Sie darauf, wer mir folgt.« Jack marschierte los, wandte sich aber noch mal um und sagte lauter: »Achten Sie auf unser Gepäck, sobald es eintrifft.« Die Bordtasche unter den Arm geklemmt, ging er in Richtung der Sanitäreinrichtungen.

Auf der Herrentoilette herrschte viel Betrieb, und Jack Small musste warten, bis eine Kabine frei wurde. Ruhig ließ er die Hosen runter und nahm sich Zeit. Falls ihm jemand gefolgt war, dann würde derjenige bestimmt nicht mit gezogener Waffe in den Waschraum gestürmt kommen und anfangen, die Kabinentüren einzutreten, sondern draußen warten, da es nur einen Ein- und Ausgang gab.

Etwa zehn Minuten später tauchte der Agent wieder bei Rasik auf. »Und?«

»Zwei hinter Ihnen, Boss. Und die Nummer vier habe ich auch ausfindig gemacht.«

»Eine Menge Aufwand! Wir nehmen das erste Taxi, kommen Sie!«

Rasik setzte den Kofferkuli mit ihren beiden Reisetaschen in Bewegung. Nie das erste Taxi in der Reihe zu nehmen, war eine alte Regel, weil der Fahrer ja von der anderen Seite abgestellt sein konnte. Organisationen, die über genügend Leute verfügten, platzierten daher ihre Fahrer im zweiten, dritten und vierten Taxi, nicht jedoch im ersten, denn kein Profi nahm das erste Taxi.

Die nächsten zwei Stunden über hielten die beiden CIA-Agenten ihre Beschatter ganz schön auf Trab. Jack und Saddam hatten sich zunächst gemeinsam zu einem Hotel fahren lassen, dort dann aber getrennt, um jeweils noch zwei weitere Hotels anzusteuern. Anschließend hatte sich Jack in das Getümmel eines Warenhauses gestürzt, dieses dann auf der anderen Seite wieder verlassen und den nächstbesten Bus genommen, der vorbeikam. Rasik hingegen hatte einem Kino einen Kurzbesuch abgestattet. Wiedergetroffen hatten sie sich, mit Taxis aus unterschiedlichen Richtungen kommend, beim ehemaligen Hilton, das jetzt Hotel Esteghal hieß. Trotzdem war es ihnen nicht gelungen, ihre Schatten abzuschütteln. Man konnte vieles über den VEVAK sagen, aber nicht, dass die Leute nicht gut in ihrem Job waren.

Zur Abwechslung waren sie nun wieder zu zweit in einem Taxi unterwegs.

»Was sollte eigentlich die Nummer mit dem Kino?«, fragte Jack, nachdem Saddam ihm davon erzählt hatte.

»Gar nichts. Mir war nur nach Popcorn zumute.«

Special Agent Small, der mittlerweile sein Notebook in Betrieb genommen hatte, beobachtete zufrieden, wie in dessen Anzeige mehrere drahtlose Internetverbindungskonten erschienen. »Es lebe Wireless LAN!«, sagte er fröhlich. »Amal, bitte einfach um den Block kreisen.«

»Jawohl, Sir!« Der Taxifahrer blickte kurz in den Spiegel. »So wie es aussieht, scheint uns im Moment nur noch ein Wagen zu folgen.«

Zum amerikanischen Informantennetz in Teheran gehörte auch eine ganze Anzahl Taxifahrer, denn die konnten überall herumstehen und fielen nirgends wirklich auf. Groß an Geheimnisse kamen sie natürlich nicht heran, doch wussten sie dafür als Erste, wenn irgendwelche hohen Tiere und Geheimnisträger in ihren Limousinen unterwegs waren. Für Jack und Saddam war es nur eine Frage der Zeit gewesen, bis sie auf einen Taxifahrer gestoßen waren, bei dem der Name auf der deutlich lesbaren Taxilizenz mit einem der Namen auf den Listen übereinstimmte, die sie auswendig kannten. Dass dies nur zwei Stunden gedauert hatte, war Glück gewesen.

Auf der Rückbank rief Jack Internetseiten auf, unter anderen den Hersteller von Bohrköpfen für die Erdölsuche, eine Firma, die Haushaltswaren produzierte, zwei Speditionen, Disneyworld in Florida und eine Seite mit arabischen Kochrezepten. Er verschickte ein Dutzend E-Mails mit der Bitte, ihm Prospekte an vier verschiedene Adressen in Teheran und Bender Abbas zu schicken, er bestellte eine Lieferung von fünfzigtausend Plastikeimern, und er erkundigte sich ebenfalls per E-Mail nach einem Mickey-Mouse-Sonderprogramm für Jungverheiratete in Florida. Die ganze Aktion dauerte etwa zwanzig Minuten, was ganzen zwei Ehrenrunden um den Block entsprach. Dann quetschte sich das Taxi durch den dichten Verkehr und erreichte per Stop-and-go eine Ausfallstraße in Richtung Ayatollah Khomeini Airport.

12. Tag, 17:45 Ortszeit, 14:15 Zulu – DiAngelos Gruppe, Bender Abbas

Nach Bender Abbas waren sie ohne Probleme gelangt. Im Augenblick stand der kleine Laster geparkt in einer Seitenstraße, von der aus man eines der Tore zum Marinestützpunkt sehen konnte. Gelangweilte Wachposten kontrollierten mehr oder weniger oberflächlich die einfahrenden Fahrzeuge, jene hingegen, die den Stützpunkt verließen, wurden nur durchgewunken.

»Was meinen Sie«, fragte DiAngelo den Lieutenant, »reinzukommen sollte nicht allzu schwierig sein, oder?«

»Das nicht, Sir«, erklärte Jackson, klang aber trotzdem nicht sonderlich begeistert. »Bloß haben wir dann keine Ahnung, wo wir eigentlich hin müssen. Eine gründliche Einweisung anhand etwa von Satellitenfotos fehlt gänzlich. Wir werden improvisieren müssen, und das bedeutet immer ein erhöhtes Risiko. Aber natürlich werden wir tun, was von uns verlangt wird, Sir, schließlich ist das unser Job.«

Bob merkte, dass es keinen Sinn hatte, den Lieutenant in die Entwicklung eines Planes, und sei er auch nur vorläufig, mit einzubeziehen. Jackson war jemand, der ohne mit der Wimper zu zucken bei Nacht aus einem Flugzeug mit dem Fallschirm mitten in eine feindliche Division springen würde, wenn er den Befehl dazu erhielt. Und er würde seine Mission erfüllen, nur mussten er und seine Männer vorher haarklein gesagt bekommen, worin die bestand. Ersatzteile aus einem Depot zu beschaffen, war als Aufgabenbeschreibung nicht konkret genug.

»Gut«, sagte der Admiral. »Dann werden wir heute kurz vor Mitternacht das Unternehmen starten. Die Zeit bis dahin überbrücken wir in der Touristenecke im Norden, wo wir am wenigsten auffallen dürften.«

12. Tag, 17:45 Ortszeit, 14:15 Zulu –
Hauptquartier des VEVAK, Teheran

»Die wollen wohl ein Katz-und-Maus-Spiel mit uns veranstalten«, stellte Oberst Ghazdivi ergrimmt fest.

»Im Moment sieht es danach aus, als wollten sie irgendwo am Flughafen einen neuerlichen Versuch starten, unsere Leute abzuhängen.«

»Abwarten, das ergibt keinen Sinn. Haben wir denn inzwischen etwas über deren Internetkontakte herausgefunden?«

»Unsere Leute sind dran, aber noch nicht daraus schlau geworden.« Der Agent vom Dienst reichte Ghazdivi eine Liste. »Am besten, Sie werfen da selbst auch mal einen Blick drauf, Oberst!«

»Plastikeimer? Mickey Mouse?«, fragte Ghazdivi verständnislos. »Was soll das bedeuten?«

»Noch wissen wir es nicht.«

»Ich erwarte, dass diese Nuss schnellstens geknackt

wird«, forderte der Oberst barsch. »Irgendwo in einer dieser E-Mails ist eine Botschaft versteckt. Die beiden werden in irgendeiner Form Hilfe oder Unterstützung angefordert haben.«

»Darauf dürfte es wohl hinauslaufen, Oberst. Auf alle Fälle sind die beiden wesentlich gerissener als die zwei Amerikaner vor ein paar Wochen.«

»Das trifft zu«, räumte Ghazdivi ein. »Unsere Leute sollen auf alle Fälle an ihnen dranbleiben, aber noch nicht zuschlagen. Und sollten die was vermasseln, dann ziehe ich jedem Einzelnen persönlich das Fell über die Ohren, sagen Sie den Männern das!«

12. Tag, 09:15 Ortszeit, 14:15 Zulu –
Stoke Plastic Products, Rough Run/West Virginia

Stoke Plastic Products beschäftigte siebzig Mitarbeiter und zählte damit in Rough Run bereits zu den zehn großen Arbeitgebern, denn der Ort hatte nur ein paar hundert Einwohner insgesamt. Trotzdem war sich die Sekretärin, die morgens als erstes alle E-Mails las, die während der Nacht aufgelaufen waren, absolut sicher, dass ihr »Großunternehmen« nie etwas in den Iran geliefert hatte und schon gar nicht fünfzigtausend Plastikeimer, die von der Menge her einer kompletten Jahresproduktion entsprachen. Diese Mail blieb ihr ein Rätsel.

12. Tag, 09:15 Ortszeit, 14:15 Zulu – Washington D.C.

»Die Ankündigung des neuen Präsidenten, umgehend vorbehaltlose Gespräche mit Regierungen anzubieten, die von der alten Administration als Gegner im Krieg gegen den Terror eingestuft wurden, haben die Hoffnungen auf diplomatische Wege zur Lösung der vielfältigen Krisen weltweit gestärkt.« Roger Marsden ließ die New York Times sinken. »Da haben wir den Salat!«

»Das können sie laut sagen«, pflichtete ihm William Boulden bei. »Hätte ich im Vorfeld was davon geahnt, hätte ich Ihnen nie Rückendeckung gegeben, was die Sache mit der Rakete angeht. Nicht auszudenken, was los sein wird, sollte die Geschichte auffliegen! Man wird Sie und die gesamte CIA einmal zum Mond und wieder zurück schießen!«

»Und eben deshalb darf einfach nichts schiefgehen, zumal ich annehme, Sie haben den Präsidenten ohnehin bislang nicht informiert, dass die Aktion bereits angelaufen ist.«

»Und ich verlasse mich darauf, dass auch niemand seitens der Firma das tut.« Der Politiker spielte nervös mit einem goldenen Brieföffner herum. »In dem Moment, da der Präsident etwas von dieser Operation erfährt, wird er handeln müssen, entweder indem er sie absegnet oder sofort komplett abbläst. Ihn zu involvieren, sollten wir zu diesem Zeitpunkt daher vermeiden.« Er seufzte. »Gibt es Neuigkeiten von DiAngelo?«

»Noch nicht, aber jemand von Kurt Walkers Leuten hatte eine Idee, wie wir vielleicht Kontakt mit ihm aufnehmen können. Wir brauchen vierundzwanzig Stunden, bis wir Genaueres wissen.«

»Halten Sie mich bitte auf dem Laufenden, Marsden.«

12. Tag, 21:30 Ortszeit, 18:00 Zulu – Teheran,
Ayatollah Khomeini Airport

Der Leiter des Überwachungsteams hatte sich im Kontrollraum einquartiert und ließ die Monitore nicht eine Sekunde aus den Augen. Einer der beiden Amerikaner, der kurz zuvor in einer der Flughafenboutiques einen langen weißen Haik* gekauft hatte, wanderte mit über den Kopf geschlagener Kapuze ins Bild, eine lächerliche und viel zu auffällige Verkleidung, es sei denn … Der Teamleiter wandte sich um. »Durchsage an die Männer. Sie sollen aufpassen. Es kann sein, dass der Ami versucht, den Haik jemandem aufzuschwatzen und sich abzusetzen, während wir dem falschen Mann folgen. Wo steckt eigentlich der andere Vogel?«

»Er war eben noch im Café an der Aussichtsterrasse.«

»Geben Sie Laut, sobald er sich in Bewegung setzt.«

Der Mann im Haik steuerte einen der Waschräume an. Die Gestalt, die die Örtlichkeit wenig später mit diesem weißen Überwurf verließ, war jedoch mindestens einen halben Kopf kleiner. »Achtung! Nur ein Mann folgt dem Haik, den ein Double tragen muss! Eingang zum Toilettenbereich in Hinblick auf den richtigen Mann nicht aus den Augen lassen!« Seinen Mitarbeitern mit dem Knopf im Ohr entging nicht, dass ihren Vorgesetzten das Jagdfieber gepackt hatte.

---

* Ein langer Kapuzenmantel, der kaum mehr getragen wird, bei Touristen aber ein beliebtes Souvenir ist.

12. Tag, 21:30 Ortszeit, 18:00 Zulu – Teheran,
Ayatollah Khomeini Airport

Saddam Rasik zerrte einen zweiten Haik aus seiner Bordtasche und zog ihn sich rasch über. Ihm blieben drei Minuten Zeit, bevor ihr Taxifahrer Amal sich auf der nächsten Toilette dieses Kleidungsstücks entledigen und dort versteckt deponieren würde, während dessen Cousin bereits zwei weitere dieser Mäntel in der Souvenirboutique erwarb. Familiäre Verbindungen konnte und durfte man im Nahen Osten niemals unterschätzen.

Jack Small blickte kurz auf die Uhr, legte ein paar Geldstücke auf den Tisch, um seinen Kaffee zu bezahlen, und schlenderte dann zur nächstgelegenen Toilette, wo Amals Cousin den Haik einfach zusammengerollt und in einen Handtuchspender gestopft hatte. Zum Glück verspürte gerade niemand außer ihm irgendwelche Bedürfnisse, weshalb er kurz darauf, die Kapuze tief ins Gesicht gezogen und leicht vornübergebeugt, wieder aus dem Waschraum und in das Sichtfeld einer Überwachungskamera geschlurft kam.

12. Tag, 21:35 Ortszeit, 18:05 Zulu – Teheran,
Ayatollah Khomeini Airport

»Die Mäntel vermehren sich wie die Kaninchen.« Wütend deutete der Teamleiter auf einen der Monitore, auf dem ein weiterer Haik ins Bild kam. »Die veranstalten den Zinnober als Ablenkungsmanöver, weil einer der beiden sich absetzen will. Geben Sie Alarm, unsere Leute sollen die Check-in-Schalter überwachen. Er wird sich irgendwo des Mantels entledigen und eine andere Verkleidung benutzen, mit der er dann eincheckt.« Doch mit dem alten Trick würde der Amerikaner nicht durchkommen.

12. Tag, 21:40 Ortszeit, 18:10 Zulu – Teheran,
Ayatollah Khomeini Airport

Mit strammen Schritten marschierte Rasik in seinem Haik unter zwei Überwachungskameras durch auf die Toilette im Check-in-Bereich der Australian Airlines, der von der anderen Seite her ein weiterer Träger eines weißen Kapuzenmantels zustrebte.

Wortlos verschwanden die beiden Männer in zwei Kabinen. Saddam entledigte sich seines Mantels und stopfte ihn wieder in seine Bordtasche.

Nur mit Jeans und Hemd bekleidet, verließ der Amerikaner irakischer Abstammung den Waschraum und tauchte wieder im Blickfeld der Videokameras auf. Für einen Moment verdeckte ein Mann im hellen Haik die Sicht der beiden direkten Verfolger auf Rasik, dem ein paar schnelle Schritte genügten, um in den toten Winkel der Kameras zu gelangen.

12. Tag, 21:40 Ortszeit, 18:10 Zulu – Teheran,
Ayatollah Khomeini Airport

Der Teamleiter sah Saddam ohne Haik nur für einen kurzen Augenblick auf dem Monitor durchs Bild laufen. »Da haben wir ihn. Er will wahrscheinlich zu dem Wien-Flug. Achtung, nicht einsteigen lassen! Erklären Sie ihm, etwas stimme mit seinem Pass nicht oder so.«

12. Tag, 21:45 Ortszeit, 18:15 Zulu – Teheran, Ayatollah Khomeini Airport

Mit fliegenden Händen streifte Saddam, der einfach in den Waschraum zurückgekehrt war, den Mantel wieder über, denn in diesen Minuten würden die Verfolger alle nach einem arabisch aussehenden Mann in Jeans und Hemd Ausschau halten!

Den Abflugschalter der Saudi Arabian Airlines erreichte er, als über Lautsprecher eine angenehme Frauenstimme auf Englisch erklärte, dies sei der letzte Aufruf für Flug 173 nach Riad. Doktor Jussuf al Galyeth nutzte das Privileg der Business-Class, auch noch im letzten Augenblick einchecken zu dürfen. Er war der letzte Passagier, der die Maschine betrat, und hinter ihm wurde die Tür geschlossen.

Der angebliche Doktor schnallte sich auf seinem Sitz an. In etwas mehr als einer Stunde würde die Maschine sich bereits im Anflug auf die Hauptstadt Saudi-Arabiens befinden. Von dort aus in die Staaten zu gelangen, war kein Problem mehr.

15. Kapitel

12. Tag, 21:45 Ortszeit, 18:15 Zulu – DiAngelos Team, Bender Abbas

Im Schutze der Dunkelheit schwärmten die SEALs aus. Sergeant Jones hielt sich wieder in der Nähe des Admirals auf, und Bob bekam so langsam den Eindruck, er habe ein Kindermädchen.

»Gehen, Sir, nicht laufen!«, murmelte Jones DiAngelo zu, der bereits so schnell es sein Bein erlaubte, losgehinkt war. »Wer rennt, hat etwas zu verbergen.«

Beinahe gemütlich schlenderten sie hinüber zu dem hohen Maschendrahtzaun, in den einer der Männer mit dem Seitenschneider eine Art Tür geschnitten und den Draht einfach zur Seite geklappt hatte. Bob stieg durch die Lücke und war sich dabei bewusst, dass sie damit definitiv auf der falschen Seite waren. Wenn die Iraner sie hier im Marinestützpunkt erwischten, hatten die jedes Recht, sie als Spione vor Gericht zu stellen, oder als Diebe, was wahrscheinlich vom Urteil her auf das Gleiche hinauslief. DiAngelo folgte Jones in den Schatten einer nahen Barracke, während hinter ihm der letzte Mann bereits die improvisierte Tür wieder schloss und den Draht befestigte. In der Dunkelheit waren die Spuren kaum zu sehen.

Lieutenant Jackson hockte sich neben DiAngelo an die Wand. »Alles sauber bisher. Es gibt zwei Patrouillen, die eine am Zaun und die andere auf der

Hauptstraße. Im Moment versuchen meine Männer aufzuklären, wo das Arsenal sich befinden könnte.«

»Sehr gut«, lobte der Admiral.

Minuten vergingen und reihten sich zu Viertelstunden. Als nach einer halben Stunde die SEALs, die zur Aufklärung losgeschickt worden waren, wieder auftauchten, erschrak Bob, als die schwarzen Gestalten, deren Kommen er nicht bemerkt hatte, unvermittelt vor ihm standen.

»Es existieren drei große Hallen, die in Frage kommen könnten, wobei in einer aufgebockte Boote stehen.« Der Berichterstatter flüsterte nicht, sondern murmelte nur leise, weil zischende Flüsterlaute viel weiter trugen und mehr auffielen. »An die Halle direkt am Wasser sind wir nicht rangekommen. Da gibt's eine eigene Streife, die den Rundgang mit Hund macht, und die Wachposten vor dem Eingang haben ebenfalls Hunde. Rein gelangen wir da nicht so ohne weiteres.«

»Das werden wir aber müssen!«, erklärte der Admiral sehr bestimmt.

»Wie steht es mit dem Dach?«, fragte Jackson seinen Mann.

»Kein Problem, aber …« Der SEAL deutete mit dem Kopf auf DiAngelo.

Bob wollte etwas erwidern, aber der Lieutenant kam ihm zuvor. »Vergessen wir es! Ohne den Admiral in der Halle wird das nichts!«, sagte er und wandte sich nun direkt an DiAngelo. »Wir sind SEALs, Sir! Von U-Boot-Technik haben wir allesamt keinen Schimmer, und Sie sind nun einmal der einzige Fachmann, den wir haben. Aber dass wir SEALs sind, bedeutet auch, wir kriegen Sie da rein, Sir, und wenn die Hölle zufriert.«

»Na großartig!«, knurrte der Admiral. »Und wie soll das gehen?«

»So wie ich es sehe, bleiben uns zwei Möglichkeiten: Wir können die Kerle einfach geräuschlos umlegen ... oder wir schwimmen, denn die Halle ist ja nicht ohne Grund ans Wasser gebaut worden.«

»Wir sind nicht im Krieg, Lieutenant, und ich möchte nicht, dass aus dieser Geschichte einer entsteht.«

»Die Antwort habe ich erwartet. Also baden wir.«

12. Tag, 21:45 Ortszeit, 18:15 Zulu – Teheran,
Ayatollah Khomeini Airport

Jack Small fühlte sich zufrieden wie ein Zirkusdompteur, dessen Nummer in der Manege fehlerfrei geklappt hatte. Ein bisschen angewandte Psychologie war nie verkehrt. Jeder Mensch neigt dazu, das zu sehen, was er erwartet, und professionelle Verfolger rechnen nun mal mit einer Finte. Das Ablenkungsmanöver mit den diversen Mänteln war im Grunde ein alter Trick gewesen, von dem zu erwarten stand, dass die VEVAK-Leute ihn kannten. Nur die Schlussvariante war insofern neu, als dass die Zielperson in der letzten entscheidenden Phase nochmals die Identität gewechselt und sich in eine Täuschungsfigur zurückverwandelt hatte, die in dieser Vermummung ein Flugzeug bestieg.

Gemütlich ging der Amerikaner zu einem Stand, an dem es Falafel gab, und ließ sich eine Portion davon in ein aufgeklapptes Fladenbrot füllen. Er musste sich nicht umwenden, um zu wissen, dass immer noch mindestens zwei Verfolger an ihm dranhingen. Als er aufgegessen hatte, sah er durch die großen Fenster, wie die Maschine nach Riad von der Startbahn abhob.

12. Tag, 22:00 Ortszeit, 18:30 Zulu – DiAngelos Team, Bender Abbas

Das Wassertor der Halle wurde nicht eigens bewacht. Unter normalen Umständen wäre es für die SEALs ein Klacks gewesen, einfach unten durch bis in die Halle hineinzutauchen. Doch ohne ihre Tauchgeräte, die sie am Strand zurückgelassen hatten, würde dies kein Unterwasserspaziergang werden. Fünfzig Meter, denn so weit reichte der Lichtschein der an der Halle angebrachten Scheinwerfer, nur mit eigener Lungenkraft unter Wasser zurückzulegen, ist nun wahrlich keine Kleinigkeit, selbst für trainierte Angehörige der SEALs nicht. Und dann war da ja auch noch der Admiral, den sie irgendwie mitnehmen mussten.

»Halten Sie sich möglichst dicht an mich, Sir! Wenn ich tauche, tun Sie es mir nach. Bleiben Sie so lange unten, wie Sie können, aber versuchen Sie nicht, mit Gewalt weiter auf die Halle zuzuschwimmen. Ich nehm' Sie schon unter meine Fittiche, keine Bange.« Der große Sergeant, DiAngelos Babysitter, hatte gesprochen.

»Aye, aye, Jones!« Das Wasser war, wie in den meisten Häfen oder Marinestützpunkten, eine Dreckbrühe, und die Vorstellung, in diese Suppe eintauchen zu müssen, erzeugte in Bob Ekelgefühle. Er atmete tief durch. Die Luft war stinkig, ein Gemisch aus Salzwassergeruch, Dieselöl und totem Fisch.

»Wir sind dann schon mal unterwegs, Sir«, teilte

Lieutenant Jackson dem Admiral mit und verschwand, ohne eine Antwort abzuwarten, einfach unter Wasser. Seitdem sie in der Nähe einer Versorgungspier ins Wasser, ihr vertrautes Element, geglitten waren, hatten die SEALs wieder an Selbstsicherheit gewonnen.

Die Sekunden verstrichen für den Admiral, der am Rand der angestrahlten Wasserfläche im Dunkeln auf der Stelle schwamm, quälend langsam. Alle Geräusche, das sanfte Plätschern des Wassers, der Verkehr der nahen Stadt, der als leises Rauschen zu ihnen drang, erschienen ihm ungeheuer laut. Er merkte, wie sich Jones neben ihm plötzlich einen Tick unruhiger bewegte, als auch schon ein Kopf neben ihnen auftauchte und zunächst ein paarmal ganz tief Luft holte. »Und, wie sieht's aus?«, fragte Jones seinen Kameraden, nachdem dieser wieder zu Atem gekommen war.

»Das Tor ist nach unten offen, innen gibt es eine schräge Betonrampe. Das reinste Kinderspiel.«

»Na, dann wollen wir mal los! Sind Sie bereit, Admiral? Dreimal kurz durchatmen und runter. Wir ziehen Sie, so weit es geht. Wenn Sie hoch müssen, legen Sie sich auf den Rücken und lassen sich treiben.«

»Verstanden«, sagte DiAngelo, holte Luft und stieß sich nach unten, wo kräftige Hände ihn griffen und durchs Wasser zogen.

Die ersten Meter gingen ganz gut, doch dann schien sich der Druck in seiner Lunge mit jeder weiteren Sekunde stärker aufzubauen. Langsam stieß Bob etwas Luft aus, ein paar kleine Blasen, die nach oben verschwanden. Er hatte keine Ahnung, wie viel der Strecke sie schon zurückgelegt hatten, aber dennoch den Eindruck, es müsse schon ein ganz gehöriges Stück sein. Weit konnte es bis zum Ziel doch gar nicht mehr sein. Er spürte den Schwindel, das immer heftigere

Aufbäumen seines eigenen Körpers, den es nur noch danach verlangte zu atmen. Vor seinen Augen begannen feurige Räder zu tanzen, seine Brust wollte zerspringen. DiAngelo musste all seine Willenskraft aufbringen, sich nicht gewaltsam aus den Händen zu befreien, die ihn immer weiter voran durch das Wasser zogen.

Am Ende unterlag Bob seinem Körper, der einfach nicht anders konnte, als nach Luft zu schnappen. Wasser drang in seinen Mund, in seinen Hals, in seine Lunge, ein krampfhafter Husten schüttelte ihn, als die Reflexe versuchten, das kalte Nass wieder aus den Atemwegen zu schaffen. Eine Hand legte sich über seinen Mund und presste ihn zu. Er spürte noch, wie er nach oben gerissen wurde, dann schwanden ihm die Sinne.

12. Tag, 10:30 Ortszeit, 18:30 Zulu – Langley, Virginia

Der junge Agent kam einfach so mir nichts, dir nichts in Roger Marsdens Büro gestürmt und verkündete aufgeregt: »Wir haben eine Nachricht von Jack Small bekommen, Sir!«

»Da ist aber kein Grund, hier einfach reinzuplatzen, ohne anzuklopfen, Wheeler!«

»Verzeihung, Sir!«

Der Vice Director der CIA winkte ab. »Schon gut, dann lassen Sie mal sehen, was Sie Schönes haben.« Er überflog den Papierausdruck. »Ein Arrangement für Jungverheiratete in Disney World. Anreisetermin steht noch nicht fest, etwa in vierzehn Tagen. Cross.« Er blickte auf. »Haben Sie die E-Mail-Adresse geprüft?«

»Mister Smalls Box.«

Zufrieden nickte Marsden. »Verheiratet« bedeutete, Small hatte Kontakt aufgenommen, und die beiden Jungverheirateten, also CIA und der neue Agent, planten eine »Hochzeitsreise«, also einen Einsatz. Der Absendername mit den fünf Buchstaben war lediglich ein Hinweis, dass die Nachricht von Small stammte. Small hatte die kurze E-Mail über einen Freemailaccount abgeschickt, und keine Spur führte zurück zur Firma, alles war nett und sauber. Nur die Terminangaben waren etwas seltsam, zumal Small den Zeitplan kannte und wusste, dass die *Oklahoma* keinesfalls früher am Golf eintreffen konnte. Dennoch wollte er das Arrangement jetzt gleich, obwohl er den Einsatztermin noch nicht genauer benennen konnte. »Gibt es eine Bestätigung über Skynet?«

»Negativ, Sir!«, erklärte Wheeler. »Auch das Team in Teheran hat noch keinen Kontakt mit Agent Small.«

Marsden lehnte sich in seinem Sessel zurück und spielte nachdenklich mit einem Stift. »Wenn Small bislang nicht wie geplant mit seinen Leuten in Verbindung treten konnte, dann wahrscheinlich deshalb, weil die Iraner hinter ihm her sind. Da er mit Rasik in Bender Abbas gewesen ist, muss es dort einen Kontakt gegeben haben, den er für so relevant hält, dass der das Arrangement rechtfertigt. In dieser Hinsicht verlasse ich mich ganz auf sein Urteil. Versetzen Sie daher die Einsatzgruppe in Alarmbereitschaft, und das Team in Teheran soll schleunigst abtauchen. Small weiß, wie er es finden kann, wenn es so weit ist. Ach, und noch was: Unsere Bildaufklärer sollen sich gefälligst noch mal das gesamte Material der letzten Jahre mit Argusaugen anschauen, das es über Bender Abbas gibt.« Fast etwas ungläubig schüttelte Marsden

den Kopf. »Da starrt alle Welt wie ein hypnotisiertes Kaninchen auf die Atomanlagen in Isfahan, und die errichten klammheimlich eine zweite und vermutlich unterirdische Anlage. Eines muss man den Brüdern lassen, sie sind erfinderisch.«

12. Tag, 22:05 Ortszeit, 18:35 Zulu – DiAngelos Team, Bender Abbas

Der Admiral schlug die Augen auf und wurde gleich darauf von einem Spuckhustenanfall geschüttelt, der von dem scheinbaren Tonnengewicht ausgelöst wurde, das auf seine Brust drückte. Wasser floss aus seinem Mund.

»Lass gut sein, er ist wieder zu sich gekommen!«

Schwer atmend blieb DiAngelo erst einmal liegen und versuchte sich an das zu erinnern, was vorgefallen war.

»Sie wären uns fast abgesoffen … Sir!«

»Was ist passiert?«

»Sie haben fast die ganze Strecke durchgehalten, dann aber Wasser geschluckt und sind in Panik geraten, wobei Sie nach unten statt nach oben schwimmen wollten.«

DiAngelo tat sich schwer, den Sachverhalt zu kapieren. »So blöde kann man doch eigentlich …«

»Täuschen Sie sich da mal nicht, Sir! Das kommt häufiger vor, als man glauben möchte, und ein Haufen Leute ertrinkt deswegen.«

»Das verstehe, wer will …«, sagte der Admiral. »Sind wir wenigstens in der richtigen Halle gelandet?«

»Und ob, Sir.« Der Lieutenant ließ den Lichtkegel

seiner Taschenlampe über den Beginn der langen schmalen Gänge mit den übermannshohen Regalen wandern.

»Veranstalten Sie hier nicht so einen Lichtzauber!«, fuhr DiAngelo ihn unwirsch an.

»Der Bau ist fensterlos, Sir!«, beruhigte Jackson ihn.

»Fragt sich aber dennoch, wie wir hier finden sollen, was Sie suchen, Sir? Das Lager scheint nicht nur riesig zu sein, sondern ist es auch.«

Die Antwort des Admirals kam wie aus der Pistole geschossen: »Indem wir es wie die Iraner machen, die natürlich Computer benutzen werden, ohne die es nun mal nicht geht.«

»Und wer von uns kann Persisch, um zu verstehen, was der Bildschirm anzeigt?«

»Sie werden ja wohl kaum ernsthaft annehmen wollen, Lieutenant, dass die Iraner für ihre Marine-Zentrallager sich mit einer zweit- oder drittklassigen Software begnügen. Geld genug haben sie, um sich das Feinste vom Feinsten zu beschaffen. Und diese Programme sind nun einmal alle ausnahmslos auf Englisch geschrieben«, erklärte DiAngelo fast schon genüsslich dem Führer des SEALs-Trupps. »Lassen Sie daher Ihre Leute ausschwärmen, denn in irgendeiner Ecke stehen garantiert ein oder mehrere Rechner rum.«

»Ihr habt den Admiral gehört, Männer, dann macht euch also mal auf die Socken!«, befahl Jackson. Und an Bob gewandt fügte er hinzu: »Mein Kommunikationsspezialist kann das Ding höchstwahrscheinlich sogar bedienen.«

»Wenn nicht er, dann versuche ich eben mein Glück.« Im Geiste dankte DiAngelo seinem fernen, in den Staaten befindlichen Adjutanten Thomas Wilks, der ihm zwar immer das Gros des organisatorischen Krams vom Leibe gehalten, aber dennoch dafür gesorgt hatte, dass sein Vorgesetzter im Computerzeitalter nicht irgendwann dumm würde sterben müssen. »Ich nehme nicht einmal an, dass es eigens ein Passwort geben wird, und schon gar kein wechselndes, weil es einfach zu viele Leute sein dürften, die eben mal schnell Informationen abrufen möchten.«

Den gesuchten Computer ausfindig zu machen, ging schnell, denn er befand sich in einer Art Sperrholzverschlag am rechten hinteren Hallenende, nicht untypisch für militärisches Sicherheitsdenken. Der Rechner stand in einer bewachten Halle, die sich ihrerseits in einem bewachten Militärstützpunkt befand, der wiederum in einer Stadt gelegen war, die fest unter der Kontrolle der eigenen Sicherheitsbehörden war. Gesonderte Extra-Schutzmaßnahmen schienen von daher nun wirklich nicht geboten zu sein. Doch in einem Punkt hatte DiAngelo sich geirrt, das System verlangte doch tatsächlich ein Passwort. Allerdings hatte das jemand praktischerweise mit einem Filzschreiber auf dem Rahmen des Monitors notiert. Nur Minuten später begannen die SEALs, die Regale zu filzen und entsprechende Teile zusammenzusuchen. Unter den wachsamen Kontrollblicken des Admirals, der den Computer dem Spezialisten des Teams überlassen hatte, bildeten sich rasch zwei unterschiedliche Stapel am Beginn der Betonrampe.

Vor allem den kleineren betrachtete Lieutenant Jackson mit deutlicher Abneigung. »Das andere Zeug können wir durch das Wasser wegschaffen, Sir, auch wenn das allein schon eine Viecherei werden wird.«

»Ich weiß«, sagte der Admiral, »nur ändert das

nichts. Alle Teile, die trocken bleiben müssen, gehören daher entsprechend auch eingepackt. Das dürfte sich ja wohl noch machen lassen!«

»Und danach geht's weiter im Text, wie geplant?«

»Genau!«

16. Kapitel

13. Tag, 04:45 Ortszeit, 01:15 Zulu – DiAngelos Team, Bender Abbas

Während immer noch zwei SEALs auf der Suche nach den letzten benötigten Teilen durch die Regalreihen schlichen, schmolzen die Materialstapel auf der Rampe bereits rasch dahin, nicht zuletzt deshalb, weil sich in dem Marine-Zentrallager auch genügend Tauchausrüstungen hatten finden lassen. Immer wieder tauchten Männer in schwarzen Nassanzügen aus dem öligen Wasser auf, griffen sich das nächste Paket, um damit in Richtung des Parkplatzes der Fahrbereitschaft zu verschwinden, auf dem die gerade nicht benötigten Militärfahrzeuge standen.

Sergeant Jones kam auf DiAngelo zu und deutete mit dem Zeigefinger auf seine Taucheruhr. »Zeit zum Abrücken, Sir!«

»Wie sieht es aus?«

»Wir haben alles, was auf der Liste stand. Bei ein paar Teilen allerdings …«

»Ich weiß«, sagte der Admiral, »aber wir können mit den persischen Beschriftungen nun mal bisweilen nichts anfangen. Bleibt nur zu hoffen, dass wir nicht allzu sehr daneben gelangt haben.« Er verzog das Gesicht zu einer Grimasse. Seine speziellen Sorgenkinder waren zwei Pumpen, von denen er nicht wusste, ob deren Leistung mit jener übereinstimmte, die ihm der

Leitende der *Alaska* auf seiner Bestellliste angegeben hatte. Mit den elektronischen und elektrischen Bauteilen hingegen hatte es keine Probleme gegeben, denn deren Verpackungen waren alle sauber in Englisch beschriftet, was kein Wunder war, da das Zeug aus Singapur und Taiwan stammte und in die halbe Welt exportiert wurde.

»Da werden sich die Stoker eben auch mal wirklich ihren Sold verdienen müssen.« Der Sergeant klang, als belustige ihn der Gedanke. »Dann wollen wir mal einen richtigen Taucher aus Ihnen machen, Sir!«

»Volle Montur?«

»Wer hat, der kann, wer kann, der soll!« Jones warf einen Blick auf das schmutzige Wasser. »Immerhin können Sie uns dieses Mal nicht absaufen, und draußen wird es bereits langsam hell.«

Zusammen mit Sergeant Jones verließ DiAngelo als Letzter das Zentrallager des Stützpunkts. Fünfzehn Minuten später rollte ein gestohlener Militärlaster, den die SEALs kurzgeschlossen hatten, durch ein großes Loch im Zaun. Wieder gab es ein paar bange Augenblicke, als sie durch einen flachen Graben und über einen Streifen Geröll rollten, aber der alte russische Laster nahm solche Härten eher gelassen hin. Ein paar Minuten später waren sie verschwunden.

Wie bei den meisten Marinen der Welt üblich, begann auch in Bender Abbas der morgendliche Dienstbetrieb nach der Flaggenparade und der anschließenden Musterung. Um sechs Uhr dreißig wurde der Einbruch bemerkt und Alarm gegeben, und erst viereinhalb Stunden später erfuhr auch Oberst Ghazdivi in Teheran durch eine Routinemeldung, in deren Verteiler eben auch der Geheimdienst stand, von dem Vorfall.

13. Tag, 07:45 Ortszeit, 04:15 Zulu – Teheran,
in der Nähe des Meidan-e Baharestan

Als der Wecker klingelte, hatte Jack Small Mühe, zu sich zu kommen und das Ding abzustellen. Irgendwie steckten ihm die letzten Tage, in denen es kaum Schlaf gegeben hatte, noch in den Knochen. Vielleicht hatte Marsden recht, und er wurde allmählich wirklich zu alt für diesen Mist.

Obwohl – sich vom Flughafen abzusetzen, hatte er geschafft. Es war aber auch nicht allzu schwierig gewesen, denn nachdem die VEVAK-Leute realisiert hatten, dass Rasik ihnen entwischt und durch die Lappen gegangen war, waren sie etwas in Panik verfallen, weil sie sich an fünf Fingern ausrechnen konnten, was ihre Vorgesetzten mit ihnen veranstalten würden. Einen Gegner zu übertölpeln, der Panikreaktionen an den Tag legte, war noch nie eine besondere Kunst gewesen.

Es klopfte an der Tür, und Amal, der Taxifahrer, steckte den Kopf herein. »Ich habe den Wecker gehört, Mister Small, und wollte Ihnen nur sagen, dass meine Frau uns ein Frühstück macht.«

Da Amal zwei Frauen und mit diesen insgesamt fünf Kinder hatte, wusste Jack nicht genau, welche gemeint war, aber um ehrlich zu sein, war ihm das in diesem Moment auch egal. »Ich komme sofort!«

»Lassen Sie sich ruhig Zeit, das Bad ist frei, und die Kinder sind in ein paar Minuten weg zur Schule.«

»Alles klar und danke!« Amal war sowieso schon ein hohes Risiko eingegangen, indem er ihn hierher mitgenommen hatte.

13. Tag, 08:00 Ortszeit, 04:30 Zulu – *USS Alaska*, Straße von Hormuz

»Was unternimmt er?«

»Schwer auszumachen, Sir«, erklärte der Sonaroffizier im Flüsterton. »Weit weg von uns kann er nicht sein. Zwei Meilen vielleicht.«

Im gesamten Boot herrschte bereits absolute Ruhe, denn eine andere Chance, als sich tot zu stellen, hatte die *Alaska* nicht. Doch auch jenseits verräterischer Geräusche gab es Möglichkeiten, den Seawolf aufzuspüren, durch Magnetometermessungen zum Beispiel. Wenn die Iraner anfingen, nach Magnetfeldstörungen zu suchen, waren sie geliefert, darüber machte sich Commander Martinez nichts vor.

Die Sprengladungen im Boot waren ohnehin schon längst scharf gemacht worden, für den Fall, dass es zum Schlimmsten kommen sollte ... ein Gedanke, den sich Joshua Martinez sofort wieder selbst verbot. Der Iraner würde – so blieb zu hoffen – sie schon nicht entdecken. Die Zeit bangen Abwartens begann.

Doch dann kam die erlösende Meldung doch noch: »Er dreht ab!«

13. Tag, 11:30 Ortszeit, 08:00 Zulu – Teheran, VEVAK-Hauptquartier

Oberst Ghazdivi versuchte, trotz seiner Ungeduld, möglichst sachlich zu bleiben. »Verstehen Sie, ich muss dringend wissen, was alles genau gestohlen wurde.«

»Wir sind dabei zu versuchen, das herauszufinden«, erklärte der Pasdaran-Kommandant am anderen Ende der Leitung. »Um zu ermitteln, was fehlt, müssen wir manuell eine komplette Inventur des Lagerbestandes vornehmen, denn natürlich haben die Diebe nirgendwo ausgebucht, was sie haben mitgehen lassen. Sämtliche Teile unseres Depots durchzuzählen, wird Tage, wenn nicht Wochen …«

»Zeit, die wir nicht haben«, unterbrach Ghazdivi ihn. »Ich verstehe zwar Ihr Problem, aber wir brauchen schnellere Ergebnisse. Was haben Sie denn bisher bereits herausgefunden?«

»Gestohlen wurden beispielsweise Computerteile, Kabel und Dichtungsringe, alles Dinge, die sich auf dem Schwarzmarkt leicht absetzen lassen.«

Mit dieser Erklärung wollte sich der Oberst aber nicht begnügen und wurde direkter. »Mir ist zu Ohren gekommen, dass bei Ihnen derzeit reger Einsatzbetrieb herrscht und Sie nach einem mutmaßlich beschädigten amerikanischen U-Boot suchen.«

»Woher wissen Sie denn das schon wieder, Ghazdivi?«

»Das gehört bei mir mit zum Beruf.« Auch wenn der Geheimdienst nicht in die Jagd nach dem amerikanischen U-Boot involviert war, denn diese Operation gehörte vom Anfang an der Pasdaran, war man darüber natürlich informiert, da der VEVAK in den Reihen der Revolutionsgarden Informanten sitzen hatte. »Und daher frage ich Sie ganz direkt: Kann es sein, dass die Amerikaner sich bei Ihnen mit Ersatzteilen versorgt haben?«

Am anderen Ende der Leitung herrschte Schweigen, und der Oberst konnte sich ausmalen, wie die Gedanken des anderen Offiziers ratterten. Entsprechend ließ dessen Antwort eine ganze Weile auf sich warten. »Mit Sicherheit lässt sich das nicht sagen«, begann der andere vorsichtig, »denn noch haben wir, wie bereits erwähnt, keinen vollständigen Überblick darüber, was uns alles gestohlen wurde. Nach unserem vorläufigen Erkenntnisstand scheint es sich dabei aber eher um technischen Kleinkram zu handeln, ordinäre Sicherungen etwa, bei denen ich mir kaum vorstellen kann, dass ein amerikanisches U-Boot dafür Bedarf hat. Deshalb tendiere ich zu der Meinung, dass dieser Einbruch keinen militärischen, sondern nur einen kriminellen Hintergrund hat und wohl eher ein Fall für die Polizei als für den Geheimdienst darstellt.«

»Der aber trotzdem nie und nimmer hätte passieren dürfen!«, tadelte Ghazdivi ihn streng. »Sorgen Sie daher gefälligst dafür, dass dergleichen sich nicht noch mal wiederholen kann!«, forderte der Oberst und legte auf.

13. Tag, 16:30 Ortszeit, 13:00 Zulu – *USS John P. Ashton*,
Zufahrt zum Persischen Golf

Mit hoch aufschäumender Bugwelle drehte der Zerstörer vom Verband weg, und Captain Thyne war sich der Beobachtung von dem Flagschiff aus durchaus bewusst, denn es war erst ein paar Jahre her, dass die *John P. Ashton* ihrerseits das Flaggschiff von Walker gewesen war, als dieser noch einen Zerstörerverband kommandiert hatte. Aber so war das eben bei der Navy, man traf einander immer wieder, Schiffe wie Besatzungen.

Captain Thyne verdrängte die Erinnerungen, denn das Einzige, was zählte, war das Hier und Jetzt. Tief unten in der Operationszentrale des Zerstörers lief das Aktivsonar auf vollen Touren. Allzu lange würde es nicht dauern, bis er und sein Schwesterschiff, das im

Kielwasser folgte, die Flachwasserzonen erreichten, die aber für den eigenen Tiefgang noch völlig ausreichend waren. Und bereits auf der ganzen Strecke würde das Aktivsonar Impulse ausstrahlen, keine endlosen Folgen niederfrequenter Suchtakte und auch keine gelegentlich hochfrequenten Pings, sondern es würde sich dabei um Filmmusiken handeln, Soundtracks, die nur einem Eingeweihten mehr als ihre Herkunft aus Hollywood verraten würden. Sie würden nicht nur an Bord der *Alaska* zu hören sein. Eine Musik, die aus den Kopfhörern eines jeden Sonarbedieners von hier bis Basra quellen würde, die sonartechnisch alle Frequenzen im hörbaren Bereich zudröhnen und jede Suche außer der mit den hochentwickelsten Niederfrequenz-Sonars zu einer Farce werden lassen würde. Sollten sie also sonst nichts erreichen, dann würden sie zumindest die Aktivitäten der Iraner für eine Weile empfindlich stören.

Thyne sah kurz auf die Uhr. Es wurde allmählich Zeit für ihn, sich nach unten zu begeben. Das gesamte Schiff war in Gefechtsbereitschaft, aber noch strahlten aus den Antennen keine Störimpulse, noch hatte das Spiel der elektronischen Kampfführung nicht in vollem Umfang eingesetzt und war vielleicht sogar auf dieser Fahrt auch nicht erforderlich. Dennoch würde jedes Objekt, gleich ob Schiff oder Flugzeug, eingepeilt und verfolgt werden, selbst bei einer Entfernung von hundert Meilen zur *John P. Ashton*. Und umgekehrt würden die Iraner die Radarimpulse der beiden Kriegsschiffe empfangen und ihren Kommandostellen melden, dass zwei amerikanische Lenkwaffenzerstörer der Arleigh-Burke-Klasse im Golf einliefen, deren Waffensysteme heiß waren. Eine Provokation oder eine Warnung, je nachdem, wie man es interpretieren würde. Captain Thyne warf einen letzten Blick zum blauen Himmel, bevor er durch das Schott stieg und der Befehlsübermittler in der Brücke die schwere Stahltür hinter ihm schloss. Ein Geräusch, das etwas Endgültiges und auch Passendes hatte, denn was immer auch kommen mochte, die *John P. Ashton* würde nicht umkehren, bevor sie nicht erreicht hatte, wozu sie gekommen war.

In der Operationszentrale und der angrenzenden ASW-Zentrale liefen Tausende von Daten zusammen, Bildschirme stellten dreidimensionale Abbilder der Umgebung des Schiffes dar, andere zeigten klassische Radarbilder, auf denen die Computer statt kleiner heller Blips farbige Markierungen einblendeten, die den Konsolenbedienern Fahrt, Kurs, Höhe oder Tiefe, je nach Art des erfassten Objektes, und vor allem dessen Status verrieten. Status, das war das Schlüsselwort. Zwar wurden Meldungen immer noch auch mündlich weitergegeben, aber in Wirklichkeit kommunizierten die Computer der einzelnen Subsysteme in ihrer eigenen elektronischen Sprache viel schneller, als Menschen es vermochten, und alle diese Botschaften drehten sich um Status. »Freundlich«, »feindlich«, »heiß«, »kalt«, »bedrohlich« oder »ungefährlich« lauteten die Kriterien, die dazu führen konnten, dass auf dem Bildschirm des Kommandanten eine Markierung zu blinken begann und jedwede Aktion sich auf zwei simple Buttons reduzierte. »Zerstören – ja oder nein?« Im Reich der automatisierten Kampfführungssuites war das die einzige Funktion, die dem Menschen in Wirklichkeit noch geblieben war – die des Entscheidungsträgers.

Als der Kommandant in die OPZ gestapft kam,

meldete der diensthabende Offizier: »Alle Systeme ein und bereit, Sir!«

Thyne erwiderte dankend kurz den Gruß, bevor er seine Aufmerksamkeit der Zweiergruppe an der ASW-Konsole zuwandte, einem U-Jagdoffizier, der ihm als Commander Sarubin vorgestellt worden war, und einer noch immer attraktiven Blondine: Die Frau des Admirals. Er unterdrückte den Impuls, den Kopf zu schütteln, obwohl er es mit dem Verrücktesten zu tun hatte, das er in seinen fünfundzwanzig Jahren auf See jemals erlebt hatte. Aber als er sprach, klang seine Stimme so ruhig und gelassen wie immer. »Ich hoffe, Sie sind mit Ihren Vorbereitungen so weit klar. In fünfundvierzig Minuten erreichen wir den Golf.«

Angela DiAngelo blickte kurz von den Anzeigen auf. »Bringen Sie uns hin; wenn Bob dort ist, wird er uns hören und reagieren.« Kein Zweifel schwang in ihrer Stimme mit.

13. Tag, 13:00 Ortszeit, 18:00 Zulu – Langley, Virginia

Roger Marsden erhob sich und kam dem Besucher entgegen, der von der Sekretärin in sein Büro hereingeführt wurde. Persönlich begegnet waren sich die beiden Männer bislang noch nie.

Marsden deutete auf einen der Stühle. »Nehmen Sie Platz, Agent Rasik. Kaffee?«

»Gern!« Rasik wirkte müde und mitgenommen. Beinahe geschlagene vierundzwanzig Stunden hatte seine Reise gedauert, weil er eben doch keinen direkten Anschlussflug von Riad aus in die USA bekommen und daher den Umweg über London Heathrow hatte wählen müssen.

»Na, dann legen Sie mal frisch von der Leber weg los, mein Lieber«, forderte der CIA-Vice-Director den jungen Mitarbeiter der Firma auf.

Saddam tat sich etwas schwer, einen passenden Anfang zu finden. »Also, die Sache ist die, Sir, dass Special Agent Jack Small es als mein Boss für erforderlich gehalten hat, mich aus Teheran auszuschleusen und zu Ihnen persönlich zur Berichterstattung zu schicken.« Er druckste etwas herum. »Wie viel an der Geschichte dran ist, bin ich mir nicht sicher, aber Mister Small hat mir aufgetragen, sie Ihnen zunächst haarklein zu erzählen und erst im Anschluss daran die Schlussfolgerungen vorzutragen, die er daraus gezogen hat.« Rasik lächelte entschuldigend. »Es tut mir leid, wenn das etwas kompliziert klingt, aber genau das waren seine Worte.«

»Und von wem oder was handelt diese Geschichte?«

»Von einem Doktor Thoum, seines Zeichens Chemiker.«

»Der Name sagt mir durchaus etwas«, meinte Marsden nachdenklich. »Dann fangen Sie am besten mal ganz von vorne an. Lassen Sie sich ruhig Zeit dabei, denn auch das kleinste Detail kann unter Umständen wichtig sein.«

17. Kapitel

13. Tag, 21:30 Ortszeit, 18:00 Zulu – *USS Alaska*,
Straße von Hormuz

»Sir, ob Sie es glauben oder nicht, wir fangen Musik auf.« Der Sonaroffizier klang eindeutig verwirrt.

Auch Commander Martinez war verwundert. »Können Sie die ganz leise auf den Lautsprecher geben?«

»Aye, aye, Sir!«

In Anbetracht der Gegebenheiten war die Anwesenheit des Commanders in der Zentrale überhaupt nicht erforderlich, denn es gab nichts, was er dort Sinnvolles tun konnte. Genauso gut hätte Joshua Martinez die Zeit in seiner Kammer verbringen, etwas lesen oder seinen Gedanken nachhängen können, so wie es viele von der Besatzung auch taten. Aber je länger die quälende Warterei währte, desto mehr zog es ihn auf seinen angestammten Kommandantensessel, so, als sei die *Alaska* noch ein intaktes Boot, ein Unterwasserjäger mit ungeheurem Potenzial in jeder Hinsicht und kein hilfloses Wrack am Meeresgrund. Sie hatten ohnehin schon Glück, dass die Iraner offensichtlich an der falschen Stelle nach ihnen fahndeten, aber irgendwann, wenn sie sich lange genug in ihrem eigenen verdammten Minenfeld dumm und tappig gesucht hatten, würden sie schon noch auf die richtige Idee kommen.

Der Lautsprecher erwachte mit einem leichten

Knacken zum Leben und überspielte leise Musik, die seltsam verzerrt klang und mit Echos unterlegt war. Arabisch hörte sie sich jedenfalls nicht an, was ja immerhin auch schon was war. Für Joshua Martinez, für den die Musikgeschichte 1982 begonnen hatte, als Bon Jovi *Runaway* aufnahm, war das Ganze eher altmodisches Gedudel. Er griff zum Mikrofon. »Sonar, haben Sie zu der Quelle eine Einschätzung?«

»Ohne Computerunterstützung kann ich nur wenig dazu sagen, Sir. Irgendwo etwa acht Meilen an Steuerbord läuft ein Schiff mit Turbinenantrieb, der aber nur ganz schwach zu hören ist, weil die Musik so verdammt laut ist, die allerdings auch aus der gleichen Richtung kommt.«

»Ein Kriegsschiff, das Musik ins Wasser dröhnt?«, fragte Martinez skeptisch nach.

Der Sonaroffizier zögerte. »Auf eine arabische Megayacht, auf der eine Party abgeht, würde ich nicht tippen, allein schon wegen der Musik, die in dieser Hinsicht völlig out ist. Das ist nichts, um darauf zu tanzen, sondern hört sich für mich eher wie die dramatische Untermalung zu einem Actionfilm an.«

Film! Es war, als habe der Offizier im Sonarcompartment wie ein Souffleur im Theaterkasten das entscheidende Stichwort geliefert. Martinez war mehrfach mit DiAngelo zusammen auf U-Booten gefahren und wusste um dessen Leidenschaft für Filme. Es gab kaum einen Hollywood-Streifen, den der nicht schon mal gesehen hatte, über den er nicht etwas wusste, dessen halbe Besetzung, wenigstens, er nicht hätte runterbeten können. Und zu so ziemlich jeder Stelle der musikalischen Untermalung hätte er die dazugehörige Filmszene aus dem Stegreif zu beschreiben vermocht.

Nur war DiAngelo leider eben nicht an Bord der *Alaska*, obwohl jemand davon offenbar ausging. Martinez sprang auf, drückte dann aber noch mal den Knopf des Mikrofons. »Treiben Sie den XO auf. Er soll mir umgehend jeden verdammten Kinogänger, den wir an Bord haben, in die Zentrale scheuchen.« Ohne auf eine Antwort zu warten, stieg er durchs Schott der Zentrale und legte rasch die paar Schritte zur Kommandantenkammer zurück, in der sich DiAngelos Gepäck befand. Mit fliegenden Fingern durchsuchte er die Reisetasche. Zwischen Hemden, Wäsche und Socken stieß er rasch auf einen tragbaren CD-Player nebst einem Etui. Er musste es gar nicht öffnen, um zu wissen, was er in den Händen hielt. So, wie andere Seeleute ihre Lieblingshits mitnahmen, hatte DiAngelo eben seine Soundtracks dabei. Martinez sauste in die Zentrale zurück und griff nach dem Mikro. »Sonar, haben Sie den ›Musikdampfer‹ noch dran?«

»Er wird deutlich schwächer und hat das Stück gewechselt.«

»Können Sie Musik senden?«

»Sir … unser ganzes Aktivsystem ist lahmgelegt, wir müssten …«

»Wie lange werden Sie schätzungsweise brauchen, um es hinzukriegen?«, unterbrach ihn der Kommandant.

»Keine Ahnung, ein paar Stunden.«

»Schnappen Sie sich ein paar Techniker, und versuchen Sie das Menschenmögliche«, wies Joshua Martinez den Sonaroffizier an. Bei ausgeschaltetem Mikrofon murmelte er »Verdammte Gringos!« und überschlug im Kopf, wie lange wohl das Schiff bis zum Ende des Golfes und wieder zurück brauchen würde.

Mittlerweile war der XO mit einer Handvoll Leute,

die er mitgebracht hatte, in der Zentrale erschienen. Martinez musterte die Filmfans, die vom einfachen Seemann bis zum in Ehren ergrauten Petty Officer reichten. »Gentlemen«, sagte er, »der Sonaroffizier wird uns gleich eine Musikaufnahme, die er vor kurzem gemacht hat, vorspielen. Sie klingt etwas verzerrt, aber ich möchte, dass Sie sie sich trotzdem anhören. Was mich interessiert ist, ob Sie erkennen, aus welchem Film die stammen könnte. Geben Sie sich Mühe, denn es dürfte sich dabei um eine Botschaft handeln, die für den Admiral bestimmt ist.«

»Aber der ist nicht mehr an Bord«, meinte der XO etwas begriffsstutzig.

»Eben drum, Mister King!«

13. Tag, 22:00 Ortszeit, 18:30 Zulu – DiAngelos Gruppe, nahe Bender Abbas

»Melde mich ab, Sir!«

Bob erwiderte den Gruß von Sergeant Jones. »Viel Glück, Sergeant!«

»Wird schon schiefgehen! Zurück zur Landungsstelle kommen wir schon. Das ASDV wird dort täglich um Mitternacht aufkreuzen, und es sollte nicht schwierig sein, den Kontakt herzustellen. Wir werden aber wahrscheinlich zwei bis drei Touren brauchen, bis alles an Bord der *Alaska* geschafft ist. Das ist dann die kritische Phase der Operation.«

»Dann sehen Sie mal zu, dass die Iraner keinen Wind von der Sache kriegen.«

»Keine Bange, Sir, wir lassen Sie nicht hängen. Wenn der Laster leer ist, karren wir ihn nach Nordosten und lassen ihn in der Wüste stehen. Dann geht's zurück, und zwei Nächte später sind wir wieder an Bord der *Alaska*. Für uns SEALS sind das alles kleine Fische, Sir!«

»Ihr Wort in Gottes Ohr, Sergeant!«

Zehn Minuten später war der Laster verschwunden. Zurück blieben der Admiral, Lieutenant Jackson und vier weitere SEALs.

»Und nun, Sir?«, fragte Jackson.

»Nach Norden, Lieutenant, zum Ölverladeterminal auf Kharg und dessen Supertankern aus aller Herren Länder.«

Jackson riss die Augen auf. »Sie wollen doch nicht etwa …?«

»In Anbetracht der Beschädigungen der *Alaska* brauchen wir nun einmal ein größeres Fahrzeug mit genügend Auftrieb«, erklärte Bob ungerührt.

»Bis hierhin ist mir die Sache klar, Sir. Nur wie Sie die Seawolf unter dem Tanker befestigen wollen, verstehe ich nicht.«

»Wir werden eventuell unterwegs dafür noch ein paar Utensilien organisieren müssen, aber immer schön der Reihe nach, denn das wäre alles schweres Zeug. Also kommt erst der Tanker dran, einverstanden?«

»Aye, aye, Sir.« Jackson fiel auf, dass trotz der relativen Nähe zum Meer die Luft seltsam trocken und staubig war. Vermutlich lag das an der Wüste, die rechts von ihnen lag und sich über Hunderte von Meilen erstreckte. Wasser war ihm irgendwie sympathischer. »Wie weit ist es eigentlich bis Kharg?«

»Etwa hundertsiebzig Landmeilen.«

»Das bedeutet für uns eine Woche Marsch, wenn nichts dazwischen kommt. Es sei denn, wir besorgen uns wieder einen fahrbaren Untersatz.«

»Vorerst nicht«, erklärte Bob. »Das wäre im Moment zu früh, denn wir sind noch zu nahe an Bender Abbas dran, wo wir schon für genug Aufsehen zwangsweise gesorgt haben. In drei oder vier Tagen und hundert Meilen von hier weg sieht die Sache dann gleich anders aus.«

»Aye, aye, Sir, ich werde die Männer entsprechend informieren.«

13. Tag, 13:30 Ortszeit, 18:30 Zulu – Langley, Virginia

»Das ist eine ziemlich vertrackte Geschichte, die dieser Doktor Thoum Ihnen da aufgetischt hat«, meinte Roger Marsden, als Saddam Rasik seinen Bericht beendet hatte.

»Und was halten Sie davon, Sir?«, fragte der junge Agent den Vice Director der CIA.

»Schwer zu sagen. Die angeblichen Motive des Chemikers dürften so echt wie eine Dreidollarnote sein. Die ganze Angelegenheit klingt irgendwie an den Haaren herbeigezogen ... eine geheime Atomanlage, die ersten Bomben bereits einsatzklar, und Thoum hat was dagegen, nicht, weil er Amerika so liebt, sondern weil er befürchtet, das sei schlecht für sein Land und seine Religion. Glaubwürdig scheint das alles nicht zu sein.«

»Genau der Auffassung war auch Agent Small. Es *scheint* nicht glaubwürdig zu sein.«

»Jack ist ein alter ausgebuffter Profi, der so leicht nichts übersieht. Es steht anzunehmen, dass Thoum den beiden DEA-Agenten in etwa das Gleiche wie Ihnen erzählt haben muss, nur hat er ihnen gleich noch ein Beweisstück mitgegeben. Das Teil, welches

Reza Brown mit sich führte, weist Isotope auf, wie sie bei der Anreicherung von zivilem Kernbrennstoff zu waffenfähigem Material entstehen. Wenn man so will, hat der Kerl uns den Fingerabdruck einer verdammten Atombombe geliefert. Womit auf einmal doch alles zusammenzupassen scheint.«

»Wieso jetzt schon wieder scheint?«

Marsden blickte Rasik ruhig an. »Weil es in unserem Geschäft selten Gewissheiten gibt, bestenfalls Wahrscheinlichkeiten, Plausibilitäten.«

»Und wovon gehen Sie aus, Sir?«

»Davon, dass Thoum uns ganz gewaltig verarscht, nur durchschaue ich den Zweck der Übung noch nicht ganz.«

»Es bleiben ja nur zwei Möglichkeiten, entweder es existiert diese Atomanlage, oder es gibt sie nicht.«

»Hat Jack das so gesagt?«

»Nein, Sir, das ist meine eigene Einschätzung.«

»Das habe ich mir fast gedacht«, sagte Marsden. »Es mag sein, dass es diese Anlage tatsächlich gibt, und dann kann nicht ausgeschlossen werden, dass dort tatsächlich zwei fertige Bomben liegen. Die Anlage, so sie denn vorhanden sein sollte, kann sich aber womöglich auch ganz woanders befinden, als von Thoum behauptet. Und wer sagt uns, dass das Ganze nicht nur eine fein ausgetüftelte Falle für uns ist?« Der Vice Director gab Rasik keine Chance, auf diese Frage zu antworten, sondern fuhr unbeirrt fort: »Sollte dem nämlich so sein, dann sind Small, seine Leute in Teheran und das Einsatzteam komplett aufgeschmissen. Das Dilemma ist, wir wissen nicht, ob die Chose getürkt ist. Wir müssen rausfinden, ob an der Sache was dran ist, und wenn dabei was schiefgeht, haben wir in zwei Wochen einen neuen Krieg am Hals.«

»Und was meinen die politischen Analytiker?«

»Das kommt darauf an, wen man konsultiert, Rasik. Sollte, sagen die meisten unserer Leute, ein Waffengang mit dem Iran unvermeidlich sein, müsste dieser erfolgen, bevor das Land über Kernwaffen verfügt, denn die würden auch bedenkenlos eingesetzt werden. Im Krieg gegen den Irak haben die Iraner das mit Giftgas ja auch ohne Zögern getan, und hätten sie damals auch schon über B-Waffen verfügt, dann hätten sie Gebrauch davon gemacht. Fehlen nur noch die A-Waffen im Arsenal. Muss ich mehr sagen?«

»Nein, denn ich kann mir auch so vorstellen, dass die Israelis dies nie und nimmer akzeptieren würden.«

»Das stimmt«, pflichtete Marsden dem jungen Agenten bei. »Die Israelis können es sich gar nicht leisten, dass ein Staat, der ganz offiziell die Vernichtung Israels propagiert, Atomwaffen besitzt. Sollten sie das spitzkriegen, werden sie sofort losfliegen und versuchen, die Anlagen in die Luft zu jagen, und sie werden sich keinen Deut um die internationale diplomatische Stimmung kümmern.«

»Das wäre ja immerhin auch eine mögliche Lösung des Problems, Sir.«

»Mitnichten!« Marsden stand auf und trat ans Fenster. »Die Israelis würden keine Rücksicht nehmen, nicht, weil sie nicht wollen, sondern weil sie nicht anders können. Bloß bedenken Sie, was Thoum gesagt hat: Die Anlage ist heiß!«

Rasik spürte, wie er erbleichte. »Wenn die Israelis das Ding also in die Luft jagen würden, dann wäre das ganze Gebiet verstrahlt!«

»Ich muss dazu sicherheitshalber noch mal die Experten fragen, aber ich fürchte, dem dürfte dann so sein.«

Der Lieutenant geriet ins Stottern. »Aber dann können ja auch wir nicht zerstören!«

»Überrascht Sie das?«, fragte Marsden kühl zurück. »Wenn wir die Bomben an uns bringen, produzieren die Burschen einfach neue, das wird zwar ein oder zwei Jahre dauern, aber tun werden sie es, weil sie genau wissen, dass wir keinen gezielten Einzelschlag führen können, weil das die nukleare Katastrophe bedeuten würde.«

»Dann bleibt nur ein Krieg, um hinterher die Atomanlage sauber demontieren zu können?« Rasik vermochte es kaum zu fassen.

»Das ist genau die Situation, in die wir sowieso gekommen wären, sobald der Betrieb in Isfahan voll einsatzbereit sein wird.«

Rasik stieß scharf die Luft aus. »Wenigstens kann uns die Weltöffentlichkeit in dem Fall nicht vorwerfen, die angeblichen Waffen seien nur ein Vorwand.«

»Ach … kann sie nicht?« Der Vice Director der CIA mimte den Erstaunten. »Wissen Sie, das Verrückteste an der ganzen Sache ist, dass es gar keine offiziellen Beweise für die Existenz der Kernwaffen geben darf. Solange wir ›nur‹ gegen den Terrorismus ins Felde ziehen, sind wir bloß die bösen Cowboys, die Krieg spielen. Doch wenn ersichtlich wird, dass wir im Falle des Irans eine veritable Atommacht eben deshalb angegriffen und besiegt haben, weil sie wirklich Atomwaffen entwickelt hat, was glauben Sie, wird dann passieren?«

Der jüngere Agent erwiderte Marsdens bohrenden Blick verständnislos. »Dann weiß die Welt endlich, dass wir nicht so blöde sind, wie uns immer …«

»Papperlapapp! Jede weitere kleinere Atommacht

wird sich dann automatisch von uns bedroht fühlen, egal, ob das stimmt oder nicht. Aber in dem Moment, da publik wird, dass wir im Iran Atomwaffen gefunden haben, befinden wir uns praktisch in einem unerklärten Krieg mit Nordkorea, Pakistan, möglicherweise sogar mit Serbien* und etlichen weiteren Staaten. Und keine dieser Mini-Atommächte dürfte gewillt sein, auf seine Bomben zu verzichten. Weltweit liegen etwa fünfzig bis hundert Atombomben herum, deren Vorhandensein von der internationalen Gemeinschaft ignoriert wird. Unser aktuelles Problem sind gerade einmal zwei davon im Iran.«

»Und wie lösen wir das?«

»Auf sehr amerikanische Weise! Die Cowboys ballern etwas herum und reiten dann in den Sonnenuntergang.« Der Grimm in seiner Stimme verriet, dass er dies nicht witzig meinte.

---

* Serbien verfügt über das Atomwaffenprogramm des ehemaligen Jugoslawien und hat zumindest genug angereichertes Material für zwei bis drei Bomben. Libyen hat sein Programm gestoppt, aber es ist unklar, wie viel Material bzw. Waffen existieren. Syrien steht im Verdacht, vier bis fünf russische Bomben auf dem schwarzen Markt gekauft zu haben. Saudi-Arabien, das die pakistanische Bombe mitfinanziert hat, besitzt zumindest eine Option auf das pakistanische Modell. Die Liste würde sich fortsetzen lassen. Es gibt also mehr Nationen, die nach diesen Waffen streben oder sie bereits besitzen, als offiziell als Atommächte anerkannt sind.

18. Kapitel

13. Tag, 03:00 Ortszeit, 23:30 Zulu – *USS Alaska*,
Straße von Hormuz

Die Filmfreunde an Bord der *Alaska* mussten bei dem Soundtrack, den der Sonaroffizier aufgenommen hatte, passen. Einig war man sich, dass er keinem der großen bekannten Filme wie *Jagd auf Roter Oktober*, *Stirb langsam* oder einer der *Star-Wars*-Fortsetzungen entstammte. Aber das war auch schon alles.

Commander Martinez spürte einmal mehr ein Gefühl der Ohnmacht. »Verdammte Gringos!«, knurrte er enttäuscht vor sich hin.

»Ich glaub, ich hab ihn wieder, Sir!«

Die Worte aus dem Sonarraum, die unvermittelt aus dem Lautsprecher drangen, waren für ihn die reinste Erleichterung. »Sind Sie sicher?«, vergewisserte Joshua sich.

»Er spielt jedenfalls die gleiche Musik ab«, erklärte der Sonaroffizier mit Bestimmtheit. »Wir sind bereit, auf Sendung zu gehen, wenn Sie …«

»In einer Minute bin ich bei Ihnen!« Martinez starrte auf die drei bunten CD-Hüllen aus DiAngelos Sammlung. Mochten auch sie selbst die Botschaft nicht entschlüsseln können, die ihnen der Zerstörer zukommen lassen wollte, so konnten sie wenigstens umgekehrt versuchen, eine eigene Erkennungsmelodie zu senden. Blieb nur zu hoffen, dass sich jemand an

Bord des Zerstörers befand, der imstande war, den Soundtrack der Kollektion des Admirals zuzuordnen. Entschlossen griff er nach einer der CDs und machte sich auf den Weg in die Sonarabteilung.

13. Tag, 03:00 Ortszeit, 23:30 Zulu – *USS John P. Ashton*,
Straße von Hormuz

»Wenn nicht alles täuscht, dann habe ich unser Boot!«, verkündete der Mann an den Sonargeräten, und man hörte Schalter klicken und das Herumgeklappere auf einer Tastatur. »Sekunde noch, damit ich eine saubere Peilung kriege … Verdammt!«

Angela DiAngelo blickte auf die Hüllkurven auf den Bildschirmen. »Was haben Sie zu bieten?«

»Musik, aber nur ganz kurz angespielt, irgendwo an Backbord! Zu einer vernünftigen Peilung hat's leider nicht gereicht.«

»Entfernung?«, erkundigte sich nunmehr Captain Thyne.

»Ich kann es beim besten Willen nicht sagen, Sir«, entschuldigte sich der Sonaroffizier.

»Schon gut!« Der Kommandant wandte sich an Angela. »Schnappen Sie sich Mister Sarubin, und hören Sie sich das mal mit ihm an, vielleicht werden Sie ja daraus schlau.«

»Aye, aye, Sir!« Beinahe hätte Angela automatisch salutiert. Die Gepflogenheiten der Marine waren nach wie vor noch in ihr verankert, obwohl sie bereits vor Jahren den Dienst quittiert hatte. Stattdessen winkte sie einem der Befehlsübermittler, die es immer noch für den Fall gab, dass Systeme im Gefecht ausfielen, zu sich und trug ihm auf, Commander Sarubin vom

Deck runter zu bitten, wohin der sich begeben hatte, um eine zu rauchen. Anschließend forderte sie den Sonarmann auf, ihr vorzuspielen, was er aufgefangen hatte.

Aus den Lautsprechern schallte die seltsame Tonmischung aus Musik, Maschinengeräuschen, einem unklaren Rauschen, und dazwischen blubberte noch etwas.

»Sorry, Lady, aber wir empfangen natürlich auch unsere Eigengeräusche, Reflektionen vom Grund und so weiter …«

Angela winkte ab. »Das Ganze bitte noch einmal von vorn.«

Igor Sarubin kam in die Operationszentrale gestapft, doch Angela legte nur den Zeigefinger an die Lippen, um dem Russen zu bedeuten, ruhig zu sein, denn in diesem Moment begann die Aufnahme erneut abzulaufen.

Die Musik brach nach ein paar Takten ab. »Alt!«, lautete Sarubins erster Kommentar. »Spiel's noch einmal, Sam, um der alten Zeiten wegen!«

»Wie bitte, Sir?«, fragte der Sonaroffizier sichtlich irritiert.

»Commander Sarubin hätte gern noch mal eine Wiederholung«, übersetzte Angela ihm diesen aus dem Film *Casablanca* abgeleiteten Wunsch.

Als die kurze Aufnahme erneut zu Ende war, bekannte Sarubin: »Ich komme nicht dahinter, woraus das stammen könnte.«

»Dreißiger Jahre würde auch ich tippen«, sagte Angela. »Vor allem auch wegen der Violinen dazwischen. Nur tue ich mich schwer, den Stil auf Grund der Störgeräuschüberlagerung näher zu bestimmen. Können Sie die denn nicht rausfiltern?«, fragte sie den SO.

»Nur begrenzt, aber ...«

Ihre Stimme klang plötzlich schärfer. »Dann versuchen Sie es gefälligst!« An Thyne richtete sie die Frage: »Können wir mit der Fahrt heruntergehen, Sir, weil wir etwas mehr Zeit brauchen?«

»Klar geht das, nur ob das taktisch richtig wäre, steht auf einem ganz anderen Blatt.« Der Antwort waren die Vorbehalte anzumerken. »Kommen Sie doch einfach zu mir rüber, und schauen Sie sich die Lage an.«

Angela folgte der Aufforderung und begab sich hinüber zu dem Kommandanten, der auf einem der Schirme seiner Konsole auf drei helle Blips, ein paar Meilen hinter den beiden amerikanischen Zerstörern, deutete. »Sie haben den Kurs gewechselt und laufen auf uns zu. Sie wissen, wie das Spiel hier läuft?«

»Nein, aber Sie werden es mir sicherlich gleich erklären.«

»Sobald die uns bedenklich nahe kommen und wir sie auffordern, sich zu identifizieren, werden die Brüder erst einmal gar nichts tun und sich in Schweigen hüllen. Sollten wir anschließend drohen, das Feuer auf sie zu eröffnen, falls sie sich nicht zu erkennen geben, werden sie versuchen, unseren Kurs zu kreuzen, und uns dann irgendwelchen Blödsinn von wegen, wir werden alle sterben, rüberfunken. Zwei Wochen später wird dann ein getürktes Video auftauchen, das beweist, unsere Behauptungen seien schiere Einbildung, manipulierte Bilder, die man ihnen dennoch als wahr in den Medien abkauft.«

Angela schluckte trocken. »Verstehe«, sagte sie etwas gequält. »Wenn wir unsere Marschgeschwindigkeit verlangsamen, bieten wir denen die Chance, aufzuschließen und die Muskeln spielen zu lassen.«

»Damit könnte ich glatt noch leben«, erklärte Thyne mit einem kalten Glitzern in den Augen. »Weit schlimmer jedoch wäre, dass wir durch dieses Verhalten unsere Sportsfreunde darauf aufmerksam machen würden, dass wir auf etwas Ungewöhnliches gestoßen sind, etwas, wonach sie derzeit noch andernorts suchen.«

Sarubin machte sich mit einem Räuspern bemerkbar. »Hören Sie sich das hier mal an!« Er gab dem Sonaroffizier ein Zeichen. Die überlagernde Titelmusik von Gray Lady Down, die sie selbst ausgestrahlt hatten, war nunmehr eliminiert.

»Das muss wirklich eine uralte Kamelle sein, die Bob sich rausgesucht hat – der und sein Seemannsgeschmack!«

»Moment mal!«, rief Sarubin und schlug sich mit der flachen Hand gegen die Stirn. »Genau das ist es! Wegen der Geigen hätte ich eigentlich viel schneller drauf kommen müssen. Ganz eindeutig ist das die Musik aus dem *Seewolf* von 1930 mit Milton Sills in seiner letzten Filmrolle.« Er sah Angela an, aber die junge Frau stand nur versteinert neben dem Sonarpult. »Was ist?«

»Es ist zwar Bobs CD ...«, sagte sie zögernd, »aber sie wurde nicht von ihm aufgelegt.«

»Wie das?«

»Bob hätte etwas anderes ausgewählt, einen Soundtrack, der uns mehr Anhaltspunkte über seine Situation vermittelt. Den *Seewolf* hat irgendwer gesendet, der Zugriff auf Bobs CDs hat, in der Hoffnung, wir würden zumindest die Quelle erkennen.« Ihre Stimme wurde brüchig. »Vielleicht lebt Bob ja auch gar nicht mehr.«

14. Tag, 06:00 Ortszeit, 02:30 Zulu – Teheran, Team Eins

Der Funker lauschte den Morsezeichen. Auch wenn heutzutage alles digital ablief und Computer sämtliche Funktionen scheinbar übernommen hatten, gab es manchmal trotzdem keine andere Möglichkeit, als auf die gute altmodische Technik zurückzugreifen, mit verschlüsselten Botschaften, versteht sich, die erst einen Sinn ergaben, wenn sie durch ein Notebook mit dem entsprechenden Programm gelaufen waren.

Der Agent, der während Smalls Abwesenheit das Team befehligte, saß neben dem Funker und tippte die einzelnen Buchstaben ein, wie der Funker sie auf seinen Zettel schrieb: »In letzter Sekunde, wie üblich!«

Natürlich unterblieb eine Empfangsbestätigung. Lauschen, das ging, ohne eingepeilt zu werden, aber bei dem geringsten Pieps aus ihrer eigenen Antenne würden die Abhörfahrzeuge des VEVAK und der Pasdaran sie einkreisen wie die Geier. Der Funker nahm seine Kopfhörer ab und begann, mit routinierten Bewegungen sein Gerät abzubauen. Danach ging er in die Toilette und zündete den Notizzettel zu dem Funkspruch mit seinem Feuerzeug an. Die Asche entsorgte die Klospülung. Überhaupt keine Spuren zu hinterlassen, war im Zeitalter der DNS-Analyse ausgeschlossen, doch gehörte es nach wie vor zum A und O ihres Handwerks, mögliche Spuren zu verwischen, mit denen der Gegner etwas anfangen konnte. »Ich verdrück' mich dann und beziehe die neue Position«, sagte der Funker. Auch den Standort spätestens alle zwei Tage zu wechseln, war Usus.

»Einverstanden. Wir sehen uns am Nachmittag«, erklärte der momentane Teamleiter und startete die Entschlüsselungssoftware. Wenig später zeigte ein kurzes Piepen das Ende des Dechiffriervorgangs an. Mit Verwunderung las der Agent den Text, denn eigentlich hatte er damit gerechnet, dass man sie zurückholen würde. Small und Rasik waren verschwunden, der VEVAK führte sich in der Stadt auf wie ein Bär mit wundem Hintern, und sie hatten immer noch nicht herausgefunden, mit wem die DEA-Agenten in Kontakt getreten waren. Die ganze Aktion war von vorne bis hinten verbockt, doch seine Hoffnung auf einen Rückruf durch Langley hatte getrogen, denn aus der eingetroffenen Meldung ging hervor, dass Team Zwo sich bereitmachte, in den Iran zu gehen. Die Operation trat in ihre heiße Phase – und er hatte nicht die geringste Ahnung, wie das überhaupt möglich war.

14. Tag, 07:15 Ortszeit, 03:45 Zulu – Teheran,
Hauptquartier des VEVAK

Oberst Ghazdivi hatte die ganze Nacht im Hauptquartier verbracht und fühlte sich müde und erschlagen.

»Weiß er es schon?«

Ghazdivi seufzte. »Nein, aber ich muss ihn demnächst informieren. Ich hoffe immer noch …«

»Wir haben alle sehr lange und verdammt hart für dieses Projekt gearbeitet, Oberst, und ich hoffe in Ihrem Interesse, dass die Fehler korrigierbar sind.« Die Stimme seines Gesprächspartners klang ruhig, war aber bar jeglichen Gefühls. Und genau das war es, was Ghazdivi, dem Herrn und Meister der Verhörzellen, so zusetzte. Auf Grund der Fülle seiner Machtbefugnisse war er ein allseits gefürchteter Mann und es von daher nicht gewohnt, dass jemand so gänzlich ohne Untertänigkeit mit ihm redete. Nur änderte das nichts daran, dass sein Gesprächspartner für ihn im Augenblick unangreifbar war – und der andere wusste das nur zu gut.

»Ich glaube, es ist nur eine Frage der Zeit …«

»Nur haben wir die nicht!«, wurde er barsch unterbrochen.

»Wir tun, was wir können«, erklärte Ghazdivi beschwichtigend. »Auf jeden Fall wissen Sie Bescheid, und die Wahrscheinlichkeit, dass die Amerikaner Sie kontaktieren, besteht fort.«

Der Mann am anderen Ende der Leitung schien kurz nachzudenken und antwortete dann mit eiskalter Höflichkeit: »In diesem Falle werde ich Sie selbstverständlich informieren.«

»Ich danke Ihnen, Doktor Thoum!«, sagte der Oberst und legte auf, wobei der letzte Satz des Chemikers in seinem Kopf nachhallte. Von wegen »selbstverständlich informieren«! Übersetzt bedeutete das, dass der sich erst noch überlegen würde, ob er ihn anrief oder einfach überging. Wütend starrte Ghazdivi das Telefon an. Die gesamten Meldungen, die bisher aufgelaufen waren, gaben für diesen Problemfall nichts Neues her. Seine Leute hatten die beiden Amerikaner am Airport verloren und bisher keine Spur zu deren Verbleib gefunden, die sie hätten aufnehmen können. Dass der Einbruch in den Stützpunkt in Bender Abbas auf die Kappe der Amerikaner und deren Hauptteam ging, stand für ihn außer Frage. Nur konnten die sich danach wohl kaum in Luft aufgelöst haben, zumal sie Fahrzeuge brauchten. Da sie deswegen schlecht zu einer Autovermietung hätten gehen können, gab es nur die Beschaffungsmöglichkeit durch Diebstahl. Es war zwar nicht so, dass in Bender Abbas keine Autos gestohlen wurden, aber die Amis würden mindestens einen LKW, wenn nicht gar zwei für Team und Beute benötigt haben, denn mitgehen lassen hatten sie ja wahrlich genug. Es war zum Auswachsen, weil es ungemeldete LKW-Diebstähle eigentlich nicht geben konnte.

14. Tag, 10:15 Ortszeit, 15:15 Zulu – Washington D.C., 1600 Pennsylvania Av.

»Was meinen Sie, wie wir die Note der Iraner auslegen sollen?«

»Wenn man diese auf den zentralen Kern reduziert, ist die Botschaft relativ einfach, Mister President«, erklärte William Boulden. »Sollten Sie deren Ansprüche in gewisser Weise anerkennen, wäre die andere Seite bereit, Ihr Angebot, in vorbehaltlose bilaterale Gespräche einzutreten, in Erwägung zu ziehen.«

»Das können Sie doch nicht im Ernst folgern, William, denn denen dürfte doch von vornherein klar sein, dass wir darauf gar nicht eingehen können.«

»Nein, aber sie spielen auf Zeit.«

»Heißt das, Sie trauen der Geschichte, die Marsden uns erzählt hat? Ich weiß, dass Sie gute Kontakte zur CIA unterhalten, aber sagen wir es ehrlich, unsere Geheimdienste haben sich unter der vorigen Administration mehr als einmal blamiert.«

Der angeblich mächtigste Mann der Welt dachte einen Augenblick nach. »Glauben Sie denn, die Iraner sind auf eine Konfrontation aus?«

»Warum sollten sie das gegenwärtig auch sein? Jeder Monat, der vergeht, bringt sie dem Ziel, die Atombombe zu besitzen, ein Stück näher. Und sobald

Teheran die erst einmal hat, werden sämtliche an diese Adresse gerichteten Drohungen, mit was auch immer, zwangsläufig hohl. Folglich dürfte die Devise lauten, abwarten, bis neue Fakten geschaffen sind und währenddessen fleißig den Dialog mit den Europäern suchen. Sehen wir den Tatsachen ins Auge, Mister President, dass wir uns keinen weiteren Krieg im Alleingang leisten können, wenn unsere Verbündeten nicht auch mal mitziehen.«

»Wissen Sie, was an der Geschichte stinkt?«

»Und das wäre, Sir?«

»Solange wir nur annehmen, dass der Iran eine Bombe hat, ist unser Verdacht für den ein nützliches Faustpfand. Erlangen nur wir allein darüber Gewissheit, ändert sich dadurch geopolitisch nicht grundsätzlich etwas. Wenn wir hingegen faktisch der Völkergemeinschaft gegenüber beweisen könnten ...«

»Dann könnte niemand auf der Welt sich mehr darüber hinwegtäuschen, dass wir mit unserer Iran-Politik von Anfang an richtig lagen.« Boulden sah den Präsidenten fasziniert an. »Und was meinen die CIA-Analytiker zu dieser Idee?«

»Die habe ich überhaupt noch nicht gefragt. Setzen Sie sich folglich mit Ihrem Freund Marsden in Verbindung, denn ich will wissen, was er als Pragmatiker davon hält, und nicht, was irgendwelche hochgestochenen Eierköpfe dazu meinen.«

14. Tag, 19:00 Ortszeit, 15:30 Zulu – *Dwight D. Eisenhower*, 5. US-Flotte vor dem Persischen Golf

Vice Admiral Walker kaute immer missmutiger auf seiner Zigarre herum, je länger der Bericht von Captain Thyne und Igor Sarubin währte. Endlich hielt er es nicht mehr aus. »Alles schön und gut, Gentlemen, aber wie ist die Situation wirklich?«

»Die ist schwer abzuschätzen, Sir. Commander Sarubin und ich haben uns eingehend darüber ausgetauscht, und … na ja, wir müssen annehmen …«

»Raus mit der Sprache!«, forderte »Fullspeed«-Walker ungeduldig.

»Das Boot liegt auf Grund und ist offensichtlich nicht in der Lage, aus eigener Kraft aufzutauchen oder Fahrt aufzunehmen.« Der etwas gutturale Akzent des Russen ließ die Fakten noch härter klingen. »Wir sind ziemlich sicher, dass wir einen kurzen Kontakt mit der *Alaska* hatten, denn es dürfte in der Gegend wohl kaum ein zweites U-Boot außer dem von DiAngelo herumkurven, das einen Soundtrack eines 1930er Hollywoodfilms an Bord hat.«

»Akzeptiert!«, knurrte Walker. »Nun zu den guten Nachrichten?«

»Das war bereits die gute Nachricht!« Sarubin wich dem Blick des Admirals nicht aus. »Wir sind ziemlich sicher, dass Robert DiAngelo nicht diesen Film ausgewählt hätte. Der Titel *Seewolf*, allenfalls ein Hinweis auf den Bootstyp, ist dafür zu dürftig. DiAngelo hätte unter Garantie etwas Aussage- und Informationskräftigeres ausgesucht. Als Schlussfolgerung ergibt sich, dass der Admiral nicht selbst handlungsfähig ist. Bei einem gesunkenen U-Boot muss man immer davon ausgehen, dass es Ausfälle gegeben hat.«

»Sie wollen andeuten, dass DiAngelo tot ist?«

Der Russe nickte langsam. »Wir müssen davon ausgehen, und darüber hinaus besteht die Annahme, dass er nicht der Einzige ist. Geflutete Abteilungen im Boot würden erklären, warum die Besatzung kein

Notauftauchmanöver durchgeführt hat, ganz einfach, weil sie es nicht mehr vermochte. Demnach muss die *Alaska* ziemlich schwer beschädigt sein.«

Kurt Walker sah den Russen ein paar Augenblicke lang regungslos an. »Mit anderen Worten, die Zeit wird knapp, und es besteht dringender Handlungsbedarf.«

»Dem kann ich nicht widersprechen.«

Walker erhob sich aus seinem Sessel und trat an eines der Bullaugen, aber der Anblick der ruhigen See im Licht der untergehenden Sonne vermochte seinen inneren Aufruhr nicht zu mildern. »Ich werde meine Vorgesetzten um Erlaubnis ersuchen müssen und die wiederum ihre. Die Genehmigungserteilung kann sich unter Umständen bis hinauf zum Präsidenten erstrecken, denn wenn ich diesen gesamten Verband in den Golf laufen lasse, könnte das leicht als Auftakt zu einem nachfolgenden Generalangriff interpretiert werden.« Er nahm die Zigarre aus dem Mund und starrte sie an, als habe er sie noch nie gesehen. »Deshalb könnte durchaus auch entschieden werden, dass das Leben einer U-Boot-Besatzung weniger wert ist als der Friede in der Region.«

14. Tag, 19:00 Ortszeit, 15:30 Zulu – DiAngelos Team,
nördlich von Bender Abbas

Der Admiral kam sich mehr tot als lebendig vor, obwohl sein hoher Pulsschlag und der keuchende Atem das Gegenteil bezeugten. Die letzte Stunde über war er nur noch wie ein Roboter hinter den SEALs hergehinkt. Er hatte zwar keine Ahnung, wie weit sie mittlerweile insgesamt marschiert waren, aber gefühlte zwanzig Meilen waren für ihn so ziemlich das Minimum.

Als Lieutenant Jackson endlich vorn an der Spitze den Befehl zum Halten gab, ließ DiAngelo sich vor Erschöpfung nur noch in den Sand fallen. Sofort war einer der Männer bei ihm und reichte ihm einen Schluck aus seiner Wasserflasche, den er dankbar annahm.

»Wir sollten uns vielleicht doch ein Fahrzeug unter den Nagel reißen, Sir!«

Jackson sah den SEAL, der den Vorschlag gemacht hatte, amüsiert an. »Wegen des Admirals, oder weil Sie Geschmack am Autoklau gefunden haben?«

»Natürlich nur wegen des Admirals, Sir!« Der Soldat bemühte sich, ein ernstes Gesicht zu wahren, aber genauso wie sein Lieutenant konnte er ein Grinsen einfach nicht unterdrücken.

Jackson schüttelte den Kopf. »Das würde dessen eigenem Befehl zuwiderlaufen, uns nicht früher als drei oder vier Tage nach unserem Aufbruch und entsprechend großem Abstand zu Bender Abbas zu motorisieren. Wenn wir uns nicht daran halten, dürfte uns der Admiral ansonsten schon noch den Kopf abreißen.« Er blickte hinüber zu DiAngelo, der im Moment allerdings so ganz und gar nicht danach aussah, weil er auf dem Rücken lag und sich nicht mehr rührte. »Kein Wunder!«

»Sir?«

Jackson war sich gar nicht bewusst gewesen, dass er die letzten beiden Worte einfach nur so vor sich hin gemurmelt hatte. »Wir haben immerhin in zwölf Stunden knapp vierzig Meilen zurückgelegt, nur sind wir austrainiert und haben im Gegensatz zu ihm gesunde Beine.«

19. Kapitel

15. Tag, 10:30 Ortszeit, 15:30 Zulu – Washington D.C.,
William Bouldens Büro

»Wenn ich Sie richtig verstehe, dann will also Kurt Walker seine Fünfte Flotte in den Golf einlaufen lassen.« Boulden atmete tief durch. »Das bedeutet Kriegsgefahr hoch drei! Nicht, weil die Iraner oder wir wirklich einen wollen, sondern weil bei einem Einsatz mit so vielen Schiffen und Trägerflugzeugen einiges ins Auge gehen kann.«

Admiral Sharp am anderen Ende der Leitung klang unbeeindruckt. »Wir können die *Alaska* nicht einfach ihrem Schicksal überlassen. Neueren Einschätzungen zufolge ist das Boot schwerer beschädigt, als wir bisher angenommen haben. Unsere Jungs verlassen sich darauf, dass wir alles tun, um sie rauszuholen.«

»Moment mal! Bisher wissen Sie ja noch nicht einmal genau, wo die *Alaska* liegt, denn sonst würden Sie nicht von mir wollen, dass ich dem Präsidenten eine großangelegte Suchaktion schmackhaft mache, bei der unser Boot möglicherweise gefunden wird oder auch nicht. Die Iraner suchen ja auch schon seit Tagen und finden nichts.«

»Hören Sie, Boulden, ich habe hier seit Stunden mit allen nur denkbaren Experten gesprochen, und jeder sagt mir das Gleiche: Wir müssen die *Alaska* nach oben kriegen, und das schnell.«

»Doch um mit einem großen Verband in den Golf zu laufen, brauchen Sie die Zustimmung des Präsidenten.«

Sharp gab einen undefinierbaren Brummton von sich. »Sie wissen, wie die Situation ist, und der Präsident hat …«

»Ja, ja, ich weiß«, unterbrach Boulden ihn. »Nur wissen Sie, was er mir unter die Nase reiben wird? Er wird mir vorhalten, dass die Seawolf dort eigentlich gar nichts verloren gehabt hat. Das ist Wasser auf seine Mühle, denn er ist skeptisch gegenüber dem Militär, weil es zu sehr hinter der alten Administration stand, wenn es um Afghanistan und den Irak ging. Na schön, ich spreche natürlich trotzdem mit ihm, aber bereiten Sie sich besser schon mal innerlich darauf vor, dass der Präsident allenfalls einen begrenzten Einsatz genehmigen wird.«

Mit dieser Aussicht schien Admiral Sharp zufrieden zu sein, er bedankte sich und beendete damit das Telefonat.

Boulden dachte einen Augenblick nach, griff dann erneut zum Hörer und tippte eine Nummer ein. Der angewählte Gesprächspartner meldete sich beinahe sofort.

»Boulden! Ich brauche einen Termin beim Präsidenten – und zwar möglichst vorgestern.«

»Heute ist er den ganzen Tag bereits ausgebucht, Sir!« Der Stabschef des Weißen Hauses klang, als wolle er eine lästige Fliege wegwedeln.

Boulden grinste unwillkürlich säuerlich, denn er kannte den Mann noch aus dessen Anfängen in der Clinton-Ära, und ihre gegenseitige Abneigung war seitdem hart erarbeitet. »Jetzt passen Sie mal schön auf! Es gibt ein paar neue Entwicklungen im Mittleren

Osten, und Sie wollen doch bestimmt nicht derjenige sein, der später zur Verantwortung gezogen wird, weil der Präsident von nichts wusste.«

»Sie könnten ihm ja ein E-Mail zukommen lassen.«

»Einverstanden, und ich werde da natürlich reinschreiben, dass ich dieses brisante Thema gern persönlich besprochen gehabt hätte, aber Sie dafür angeblich keinen freien Termin von ein paar wenigen Minuten ermöglichen wollten.« Bouldens Stimme triefte vor Boshaftigkeit.

»Hören Sie …«

»Nein, Sie hören mir jetzt verdammt noch mal gut zu! Die Sache ist schließlich von enormer Wichtigkeit, also stellen Sie jetzt gefälligst auf der Stelle fest, wann ich den Präsidenten sprechen kann, und wenn es sein muss, dann warte ich notfalls auch geduldig vor dem Oval Office.«

Der Stabschef klapperte auf einer Tastatur rum. »Wenn's denn unbedingt sein muss, kann ich Sie vor dem Lunch noch kurz dazwischenschieben. Schaffen Sie das, bis dahin hier zu sein?«

»Kein Problem. Und besten Dank übrigens, bevor ich den vergesse!«

Nachdem er aufgelegt hatte, rieb Boulden sich zufrieden die Hände. Der Dreh mit der E-Mail hatte prächtig funktioniert, denn die Dinger waren ungefähr so sicher wie eine offene Ansichtspostkarte, und man konnte nie wissen, wer da alles mitlas, von der NSA angefangen. Kein Wunder, dass der Stabschef, wie er es ihm in Aussicht gestellt hatte, nicht namentlich in einer solchen E-Mail auftauchen wollte.

15. Tag, 18:00 Ortszeit, 15:30 Zulu – *USS Dwight D. Eisenhower,*
5. US-Flotte

Admiral Walker ließ den Blick über die Gesichter der Personen wandern, die sich bei ihm eingefunden hatten. Dem Russen Sarubin traute er nicht völlig, obwohl der Mann bei dem, was er tat und sagte zweifelsohne gut war. Nur – wo lagen seine Loyalitäten? Angela DiAngelo, Lieutenant Commander der Reserve. Da Frauen es in der Navy nicht leicht hatten, musste sie, um diesen Rang zu erreichen ehrgeizig und besser als viele ihrer männlichen Kameraden gewesen sein. Doch mittlerweile war sie seit vielen Jahren nur noch Hausfrau und Mutter. Walker kannte die Geschichte, die ihr Leben verändert hatte, da er zum Teil selbst daran beteiligt gewesen war*. Bei ihr stellte sich die Loyalitätsfrage nicht. Sie würde alles tun, um ihren Mann herauszuholen – sofern der überhaupt noch lebte. Und dann saßen da Thyne und der Kommandant eines weiteren Zerstörers. Auf Thyne würde es entscheidend ankommen. Der war zwar ein harter Hund, aber für das, was sie erwartete, würde dies allein nicht ausreichen. Die restlichen Anwesenden waren sein Adjutant, der Kommandant des Trägers, der Erste sowie sein eigener Stabschef. Deren Meinungen und Ansichten kannte er zur Genüge und wusste, wie sie im Zweifelsfall handeln würden.

»Lady, Gentlemen«, hob der Admiral an, »zwölf Stunden sind vergangen, und ich habe noch immer keine Antwort vorliegen, weder aus Norfolk noch aus Washington. Offenbar besteht die Sorge, dass

* Siehe Peter Brendt: Crashdive

ein Einlaufen von uns in voller Stärke in den Golf für eine Drohgebärde mit nicht einschätzbaren Folgen gehalten werden könnte. Als ob wir es nötig hätten, unseren Trägerverband dorthin zu schicken, um vom Flachwasser aus einen Krieg zu führen!«

»Dann schreiben wir die *Alaska* notgedrungen ab?«, fragte Thyne bitter.

»Negativ! Sie, Captain Thyne, werden um null-vierhundert in den Golf einlaufen, begleitet von einem Zerstörer. Leider haben wir kein U-Boot, denn sonst würde ich das auch noch mitschicken. Ihr Auftrag lautet, die *Alaska* zu finden. Ab null-vierhundert wird die *Ike* die Tätigkeit ihrer Luftpatrouillen verstärken.« Er sah Thyne an. »Ihre Schiffe werden jedenfalls während der ganzen Operation unter unserem Luftschirm agieren. Wir wollen keinen Krieg, aber sollte jemand anders den wollen, wird er uns nicht mit heruntergelassenen Hosen vorfinden.«

Für einen Augenblick herrschte Schweigen. »Hatte ich auch nicht angenommen, Sir«, erklärte Thyne gelassen.

15. Tag, 18:15 Ortszeit, 15:45 Zulu – Teheran, Stadtrand

Trotz der Uhrzeit fing die Millionenstadt Teheran gerade erst ganz langsam an, sich von ihrem alltäglichen Verkehrsinfarkt zu erholen. Für Amal bedeutete das, sich mit seinem Taxi durch die immer noch vorhandenen Staus quälen zu müssen, ständig in der Gefahr, mit einem der vielen Mopedtaxis zu kollidieren, deren Fahrer anscheinend in dem festen Glauben lebten, dass ein Verkehrsunfall als Märtyrertod zählte und ihnen den sofortigen Zugang zum Paradies ermöglichen werde. Anders war die selbstmörderische Fahrweise kaum zu erklären, mit der sich die Mopeds zwischen den Autos hindurchschlängelten.

Jack Small, der auf der Rückbank saß, betrachtete das Durcheinander eher gelassen. Sie waren nicht in Eile, und solange sie nicht gerade in einen Unfall verwickelt wurden, war es auch höchst unwahrscheinlich, dass sie irgendjemandem auffallen würden, zumal es angeblich dreißigtausend registrierte Taxis in Teheran gab und wahrscheinlich doppelt so viele, die schwarz unterwegs waren. Taxis waren gefragt, da die wenigen Busse stets überfüllt waren und unzuverlässig verkehrten, eine U-Bahn gab es erst seit ein paar Jahren und auch nur eine Linie, die wirklich durchgängig in Betrieb war. Die Menschen blieben auf Autos und eben Mopeds angewiesen. Auch die Rationierung von Benzin auf hundert Liter für Privatwagen im Monat hatte daran nicht viel geändert, außer, dass es jetzt auch noch einen Schwarzmarkt für Sprit gab. Mörderisch war der Verkehr in jeder Hinsicht. Die Zahl der Opfer wurde in den Statistiken nicht etwa pro Jahr oder Monat, sondern im Sechzig-Minuten-Takt gerechnet: 3,25 Verkehrstote pro Stunde.

Doch irgendwann würden sie dem Verkehrschaos der Metropole entronnen sein und die tausend Kilometer, die bis Bender Abbas noch vor ihnen lagen, etwas zügiger in Angriff nehmen können. Aber sie hatten Zeit, denn Jack blieben immerhin noch fünf Tage.

Rasik würde Marsden erreicht haben, und ohne Zweifel würde der alte Fuchs die richtigen Schlussfolgerungen aus Thoums Geschichte gezogen haben. Wenn es so etwas wie eine Gewissheit in dieser Sache gab, dann war das für Small das Vertrauen in seinen

Boss. Marsden würde Team Zwo nach Bender Abbas in Marsch setzen, und in fünf Tagen würde auch die *Oklahoma* in den Golf einlaufen. Dann aber mussten sie in einer zügigen Aktion zuschlagen.

15. Tag, 18:15 Ortszeit, 15:45 Zulu – DiAngelos Team, an der iranischen Küste, zwischen Khamir und Dhezgan

Bob kauerte immer noch völlig groggy im warmen Sand.

Im Licht der untergehenden Sonne begab sich Lieutenant Jackson zu ihm hin und ging vor dem Admiral in die Hocke. »Wir rasten jetzt erst einmal noch ein paar Stunden, Sir!«

»Dafür ist keine Zeit!«, brachte DiAngelo mühsam hervor.

»Sie können nicht mehr, Sir«, stellte der Lieutenant nüchtern und ohne Vorwurf fest.

»Ich halte Sie nur auf, Lieutenant. Es war eine Schnapsidee von mir, mit an Land zu gehen. Ich hätte das Ganze besser allein den Profis überlassen sollen.«

»Wenn Sie glauben, wir klauen ohne Sie einen verdammten Tanker, Sir, dann wäre das, mit Verlaub, eine wahre Schnapsidee. Sich so einen Pott unter den Nagel zu reißen, ist kein Problem, aber damit anschließend was anzufangen …«

Bob griff nach dem Arm des SEAL. »Es geht nicht anders, Sie müssen den Tanker besorgen und dessen Besatzung dazu bringen, das Schiff über der *Alaska* zu verankern, bloß für ein paar Stunden. Allerdings müssen Sie das in maximal fünf Tagen schaffen, da am Morgen des sechsten die *Oklahoma* in den Golf zu einem Treffpunkt jenseits der Straße von Hormuz laufen wird. Zumindest sah der ursprüngliche Plan das so vor. Davon mal abgesehen wird Admiral Walker vermutlich ein paar von seinen Schiffen losschicken und zusätzlich die *Oklahoma* umdirigieren, um nach der *Alaska* zu suchen. Damit läuft sie Gefahr, in dasselbe Minenfeld zu rauschen wie wir. Und deshalb brauchen wir den Tanker, damit wir die *Alaska* vorher wieder aus dem Golf kriegen. Der Admiral versuchte, sich aufzurichten, aber sein verkrüppeltes Bein gab unter ihm nach. »Mist … Lieutenant, Sie müssen ohne mich weiter.«

In Jacksons Augen trat ein unternehmungslustiges Glitzern. »Bei allem Respekt, Sir, was wir müssen ist, Sie nach Kharg bringen und dann in Piratenmanier einen Tanker entführen. Beides ist aber wiederum nicht Ihr Problem, Sir, denn dafür gibt es nicht umsonst SEALs.« Mit einer ausholenden Handbewegung deutete er auf seine Leute. An diesen Elitesoldaten waren die Folgen der Strapazen zwar auch nicht ganz spurlos vorbeigegangen, aber in irgendeiner Weise fertig wirkten sie deshalb noch lange nicht. »Männer, ausschwärmen«, befahl der Lieutenant, »wir brauchen Material für eine Trage.«

15. Tag, 23:30 Ortszeit, 21:30 Zulu – *USS Oklahoma*,
Kap der Guten Hoffnung

Mehr als siebentausend Meilen hatten sie zurückgelegt, das Kap der Guten Hoffnung lag hinter ihnen, der Reaktor lief unverändert weiterhin mit Überlast, und mehr als sechzigtausend PS trieben die knapp neunzehntausend Tonnen des dunklen Bootskörpers durch die schwarze, aber alles andere als schweigende Tiefe.

Der Mann, der das Boot seit Tagen gnadenlos voranprügelte, saß äußerlich ruhig in der Zentrale und lauschte den Meldungen des Sonars. »... Kontakt in Grün zwo-vier-null, zwölf Knoten. Frachter, so wie es sich anhört.«

»Danke, damit wären wir bei vierzehn, allein in der näheren Umgebung.« John Turk warf einen Blick auf seine Anzeigen. Sie liefen auf Westkurs in siebenhundert Fuß Tiefe und es gab nichts, was ihnen hier unten in den Weg geraten konnte. Der Zeiger der Fahrtmessanlage stand seit Tagen unverändert bei fünfundzwanzigeinhalb Knoten, als habe ihn jemand dort festgenagelt. Die Ingenieure bekamen zwar bereits graue Haare, aber die betagte *Oklahoma* hielt durch, ohne die kleinsten technischen Mucken. Der Commander drückte erneut den Knopf am Mikrofon. »Nur sicherheitshalber die Frage, ob jenseits des Zivilverkehrs an der Oberfläche sonst noch jemand über oder unter Wasser unterwegs ist.«

»Nicht, soweit wir es bei dieser Geschwindigkeit überhaupt mitbekommen können, Sir.«

»Besten Dank für den Hinweis«, meinte Turk anzüglich, »aber Sie dürfen getrost davon ausgehen, dass mir bekannt ist, dass das Sonar bei Höchstfahrt nur halb so effektiv ist wie bei taktischer Geschwindigkeit.«

»Wie wäre es, Sir, wenn wir wenigstens für kurze Zeit mit der Fahrt heruntergingen, um herumzuhorchen?«

»Vorschlag abgelehnt! Im Persischen Golf gibt es ein paar Kameraden von uns, die dringend auf uns warten, und die wollen wir ja wohl nicht am langen Arm verhungern lassen.«

»Keinesfalls, Sir!«

»Ich merke, wir haben uns verstanden. Tun Sie, was Sie können, Sonar, mehr verlange ich gar nicht.« Der Kommandant hängte das Mikro wieder weg und spürte, wie so oft während der vergangenen Tage, die verwunderten Blicke der Zentralgasten auf sich ruhen, die ihn möglicherweise für völlig durchgeknallt hielten. Turk konnte ihnen das nicht einmal übelnehmen, da die Männer die Zusammenhänge dieses Einsatzes nicht zu durchschauen vermochten. »NO, Zeit bis zum Kurswechsel?«

»Elf Stunden, Sir!« Die Antwort kam wie aus der Pistole geschossen.

In elf Stunden würden sie nach Nordwesten, geradewegs auf den Persischen Golf zu drehen und Madagaskar an Backbord zurücklassen. Natürlich würden sie nichts von der Insel oder den malerischen Stränden an Ostafrikas Küsten zu sehen bekommen in ihrer immer gleichbleibenden Unterwasserwelt aus elektrischem Licht, der etwas süßlichen, antiseptischen Luft aus der Klimaanlage und dem ständigen leichten Vibrieren, das sich durch den ganzen Bootskörper zog. Und trotzdem – es war die letzte Etappe ihres langen Anmarsches. Danach waren sie im Einsatzgebiet, was immer daraus für sie resultieren mochte.

15. Tag, 00:00 Ortszeit, 21:30 Zulu –
an der Straße von Hormuz

Zwanzig Meter waren als Strecke keine Herausforderung. Der SEAL, der in der Schwärze des Wassers angetaucht kam wie ein Nachtgespenst, griff nach dem Zweitautomaten seines Kameraden. Der Taucher im Pilotensitz des ASDV hob die Hand, Daumen und Zeigefinger formten ein O, das von seinem Kameraden mit dem gleichen beruhigenden Okay-Zeichen beantwortet wurde.

Sergeant Jones griff nach der Schreibtafel und dem Stift, die von einem der D-Ringe an der Ausrüstung des Tauchers baumelten, und malte die Worte auf: »Nach oben, an den Strand!«

Der andere SEAL nickte und drückte ein paar Schalter, woraufhin sich das kleine Unterwasserfahrzeug nahezu geräuschlos wieder in Bewegung setzte. Jones hielt sich am Rand der Wanne fest und atmete mit ruhigen Zügen aus der Flasche des Piloten mit. Es würde eine lange Nacht werden und mehrerer Fahrten bedürfen, um das gesamte Zeug an Bord der *Alaska* zu bringen.

15. Tag, unterschiedliche Ortszeiten, 21:30 Zulu –
Teheran, Bender Abbas, Dhezgan, Washington, Langley

Die Nacht lag über dem Iran, und selbst die schier unverwüstlichen SEALs spürten so allmählich eine bleierne Müdigkeit in ihren Knochen, nachdem sie abwechselnd zu zweit Admiral DiAngelo auf der provisorischen Trage über zwölf Meilen bis zu der Fernstraße, die sie erreichen wollten, geschleppt hatten.

Im Hauptquartier des VEVAK in Teheran musste Oberst Ghazdivi immer häufiger gähnen. Den ganzen lieben langen Tag hatte er seine Untergebenen entlang der gesamten Küstenregion und innerhalb der Hauptstadt auf der Suche nach den Amerikanern herumgescheucht. Ohne das erhoffte Ergebnis. Zweifel plagten ihn, ob seine Überlegungen überhaupt zutreffend waren. Vielleicht aber war er nur einfach zu müde, um noch klar denken zu können.

Auch Jack Small hatte die stundenlange Fahrt in Amals altem Taxi über die mit Schlaglöchern nur so übersäte Fernstraße in Richtung Bender Abbas zugesetzt, und einmal mehr beschäftigte ihn der Gedanke, dass Marsden vielleicht doch recht hatte und er langsam wirklich zu alt für diesen Mist wurde.

Saddam Rasik hatte seinen Jetlag noch nicht überwunden, als er bereits wieder ein Flugzeug bestieg, um in den Iran zurückzukehren. Marsden hatte ihm zwar die Entscheidung darüber freigestellt und angeboten, einen anderen Agenten als Partner für Small zu schicken, doch das war für ihn nicht in Frage gekommen. Jack Small hätte ihn im umgekehrten Fall auch nicht mit einem neuen Mann alleingelassen.

In Washington war es zwar erst früher Abend, aber der Präsident fühlte sich dennoch müde, weil er die letzten Nächte schlecht geschlafen hatte. Auf der Welt war einfach zu viel los, das er selbst dann nicht wirklich aus seinem Bewusstsein auszublenden vermochte, wenn er im Bett lag.

Roger Marsden spürte nur die permanente Müdigkeit, die ihn seit Jahren begleitete. Die Rund-um-die-Uhr-Bereitschaft, ständig als CIA-Vice-Director für alles Mögliche zuständig und verantwortlich zu sein, forderte ihren Tribut. Ein gemütlicher Schreibtischjob sah wahrlich anders aus.

Und Captain Roger Williams, der bei der CIA die Nachfolge von Robert DiAngelo angetreten hatte, konnte vor Müdigkeit kaum noch aus den Augen schauen, als er den Bildausschnitt der zwei Jahre alten Satellitenaufnahme vergrößerte, die ein kleines Schiff zeigte, dessen Deck Planen überspannten, die verbargen, was sich darunter befand. Nur ein etwas ungewöhnliches Aufspritzen im Kielwasser verriet, wenn man ganz genau hinsah, dass da etwas ausgebracht wurde. »Nicht zu fassen«, meinte Williams sichtlich erschüttert. »Die haben doch tatsächlich die Unverfrorenheit besessen, ein Minenfeld anzulegen!« Seine Müdigkeit war schlagartig verflogen.

20. Kapitel

16. Tag, 21:30 Ortszeit (15. Tag), 00:30 Zulu –
Langley, Virginia

»Was gibt's?«, fragte Roger Marsden, dessen reguläre Dienstzeit längst vorbei war, aber einen Feierabend, um pünktlich nach Hause zu gehen, gab es in Zeiten so einer Krise für ihn nicht.

»Wir haben den entscheidenden Hinweis gefunden!«, erklärte Captain Williams.

»Auf das Boot?«

»Nein, aber darüber, was wahrscheinlich abgelaufen ist. Auf alten Satellitenbilder haben wir einen getarnten Minenleger entdeckt.«

»Und? Spannen Sie mich nicht unnötig auf die Folter!«, forderte Marsden, um dessen Laune es nicht zum Besten bestellt war.

»Anhand von Extremvergrößerungen sind die Experten der Bildauswertung der Meinung, dass es sich bei den Minen um ein chinesisches Modell handelt, das aber auch in dieser Form von Nordkorea gebaut wird.«

»Moment mal! Die Iraner verfügen über eine eigene Produktion, was Minen anbelangt, und das ist so ziemlich das einzige Gebiet, auf dem ihre Rüstungsindustrie wirklich gut ist. Warum sollten sie daher Minen in China oder Nordkorea einkaufen?«

»Das ist damit ja auch noch nicht gesagt, Sir. Wahrscheinlich fertigen sie die Dinger sogar selber, ob mit freundlicher Lizenzgenehmigung oder nicht, sei dahingestellt. Auf jeden Fall handelt es sich dabei um eine Art intelligenter Grundmine, die von Chinesen entwickelt wurde, um damit ihre Flussmündungen abzusichern, und die Nordkoreaner verwenden sie für die flachen Gewässer nördlich des achtunddreißigsten Breitengrades. Die Elektronik ist schlichtweg genial, aber die Sprengkraft ist mit geschätzten siebenundachtzig Kilogramm, umgerechnet etwa zweihundert unserer Pfund, eher bescheiden.«

»Flussmündungen und Flachwasser«, Marsden ließ die Worte förmlich auf der Zunge zergehen. »Vom Prinzip her also keine Anti-Schiffs-, sondern eher eine Anti-U-Boot-Mine?«

»Genau das, Sir. Die Finesse dabei ist die Elektronik. Nach allem, was wir darüber wissen, wird die Mine akustisch oder bei Kontakt gezündet, wobei die akustische Zündung einstellbar ist. Die Mine liegt also am Grund und wertet Geräusche aus und entscheidet darüber, ob sie darauf reagiert oder eben nicht.«

»So etwas haben ja wohl wir, die Russen und wer sonst auch immer ebenfalls zu bieten.«

»Natürlich verfügen alle Marinen der Welt über ungefähr vergleichbare Modelle, Sir«, räumte Williams ein. »Die eigentlich innovative Idee der Chinesen war, die ohnehin vorhandene Lauschfunktion der Mine zu optimieren, indem sie erst nach der Ausbringung entsprechend programmiert wird.«

»Reden Sie jetzt von zunächst harmlosen Überraschungseiern, die erst später per Befehl von Land aus scharf gemacht werden?«

»Ob von Land oder von einem Schiff aus ist egal, es gibt diverse Möglichkeiten, aber die Sache hat dennoch einen Haken. Ein kleiner Prozentsatz der Minen scheint, aus welchen Gründen auch immer, von sich selbst aus scharf geworden zu sein, und das ist dann der *Alaska* zum Verhängnis geworden.«

»Und warum haben die Iraner unser Boot dann nicht umgehend gefunden?«

»Kontaktauslösungen von Minen erfolgen meistens im Bugbereich, und wir reden hier über eine relativ kleine Mine. Die *Alaska* kann daher auch im beschädigten Zustand durchaus noch eine ziemliche Strecke zurückgelegt haben.«

»Stellt sich die Frage, warum die Männer dann nicht ausgestiegen sind oder wenigstens eine Notrufboje an die Oberfläche gelassen haben?« Marsden versuchte offensichtlich, sich die Situation vorzustellen.

»Das kann ich jetzt so auch nicht beantworten.«

»Williams, Sie kennen Bob, mit dem Sie schon auf der Marineakademie zusammen waren, von uns allen am längsten. Was glauben Sie, würde er tun, wenn die Seawolf in iranischen Gewässern oder auch nur in vom Iran beanspruchten Gewässern liegt?«

»Das Wasser dort ist jedenfalls sehr flach. Die Männer mit Tauchrettern aussteigen zu lassen, wäre – ungeachtet deren weiteren Schicksals – zu bewerkstelligen. Nur müsste DiAngelo dann natürlich auch das Boot sprengen, was ein Hochrisiko wäre.«

»Wegen des Reaktors an Bord?«

»Das nicht unbedingt, Sir, aber aus den verbleibenden Trümmern könnten die Iraner jede Menge technologische Rückschlüsse ziehen. Der Reaktor selbst ist gekapselt und würde einfach auf Grund gehen, aber dicht bleiben.«

»Das ist aber wohl nur eine theoretische Annahme?«

»Nicht ganz, Sir. Als die *Scorpion* 1968 unterging, nachdem sie von einer Explosion in zwei Hälften zerrissen wurde, hat der Reaktor dies immerhin unbeschadet überstanden.«

»Mann, Sie machen mir vielleicht Spaß!«

16. Tag, 04:00 Ortszeit, 00:30 Zulu – 5. US-Flotte, Persischer Golf

Pünktlich um null-vierhundert schwenkten die Zerstörer weg vom Sicherungsverband des Trägers, Signalscheinwerfer blinkten, deren Sprüche den Wunsch für eine »Gute Fahrt! beinhalteten.«

Noch stand die Sonne unter dem Horizont, aber im Osten hing bereits ein roter Schimmer am Himmel, der sich mit jeder Minute mehr ins Gelbe änderte.

Auch auf dem Träger herrschte zu dieser frühen Morgenstunde, um vier Uhr, reger Betrieb. Mit lautem Fauchen beschleunigten die Dampfkatapulte die erste Rotte F/A-18 Hornet über das Deck, deren Nachbrenner glühten. Mit dem typischen leichten Durchsacken verließen die Jagdbomber das Deck, bevor sie steil nach oben zogen, während bereits die nächste Rotte zu den Katapulten gerollt wurde. *Ike* ließ die Muskeln spielen. Unter normalen Verhältnissen hatte der Träger ständig zwei Rotten* in der Luft und oft zusätzlich eine Hawkeye** oder, je nach Einsatz, auch

---

* Rotte: Zwei Jagdflugzeuge, wobei der Rottenflieger den Rücken des Rottenführers decken soll.

** Gruman E2C Hawkeye: Frühwarnflugzeug, vergleichbar den größeren, aber nicht bordgestützten AWACS.

Hubschrauber. Nun aber donnerten innerhalb von zwölf Minuten acht Rotten in den Morgenhimmel und schwenkten nach Norden auf den Golf zu. Zweiunddreißig Mann Besatzung, sechzehn Maschinen, ausgerüstet mit den modernsten elektronischen Systemen, die es gab, und bewaffnet mit Raketen vom Typ Sidewinder und Maverick zur Abwehr feindlicher Flugzeuge, mit Harpoons für den Angriff auf Schiffe und Harms zur Zerstörung von Radarstationen am Boden.

Sechzehn Maschinen, geflogen von einigen der besten Piloten, die die Navy zu bieten hatte, denn auf Flugzeugträgern kamen nur die absoluten Fliegerasse zum Einsatz.

Für die iranische Luftwaffe, deren neueste Jäger vom Typ Azarakhsh immer noch mehr oder weniger auf dem Design der alten Northrop F5E Tiger II basierten, kein guter Tag, um aufzusteigen. Mehr als dreißig Jahre Waffenentwicklung lagen zwischen diesen Maschinen, auch wenn iranische Offizielle immer wieder großspurige und wortreiche Erklärungen über die Fähigkeit des Iran abgaben, seine Interessen zu verteidigen.

Sieben Minuten nach dem Start der ersten Rotte, als die Zerstörer *John P. Ashton* und *Robert E. Mahony* immer noch in Sichtweite des Verbandes liefen und gerade einmal zwei Seemeilen Abstand zwischen sich und den Träger gelegt hatten, wurden die ersten Hornets von iranischen Radarstationen eingepeilt. Weitere zehn Minuten später, die amerikanischen Maschinen hatten inzwischen auf den omanischen Luftraum eingeschwenkt und flogen parallel zum Iran in den Golf ein, stiegen von den iranischen Stützpunkten in Bender Abbas und Omidiyeh an der Golfküste insgesamt vier

Staffeln Jagdflugzeuge, neben den Azarakhsh-Jägern auch F-7* aus chinesischer Produktion, auf.

Die Hoheitsgebiete am Golf reichen direkt aneinander heran, und es gibt keinen neutralen Luftraum. Lediglich die Wasserstraße war durch Abkommen zu einem internationalen Gewässer geworden. Formal befanden sich die amerikanischen Hornets über dem Oman und den Emiraten, wohingegen die iranischen Maschinen sich um vier Uhr neunundzwanzig immer noch im eigenen Luftraum aufhielten. Aber alle miteinander tummelten sich über einem internationalen Gewässer und hatten sich gegenseitig auf Waffenreichweite angenähert.

Für die Tankerbesatzungen in der Straße von Hormuz waren diese Luftaktivitäten nichts Ungewöhnliches, denn die iranische Luftwaffe übte häufig über der Küste und dem halben Golf, und auch die Amerikaner hatten Flugzeuge in Saudi-Arabien und dem Irak stationiert, die man häufig am Himmel sah. Nicht normal war auf den Tankern allenfalls ein gelegentliches Flackern auf den Radargeräten, das wirkte, als stünden die empfindlichen elektronischen Navigationshilfen kurz davor, den Geist aufzugeben. Aber immer erschien dann doch nach einer gewissen Zeit das gewohnte Bild der Küstenlinien wieder auf den Schirmen. Und da die Tanker natürlich nicht ständig miteinander kommunizierten, nahm jede Brückenbesatzung für sich an, sie seien die Einzigen, die mit gestörtem Radar umherfuhren.

---

* Die F-7 ist die chinesische Variante der russischen MiG-21, also ebenfalls ein veraltetes Flugzeug.

Wenige Minuten vor fünf Uhr, die beiden amerikanischen Zerstörer liefen gerade in den Golf ein, kam es zur ersten Beinahkollision, als sich eine iranische und eine amerikanische Rotte bis auf wenige Meter nahe kamen. Nachträglich würden die vier Piloten alle einhellig beteuern, sich im eigenen beziehungsweise befreundeten Luftraum befunden zu haben, so oder so eine Behauptung von zweifelhaftem Wert, wenn man mit etwa eintausendzweihundert Kilometern pro Stunde genau an der Grenze dieser Lufträume entlang rast. Mehr als dreißig zivile und militärische Radarstationen verfolgten den Vorfall, und keine, weder eine arabische, amerikanische noch iranische, konnte hinterher genau sagen, auf welcher Seite der unsichtbaren Grenze der Vorfall stattfand.

Um kurz vor sechs Uhr trat eine erste Atempause ein, als die iranischen Maschinen, denen langsam der Treibstoff ausging, durch neue Staffeln abgelöst wurden, und auch die Amerikaner zogen sich zurück, um sich in der Luft von einem Tankflugzeug, das der Träger geschickt hatte, mit neuem Sprit versorgen zu lassen.

Kurz nach sechs Uhr, die Sonne war inzwischen wie ein großer glühender Ball in den Himmel gestiegen und tauchte den Golf in ein grelles Licht, das von der Wasseroberfläche tausendfach reflektiert wurde, verließ der iranische Suchverband die Minenfelder, die er tagelang vergeblich nach dem amerikanischen U-Boot durchkämmt hatte. Natürlich hätte man noch sonstwo suchen können, doch das war leichter gesagt als getan. Was blieb war die Erkenntnis, dass das Boot zwar beschädigt worden und irgendwo auf Grund gegangen war, nur eben nicht dort, wo die

Minenexplosion stattgefunden hatte. Da es noch in der Lage gewesen sein musste, eine nicht näher zu bestimmende Strecke zurückzulegen, konnte es überall und nirgends liegen, vor allem jedoch in einem Teil der Straße von Hormuz, in dem der Iran nicht mehr so ohne weiteres eine diskrete Suchaktion durchführen konnte.

Aber alle Überlegungen in dieser Hinsicht hatten sich ohnehin erübrigt, da der Befehl ergangen war, in die Basis nach Bender Abbas zurückzukehren. Aus der Sicht des Pasdaran-Befehlshabers in See eine unausweichliche Entscheidung, denn sollte es zum großen Knall kommen, dann waren seine Schiffe nichts anderes als wehrlose Ziele für die Raketen der verhassten Amerikaner.

16. Tag, 06:30 Ortszeit, 03:00 Zulu – *USS Alaska*,
am Grund der Straße von Hormuz

Wieder einmal herrschte Ruhe im Boot, und die fieberhaften Reparaturarbeiten, die mit den Materiallieferungen von Sergeant Jones und den SEALs eingesetzt hatten, waren unterbrochen worden. Die Schraubengeräusche an der Oberfläche waren mit bloßem Ohr zu vernehmen, ein dumpfes Mahlen, heller als das unterschwellige Schlagen der gigantischen Tankerantriebswellen in der Ferne, untermalt vom Nageln von schweren Dieseln.

»Wie viele sind es?«

»Ich würde sagen drei.« Die Stimme des Sonaroffiziers drang nur als Flüstern aus dem auf ganz leise gestellten Lautsprecher in der Zentrale.

Das klang, als wechsele der ganze Verband der Iraner sein Suchgebiet, doch etwas störte Commander Martinez daran. »Ich höre kein Aktivsonar.«

»Ich auch nicht, Sir. Sie müssen entweder ein sehr niederfrequentes Sonar verwenden, das unsere Lateralsensoren nicht mitbekommen, oder sie haben keines eingeschaltet.«

»Ihr Tipp?«

»Niederfrequent, da es ja keinen Sinn macht, hier ohne Sonar herumzusuchen.«

Niederfrequentes Aktivsonar einzusetzen, bedeutete Reichweitengewinn auf Kosten der Auflösung, hochfrequentes Aktivsonar beinhaltete bessere Auflösung auf Kosten der Reichweite. Für die Suche nach einem großen Objekt bot sich daher eher das niederfrequente Sonar an, zumindest in der Theorie, denn die traf nur für ein U-Boot zu, das sich frei im Wasser bewegte, und nicht gerade für Martinez' abgesoffenen Zossen, weil es nämlich ziemlich schwer war, das Boot von anderen Reflektionen auf dem Grund zu unterscheiden. Und genau das war der Punkt, der den Commander irritierte: Der Verzicht der Iraner, die schließlich wussten, wonach sie hier suchten, auf Aktivsonar. Gemäß der Lateralsensoren, dem der *Alaska* einzig noch verbliebenen Sonarsystem, standen die iranischen Schiffe immer noch gut frei an Steuerbord.

»Was tut sich?«

Der Sonaroffizier zögerte etwas mit seiner Antwort. »Die scheinen einfach vorbeizulaufen.«

Martinez schüttelte den Kopf. »Das ergibt nun gar keinen Sinn ...«

»Nein, Sir!«

»Verdammte Gringos!«

16. Tag, 04:00 Ortszeit, 00:30 Zulu – DiAngelos Team, an der Golfküste, irgendwo nahe Bushehr

Eigentlich hätten sie schon hinter Bushehr sein können, aber sie hatten sich verfranzt, was nicht gerade überraschend war, wenn man in einem fremden Land ohne entsprechendes Kartenmaterial unterwegs war.

Am Steuer des etwa dreißig Jahre alten VW Golf saß DiAngelo, der als Einziger von ihnen noch einer Zeit entstammte, da nicht alle Pkw Automatikgetriebe besessen hatten. Entdeckt und requiriert hatte Lieutenant Jackson die Kiste auf einem Rastplatz mit angeschlossener Tankstelle an der Fernstraße. Da sie zu sechst waren, ging es in dem kleinen Kompaktwagen entsprechend beengt zu, doch das war allemal besser, als zu marschieren.

»Wie sieht es mit dem Sprit aus?«

»Die Tankanzeige ist nicht unbedingt genau bei so'nem ollen Ding.« Bob versuchte sich an lange vergangene Zeiten zurückzuerinnern. »Ich glaube, das letzte Viertel reicht irgendwie länger.«

»Wie das?«, fragte Jackson.

»Die Uhr zeigt das letzte Viertel bereits an, auch wenn dieses noch nicht wirklich erreicht ist.«

»Und woher wissen Sie darüber so gut Bescheid, Sir?«

»In meiner jugendlichen Sturm-und-Drang-Zeit besaß ein Freund von mir in Annapolis so einen Golf. Damals waren die Dinger richtig in!«

»Wahnsinn: keine Klimaanlage, keine Automatik und eng wie eine Sardinendose. Man mag es kaum glauben, aber vielleicht liegt das auch daran, dass ich jünger bin als dieser Oldtimer.«

Das war der Moment, in dem Bob beschloss, das

Thema zu wechseln. »Wir sollten uns außerhalb von Bushehr Benzin besorgen.«

Ein Straßenschild flog vorbei: »Falls diese persischen Hieroglyphen Bushehr bedeuten, dann sind es bis dahin nur noch dreißig Meilen.«

»Kilometer«, korrigierte ihn der Admiral. »Die rechnen hier in Kilometern.«

»Auch egal«, meinte der Lieutenant gleichmütig. »Vor der Stadt wird es irgendwo schon noch einen Rasthof geben. Da wir aber wohl kaum eine Zapfsäule ansteuern und hinterher an der Kasse mit einer amerikanischen Kreditkarte bezahlen können, müssen wir dann eben zur guten alten Schlauch-Kanister-Tankentleerungs-Methode bei den dort geparkten Autos greifen.«

16. Tag, 09:00 Ortszeit, 05:30 Zulu – *USS John P. Ashton*,
Straße von Hormuz

Erneut lief die *John P. Ashton* durch die Straße von Hormuz, und wiederum strahlte der Zerstörer Filmmusik ins Wasser aus, in der Hoffnung, eine Rückmeldung zu erhalten. Laut zu senden und leise zu empfangen, war kein ganz einfaches Unterfangen, weshalb dem Schwesterschiff *Robert E. Mahoney* der entscheidende Part des Lauschens mittels Passivsonar zukam.

Im Gegensatz zur ersten Fahrt war die Stimmung an Bord aufs äußerste gespannt. In der Operationszentrale verfolgten die AEGIS-Suites mit den elektronischen Warn- und Fernleitsystemen etwa zwei Dutzend Luftziele gleichzeitig, und die Waffensysteme des Zerstörers waren heiß. Für den Fall, dass die iranischen Piloten irgendwelche Attacken versuchen sollten, wollte man sich an Bord der *Ashton* nicht allein auf die Hornets verlassen, auch wenn es noch sosehr danach aussah, als hätten die eigenen Kampfflugzeuge die Lage im Griff.

Captain Thyne saß hinter der Kommandantenkonsole und lauschte dem Durcheinander des Funkverkehrs der Piloten mit regloser Miene. Was jetzt ablief, war das, wofür sie alle ausgebildet waren, wofür dieses Schiff gebaut worden war. Trotzdem … lange konnte dieses Spiel nicht gutgehen.

16. Tag, 00:30 Ortszeit, 05:30 Zulu – Washington DC,
1600 Pensylvania Av.

Die ersten Meldungen über die plötzlich eskalierte Krise am Persischen Golf flimmerten in Amerika bereits kurz nach Mitternacht über die Fernseher, ohne dass CNN oder dessen arabisches Pendant, der in Katar beheimatete Nachrichtensender Al-Dschasira, bereits konkrete Informationen gehabt hätten. Die Verlautbarungen waren von daher eher von allgemeiner Natur. Von schweren Konfrontationen im Luftraum über der Straße von Hormuz war die Rede, unterlegt mit Archivaufnahmen verschiedener Flugzeuge und bisweilen dunklen Punkten, die wie Mücken an einem strahlend blauen Himmel kreisten. Doch das schmälerte die Brisanz der Nachrichtensendungen keineswegs.

William Boulden, der zu dieser späten Stunde ins Weiße Haus einbestellt worden war, hielt sich krampfhaft an einer Kaffeetasse fest und starrte auf die Bilder der Fernsehberichterstattung. Walker war ein Idiot.

Aber trotz seines Zorns spürte er Verständnis für den Admiral. Es passte einfach nicht zum Selbstverständnis der Marine, die eigenen Leute aufzugeben, wenn man noch eine andere Option hatte. Die Geisteshaltung, in der die Seeleute und Offiziere bis hin zu den höchsten Befehlshabern erzogen worden waren, war eben vom Corpsgeist geprägt. Nur dass ab einer gewissen hierarchischen Ebene der Kodex des Militärs hinter dem Primat der Politik zurückzutreten hatte, das hätte Walker wissen müssen.

»Er will Sie jetzt sprechen!«

Boulden nickte dem Sekretär kurz zu und setzte sich in Bewegung. Es war erst ein paar Stunden her, seit er vergebens versucht hatte, dem Präsidenten dessen Zustimmung für eine Suchaktion der Fünften Flotte nach der *Alaska* abzuringen.

Als der Berater den Raum betrat, in dem der Präsident mutterseelenallein Fernsehen guckte, wurde dieser ohne Umschweife ganz direkt. »Was läuft hier, William? Ich habe Sie meine Entscheidung in Sachen der *Alaska* wissen lassen, nur scheint der Befehlshaber der Navy vor Ort ein eigenes Süppchen kochen zu wollen.«

»Admiral Walker ist jemand, der nicht so leicht aufgibt, Sir, er ...«

»Einer von der alten Garde? Damit brauchen Sie mir nicht zu kommen!«

»Sie haben also demnach den Verteidigungsminister angewiesen, Walker zurückzupfeifen?«

Der Präsident sah Boulden erstaunt an. »Dazu ist es etwas zu spät, meinen Sie nicht? Politik funktioniert wie eine Uhr. Die Leute sehen immer nur ein poliertes Zifferblatt, aber dahinter greifen Dutzende von Rädern ineinander. Das muss ich Ihnen ja nicht erklären.

Eines unserer Probleme im Irak, aus dem ich unsere Jungs heimholen will, ist die Einflussnahme des Iran. Was will der Iran? Ich meine, was will er wirklich?«

»Die Vormacht in der islamischen Welt. Daraus haben die aber auch nie ein Geheimnis gemacht.«

»Richtig!« Der Präsident nickte bekräftigend. »Ein neues persisches Großreich, mitsamt den schiitischen Gebieten des Irak und vielleicht sogar einen Teil des Libanon. Die Erdölverladung findet dann im Mittelmeer statt.«

»Sir, das ist eine weitergehende Vorstellung, mit der ich mich absolut nicht anfreunden kann.«

»Ich auch nicht. Doch vielleicht vermögen wir ja sogar die gegenwärtige Situation für uns diplomatisch zu nutzen. Aber dazu muss ich jetzt endlich die ganze Geschichte wissen.«

»Welche Geschichte?« Boulden versuchte, ein harmloses Gesicht zu machen.

»Warum sich eines unserer U-Boote im Golf befindet, und was es dort gewollt hat, weshalb es verschollen ist, und wozu dieses Muskelspiel tatsächlich dient? Manchmal glaube ich, dass es Dinge gibt, die jeder weiß, die man mir aber vorenthält.«

»Sir, ich …«

Der Präsident hob abwehrend die Hand. »Denken Sie gut darüber nach, was Sie mir antworten, William.«

21. Kapitel

16. Tag, 10:00 Ortszeit, 06:30 Zulu – *USS Alaska*,
Straße von Hormuz

Im Boot herrschte geschäftiges Treiben. Die Schiffstechniker aller Sparten hatten sich auf die Materiallieferung der SEALs gestürzt wie ein Schwarm Heuschrecken. Beinahe überall wurde gleichzeitig gearbeitet, aber das Hauptaugenmerk galt dem Sonarsystem. Das Gros der Schäden resultierte neben der Zerstörung der großen Sonarsphäre im Bug aus kaputten Computern beziehungsweise aus Defekten an deren Verkabelung. In den ersten Stunden nach der Minenexplosion hatten die langen Kabelschächte Wasser gezogen wie die Adern eines Baumes, weshalb zur Sicherheit des Bootes nichts anderes übriggeblieben war, als die Kabel rücksichtslos zu durchtrennen und die Schächte zu verschweißen oder mit Plastikmasse auszuschäumen. Alle diese Schäden und Folgeschäden mussten nun beseitigt werden, soweit das überhaupt mit Bordmitteln möglich war. In gespenstischer Stille zogen die Männer überall im Bord Kabel, tauschten elektronische Komponenten aus, versuchten, die Schächte wieder durchgängig zu machen, und legten Überbrückungen, wo das nicht möglich war.

Commander Martinez kehrte von einem Rundgang zurück in die Zentrale. »Mein Gott, gibt es auf diesem Boot noch eine Verkleidung, die nicht aufgerissen ist?«

Nathan King, sein XO, hob kurz den Kopf von einer geöffneten Konsole. »Ich glaube nicht, Sir.«

»Wie ist der Sonarstatus?«

»Die letzte Auskunft lautete, ein Lauschen über die Lateralsensoren sei nach wie vor möglich, doch zu senden vermögen wir derzeit nicht. Von den Iranern gibt es keine Spur, aber das kann genauso gut bedeuten, sie stecken in einem unserer toten Winkel.«

Martinez griff nach dem Mikrofon und drückte den Sprechknopf, aber nichts passierte.

»Die Techniker sind gerade dabei, die interne Kommunikation wieder aufzubauen, wird aber wohl noch etwa eine Stunde dauern, bis sie so weit sind.«

Der Kommandant hängte das Mikro wieder weg. »Dann marschiere ich mal selber zum Sonar, um mir ein Bild von der Lage zu machen.«

Vorn im Sonarcompartment saßen zwei Mann und versuchten, aus den vielfältigen Lauten der Unterwasserwelt, die sie empfingen, schlau zu werden. Ohne Computerunterstützung war das allerdings schwierig. Die Rechner mit der komplizierten Software, die Geräusche identifizieren und sogar Schiffe der gleichen Klassen anhand winziger Unterschiede erkennen konnten, liefen schon seit der Minenexplosion nicht mehr. Alles, was die Sonarabteilung ihrem Kommandanten seither hatte anbieten können, waren Mutmaßungen und Schätzungen. Es war, als sei die Seawolf sonartechnisch in die Zeit des Zweiten Weltkrieges zurückgeworfen worden, als alles, was die U-Boote hatten, die guten Ohren der Horcher und deren Erfahrung gewesen waren.

»Wie geht es da unten voran?«, erkundigte sich der Sonaroffizier, ein Lieutenant-Commander, und blickte auf ein Paar Beine, das unter den Konsolen hervorragte.

Die Stimme unter dem Tisch klang dumpf, als stecke der dazugehörige Kopf bereits halb im Kabelschacht. »Ich habe Strom, aber kein Signal.«

»Dann finden Sie heraus, woran es liegt.«

Der Techniker knurrte etwas Unverständliches, bevor er fortfuhr: »Sir, ich möchte nicht gerade riskieren, versehentlich ein falsches Kabel anzuschließen, denn ein paar der Subsysteme könnten das fehlinterpretieren.«

Der Sonaroffizier wurde eine Spur bleicher. »Nehmen Sie sich ruhig Zeit, und arbeiten Sie gewissenhaft!«

»Werd ich, Sir.«

Subsysteme beinhalteten taktische Displays genauso wie die Waffenstationen, denn das Sonar war seinerseits nur Teil eines größeren, viel komplexeren Systems, genannt AN/BSY-2, ein rein technischer Begriff, hinter dem sich die integrierte Kampfsuite der Seawolf verbarg. Wenn alles komplett funktionsfähig war, dann konnte das Sonar ein anderes U-Boot erfassen, das Signal auf die taktische Konsole des Kommandanten bringen und gleichzeitig bereits die Torpedos oder die Marschflugkörper mit Daten füttern, je nachdem, was das System dem Kommandanten auch immer vorschlug. Der musste letztlich nur den Befehl geben, und die Waffen wurden unter Computerkontrolle abgefeuert. An Bord der *Alaska* sah es jedoch so aus, dass ein großer Teil der Computer hinüber war, mindestens zwei der Torpedos in den Bugrohren waren beschädigt, und über den Zustand der Cruise-

Missiles wusste man derzeit gar nichts. Subsysteme, die ein Signal fehlinterpretieren konnten, hätten ihnen gerade noch gefehlt!

16. Tag, 10:30 Ortszeit, 07:00 Zulu – DiAngelos Team, etwas nördlich von Bushehr

Nach Lieutenant Jacksons erfolgreicher »Spritbeschaffungsaktion« waren sie wieder auf die Überlandstraße zurückgekehrt. Bobs Hände umkrampften das Lenkrad, als sie den nächsten Militärlaster überholten, der zu einer scheinbar endlosen Kolonne gehörte, Transporter voller aufgesessener Infanteristen, dazwischen rollten immer wieder rasselnd schwere Panzer.

»Dass die Safirs ohne Kettenschutz derart brettern, dürfte den Asphalt ganz schön ruinieren«, meinte Lieutenant Jackson. »Nach einem bloßen Übungsmarsch sieht das nicht aus.«

»Immerhin fahren sie nach Norden, und da liegt bekanntlich ja auch die Grenze zum Irak. Was immer das bedeuten mag, wir wissen es nicht, da wir seit Tagen von sämtlichen Nachrichtenverbindungen abgeschnitten sind«, sagte der Admiral und drückte den Golf an dem nächsten Panzer vorbei. »Was sind das eigentlich für Dinger, diese Safirs?«

»Alte russische T-54, T-55 und T-59 Panzer, die von den Iranern selber nachgerüstet wurden, wofür es den schönen Ausdruck Kampfwertsteigerung gibt.«

Bob betrachtete die ratternden Ungetüme mit neuem Interesse.

»Auffallend ist allerdings, dass die Kolonne keine sonstigen Geschütze und Raketenwerfer mitführt«, fügte der Lieutenant hinzu. »Das deutet darauf hin, dass das, was sie vorhaben, eher defensiv denn offensiv ausgerichtet ist.«

»Na ja, vielleicht ziehen die doch nur in ein Manöver.«

»Vergessen Sie es, Sir, denn dafür würden sie mit ihren Panzern keinen solchen Flurschaden anrichten.«

16. Tag, 11:45 Ortszeit, 08:15 Zulu – *Dwight D. Eisenhower*, 5. US-Flotte

»Sir ... Mister President ...« Es geschah selten, dass Admiral Kurt Walker nicht wusste, was er sagen sollte, aber ein persönlicher Anruf des Präsidenten der Vereinigten Staaten von Amerika war so eine Situation, auch wenn Kurt Walker, wie er sonst offen zugab, ihn nicht gewählt hatte.

»Admiral Walker, nach dem ganzen Durcheinander, das Ihre Flotte am Golf anrichtet, dachte ich mir, es sei an der Zeit, Sie mal anzurufen.« Der Mann im fernen Washington schien nicht unbedingt missgestimmt zu sein.

»Was kann ich für Sie tun, Mister President?« Walker presste das Satellitentelefon fester ans Ohr.

»Sie hätten darauf verzichten können, einen möglichen Krieg zu provozieren, aber dazu ist es nun zu spät. Also müssen wir das Beste aus der Situation machen.«

»Ich verstehe, Sir ...«, aber die Stimme des Admirals verriet, dass er gar nichts verstand. »Ich kann meine Piloten zurückbeordern, wenn Sie das wollen, allerdings habe ich auch zwei Zerstörer im Golf, die ich ungerne ohne Luftsicherung ...«

»Hören Sie auf!«, unterbrach ihn der Präsident, aber keineswegs verärgert. »Ich hatte gerade eine aufschlussreiche Unterhaltung mit Mister Boulden und ein nicht minder interessantes Telefonat mit Mister Marsden. Ich nehme an, die beiden Herren sind Ihnen bekannt.«

»Natürlich, Sir, aber ich weiß nicht, was das mit der Lage hier zu tun hat.«

»Wann erwarten Sie die *Oklahoma*?«

»In fünf Tagen, mit viel Glück eventuell zwölf Stunden früher.« Walker wusste nicht so recht, wie ihm geschah, denn das Gespräch nahm einen völlig unerwarteten Verlauf. Eher hätte er damit gerechnet, in den Senkel gestellt zu werden wie ein grüner Rekrut oder gleich ganz abgelöst und aus der Navy geworfen zu werden.

»Sehr schön, und jetzt hören Sie mir genau zu, Admiral«, sagte der Präsident in einem Ton, der keinerlei Zweifel daran ließ, dass er der Oberbefehlshaber der immer noch mächtigsten Streitmacht auf diesem verdammten Planeten war. »Halten Sie die Iraner weiter unter Druck. Ich will keinen Krieg, aber demonstrieren Sie ihnen unsere Stärke, damit ihnen aufgeht, worauf sie sich im Falle eines Falles einlassen. Und seien Sie auf alles gefasst.«

»Es ist ein riskantes Spiel, denn Mister Marsden war sich, als ich ihn das letzte Mal sprach, nicht sicher, ob die Iraner nicht doch bereits über eine Atombombe verfügen, Sir.«

»Dann gehen Sie jetzt besser davon aus, dass die Iraner die Bombe haben.«

»Sir … wenn sie wirklich … ich meine, warum drohen sie uns dann nicht damit?«

»Weil sie damit offenbaren würden, dass wir von

Anfang an recht mit unseren Annahmen hatten. Das wäre für sie schlimmer als eine explodierende Atombombe im eigenen Land. Verstehen Sie, die können nicht mit dem Ding drohen, sondern es nur als letzte Option einsetzen.«

»Verdammte Sch… Verzeihung, Sir!«

Der Präsident lachte auf, allerdings nicht belustigt. »Als mir Marsden erzählte, was sich abspielt, habe ich noch ganz andere Ausdrücke vom Stapel gelassen.«

16. Tag, 07:15 Ortszeit, 12:15 Zulu – Washington D.C.,
Danny's Bar and Breakfast

Roger Marsden hatte früh aus den Federn gemusst, um sich zu dieser für ihn nicht gerade christlichen Uhrzeit mit William Boulden zum Frühstück zu treffen. Allein vierzig Minuten hatte der Hubschrauberflug bis nach Washington gedauert und die Fahrt mit dem Wagen zu dem Coffeeshop dann noch mal eine Viertelstunde.

»Und was verschafft mir die Ehre dieser Einladung?«, fragte der CIA-Vice-Director gleich ganz direkt. »Doch wohl nicht die Tatsache, dass die Pfannkuchen hier besonders gut sind?«

»Mit den Pfannkuchen liegen Sie sogar richtig«, erklärte der Präsidentenberater und angelte sich gleich noch einen. »Letzte Nacht saß ich über drei Stunden mit unserem Oberboss zusammen, wobei der erwähnte, auch mit Ihnen gesprochen zu haben.«

»Es herrschte eine gelinde Form von Panik, weil die Fünfte Flotte die Muskeln spielen lässt. Ich glaube, er vertraut uns nicht mehr so ganz.«

»Ach?« Boulden schien Mühe zu haben, seine Erheiterung zu unterdrücken. »Glauben Sie, er hat das jemals wirklich getan?«

»Der Mann ist vermutlich sogar gegenüber den Leuten in seinem eigenen Kabinett misstrauisch. Warum sollte er daher, ausgerechnet wenn es um die Firma geht, anders sein?«

»Und Sie haben ihm deshalb die ganze Geschichte haarklein erzählt, sozusagen als vertrauensbildende Maßnahme?«

»Ich glaube nicht, dass mir viel anderes übrigblieb.«

»Und daraufhin hat er Ihre Operation zurückgepfiffen?«

»Ich war ehrlich gesagt etwas überrascht, dass er es nicht getan hat«, bekannte Marsden. »Er hat lediglich auf ein paar Details hingewiesen, die er berücksichtigt haben will.«

»Und die wären?«

Marsden sah ihn mit seinem besten Pokergesicht an. »Diskretion, absolute Diskretion. Und keine Sprengung der iranischen Anlage, wenn es dadurch ein Strahlungsrisiko geben könnte.«

»Das ist ja nun gerade nichts umwerfend Neues.« Der Präsidentenberater schüttelte den Kopf. »Ich wüsste zu gerne, was er wirklich plant.«

»Wenn Sie es nicht wissen ...« Marsden lächelte schmal. »Ich denke, er will Ahmadinedschad erpressen. Als er von der Bombe sprach, titulierte er sie gleich mehrfach als Unterpfand.«

»Interessant!« Boulden blickte von seinem Pfannkuchen auf. »Er sagte tatsächlich Unterpfand?«

»Genau das.«

16. Tag, 15:45 Ortszeit, 12:15 Zulu – Sergeant Jones, zwischen Khamir und Dhezgan

Für Sergeant Jones und seinen Begleiter wurde es Zeit, wenigstens mal eine kurze Ruhepause einzulegen, sobald sie dafür einen geeigneten sicheren Ort fanden. Die beiden Männer hatten das gesunkene U-Boot wieder verlassen, kaum, dass sie die Ersatzteile aus Bender Abbas abgeliefert hatten. Die Hoffnung, das Team des Admirals noch zu erreichen, bevor die SEALs einen Tanker unter ihre Kontrolle brachten, war vage, aber versuchen mussten sie es. Ihr Auftrag lautete, dem Admiral zu übermitteln, dass es einen, wenn auch kurzen Kontakt mit einem amerikanischen Kriegsschiff gegeben hatte, das Filmmusik sendete ... Sergeant Jones musste sich zusammenreißen, um nicht zu gähnen. Sich über diesen seltsamen Kontakt den Kopf zu zerbrechen, war schließlich nicht seine Aufgabe. Vielleicht klammerte sich der Kommandant der *Alaska* bereits an Strohhalme, aber Befehle stellte man nun mal nicht in Frage, sondern sie waren dazu da, ausgeführt zu werden, so merkwürdig sie auch erscheinen mochten.

16. Tag, 15:45 Ortszeit, 12:15 Zulu – Saddam Rasik, Teheran

Mit perfekt gefälschten neuen Papieren war Rasik ein weiteres Mal in Teheran gelandet. Auf dem Airport hatten sich immer noch jede Menge Mitarbeiter des Geheimdienstes die Füße platt gestanden. In der Hinsicht hatte sich nicht viel geändert, wobei Rasik sich fragte, worauf die Männer eigentlich warteten, aber das Risiko, dies herauszufinden, wollte er logischerweise nicht eingehen.

Gewandelt hatte sich im Vergleich zu noch vor ein paar Tagen die allgemeine Stimmung, sie war nervöser, gereizter. Über die Schirme der aufgestellten Fernseher in den Wartebereichen liefen Bilder von Flugzeugen und Panzerkolonnen, Offiziere mit endlosen Ordensreihen an der Brust gaben in harten selbstbewussten Tönen Statements ab. Rasik sprach zwar kaum persisch, und die paar Brocken, die er konnte, reichten kaum aus zu verstehen, was die Militärs genau erklärten, aber die Botschaft war klar, man rechnete mit einem Angriff, und man würde sich verteidigen. Den Rest hatte er sich zusammenreimen können.

Aber trotz der Spannung, die in der Luft lag, funktionierte das Leben in der iranischen Hauptstadt weiter wie gewohnt, inklusive Verkehrskollaps. Nur das Taxi, auf das er wartete, tauchte ewig nicht auf. Kaum, dass ein erschöpfter Amal seinen Wagen vor dem Haus abstellte und hinauf in seine Wohnung ging, setzte sich Rasik in Bewegung. Er musste herausfinden, wo Small steckte.

16. Tag, 15:45 Ortszeit, 12:15 Zulu – Hauptquartier des VEVAK, Teheran

Oberst Ghazdivi hatte mehr Probleme am Hals, als ihm lieb sein konnte, denn viele seiner Leute waren Reserveoffiziere, und auf Grund der Mobilmachung strömten von überall her Anforderungen auch auf den Geheimdienst ein. Es war, als würde nur noch verrückt gespielt. »Schnappen Sie sich einen Wagen und machen Sie sich auf den Weg nach Bushehr«, wies er einen der Männer an, die sich in seinem Büro versammelt hatten. »Ein paar der dortigen Befehlshaber wittern derzeit Amerikaner unter jedem Bett.«

»Sie glauben nicht daran?«

»Was ich glaube oder nicht, hat Sie nicht zu interessieren! Fahren Sie hin, und stellen Sie fest, was Sache ist!«

»Jawohl, Oberst! Nur würde es schneller gehen, wenn wir fliegen ...«

Auf dem Gesicht des Obersten spiegelte sich ehrliche Verblüffung. »Sie wollen fliegen? Jetzt, wo jeden Augenblick die amerikanischen Trägerflugzeuge in unseren Luftraum eindringen können?«

»Sie sind doch nicht ernsthaft davon überzeugt, dass die Amerikaner uns wirklich angreifen, Oberst, und ich bezweifle das ebenso.«

Die anderen Agenten erstarrten, denn es war nicht gerade üblich, mit einem Vorgesetzten im VEVAK so zu sprechen, vor allem nicht mit jemandem, der einen Ruf wie Ghazdivi besaß.

Der Oberst lehnte sich zurück und wirkte mit einem Mal völlig entspannt. »Und was veranlasst Sie zu dieser Auffassung? Oder vertreten Sie die nur, weil Sie annehmen, Sie entspräche der meinen?«

»Sagen wir, Ihre Haltung bestärkt mich in dem, was ich denke.« Der Agent lächelte, aber seine Augen wichen dem Blick des Obersten nicht aus. »Seit einer Woche suchen wir ein amerikanisches U-Boot, das in eines unserer Minenfelder gelaufen ist.«

»Eine Marineoperation, mit der wir wenig zu tun haben ... Aber fahren Sie fort!«

»Ich nehme an, die Amis wollen einfach nur ihr Boot retten, und das ist alles. Aber gleichzeitig trauen sie uns nicht über den Weg, weil unsere Marine sich die Finger danach lecken würde, ein amerikanisches Atom-U-Boot in die Hände zu kriegen.«

»Da ist was dran«, gestand der Oberst dem jungen Agenten zu, der bisher noch nicht viel Gelegenheit gehabt hatte, ihm aufzufallen. »Und was folgern Sie daraus?«

»Vom militärischen Potential her sollten die Amerikaner fähig sein, uns einfach zu überrollen. Wenn sie davor zurückschrecken, dann doch nur, weil sie die internationalen Reaktionen mehr fürchten als etwaige eigene Verluste.«

Oberst Ghazdivi nickte. »Keine ganz verkehrte Interpretation. Sie sind Hauptmann Meshehr, richtig?«

»Hauptmann der Reserve, Zweiundzwanzigste Infanteriebrigade, seit einem Jahr beim VEVAK.«

»Und womit im Wesentlichen bisher beschäftigt?«

Pflichtschuldigst hätte die Antwort eigentlich nun lauten müssen, »die islamische Revolution verteidigen« oder so etwas in der Art, doch Meshehr sagte nur: »Ich habe nach amerikanischen Agenten Ausschau gehalten.«

»Schön, schön, haben Sie denn schon welche gefunden?«

»Nein, ich durfte nicht da fahnden, wo ich es gern getan hätte.«

Ghazdivi runzelte die Stirn. »Noch so eine interessante Aussage, leider fehlt uns die Zeit, diese näher zu erläutern.« Er wandte sich an den Teamleiter. »Also, Sie haben den Hauptmann gehört. Schnappen Sie sich einen Hubschrauber und fliegen Sie nach Bushehr. Und dieses junge Talent hier …«, er deutete mit dem Kopf auf Meshehr, »… das lassen Sie mir da und nehmen sich dafür einen Ersatzmann mit.«

Kaum hatte der Einsatztrupp den Raum verlassen,

sagte der Oberst zu dem jungen Kollegen: »Ich habe einen Einzelauftrag für Sie und möchte, dass Sie für mich einen speziellen amerikanischen Agenten ausfindig machen. Sie haben unser Fiasko am Flughafen miterlebt?«

»Ich selbst war nicht dort, aber ich habe davon gehört.«

»Wo würden Sie ansetzen?«

»Nicht mehr in Teheran, denn der Mann wird nicht riskieren, sein eigenes Netz zu enttarnen. Bender Abbas wäre eine Möglichkeit … oder bereits am Jaz Murian.«

Der Oberst zog die Brauen hoch. »Am Jaz? Was wissen Sie davon?«

»Wenig bis gar nichts. Doch so geheim die Sache auch sein mag, so gibt es darüber dennoch vereinzelte Gerüchte. Dass die auch bis zu den Amerikanern durchgedrungen sein könnten, halte ich für nicht unwahrscheinlich. Und sollte dem so sein, werden die versuchen herauszubekommen, was dort gespielt wird. Der amerikanische Agent, der uns auf dem Airport entwischt ist und sich wahrscheinlich in die Staaten abgesetzt hat, war der jüngere. Sein älterer und erfahrenerer Partner blieb im Land. Warum? Was hat er vor?«

»Das eben will ich auch gerne wissen. Machen Sie sich auf die Socken.«

Der Hauptmann zögerte kurz. »Sie haben doch wohl ohnehin bereits Leute dort, Oberst.«

»Trotzdem, sie gehen völlig unabhängig vor und berichten ausschließlich mir.«

»Jawohl, Oberst!«

Die Welt hielt den Atem an. Immer neue Nachrichten über Beinahe-Kollisionen und gefährliche Annäherungen gingen rund um den Globus, Diplomaten riefen beide Konfliktparteien dazu auf, Besonnenheit zu bewahren, europäische Staatschefs boten Vermittlungsgespräche an. Ein weiterer der gigantischen atomgetriebenen US-Träger verließ den pazifischen Raum und nahm Kurs auf die Golfregion, begleitet von einem ganzen Rudel Zerstörer. Kommentatoren erörterten in sämtlichen Medien die Frage, ob die USA tatsächlich beabsichtigten, nach dem Irak in einen neuen Krieg mit dem Iran einzutreten.

Aber Washington schwieg sich dazu mehr oder weniger aus. Die einzige offizielle Verlautbarung zu dem ganzen Thema bestand darin, dass sich die Fünfte Flotte in Übungen mit verbündeten Staaten befinde. Und auch Teheran sagte zur Sache nichts und hatte allenfalls ein paar markige Worte zu bieten, die darauf hinausliefen, dass die USA im Falle eines Angriffs auf den Iran sich allenfalls eine blutige Nase holen würden. Eine Aussage, die von der amerikanischen Seite verständlicherweise unkommentiert blieb.

22. Kapitel

21. Tag, 13:30 Ortszeit, 10:00 Zulu – vor der Insel Kharg

»Was meinen Sie?«, fragte Lieutenant Jackson den Admiral, der mit seinem Glas die Tanker inspizierte. Der SEAL steuerte das kleine Boot mit dem Außenborder, das sie sich »ausgeliehen« hatten, denn irgendwie mussten sie ja schließlich an die Tanker herankommen, um ihr Ziel auszuwählen.

»Es gibt einige, die in Frage kommen.«

»Der Zypriot?«

»An sich wäre der für unsere Zwecke optimal, gehört aber einer amerikanischen Reederei, und ich weiß nicht, ob wir dadurch nicht schlafende Hunde wecken, wenn wir damit über der *Alaska* anrücken.«

Seine Worte verrieten ein gewisses Bedauern. Ein Dreihunderttausendtonnentanker, vielleicht zehn Jahre alt. Der Wald der Antennen, obwohl verglichen mit Kriegsschiffen moderat, zeigte an, dass das Schiff über alle modernen Navigationsmittel verfügte.

»Wenn wir unseren ausgeflaggten Landsmann nehmen, wird es hinterher auf alle Fälle weniger Ärger geben«, gab Jackson zu bedenken.

»Das ist natürlich eine Überlegung wert«, meinte DiAngelo und blickte nachdenklich auf die Verladepier, die beinahe eineinhalb Meilen weit in die See hinausragte, eine für den Betrachter scheinbar endlos lange Betonkonstruktion, auf der jede Menge dicker Rohre verliefen. Im Hintergrund flirrten die großen Tanks des Verladezentrums Kharg in der Hitze. Kharg, das war kein Hafen mit einer dazugehörigen Stadt, in der sich Seeleute am Ende der Reise amüsieren konnten. Das Beladen eines Supertankers dauerte etwa ein bis zwei Tage, in denen es keinen Landgang gab und nach dem es auch niemanden verlangte, weil es hier nichts gab außer der Ölverladung. Ballast abpumpen, Öl bunkern, und dann ging es schon wieder für Wochen in See. Die Romantik war der modernen Seefahrt längst abhanden gekommen.

Für Flüssiggastanker existierten spezielle Verladestellen auf der Pier, aber selbst diese an sich imposanten Schiffe wirkten wie Zwerge neben ihren Schwestern aus dem Ölgeschäft. Supertanker bildeten eine ganz andere Kategorie, die sich normalen Begriffen entzog.

Bob hatte immerhin oft genug mit den gewaltigen Atomträgern der US Navy zusammen operiert, deren Flugdeck so groß war wie drei Fußballfelder, und deren Kiel im beladenen Zustand so tief ins Wasser reichte wie ein siebenstöckiges Haus hoch ist, hunderttausend Registertonnen, eine Viertelmillion Tonnen Stahl und Gerät – das allein schon streifte die Grenzen des Vorstellungsvermögens. Doch Supertanker erreichten noch ganz andere Dimensionen. Das waren Schiffe, die ungefähr zweieinhalb bis viermal so groß waren wie ein voll ausgerüsteter atomgetriebener Flugzeugträger, doch es war nicht die reine Tonnage, die den Eindruck prägte, der von diesen Giganten der Meere ausging.

Robert DiAngelo, der immer wieder durch sein Glas die Ungetüme betrachtete, kam zu dem Schluss, dass es die hohen Bordwände sein mussten. Im Gegensatz zu Kriegsschiffen ragt ein Handelsschiff grundsätzlich weiter aus dem Wasser und wirkt allein schon dadurch irgendwie verletzlich, nur hier verkehrte sich dieser Eindruck. Unendlich lang, unendlich hoch zogen sich diese Bordwände entlang der Pier. Einzig am Heck der Schiffe ragten Aufbauten in die Höhe, während sich ansonsten der ganze gewaltige Rumpf völlig frei von Strukturen für den Blick einfach dahinzog. Es gab kaum einen Punkt, an dem das Auge verweilen konnte, es gab nur diese himmelhohen endlosen Stahlwände. »Wahnsinn« war der einzige Ausdruck, der Bob nebenher dafür einfiel, während er über die Argumentation des Lieutenants nachdachte. Was sie vorhatten, war ein klarer Akt der Piraterie und kein Kavaliersdelikt mehr wie ein Autodiebstahl oder ein kleiner Einbruch in ein Lagerhaus. Der Admiral war sich im Klaren darüber, dass Onkel Sam, wenn sie das hier durchzogen, tief würde in die Tasche greifen müssen, um anschließend die Wogen zu glätten. Wenn man es dabei mit einer amerikanischen Reederei zu tun hatte, konnte das die Angelegenheit vereinfachen … sehr sogar. »Wissen Sie, Lieutenant, ich glaube Sie haben recht.«

DiAngelo deutete auf eines der Schiffe, das in ihrer Nähe auf seine Beladung wartete. Die einsame Radarantenne auf der Brücke stand still, und unter der Farbe schien bereits wieder rötlich der Rost hervor. Ein alter Einhüllentanker, wie Bob vermutete, schlecht gepflegt und seit vielen Jahren technisch überholt, aber ein Riese, der immer noch Hunderttausende Tonnen von Öl auf jeder seiner Fahrten transportierte. Eine schwimmende Zeitbombe. »Wenn wir so einen Eimer stehlen, dann bricht der uns womöglich noch unter dem Hintern auseinander, und wir haben zusätzlich eine riesige Ölpest am Hals. Dann schnappen wir uns doch wohl besser den Kameraden unter der Flagge Zyperns.«

»Was schätzen Sie, Sir, wie stark die Besatzung sein dürfte?«

Bob nahm ihr Ziel erneut in Augenschein. »Auf so einem modernen Schiff kommen die mit relativ wenigen Leuten aus, dreißig bis vierzig Mann würde ich meinen.«

»Das klingt schon mal nicht übel«, stellte der SEAL befriedigt fest. »Jetzt verraten Sie mir nur noch, wie wir an Bord kommen.«

Bob warf einen prüfenden Blick auf die Lademarken, die weiß auf den schwarzen Rumpf aufgemalt waren, wobei bereits auch schon der rote Anstrich des Unterwasserschiffs sichtbar wurde. »Er pumpt immer noch Ballast ab, und das dürfte über Stunden so weitergehen. Ich würde sagen, so gegen drei Uhr morgens marschieren wir über die Pier, denn es muss auf der anderen Seite ja wohl ein Fallreep geben.«

»Schlicht die Treppe hoch und durch die Vordertür? Einfach so?«, fragte der SEAL spürbar enttäuscht.

Bob konnte nicht umhin zu grinsen. »Genau so!«

21. Tag, 14:00 Ortszeit, 10:30 Zulu – *USS Oklahoma*,
vor dem Persischen Golf

Die *Oklahoma* war nur für wenige Minuten bis fast zur Oberfläche aufgetaucht, um die Antennen aus dem Wasser zu strecken, ein Kurzsignal an die Fünfte Flotte zu schicken und die aktuellen Funksprüche hereinzuholen. Danach verschwand das große Ohio-

Boot wieder, allerdings nicht in der schützenden Tiefe, denn die gab es über dem Schelf bereits nicht mehr. In der Einfahrt zum Persischen Golf betrug die Wassertiefe schon bald nur noch um die neunzig Meter, und weiter drinnen würde es noch flacher werden, wobei in der Straße von Hormuz dann nur noch wenig mehr als sechzig Meter vorhanden sein würden.

Commander Turk war sich der Risiken bewusst. Die *Oklahoma* war knapp über zwanzig Meter hoch, und da sie auch etwas Abstand zum Grund brauchten, würde sich der Turm gerade einmal dreißig Meter unter Wasser befinden. Für die Recon-Marines, die es an Land zu setzen galt, war das nicht schlecht, aber weniger gut für das Boot, denn ein aufmerksamer Beobachter in einem langsam fliegenden Aufklärer konnte bei dieser geringen Tiefe die gewaltige Form des Bootes unter Wasser erkennen.

Es war unter diesen Bedingungen ohnehin verrückt, überhaupt in den Golf zu laufen. Jeder der großen Tanker hatte mehr als dreißig Meter Tiefgang und würde ihnen den Turm wegreißen, falls er direkt über sie hinwegrauschte. Das machte ihren Navigationsraum noch enger, denn sie mussten den Monstern aus dem Weg gehen. Die Straße von Hormuz war eindeutig zu seicht und schmal für sie, aber John Turk würde seinen alten Kommandanten Joshua Martinez nicht im Regen stehen lassen, wobei ihm sicher zugute kam, dass niemand mit dem Aufkreuzen eines weiteren U-Bootes im Golf rechnete. »Mister Foster, bringen Sie uns auf hundert Fuß, Kurs drei-vier-null, zwölf Knoten!«, wies er seinen XO an.

21. Tag, 19:00 Uhr Ortszeit, 15:30 Zulu – *USS John P. Ashton*, Straße von Hormuz

Geschlagene vier Tage hatten sie gesucht, in denen am Himmel die Jagdbomber kreisten, während die Besatzung der Zerstörer ständig auf Gefechtsstation war. Vier Tage, in denen die stählernen Schotten ständig geschlossen gehalten wurden und das Schiff sich selbst in Hunderte von wasserdichten Abteilungen aufteilte, verbunden nur durch die Telefone, die sich wie Nerven durch den ganzen Rumpf zogen. Vier Tage, in denen jeder Gang durch das Schiff unendlich lang zu dauern schien, weil ein jedes Schott erst geöffnet und dann wieder sorgsam verschlossen werden musste. Und an einigen Stellen gab es überhaupt kein Durchkommen, weil die Schotts unter Gefechtsverschlusszustand auf diesen Wegen auf keinen Fall geöffnet werden durften.

Alle waren müde und erschöpft, und die Frauen und Männer in der Operationszentrale des Zerstörers bildeten keine Ausnahme. Auch sie hatten zu wenig Schlaf abbekommen, sich zwangsläufig lediglich von Sandwiches ernährt, wenig Bewegung und kaum frische Luft gehabt. Die Grenze des Ertragbaren war erreicht, aber wenn es eben sein musste, würden sich die blassen Gestalten klaglos zusammenreißen und weitermachen.

Vier Tage hatten sie Filmmusik ins Wasser gestrahlt und auf eine noch so winzige Rückmeldung gewartet. Zweimal war es zu U-Boot-Alarm gekommen, als das Sonar des Zerstörers einen unbekannten Kontakt im Wasser auffasste, der aber nicht von der *Alaska* stammen konnte, da er sich bewegte, und zwar leise. Ein Loch im Wasser, das kam und wieder verschwand, denn selbst die hochentwickelte Sonarsuite der *John P. Ashton* konnte das vermeintliche Boot nicht verfolgen. Manch einer glaubte sogar, dieses Phänomen existiere überhaupt nur in den überreizten Vorstellungen der Sonaroperatoren, aber auch technische Störungen wurden gemutmaßt, während wiederum andere behaupteten, dass es sich dabei nur um verzerrte Echos aufgrund der geringen Wassertiefe handeln könne. Lediglich die Sonarleute zweifelten nicht, dass dort draußen wirklich etwas herumgeisterte, wenn auch zwar ein U-Boot, dann doch eines, das anders war als ein amerikanisches Atom-U-Boot.

Von Captain Thyne, dem Mann, auf den es ankam, wusste niemand, ob er wirklich an diese Gespensterkontakte glaubte oder nicht. Er nahm die diesbezüglichen Meldungen völlig ungerührt entgegen, ordnete aber keine direkten Abwehrmaßnahmen an, sondern ließ allenfalls mal die *Ashton* unvermittelt aus dem Kurs zacken oder einen kurzen Sprint mit hoher Fahrt einlegen, Aktionen, die den Sonarleuten das »Geschäft« nicht unbedingt erleichterten.

Einer der in diesen Breiten typischen farbenprächtigen Sonnenuntergänge setzte ein, doch niemand hatte dafür Augen.

Als urplötzlich Gegenmusik in seinen Kopfhörern erklang, dauerte es ein paar Sekunden, bis der Sonarmann zeitverzögert überhaupt reagierte. Doch dann überschlug sich dessen Stimme beinahe. »Kontakt! Musik in eins-zwo-sieben!«

Die Rückfrage des Kommandanten erfolgte prompt. »Weitere Einzelheiten, Sonar!«

»Quelle eine Seawolf, wie beim letzten Mal, Abstand groß, aber unbestimmt ... Musik hat jetzt bereits aufgehört.«

»Sonstige Geräusche, Hammerschläge als Morsezeichen?«

»Negativ, Sir!«

»WO, Steuerbord zehn, kleine Fahrt! Und jemand soll die Filmexperten ranschaffen, aber dalli, wenn ich bitten darf!«

23. Kapitel

21. Tag, 19:15 Ortszeit, 15:45 Zulu –
iranisches konventionelles U-Boot *Mokhanar*,
Straße von Hormuz

Kapitänleutnant Khoudi lauschte in das zweite Paar Kopfhörer, aber die Zeiten, in denen der Kommandant oder ein Sonaroffizier mit Erfahrung und scharfen Ohren wirklich noch etwas aus dem Durcheinander der Geräusche heraushören konnte, waren lange vorbei. Khoudi vernahm zwar die fernen Schrauben der Zerstörer, untermalt vom dumpferen Schlagen der Tankerschrauben, aber er hätte nie gewagt, dazu eine Abschätzung der Geschwindigkeit der Schiffe abzugeben, die über »schnell«, »sehr schnell« oder »wahnsinnig schnell« hinausgegangen wäre. Sein Eindruck in diesem Augenblick lief auf »schnell langsamer werdend« hinaus, der durch die digitalen Anzeigen der *Mokhanar* auch bestätigt wurde. Die Zerstörer wechselten Kurs und Geschwindigkeit.

»Vorhin gab es für einen Augenblick irgendeine Art von Musik«, berichtete der Sonaroffizier.

»Die blasen doch schon seit Tagen Musik ins Wasser, um unsere Sonarsysteme zu stören. Was ist ungewöhnlich daran?«

»Die Empfangsphase war zwar nur kurz, und ich habe keine Peilung bekommen, aber ich hatte das Gefühl, dass die Musik nicht von dem Zerstörer stammte«, sagte der Mann etwas lahm.

»Halten Sie es für denkbar, dass das U-Boot gesendet hat?«

»Möglich, aber ohne Peilung schwer zu sagen. Die armen Teufel an Bord können auch schon längst hopsgegangen sein«, meinte der Sonarmann, der wie jeder U-Boot-Fahrer auf der Welt die Geschichte der *Kursk* kannte, mitleidsvoll. In einem abgesoffenen U-Boot zu ersticken, war der Alptraum eines jeden Seemanns.

Der Kommandant ging darauf nicht weiter ein. »Vielleicht wissen die Amerikaner ja auch mehr als wir. Immerhin haben sie keine große Suchaktion, die eigentlich zu erwarten stand, gestartet. Die tun beinahe so, als gäbe es gar kein U-Boot, als ob ...« Ein leises Piepen unterbrach seinen Gedankengang.

Der Sonaroffizier zuckte zusammen, und seine Augen überflogen die Anzeigen. »Niederfrequenz-Aktivsonar! Zwo-sechs-acht! Das ist der zweite Zerstörer!«

Khoudi fuhr herum. »WO, Schleichfahrt, drehen Sie genau auf Süd!«

»Jawohl, Kommandant!« Der Wachoffizier begann, die komplizierte Litanei der Befehle herunterzurasseln. Nicht nur das leise Summen des Elektroantriebs wurde fast unhörbar, auch Klimaanlage, Hilfsaggregate, alles, was nicht unbedingt dem Überleben diente, wurde abgeschaltet oder so weit wie möglich heruntergefahren. Einmal mehr wurde das Patrouillen-U-Boot der Kilo-Klasse zu einem schwarzen Loch im Wasser, einem nahezu lautlosen Körper mit rund dreitausend Tonnen Verdrängung, der einem Gegner durch keinerlei Geräusche etwas von seiner Anwesenheit verriet. Immer weiter drehte der stumpfe Bug in die Sonarsignale des Zerstörers, immer schmaler wurde die Silhouette.

Ein hoher Sington hallte durchs Wasser, der aber mit dem abgehackten Ping älterer Sonaranlagen nicht vergleichbar war. »Was in Allahs Namen …?«, entfuhr es Khoudi.

»Die sind auf höhere Frequenzen umgestiegen.« Der Sonaroffizier nahm ein paar Schaltungen vor. »Die müssen ganz offensichtlich irgendwas haben!«

»Hoffentlich nicht uns!«

Der Sonaroffizier blickte kurz auf. »Was auch immer die da treiben, eine Rundumsuche ist das nicht, denn deren Strahl ist zielgerichtet. Allerdings sauber an uns vorbei!«

In Khoudis Kopf vereinten sich die Peilung der Schiffe und die Seekarte zu einem großen Gesamtpanorama. »Das kann eigentlich nicht sein, denn dann wäre das verschollene Boot zig Meilen vom Minenfeld entfernt.« Er spürte die Versuchung, mit der *Mokhanar* kehrtzumachen und selber nachzusehen. Aber das war ihm verwehrt, denn in dem Moment, da sein eigenes Sonar auf Aktivmodus ging, würden die Amerikaner ihn genauso deutlich erfassen, wie wenn er auftauchte und Leuchtraketen abfeuerte. Er konnte nicht!

21. Tag, 19:15 Ortszeit, 15:45 Zulu – Bender Abbas

Oberst Ghazdivi hatte dafür gesorgt, dass Hauptmann Meshehr vor Ort alle Unterstützung erhielt, die er benötigte, allerdings erfolgte sie zum Teil zähneknirschend, denn die VEVAK-Leute in Bender Abbas sahen natürlich nicht ein, dass es eines Offizieres aus dem Hauptquartier in Teheran in ihrem Hinterhof bedurfte, um etwas zu tun, was sie nicht auch hätten leisten können. Aber Meshehr hatte nichts unternommen, was sie nicht auch vermocht hätten, sondern er hatte getan, was sie hätten tun *sollen*. Der Mann, den er suchte, war ein erfahrener und mit allen Wassern gewaschener Feldagent. Deshalb hatte er die üblichen Routinemaßnahmen kurzerhand gestrichen. Wozu Zeit und Personal für die Überwachung von Flughafen, Bahnhof und Busbahnhof aufwenden, wenn ihr Mann dort sowieso nicht auftauchen würde.

Hauptmann Meshehr hatte seine Jagdbeute aufgespürt, weil es ein paar Wildwechsel gab, die auch ein Profi nicht vermeiden konnte. Der Amerikaner hatte ein Fahrzeug benötigt, und am unauffälligsten, verglichen mit Autodiebstahl oder Autovermietung, ließ sich ein Wagen nun mal bei einem der diversen Gebrauchtwagenhändler, die keine großen Fragen stellten, beschaffen. Es gab zwar genügend Ausländer in Bender Abbas, doch von denen kaufte sonst kaum einer ein gebrauchtes Auto und bezahlte bar mit Euros, da diese meist problemlos angenommen wurden. Der Rest war einfach gewesen.

Hauptmann Meshehr konnte nicht verhindern, dass in seiner Stimme ein klein wenig Triumph mitschwang, als er mit Teheran telefonierte. »Wir haben ihn, Oberst!«

»Das hatte ich von Ihnen auch so erwartet. Was treibt er denn im Moment?«

»Er schafft sein bisschen Gepäck ins Auto und dürfte wohl demnächst aufbrechen wollen. Von einer Festnahme habe ich bisher abgesehen, weil wir mehr davon haben, wenn wir feststellen, mit wem er sich trifft.«

»Wie interessant!« Es klang, als könne Ghazdivi

nur mit Mühe ein Lachen unterdrücken. »Aber Sie werden ihn überhaupt nicht festnehmen!«

»Oberst?« Der Hauptmann glaubte, er könne seinen Ohren nicht trauen. »Wir gehen doch davon aus, dass er uns zu einem Einsatzteam führen wird, das ein Unternehmen gegen die Anlage am Jaz …«

»Ja, ja!«, unterbrach Ghazdivi ihn. »Und wenn unsere Annahme zutrifft, dann werden Sie ihn genau daran nicht hindern.«

»Das kapiere ich nicht, Oberst.«

»Das macht nichts.« Dieses Mal lachte der Oberst wirklich. »Es ist auch ziemlich kompliziert. Sie sind mir dafür verantwortlich, dass die Amerikaner ihr Ziel erreichen, etwas mitgehen lassen und damit entkommen. Aber bitte sorgen Sie dafür, dass die Ungläubigen nicht annehmen, wir selbst hätten die Sache so geplant und gewollt. Machen Sie es Ihnen daher nicht zu leicht, aber auch nicht zu schwer.«

»Ich gebe zu, ich verstehe das Ganze immer noch nicht.«

»Na wunderbar!« Oberst Ghazdivi klang sehr zufrieden. »Wenn Sie es nicht verstehen, dann verstehen es die Amerikaner auch nicht, nicht wahr?«

21. Tag, 22:00 Ortszeit, 18:30 Zulu – DiAngelos Kommando, Insel Kharg

DiAngelo sah vor sich die dunklen Schatten nach oben und durch die Wasseroberfläche verschwinden und biss unwillkürlich fester auf das Mundstück. Aus seinem Blickwinkel sah es aus, als würde die ganze Wasseroberfläche leuchten, angestrahlt von den Bogenlampen auf der Verladepier. Bob stellte sich vor, was dort oben ablief, wie SEALs in ihren Taucheranzügen geräuschlos über die Betonfläche huschten und, weil es bei der herrschenden Helligkeit einfach unmöglich war, ungesehen durchzukommen, einen unglücklichen Wachmann mit dem Messer kaltmachten, wobei sie doch bisher jedwedes Blutvergießen hatten vermeiden können.

Ein Arm griff durch die glitzernde Oberfläche, und die Finger formten ein O als Zeichen für okay. Zeit zum Auftauchen. DiAngelo wappnete sich für das Schlimmste und stieg langsam auf. Seine Füße fanden die Betonstufen, und er streifte die Flossen ab. Hände griffen nach ihm, als er plötzlich wieder das Gewicht der Ausrüstung spürte.

Lieutenant Jackson saß grinsend auf einem Poller und sah zu, wie sein Admiral die Tauchermaske abstreifte. »Willkommen auf der Verladeanlage von Kharg, Sir!«

Bob hielt den Atem an und sah sich um. Zu seiner Erleichterung lag wenigstens kein Toter rum. Trotz der Breite der Pier kam er sich vor wie in einer Schlucht. Die Bordwände der Tanker ragten zu beiden Seiten dreißig Fuß und mehr in die Höhe. Selbst wenn er den Kopf in den Nacken legte, konnte er kaum die Decksränder erkennen. In zwei Reihen zogen sich die Lampen entlang der Pier, lange Lichterschlangen bis zurück zu der anderthalb Meilen entfernten Insel mit den riesigen Tanks.

Lieutenant Jackson hatte das Gesicht des Admirals beobachtet. »Einen Wachmann, der mit dem Fahrrad unterwegs ist, gibt es übrigens auch. Mit dem Fernglas dürfte er vermutlich sogar noch zu sehen sein. Ansonsten habe ich nicht den Eindruck, als würde hier die Nacht über gearbeitet.«

Das war nicht weiter verwunderlich, denn die Liegeplätze waren gebührenpflichtig, und je länger ein Schiff verweilte, desto mehr Geld brachte es ein. Ein Verladebetrieb rund um die Uhr mochte zwar im Interesse der Reedereien, aber nicht der Iraner sein.

»Dann wollen wir mal«, sagte DiAngelo. »Der dritte rechts!«

»Aye, aye, Sir! Wir flitzen los! Auf geht's, Jungs!«

Bob sah den Männern etwas neidisch nach, wie sie flink und gewandt die Pier entlang huschten, und hinkte wesentlich langsamer hinterher. Die mächtigen Rohre, die in der Mitte verliefen, waren als Deckung völlig ausreichend.

Als er die Stelling erreichte, die durch eine Art Drahtkäfig vor fremden Besuchern geschützt wurde, hatten die SEALs schon das Vorhängeschloss des Zugangs geknackt und waren nach oben an Deck verschwunden. Für einen Augenblick lauschte er, ob irgendwelche Schüsse fielen. Als DiAngelo das steile Fallreep hinaufstieg, kamen ihm seine eigenen Schritte in der Stille ungeheuer laut vor.

Alles war so unglaublich einfach verlaufen. Piraterie auf See in Südostasien oder vor dem Horn von Afrika bildete zwar bekanntermaßen eine ernsthafte Bedrohung für die Handelsschifffahrt, doch im Persischen Golf, vor der Insel Kharg, rechnete natürlich niemand mit einem solchen Akt, und genau deshalb hatte die Sache auch so perfekt geklappt.

Den größten Teil der Besatzung hatten die SEALs in der Messe angetroffen, wo die Männer sich auf Video einen Mickey-Maus-Film anguckten und Büchsenbier tranken. Zwei Mann, die in dem Wohndeck bereits in die Koje gegangen waren, wurden von Jacksons Leuten zurück in die Messe eskortiert.

Als Bob das Deck leicht keuchend erreichte, war alles eigentlich schon vorbei. Keine fünf Minuten hatten die SEALs benötigt, um das Schiff zu übernehmen und achtunddreißig Männer in der Messe festzusetzen, ohne dass auch nur ein Schuss fiel.

Den Kapitän fanden der Konteradmiral und Lieutenant Jackson in dessen Kajüte vor, die im Gegensatz zu der Kommandantenkammer auf einem U-Boot geräumig und relativ wohnlich eingerichtet war. Der Mann, der noch gar nicht mitbekommen hatte, dass sein Tanker gekapert worden war, saß behaglich in einem bequemen Sessel und las einen Krimi. Als die Tür aufflog und zwei Männer in Taucheranzügen zu ihm hereingestürmt kamen, einer davon mit einer MP, riss er mehr verdutzt denn erschrocken die Augen auf. »Was zum Teufel …«

DiAngelo zwang sich zu einem ruhigen Lächeln. »Captain, entschuldigen Sie die Ungemach, aber wir haben soeben Ihr Schiff übernommen.«

»Äh? Sie haben was?«

»Sie haben uns schon richtig gehört, Sir«, versicherte Bob dem Mann, der etwas über fünfzig sein mochte, und dessen Haare und Bart bereits grau waren.

»Wir sind hier im Iran …«

»Stimmt«, sagte DiAngelo trocken. »Insel Kharg, an der Pier. Und Sie werden dieses Schiff unter unserer Kontrolle aus dem Golf in internationale Gewässer führen. Danach werden wir uns wieder verabschieden, und Sie können tun und lassen, was Ihnen beliebt.«

An sich hätte der Admiral jetzt eine »Was-und-wenn-ich-mich-weigere-Frage« erwartet. Stattdessen sagte der Kapitän: »Ich mache Sie darauf aufmerksam, dass dieser Tanker einer amerikanischen Reederei gehört, auch wenn er unter der Flagge Zyperns läuft. Und die amerikanische Regierung reagiert bekanntlich wenig zimperlich auf Terrorismus.« Er hielt kurz inne. »Aber wenn ich Sie mir so anschaue, dann sehen Sie beide nicht so aus, als ob Sie irgendwo aus dem mittleren Osten stammen.«

»Wir sind Amerikaner.«

Der Kapitän schüttelte den Kopf. »Nun verstehe ich gar nichts mehr.«

DiAngelo zuckte mit den Schultern. »Besser, Sie versuchen es gar nicht erst. Wir brauchen Ihr Schiff wenn alles glatt geht für maximal zwei bis drei Tage, und das wär's dann auch schon.«

»Und wofür? Das würde ich schon gerne wissen wollen.«

»Ich möchte etwas abschleppen.«

»Und dafür konnten Sie nichts Geeigneteres finden als ausgerechnet einen Supertanker?« Man konnte ihm deutlich ansehen, dass er an DiAngelos Verstand zweifelte.

»Das lassen Sie mal getrost meine Sorge sein«, erwiderte Bob. »Wir müssen uns nur etwas einfallen lassen, was das Schleppgeschirr angeht.«

»Achtern natürlich, wie wollen Sie es sonst machen!« Der Kapitän antwortete ganz automatisch. »Wenn Sie versuchen, weiter vorne ein Schleppgeschirr zu befestigen, dann wird dieses Riesenbaby bei der ersten Kursänderung einfach über das geschleppte Schiff drüberrauschen und es unter Wasser drücken. Das gibt einen eins a Bruch, Mann!«

»Es sei denn, das Schiff ist sowieso schon unter Wasser.«

»Wie bitte?«

»Ich sagte …«

»Ich weiß, was Sie sagten, ich bin ja schließlich nicht taub«, erklärte der Kapitän unwirsch. »Ich fürchte allerdings, Sie haben nicht die geringste Ahnung von Großtankern.«

»Da ist was Wahres dran!«

»Okay!« Der Tankerkapitän deutete in eine Ecke. »Greifen Sie sich ein Bier, und ich verklickere Ihnen, warum Ihr verrückter Plan nicht funktionieren kann.«

Bob sah Jackson dabei zu, wie der wortlos zwei Dosen Bier aus dem Kühlschrank holte. »Aber verraten Sie mir doch erst einmal Ihre Namen, das macht die Unterhaltung einfacher.«

»John Graham, und außer mir sind, wie das heutzutage auf Tankern so ist, nur noch der Leitende und zwei meiner Offiziere Amerikaner, dazu kommt ein Este. Der Rest der Besatzung besteht aus Filipinos, Malaien, Mexikanern – Hauptsache billig.«

DiAngelo verstand die Warnung, die Graham ihm in punkto Zuverlässigkeit seiner Leute damit zukommen ließ, und öffnete erst einmal die Bierdose, die Jackson ihm rüberreichte. »Wir gehören zu dem amerikanischen Atom-U-Boot *USS Alaska*, das ungefähr zweihundert Meilen von hier beschädigt auf Grund liegt.«

»Und warum kann es die Navy nicht selbst abschleppen?«

»Das Boot befindet sich näher als zwölf Meilen an der iranischen Küste. Die Iraner beanspruchen Hoheitsrechte dort, auch wenn …«

Graham winkte ab. »Das ist mir bekannt. Nach Seerecht handelt es sich maximal um eine Wirtschaftszone und so weiter. Bla, bla, bla! Auf jeden Fall werden Sie die ganze verdammte iranische Marine und

Luftwaffe auf dem Hals haben, wenn Sie da etwas versuchen. Die Lage ist bereits gespannt genug. Wegen Ihres Bootes?«

»Kann schon sein.« Der Admiral nahm einen Schluck von seinem Bier. »Auf jeden Fall sind wir auf Ihre Mithilfe angewiesen. Und wenn die Chose schiefgeht, können Sie jederzeit ohne Gewissensbisse behaupten, dass Sie von uns dazu gezwungen worden sind.«

21. Tag, 23:00 Ortszeit, 19:30 Zulu – *USS Oklahoma*,
östlich von Bender Abbas, Straße von Hormuz

»GPS bestätigt unsere Position, Sir!«

»Dann legen Sie uns nun schön langsam und gemütlich auf Grund«, wies Commander Turk seinen XO an.

»Maschine stopp, fünf Grad vorlastig!«, befahl Foster und beobachtete aufmerksam sämtliche relevanten Anzeigen. »Langsam rückwärts!«

Eins musste man dem Mann lassen, unabhängig davon, was man sonst auch von ihm halten mochte, er kannte das Boot genau und hatte es im Griff. Als der schwere Rumpf in den Sand am Meeresgrund sank, ging nur ein leichtes Zittern durch die Hülle. Ein perfektes Manöver.

»Maschine stopp, fluten Sie noch mal fünf Tonnen mehr!« Und an die Adresse des Kommandanten gerichtet fügte der hinzu: »Nicht, dass uns eine Strömung über den Grund schleift.«

»Gut gemacht«, sagte Turk. »Ich begebe mich dann mal nach achtern und sehe nach unseren Recons.«

»Weitere Befehle, Sir?«

Der Kommandant schaute auf seine Uhr. »Wir sind etwas spät dran. Bereiten Sie schon mal so weit alles zum Aussetzen vor.« Er sah kurz in die Runde. »Mister Foster hat die Zentrale!«

»Aye, aye, Sir!«

Zehn Minuten später verabschiedete John Turk mit erhobenem Daumen durch das dicke Sichtfenster der Schleuse Captain Spencer Briggs und den ersten Schwung seiner Leute, während um diese herum das Wasser stieg. Eine nette Geste, fand Briggs, auf diese Weise Glück zu wünschen, denn das würden sie brauchen können.

21. Tag, 23:15 Ortszeit, 19:45 Zulu – am Strand,
östlich von Bender Abbas

Am Strand begann Jack Small nun ebenfalls etwas unruhig zu werden. Team Eins war pünktlich eingetroffen, und den Agenten war durchaus Erleichterung anzumerken gewesen, ihren Boss wiederzuhaben. Nichtsdestotrotz herrschte mittlerweile eine ziemlich nervöse Stimmung vor. Fünfzehn Minuten lagen sie bereits über Zeitplan, dreißig waren die äußerste Karenzfrist, auch wenn Small entschlossen war, da noch etwas zuzugeben, obwohl sie nicht ewig hier rumhängen konnten. Außer warten, vermochten sie nichts zu tun, auch wenn das Gefühl stetig wuchs, Team Drei werde doch wahrscheinlich nicht mehr kommen.

Small spürte, wie sich der Mann neben ihm ruckartig aufrichtete. »Da war was, Sir, nur kann ich es jetzt nicht mehr sehen.«

Small starrte hinaus auf die dunkle See, aber der

schwache Wellengang, der von einem Schiff aus kaum spürbar gewesen wäre, reichte aus, um den Kopf eines Schwimmers zu verbergen. Jack biss sich auf die Lippen, denn er war sich des Risikos bewusst. »Geben Sie das Signal!«

»Jawohl, Sir!« Der Agent ließ in schneller Folge mehrmals seine Taschenlampe aufblitzen.

Nur wenig später stiegen plötzlich die ersten Männer aus dem Wasser, denen nach und nach in gewissem Abstand weitere Gruppen folgten. Jack Small setzte sich in Bewegung und ging dem vordersten Taucher entgegen, der Maske und Haube abnahm und sich danach durch das nasse Haar strich. »Hi, Mister Small, die Marines sind für Sie da!«

24. Kapitel

22. Tag, 15:45 Ortszeit, 12:15 Zulu – Tanker *Oil Monarch*, Insel Kharg

Wieder einmal hatte es eine schlafarme Nacht gegeben, die den darauffolgenden Tag nur noch umso länger erscheinen ließ. Die SEALs hatten sich darin abgewechselt, die Besatzung des Tankers zu bewachen, der Admiral und längere Zeit auch Lieutenant Jackson hatten mit Captain Graham zusammengesessen.

Auch wenn er faktisch ihr Gefangener war, hatte sich der Kapitän der *Oil Monarch* als wertvolle Hilfe erwiesen, denn der Mann hatte die letzten fünfundzwanzig Jahre seines Lebens auf Tankern wie diesem zugebracht. Seefahrtromantik existierte auf diesen Schiffen ebenso wenig wie auf den modernen Erzfrachtern und großen Containerschiffen. Tankerfahrt bedeutete monatelange Langweile in See, unterbrochen von gelegentlichen Stürmen und bisweilen ein bis zwei Stunden Abwechslung von der Monotonie des Schiffsalltags, wenn das Ungetüm Küstengewässer durchqueren musste. Aber meistens verlief auch das langweilig, vor allem bei schönem Wetter und wenn man schon ein paar Dutzend Mal in der Gegend gewesen war. Eine harte, langweilige Tätigkeit.

Von daher verfolgten die Männer der *Oil Monarch* die ganze Situation eher mit gespannter Neugier denn mit Furcht. Das war einfach mal etwas anderes und versprach Stoff, um hinterher daraus einen hübschen Faden Seemannsgarn zu spinnen. Außerdem ging sowieso jeder davon aus, dass die Amerikaner ihnen nichts antun würden. Es stand zudem nicht zu erwarten, dass man für ewige Zeiten irgendwo in einer Bucht am Ende der Welt liegen würde, bis die Piraten endlich mit der Reederei ein Lösegeld für Schiff und Besatzung ausgehandelt hatten, und zu Opfern von Selbstmordterroristen würde man schon gar nicht werden. Die Amerikaner würden einfach tun, wozu sie gekommen waren und dann wieder verschwinden.

»Was zum Teufel zieht der denn da zusammen?« Captain Graham stürmte wütend durch die Brücke in die Backbordnock und starrte auf den kleinen Schlepper, der sich nach Kräften bemühte, den Bug von der Pier wegzuziehen. »Das schafft der nie!«

Bob drückte sich in eine Ecke und versuchte, einfach nicht im Wege zu sein. Die Brückencrew, die er und einer der SEALs bewachen sollten, ignorierte ihn geflissentlich und machte ihren Job. Den Tanker in Fahrt zu bringen, war eine Art von Wissenschaft, denn das, was sich hier in Bewegung setzte – wenn auch im Augenblick noch nicht aus eigener Kraft, denn die Schrauben würden mit ihrer Druckwelle die Pier und die Verladeanlage beschädigen –, das war kein Schiff, sondern ein schwimmender Berg.

»Der soll sich einen Kollegen zur Unterstützung herbeirufen und uns endlich von der Pier wegbringen!« Graham klang wütend. »Was ist am Heck los?«

»Leinen sind ein!«, knatterte es aus dem Walkie-Talkie. »Der Schlepper ist gut, der hält unser Heck!«

»Na wenigstens was!« Der Captain knurrte mehr

in das kleine Funkgerät und marschierte hinüber auf die andere Seite zur Steuerbordnock. Im Vorbeigehen fragte er DiAngelo: »Sie wollen das Baby nicht selbst hier rausbringen?«

Der Admiral hatte durch die Brückenfenster zu der unendlich weit entfernten Gösch hinausgeschaut. Der nächste Tanker an der Pier schien beinahe schon mit ihrem Bug zu kollidieren, ein optische Täuschung zwar, aber eine, die Bob so etwas wie Ehrfurcht vermittelte.

»Nein danke, das überlasse ich gern getrost Ihnen.«

In Grahams Augen trat ein verschmitztes Funkeln. »Mach ich ... sowie ich einen Schlepper mehr bekomme.« An der Brückenrückwand griff er nach einem der Telefone. »Zeche, wenn ihr da unten nichts zu tun habt, dann könnt ihr ja mal ein paar Heizergrüße* produzieren.« Er zwinkerte Bob zu, während er der Antwort aus der Zeche, wie der Maschinenraum, sechs Decks tiefer, im Jargon genannt wurde, lauschte und dann zufrieden nickte. DiAngelo fand es toll, dass der Kapitän nicht nur brav mitmachte, sondern das Spiel von sich aus auch noch bereicherte. Dass sie wie jedes Schiff beobachtet wurden, stand außer Frage, und alle Beobachter würden hinterher übereinstimmend berichten können, dass die *Oil Monarch* bereits beim Auslaufen heftig gequalmt hatte.

---

* Heizergruß: Eine meistens einzelne, sehr schwarze Rauchwolke aus dem Schornstein. Sie entsteht normalerweise bei Drehzahl- beziehungsweise Lastwechseln, kann aber mit ein paar Kniffen auch gewollt hervorgerufen werden.

22. Tag, 07:45 Ortszeit, 12:45 Zulu – Langley, Virginia

Im Operationszentrum herrschte gespannte Ruhe, eine Art Zwangspause, weil zurzeit keine Funkverbindung und Beobachtungsmöglichkeit per Satellit bestand. Es war, wie weiland 1969 bei der Mondlandung, als Apollo 11 hinter dem Trabanten verschwand. Jeder im Kontrollzentrum wusste, dass die Weltraumkapsel wieder auftauchen müsste, aber ein kleiner nagender Zweifel blieb unterschwellig, ob das auch wirklich eintreten würde.

Roger Marsden hatte viele Operationen erlebt und kannte dieses Gefühl der Unsicherheit, das immer blieb. Aber anders als beim Apollo-Programm währte bei ihnen die Funkstille nicht Minuten, sondern Stunden, und die würden ebenfalls vergehen, bis der nächste Beobachtungssatellit wieder neue Bilder zu liefern vermochte. Momentan wussten sie nur, dass bisher alles glatt verlief … bisher!

22. Tag, 16:45 Ortszeit, 13:15 Zulu – vier Meilen vom Jaz Murian, amerikanisches Kommandoteam

Nach dem Treffen der Teams hatten sie ihre Position bezogen und den Tag mit Warten verbracht. Jack Small, der zwischen ein paar Felsen hockte, richtete seinen Feldstecher auf die Anlage, die sich am Ufer des Sees entlangzog. »Sieht alles nach normalem Routinebetrieb aus.« Er warf einen flüchtigen Blick zum Himmel, von dem die Sonne nach wie vor mit unverminderter Kraft herunterknallte, und einmal mehr verfluchte der Special Agent innerlich die Wüste.

»Doppelposten kann ich am Tor, vor dem Verwaltungsgebäude sowie dem flachen Gebäude neben den Tanks ausmachen«, erklärte Briggs.

»Der Flachbau ist unser Ziel, denn darunter liegt die eigentliche Anlage und erstreckt sich ungefähr bis zu dem zweiten Büroblock.«

»Hat Ihr Informant auch etwas darüber verlauten lassen, wie viel Leute dort die Nacht über sind?«

»Er erwähnte für die eigentliche Nachtschicht in der Anlage die Zahl von knapp dreißig Personen, acht Wachen inklusive. Auf dem ganzen Gelände halten sich ungefähr hundert Menschen auf.«

»Nicht gerade viel, die Iraner scheinen recht sorglos zu sein.«

»Nicht unbedingt, ich nehme eher an, sie befürchten, massive Sicherheitsmaßnahmen könnten auf unseren Satellitenfotos auffallen.«

»Höllisch aufpassen müssen wir ohnehin. Den Befehlsanweisungen habe ich entnommen, dass im Falle eines Feuergefechts alles Mögliche passieren kann, wenn eine verirrte Kugel irgendwo einschlägt. Das ist der unkalkulierbare Teil der Geschichte.«

»Ihre Männer sind entsprechend instruiert?«

»Ja, sie wissen Bescheid.«

»Gut! Die Iraner produzieren hier nämlich nicht nur waffenfähiges Plutonium, sondern auch nach wie vor C-Waffen. Also seien Sie einfach vorsichtig, wenn geballert werden muss.«

22. Tag, 16:45 Ortszeit, 13:15 Zulu – vier Meilen vom Jaz Murian, iranisches Kommandoteam

Hauptmann Meshehr suchte ein weiteres Mal mit dem Glas die rötlichen Felsformationen rund herum ab. Eine Gegend, die Allah im Zorn erschaffen haben musste. Sie war unerträglich heiß und von einer derartigen Trockenheit der Luft geprägt, dass ein menschlicher Körper ganz rasch dehydrierte. In diesem verdammten Höllenloch konnte man innerhalb weniger Stunden verdursten, wenn man nicht ständig Flüssigkeit zu sich nahm.

Der Hauptmann ließ das Glas sinken. Auch wenn er die Amerikaner nicht hatte sehen können, so wusste er dennoch, dass sie da waren. Mit einer Mischung aus Schadenfreude und Besorgnis fragte er sich, wie es den Ungläubigen wohl ergehen mochte. Unter der sengenden Sonne und dem Staub zu leiden, gönnte er ihnen durchaus, nur wenn sie ihr Ziel nicht erreichten, dann würde Oberst Ghazdivi einzig und allein ihn dafür zur Rechenschaft ziehen. Persönlich hielt er es zwar immer noch für Wahnsinn, den Amerikanern die Anlage am Jaz Murian quasi auf dem Tablett zu servieren, aber das war nicht seine Entscheidung. Er folgte nur Befehlen, und die lauteten, die Amerikaner im Auge zu behalten und sicherzustellen, dass sie bekamen, was sie wollten. Mit einem leisen Seufzer griff der Hauptmann zu seiner Wasserflasche. Noch lagen ein paar Stunden bis zum Anbruch der Dunkelheit vor ihnen.

22. Tag, 17:15 Ortszeit, 13:45 Zulu –
iranisches konventionelles U-Boot *Mokhanar*,
Straße von Hormuz

»Die verdammten Zerstörer suchen immer noch!«

»Und wie gehen sie nunmehr dabei vor?«, fragte Kapitänleutnant Khoudi.

»Sie wenden immer noch den Musiktrick an, nur in

einer neuen Variante. Sie haben sich geteilt und versuchen jetzt, zwei Peillinien zu bekommen.«

»Dann müssen die sich aber beeilen, denn wie es aussieht, haben auch wir damit das amerikanische Boot gefunden.«

»Aber ich habe doch auch immer nur eine Peilung ...«, stammelte der Sonaroffizier verwirrt.

»Richtig, und jeder weiß, dass man gemeinhin mindestens zwei gleichzeitig braucht, um per Kreuzpeilung den Ort eines Senders herauszufinden.« Der Kommandant setzte ein überlegenes Lächeln auf. »Nur stimmt das so nicht unbedingt. Wenn der Sender sich nicht bewegt und Sie zwei Einzelpeilungen und Ihre eigenen beiden Positionen kennen, dann können Sie dessen Position trotzdem ermitteln.*«

»Aber dann brauchen wir doch nur aufzutauchen und dem Hauptquartier einen Funkspruch zu schicken!«

»Den Gefallen werden wir den Amerikanern in gar keinem Fall tun, denn ich glaube, das ist genau das, worauf sie warten.«

22. Tag, 17:15 Ortszeit, 13:45 Zulu – Tanker *Oil Monarch*, auslaufend Schatt al-Arab

Am Ende waren die vereinten Kräfte von einem halben Dutzend Schleppern notwendig gewesen, das riesige

---

* Das hier geschilderte Verfahren der Versegelungspeilung wird schon seit vielen Jahren an westlichen Marineschulen nicht mehr gelehrt, weil es im Zeitalter der Elektronik als überholt gilt. Allerdings beherrschen ältere Offiziere und Steuerleute es immer noch.

Schiff weg von der Pier zu bringen. Als der Tanker endlich die eigenen Schrauben schlagen ließ, war Bob um eine Erfahrung reicher. Er selbst hatte U-Boote aller Größen aus Häfen manövriert und traute sich auch durchaus zu, einen Kreuzer sicher aus Norfolk hinauszubringen. Trotzdem war er sich nun ziemlich sicher, dass er beim dem Versuch, den Supertanker in Fahrt zu bringen, ordentlich Schrott produziert hätte.

Captain Graham beugte sich über den Kartentisch, der neben dem modernen Plottisch stand, dessen Elektronik ihm jederzeit den Schiffsort anzeigen konnte, in Sekundenschnelle auszurechnen vermochte, wann die *Oil Monarch* eine bestimmte Position erreichen würde, und die ihm und seinen Offizieren den Großteil der Navigationsarbeit abnahm. Reine Rechenfehler wie Menschen beging ein Computer nie, doch irren konnte auch er sich, etwa, wenn er das letzte Kartenupdate mit einer neu aufgetretenen Untiefe nicht geladen hatte. Elektronische Navigation war fraglos die sicherste Methode, aber sie war nicht hundertprozentig fehlerfrei, weshalb viele ältere Seeleute deren Ergebnisse immer noch mit denen eher altmodischer Navigationsverfahren verglichen und erst zufrieden waren, wenn beide übereinstimmten. Nur Narren fuhren immer nach Computer.

Bob beugte sich ebenfalls über die Karte und studierte die Eintragung. »Sechzehn Knoten, zwölf Stunden?«

»So ungefähr! Geben Sie aber ruhig noch zwei Stunden für das Manöver in der Straße hinzu.«

»Können wir uns hier, auch wenn uns das zwanzig bis dreißig Minuten zusätzlich kostet, etwas südlicher halten und erst im letzten Moment auf Nord drehen?«

Graham blickte auf. »Das schon. Nur warum wollen Sie diese Ecke meiden?«

»Da hat es die *Alaska* erwischt. Die Iraner haben dort Minen ausgebracht, die sie im Bedarfsfall scharf machen können, bloß waren ein paar von den Dingern jetzt schon ungewollt scharf, und wir wissen nicht, ob es nicht noch weitere davon gibt.«

22. Tag, 17:15 Ortszeit, 13:45 Zulu – *USS John P. Ashton*, Straße von Hormuz

»*Imperial March* aus *Star Wars*.« Angela DiAngelo hatte kein Problem gehabt, das kurze Stück aus dem Soundtrack zu erkennen, bevor dieses wieder abrupt abbrach. »Nur verstehe ich nicht, was er uns damit signalisieren will.«

»Nichts«, sagte Igor Sarubin mit Entschiedenheit. »Da fuhrwerkt lediglich jemand mit der CD-Sammlung des Admirals herum, der sich nicht mit Filmen auskennt.« Er warf einen besorgten Seitenblick auf Angela, die einem Zusammenbruch nahe war, kein Wunder, deutete doch alles darauf hin, dass ihr Mann nicht unter denen war, die da versuchten, per Filmmusik Kontakt herzustellen, also nicht zu den Überlebenden des Unglücks zählte.

»Und warum rufen Sie nicht endlich ein Bergungsschiff herbei?«, fragte sie Captain Thyne vorwurfsvoll.

»Nichts täte ich lieber als das, nur sieht es ganz danach aus, als läge die *Alaska* innerhalb der Zwölfmeilenzone, die der Iran beansprucht. Und wenn wir da mit Kriegsschiffen hineinrauschen, würde es ganz schnell ganz mächtig rumsen.«

Thyne wandte sich zu dem Sonaroffizier um, der konzentriert in seine Kopfhörer lauschte. »Was macht unser anderer Freund?«

»Er ist da, mal hier, mal dort. Es existiert immer nur kurzer Kontakt, und mit jedem Kurswechsel verlieren wir ihn wieder.«

»Ein Loch im Wasser.« Missmutig blickte der Kommandant auf das Plotbrett, wobei die Linien zwischen den einzelnen Kontakten wie das Gekritzel eines Irrsinnigen anmuteten. Es *konnte* sich dabei um ein U-Boot handeln, aber es konnte genauso gut auch etwas völlig anderes sein. Nur wenn er im falschen Moment auf einen falschen Kontakt operierte, dann konnte dies, sollte es hart auf hart kommen, für den Zerstörer fatale Folgen haben.

22. Tag, 23:45 Ortszeit, 20:15 Zulu – Tanker *Oil Monarch*,
nahe der Straße von Hormuz

Der Blick über die See bot DiAngelo ein vertrautes Bild, weil küstennahe Gewässer bei Nacht immer gleich aussahen. In der Ferne blinkten ein paar Tonnen in verschiedenen Farben, Dampferlichter schienen wie tiefstehende Sterne über dem Wasser zu schweben, während die Schiffe darunter in der Dunkelheit unsichtbar waren.

Graham, der nun, nachdem sie ihrem Ziel immer näher kamen, wieder auf der Brücke war, sah wortlos über das lange Deck der *Oil Monarch*. Die einzelne Laterne ganz vorn am weitentfernten Bug wirkte von der Brücke aus betrachtet, als hinge sie im leeren Raum.

Nach einer Minute des Schweigens meinte der Kapitän: »Viel zu sehen gibt es ja nun wirklich nicht. Vielleicht sollten wir daher einen gemeinsamen Blick auf den Radarschirm tun.«

»Das kann nie verkehrt sein«, sagte der Admiral und trat an das Gerät, das bei dem Tanker primär ein Navigationsradar war und mit der komplexen militärischen Ausrüstung, die dem Betrachter gleich dreidimensionale Abbildungen des Raums um das Schiff vermittelten oder Ziele und mögliche Bedrohungen automatisch identifizierten und kennzeichneten, wenig gemein hatte. Es handelte sich einfach nur um ein simples Radar, das anzeigte, was in der Nähe war.

»Allerhand los hier«, stellte DiAngelo fest. »Interessant sind beispielsweise auch diese verwischten Punkte auf dem Radar, zu denen wir mit bloßem Auge keine dazugehörigen Lichter haben erkennen können.«

»Und wie interpretieren Sie die, als abgeblendete Schiffe oder möglicherweise auch nur als Tonnen oder Felsen in Küstennähe, außerhalb des internationalen Fahrwassers?«

»Denkbar ist manches«, bekannte Bob. »Schnellboote nutzen beispielsweise einen größeren Felsen gern als Radarschatten. Sollte jemand sie nämlich unklar auf den Schirm bekommen, wird der Betreffende die Seekarte konsultieren und annehmen, dass da außer einem Felsen nichts ist, schon gar nicht ein potentieller Angreifer.«

»Wie auch immer«, meinte der Tankerkapitän, »es wird allmählich Zeit, dass ich unser Geschirr aufriggen lasse.«

22. Tag, 23:45 Ortszeit, 20:15 Zulu – Jaz Murian, iranisches Kommandoteam

Nachtsichtgeräte waren schön und gut, hatten aber leider den Nachteil, nur eine begrenzte Sichtweite zu erlauben, doch da die Anlage hell beleuchtet war, kam Hauptmann Meshehr auch mit einem normalen Feldstecher aus. »Die nahende Patrouille hat uns gerade noch gefehlt!«

»Die Amerikaner können die unmöglich sehen!«, kommentierte der VEVAK-Mann, der neben ihm die Szene beobachtet hatte, diese Entwicklung.

Den Gedanken, seinen beiden Scharfschützen per Funkgerät den Befehl zu erteilen einzugreifen, ließ er gleich wieder fallen, denn die Amerikaner würden die Schüsse hören.

»Die ersten sind durch!« Unterdrückte Erregung schwang in der Stimme des Mannes neben ihm mit.

Darüber, dass das Ganze schlichtweg grotesk war, machte sich der Hauptmann nichts vor. Sie lagen hier oben auf einem Felsvorsprung, der immer noch die Wärme des Tages ausstrahlte und fieberten mit den Amerikanern, die eigentlich ihre verhassten Feinde sein sollten und auch waren, mit! Noch widersinniger ging es nicht! Nur lauteten ihre Befehle dahingehend, gegebenenfalls Sorge für den Erfolg von deren Einsatz zu tragen. Meshehr richtete erneut sein Glas auf die beiden Wachsoldaten, die mit ihrem Hund zwischen den Rohren der chemischen Fabrik entlangkamen. Es handelte sich um die ganz normale Route, nur war die Streife vom Turnus her ungewöhnlich früh dran. Meshehr unterdrückte einen saftigen Fluch. Gut hundert Meter noch, und dann würde die Patrouille zwangsläufig auf die Eindringlinge stoßen.

22. Tag, 23:45 Ortszeit, 20:15 Zulu – Jaz Murian,
amerikanisches Kommandoteam

Der Entschluss, kurz vor dem ausgekundschafteten Wachwechsel in den Komplex einzudringen, war logisch gewesen, weil dadurch die Streifentätigkeit zur Sicherung der Anlage eine kurzfristige Unterbrechung fand. Eine richtige Entscheidung, deren unvorhersehbare Folgen einfach nur Pech waren. Jack Small hob das Gewehr und visierte sein Ziel an, zog langsam mit dem Zeigefinger den Abzug bis zum Widerstandspunkt zurück, hielt den Atem an ... der Vorgang des Abdrückens war dann nur noch eine Bewegung im Millimeterbereich.

Das Druckluftgewehr verursachte fast keinen Rückstoß, und der Abschuss klang eher wie ein trockenes Hüsteln. Ein nämliches Geräusch neben ihm signalisierte, dass auch Briggs fast zur selben Zeit den Stecher durchgezogen hatte. Die beiden iranischen Wachsoldaten griffen sich verdutzt an die Schultern, aber als das Begreifen kam, sackten sie auch schon friedlich schlafend zu Boden. Wildhüter in Afrika setzten solche Waffen ein, um ein Rhinozeros von den Beinen zu holen, und sie vermochten auch bei Menschen mit einer verringerten Dosis des Betäubungsmittels gute Dienste zu leisten, weshalb die Dinger in Geheimdienst- und Kommandokreisen beinahe ebenso beliebt waren, wie die berüchtigte Armbrust.

Briggs' Marines erschienen aus der Dunkelheit und schlossen zu ihnen auf. Small starrte etwas irritiert den Hund an, der an seinem schlafenden Herrchen rumschnüffelte und noch recht tollpatschig wirkte. Der war einfach bei weitem noch zu jung, um schon abgerichtet worden zu sein, denn sonst wäre er schon längst einem von ihnen an die Gurgel gesprungen. Jack ging in die Hocke, schnippte mit den Fingern, und der junge Hund kam zu ihm gelaufen, um sich streicheln zu lassen, während er gleichzeitig versuchte, Smalls Gesicht abzulecken.

Die Marines nutzten die Gelegenheit, um die beiden eingeschläferten Gestalten unter dem Rohrgewirr unauffällig zu verstecken. Das Tier würde dann schon treu und brav bei seinem Herrchen verweilen.

25. Kapitel

22. Tag, 00:15 Ortszeit, 20:45 Zulu – Jaz Murian,
amerikanisches Kommandoteam

Die große unterirdische Halle befand sich drei Stockwerke tief unter der Erde, versteckt unter einer Anlage, die chemische Kampfstoffe produzierte. Um dorthin zu gelangen, hatten sie einen Aufzug kurzschließen, ein paar Lichtschranken manipulieren und eines der ausgeklügelsten Alarmsysteme austricksen müssen, das Jack Small in seinen vielen Jahren bei der CIA jemals zu Gesicht bekommen hatte. Die Schleusenkonstruktion vor der Halle war noch das geringste Problem gewesen.

Immerhin hatten sie es bis hierher geschafft, ohne aufzufallen, doch nun war ihnen eine Streife in die Quere gekommen, von der Thoum Jack Small nichts erzählt hatte. Den ersten der beiden Wachsoldaten schaltete Briggs mit dem Betäubungsgewehr aus. Zufrieden sah er zu, wie der Mann zu Boden sank. »Einen hab ich erwischt«, gab er per Sprechfunk durch.

»Saubere Arbeit«, lobte Small. »Wo steckt der andere?«

»Im Moment nicht zu sehen.«

»Versuchen Sie, ihn in die Zange zu nehmen. Eine Gruppe soll entlang der Wand vorrücken, die andere zwischen den Kabinen.«

Bei dem was Jack als Kabinen bezeichnet hatte, handelte es sich um abgeschirmte würfelförmige Kästen, in denen Proben mit Manipulatoren bearbeitet werden konnten. Mit ziemlicher Sicherheit waren hier die ersten iranischen Bomben befüllt worden, und von daher war es auch kein Wunder, dass diese Halle durch Schleusen abgesichert wurde, was zeigte, dass die Iraner sich der Risiken sehr wohl bewusst waren.

Ein Feuerstoß aus einer Maschinenpistole ratterte durch den Raum. Aus den Augenwinkeln sah Small kleine Betonbrocken von der Hallenwand platzen. Der iranische Wachsoldat hatte zwischen den Kabinen Deckung gesucht, weil das ein Bereich war, den mit Stahlmantelgeschossen zu beschießen hoch gefährlich war. Eine zweite Salve folgte von dort, Querschläger pfiffen durch die Gegend, ein Mann schrie auf. Dann herrschte kurze Stille, in der plötzlich ein einzelner Schuss fiel. In seinem Kopfhörer vernahm Captain Briggs ein tiefes Durchatmen und die Worte: »Nummer zwei hat sich erledigt!«

»Los, los, los!«, rief Briggs und sprang auf. »Gruppe zwei, ihr kümmert euch um den Verletzten, eins folgt mir, drei sichert!«

Der Captain sah, wie auch Small angelaufen kam. Auf der anderen Seite beugten sich an der Hallenwand zwei seiner Recons über eine verkrümmt daliegende Gestalt. Das Telefon mit dem herabbaumelnden Hörer stach Briggs sofort in die Augen. Der Iraner musste versucht haben, Verstärkung anzufordern. »Beeilung Männer«, forderte er. »In ein paar Minuten dürfte hier die Hölle los sein!«

22. Tag, 00:15 Ortszeit, 20:45 Zulu – Jaz Murian,
iranisches Kommandoteam

Hauptmann Meshehr unterdrückte den Drang, einen der saftigen Flüche loszulassen, an denen die persische Sprache so reich war, denn damit hätte er preisgegeben, dass sie keinesfalls amerikanische Kommandosoldaten waren, die sie vorgaben zu sein.

Minuten verstrichen, ohne dass etwas passierte. Dann plötzlich schrillte das Telefon.

Meshehr hob abwehrend die Hand. »Ignore it!«, befahl er auf Englisch.

Der andere Agent, der instinktiv bereits nach dem Hörer greifen wollte, zuckte zurück. »Yes, Sir!«

Der Hauptmann konnte nur hoffen, dass die beiden Nachtwächter, die er und seine Männer festgesetzt und mit Handschellen an die Heizung gekettet hatten, vom Englischen keine Ahnung hatten und denen ihr Akzent, mit dem sie sprachen, nicht auffiel. Doch daran ließ sich jetzt nichts ändern. Er sah auf die Uhr. Dreißig Minuten waren vergangen, seit die Amerikaner im Verwaltungsgebäude verschwunden waren. Er musste sich wieder zurückziehen, bevor er denen über den Weg lief, aber nicht, bevor er nicht sicher wusste, dass sie ihr Ziel erreicht hatten. Es galt, noch etwas abzuwarten.

23. Tag, 04:15 Ortszeit, 00:45 Zulu – Tanker *Oil Monarch*
Straße von Hormuz

Am Osthimmel kündigte sich bereits die nahende Morgendämmerung an, als in der Signalrah des Tankers rote Rundumlichter angingen, welche die Schiffe in der Umgebung davor warnten, dass die *Oil Monarch* mit technischen Problemen zu kämpfen hatte. Entgegen den Verkehrsregeln begann der mächtige Rumpf nach Backbord auszuschwenken.

»Was tut sich?«

DiAngelo, dem die zugerufene Frage galt, hob das Glas. »Tanker reagiert und dreht nach Backbord!«

Auf der anderen Seite der Brücke entspannte sich Graham wieder etwas, denn sie kreuzten hier immerhin gerade das in den Golf führende Fahrwasser.

»Schnell laufende Fahrzeuge von Steuerbord voraus!«, meldete Lieutenant Jackson, der neben einem Seemann mit am Radarschirm stand und die leuchtenden Punkte beobachtete. »Kann nicht sehr groß sein.«

Der Tankerkapitän eilte sofort ans Radar. »Mindestens fünf Meilen Abstand, der braucht noch ein paar Minuten!«

»Frage Fahrt?«, erkundigte sich Bob.

»Vierzehn Knoten!«

»Wir haben aber auch noch über fünfzehn Meilen vor uns, und wir müssen möglichst nahe …«

»Admiral, vertrauen Sie mir, unser Baby braucht so viel Raum!«, erklärte Graham im Schiffsführerton. »Bis wir über Ihrem Boot sind, ist unsere Fahrt runter auf ein bis zwei Knoten, und dann können wir ganz bequem den Pickel schmeißen*!«

»Ihr Wort in Gottes Ohr, Captain, aber Ihr Bremsweg ist schon verdammt lang.«

»Die Schrauben werden Sie ja wohl nicht rückwärts gehen lassen wollen?«, sagte Graham leicht beleidigt.

---

* Umgangssprachlich für »Anker werfen«

»Nein, das würde jedem sofort verraten, dass unsere Maschine in Wirklichkeit in Ordnung ist«, bekannte der Admiral. Natürlich würde auch die *Oil Monarch* innerhalb von rund fünfzehn Schiffslängen zum Stillstand gebracht werden können, weil die internationalen Vorschriften das so vorsahen, und ein Schiff, das diese Vorgaben nicht erfüllte, die Gewässer vieler Staaten gar nicht passieren durfte. Allerdings konnte Bob sich ausrechnen, dass das Ganze eher theoretischer Natur war, denn sollte Graham mit der *Oil Monarch* wirklich ein Notstoppmanöver durchführen, dann würde die Masse von etlichen Hunderttausenden von Gewichtstonnen entgegen der Kraft der riesigen Schrauben wirken. Und mochten Schrauben und Wellen das auch aushalten, würde es dadurch zumindest die Maschinenfundamente treffen. Der Supertanker würde zwar zum Stehen kommen, aber danach konnte er sich auch gleich in eine Werft schleppen lassen. Sicher jedoch würde er nicht mehr in der Lage sein, der *Alaska* irgendwie Hilfe zu leisten. Kein Wunder also, dass Graham die *Oil Monarch* einfach auslaufen lassen wollte. »Sie haben ja recht, Captain«, gab DiAngelo zu. »Bei Ihnen ist eben manches völlig anders als bei einem U-Boot.«

»Wenn sich mal die Gelegenheit ergeben sollte, dann können Sie mir ja Ihre Welt vorführen, Admiral. Doch jetzt müssen wir uns erst mal um den Job hier kümmern. Tupas, was hat das Radar zu bieten?«

»Zwei kleine schnelle Boote von Backbord, zwei größere Schiffe kommen von Steuerbord, etwa sechs Meilen!«, meldete der Filipino am Schirm.

»Worum handelt es sich dabei?«

»Die beiden an Backbord sind Iraner, da wette ich«, erklärte der Seemann, der in seinen abgerissenen

Klamotten eher aussah wie ein Landstreicher. »Die beiden anderen dürften Kriegsschiffe sein, denn die halten ihre Formation.«

DiAngelo, der sich mittlerweile ebenfalls an den Radarschirm begeben hatte, pflichtete dem Seemann bei. »Mit den Kriegsschiffen haben Sie recht.«

»Die scheinen neugierig zu sein!«

Das Telefon klingelte, und Tupas ging ran. »Brücke ... ja, Chief?« Er hörte kurz zu und hielt dann den Hörer hoch.

»Captain, der Chief möchte Sie sprechen!«

»Was will er denn?«

»Er hört gerade Musik!«

»Schön für ihn! Nur wozu braucht er da mich?«

Tupas klemmte sich wieder ans Telefon und stellte ein paar Fragen in rasend schnellem Tagalog. Offensichtlich war auch der Ingenieur ein Landsmann von ihm. »Der Chief erklärt, die Musik kommt von außen.«

Bob wurde plötzlich hellhörig, und in seinem Kopf begannen die Gedanken zu rasen.

23. Tag, 04:20 Ortszeit, 00:50 Zulu – *USS John P. Ashton*, Straße von Hormuz

»Ein Kontakt, fast hinter dem Tanker!«, meldete der Radarbeobachter. »Könnten eventuell sogar auch zwei sein, Sir! Kleine Boote!«

Für ein paar Sekunden herrschte Stille in der Operationszentrale, dann drückte der Kommandant entschlossen einen Knopf auf seinem Schaltpult. Alarmklingeln begannen zu schrillen. Die Besatzung, gerade erst seit ein paar Stunden aus dem Gefechtsverschlusszustand in den nicht ganz so rigorosen Gefechtsmarschzustand entlassen, rannte wieder auf die Stationen.

»Signal an *Mahony*, Gefechtsbereitschaft!«, befahl der Captain. »Dreißig Knoten, folgt dem Vater!«

Irgendwo läutete ein Telefon, und einen Augenblick später rief eine Stimme: »Von Brücke: Tanker zeigt rote und weiße Lichter!«

»Manövrierbehindert und mitten im Suchgebiet, das hat mir gerade noch gefehlt«, stöhnte Thyne. »Sonar, gibt's irgendwas Neues von unserem unsichtbaren Freund?«

»Kein Kontakt, Sir! Ich glaube nicht, dass er uns bei dieser Fahrt folgen kann! Sollen wir die Musik ...«

»Lassen Sie mal, wenigstens kriegen die auf der *Alaska* dann mit, dass wir hier unterwegs sind. NO, laufend Entfernung zur iranischen Küste durchsagen!«

»Aye, aye, dreizehn Meilen, abnehmend, Sir!«

23. Tag, 04:30 Ortszeit, 01:00 Zulu – Jaz Murian,
iranisches Kommandoteam

Die fünfundvierzig Minuten waren rum, und Hauptmann Meshehr erteilte auf Englisch den Befehl zum Abrücken, wobei das Zeichen dazu, das er mit seiner Waffe gab, auch so eindeutig genug war. Er warf noch einen letzten kurzen Blick auf die beiden Wachen, die immer noch an die Heizung gekettet waren, dann verschwanden die Männer des Kommandoteams so lautlos, wie sie gekommen waren. Erst als sie in die einen Kilometer entfernten Geländewagen stiegen, zog Meshehr sich die Sturmhaube vom Kopf und zündete sich eine Zigarette an. »Hat ja ganz gut geklappt«, gab er als Kommentar von sich, nachdem er einen ersten tiefen Zug getan hatte.

»Ich habe zwar keine Ahnung, was das sollte, Hauptmann«, sagte der Agent, der hinter dem Steuer Platz genommen hatte, »aber Sie haben recht, die Sache ist nicht schlecht gelaufen.«

»Die Geschichte ist etwas kompliziert, aber die Befehle dazu stammen von ganz oben.« Meshehr zog erneut an seiner Zigarette, bevor er hinzusetzte: »Von Männern, denen Allah mehr Weisheit gegeben hat als mir.«

Der Agent blickte ihn kurz von der Seite an, aber die Andeutung war klar, und damit erübrigte sich im Iran jegliche weitere Frage.

23. Tag, 04:30 Ortszeit, 01:00 Zulu – Sergeant Jones,
Straße von Hormuz

Die beiden SEALs hatten DiAngelos Team nicht mehr rechtzeitig finden können, weshalb sich ihnen die Frage gestellt hatte, was sie nun unternehmen sollten. Auf die *Alaska* zurückzukehren, hätte niemandem etwas gebracht. Da Jones bekannt war, dass DiAngelo und Jackson sich einen Tanker besorgen wollten, hatte er sich ausrechnen können, dass der, falls alles geklappt hatte, irgendwann in dieser Nacht oder im Laufe des nächsten Tages in der Straße von Hormuz in der Nähe der *Alaska* aufkreuzen würde.

Schweigend harrten die beiden Männer in dem kleinen Fischerboot, das sie entwendet hatten, der Dinge, die da kommen würden. Es war eine langweilige Warterei, die an den Nerven zehrte.

Der Sergeant blickte gähnend auf die Uhr. »Halb fünf!«

»Wenn ich wieder daheim bin, schlafe ich mich erstmal drei Tage an einem Stück aus«, erklärte sein Kamerad.

»Zusammen mit einer hübschen ... Was zum Teufel?«

Scheinwerfer flammten auf, und Jones wollte schon automatisch zu seiner Waffe greifen, doch das Licht war nicht auf sie gerichtet. Ein gewaltiger Umriss wurde urplötzlich in Helligkeit getaucht.

»Den Tanker hab ich überhaupt nicht gehört!«

»Konnten wir auch nicht, denn dessen Maschine läuft nicht«, sagte Jones und schlug seinem Begleiter vor Freude auf die Schulter. »Das müssen unsere Jungs sein!«

Der andere SEAL griff nach dem Starter des Außenborders. »Dann los!« Er maß den Abstand mit den Augen. »Wir haben nur einen Versuch, Sergeant!«

Jones nickte grimmig. »Dann mach was draus!«

23. Tag, 04:30 Ortszeit, 01:00 Zulu – Tanker *Oil Monarch*, Straße von Hormuz

Bob kniff geblendet die Augen zusammen, als die Suchscheinwerfer die Brücke erfassten, kaum, dass er aus dem Maschinenraum zurückkam. Musik? Das mit der Musik hatte gestimmt, nur hatte es sich dabei nicht um ein x-beliebiges Stück gehandelt.

Aus dem Lautsprecher quäkte in schlechtem Englisch die Anfrage des iranischen Kriegsschiffes. »Hier ist die Fregatte *Sabahan*. Tanker *Oil Monarch*, welcher Art sind Ihre Probleme?«

»Wir haben einen Maschinenschaden und müssen vor Anker gehen, um die Reparaturen auszuführen!«

Für einen Augenblick herrschte Schweigen, bevor sich eine andere Stimme barsch meldete: »Sie können in diesem Gebiet nicht ankern!«

»Das dürfte der Kommandant sein«, meinte Bob.

»Von mir aus kann es auch der liebe Gott sein!« Graham drückte den Knopf des kleinen UKW-Senders. »*Sabahan*, können Sie das auch meiner Maschine erklären?«

»Ich wiederhole, Sie können hier nicht ankern!«

»Hören Sie, ich habe dreihunderttausend Tonnen Schiff unter dem Allerwertesten und mehr als sechshunderttausend Tonnen Rohöl an Bord, aber keinen Antrieb mehr, wollen Sie, dass ich mit der ganzen Schweinerei an Ihrer Küste auflaufe?«

»Ich verstehe seine Aufregung nicht«, bekannte Jackson.

»Ich glaube, er denkt, wir wollen den Anker in der Nähe ihrer geheimen Minenfelder werfen«, sagte der Admiral. »Von daher wäre es nicht schlecht, Captain Graham, wenn Sie ihm die Sache ein bisschen anders erklären.«

»*Sabahan*, noch kann ich überhaupt nicht ankern, denn dafür muss mein Schiff erst noch weiter Fahrt verlieren. Etwa zehn Meilen werden wir dazu noch benötigen. Ist es dann dort okay?«

Die Antwort von der iranischen Fregatte ließ auf sich warten. »Das gefällt denen noch weniger, weil da die *Alaska* liegt.«

»Das würde bedeuten, sie wissen, wo Ihr Boot liegt«, konstatierte Graham. »Oder wenigstens, dass sie es inzwischen im richtigen Gebiet vermuten.«

Der Lautsprecher erwachte wieder zum Leben. »*Oil Monarch*, ändern Sie Kurs auf null-acht-fünf! Sie können nahe der Fahrrinne am Rand der iranischen Hoheitsgewässer ankern!«

»So ein frecher Hund!«, empörte sich Jackson. »Das ist meinetwegen die Wirtschaftszone, aber Hoheitsgewässer, das kann er sich in die Haare schmieren.«

Graham warf einen Blick auf das Radar und dann die Karte. »Auf der Position wären wir weit weg von ihrem Boot.«

»Sagen Sie ihm, wir haben verstanden und behalten dann den Kurs bei.«

Der Captain schüttelte den Kopf. »Er wird uns aufbringen wollen, wenn wir seine angeblichen Hoheitsgewässer verletzen. Das ist nicht wie in Amerika oder Europa, wo man einfach reinfährt und von einem vorbeikommenden Kriegsschiff sogar noch Schlepperhilfe angeboten bekäme. Das hier ist der Golf, und wir sind definitiv auf der falschen Seite.«

Admiral DiAngelo lächelte schmal. »Warten wir es ab, wir bekommen noch mehr Gesellschaft.«

»Von wem?«

»Noch wer ist auf der Suche nach der *Alaska*, und wer auch immer es sein mag, er weiß ziemlich viel.«

Graham sah ihn verdutzt an. »Das folgern Sie aus dieser Musik?«

»*Gray Lady Down*, jemand hat eine Botschaft geschickt.«

»Also schön, hoffen wir, dass Sie recht behalten.« Der Captain griff wieder zum Mikrofon. »*Sabahan*, verstanden. Wir tun unser Möglichstes!«

23\. Tag, 04:35 Ortszeit, 01:05 Zulu – *USS John P. Ashton*, Straße von Hormuz

Der Bug des Zerstörers schwang etwas nach Steuerbord. Es handelte sich zwar nur um eine geringfügige Kursänderung, aber sie ermöglichte es, hinter den Radarschatten des Tankers zu sehen.

»Es sind zwei, etwa gleiche Größe!«

Den UKW-Sprechverkehr hatten sie mitgehört, und nachdem die *Sabahan* sich als Fregatte identifiziert hatte, war das zweite Schiff höchstwahrscheinlich ebenfalls eine.

»Signal an die *Mahony*, sie sollen den zweiten Iraner im Auge behalten.«

Im Lautsprecher war erneut die *Sabahan* zu vernehmen: »*Oil Monarch*, ändern Sie augenblicklich den Kurs!«

»Es hat nicht den Anschein, als ob der Tanker das überhaupt vermag«, stellte Thyne fest. »Mal abwarten, was der Bursche nun macht.«

»Er muss uns jetzt eigentlich auch schon im Radar haben, Sir!«

»Das will ich doch schwer hoffen!«

Allerdings waren auf der *Sabahan* offenbar alle Augen nur auf den außer Kontrolle geratenen Tanker gerichtet, denn an den erging, in nun deutlich schärferem Ton, eine nochmalige Aufforderung: »*Oil Monarch*, ändern Sie Kurs, oder wir müssen Ihr Schiff aufbringen!«

Thyne wunderte sich, das seitens des Tankers erneut eine Antwort ausblieb. Waren die denn dort von allen guten Geistern verlassen?

23. Tag, 04:40 Ortszeit, 01:10 Zulu – Sergeant Jones, Straße von Hormuz

Das kleine Fischerboot drohte in der Bugwelle des Tankers, die doppelt so hoch war wie das eigene Dollbord, fast zu kentern, obwohl das Monstrum längst nicht mehr mit voller Fahrt lief.

Sergeant Jones versuchte, die Bewegungen des Bootes mit den Knien auszugleichen, während er den altmodischen Draggen an seiner Leine im Kreis schwang. Er hatte nur einen Versuch! Das schwere Eisen verschwand über ihnen, der Enterhaken klinkte sich irgendwo ein, und die Leine kam straff. Es war der perfekte Wurf, nur schwang die Leine hoch wie eine Violinsaite. Jones verlor den Halt und schaffte es gerade noch, sich ans Dollbord zu klammern, bevor er in die wirbelnde Bugwelle des Tankers stürzte. Der SEAL am Außenborder konnte ihr Bötchen nicht mehr unter Kontrolle halten, als das Ungetüm es einfach mitzog, wobei der Winkel zwischen ihm und der Hülle der *Oil Monarch* schnell immer schmaler wurde. Nur Sekunden fehlten, bis der stählerne Rumpf das winzige Holzboot einfach zermahlen und dessen Reste unter Wasser drücken würde.

Sergeant Jones angelte blind nach der Leine, sein Kamerad hechtete nach vorne. Holz splitterte, als das Boot zum ersten Mal gegen Stahl stieß. Hand über Hand zogen sie sich nach oben, während die See gierig an ihren Füßen leckte. Der Sog war ungeheuerlich, es war, als wolle er die beiden SEALs von der Leine reißen, sie mit sich nach achtern entlang der Bordwand zu den Schrauben ziehen, die sich auch ohne Antrieb noch mitdrehten.

Dann plötzlich wurde die Leine schlaffer. Das Boot

verschwand in einem Wirbel aus Schaum, der Außenborder verstummte mit einem letzten gurgelnden Geräusch. Die beiden SEALs bissen die Zähne zusammen und hangelten sich weiter hoch.

23. Tag, 04:50 Ortszeit, 01:20 Zulu – Jaz Murian, amerikanisches Kommandoteam

Jack Small und Captain Briggs standen nebeneinander und betrachteten das Ding, das sie zuvor in einem gutgesicherten Raum gefunden hatten und das die Bombe sein sollte, sichtlich erstaunt. Die Beschreibung, die Small darüber erhalten hatte, passte, aber irgendwie …

»Komisch, das Teil sieht verdammt harmlos aus.«

Small gab ein Brummen von sich. »Ein niedliches Baby mit der Sprengkraft von Kilotonnen, wenn stimmt, was unser Informant sagte.«

»Nur noch nicht, wie eigentlich erwartet, auf eine Rakete montiert, was uns ein paar Probleme auf dem Boot bescheren dürfte.«

»Darum können wir uns immer noch kümmern, wenn wir da sind.«

Die beiden Männer sahen einander an. Statt der erwarteten kompletten Rakete hatten sie nur noch eine Art Stahlzylinder von etwa eineinhalb Yards Länge abzutransportieren.

»Männer, seht euch mal um, ob es hier irgendwo eine Art Rollwagen gibt!«, wies Captain Briggs seine Leute an.

Es dauerte keine drei Minuten bis ein grinsender Recon mit einer simplen Sackkarre erschien. »Das Fundstück dürfte wohl auch gehen, Sir!«

»Na«, meinte Small zu Briggs, »dann sehen Sie mal zu, dass Sie den Gefechtskopf da sicher draufkriegen und befestigen. In fünf Minuten rücken wir ab. Zumindest sieht es nicht so aus, als würden die Iraner uns großartig daran hindern.«

»Typisch orientalische Schlamperei, wenn Sie mich fragen«, verkündete Briggs arrogant. »Vermutlich überschätzen wir die Burschen einfach.«

»Das würde ich so nicht meinen«, sagte Jack mit einem nachdenklichen Blick auf die Bombe.

26. Kapitel

23. Tag, 04:50 Ortszeit, 01:20 Zulu – Tanker *Oil Monarch*, Straße von Hormuz

Sergeant Jones ließ sich schwer über die Reling rollen, sein Atem ging keuchend, und seine Hände und Arme brannten wie Feuer. Nach ihm plumpste sein Kamerad wie ein nasser Mehlsack an Deck.

Als ein Verschluss deutlich vernehmbar knackte, hob Jones den Kopf. »Jungs, macht keinen Scheiß! Ich habe euch schon die letzten fünfzig Meter kommen gehört. Wenn wir wieder zurück sind, dann werden wir das noch mal üben bis es sitzt!«

»Sergeant Jones!« Der SEAL klang deutlich erschrockener, als wenn ihm der Leibhaftige selbst begegnet wäre. »Wo zum Teufel kommen Sie her?«

Jones rollte sich herum und kam auf die Füße. Nach der stundenlangen Schaukelei in der winzigen Nussschale hatte er für einen Augenblick den Eindruck, als würde der Tanker unter ihm schwanken. Er zerquetschte einen Fluch. »Wenigstens weiß ich jetzt, dass ich auf dem richtigen Tanker bin. Musste mal nachsehen, ob ihr hier keinen Mist baut, Männer! Wo stecken der Lieutenant und der Admiral?«

»Auf der Brücke, Sarge!« Der SEAL deutete nach hinten. Auch wenn es hier vorn relativ dunkel war, so waren die achteren Aufbauten des Tankers nach wie vor in das grelle Suchscheinwerferlicht der iranischen

Fregatte getaucht. »Wie Sie sicher schon gemerkt haben werden, haben wir Gesellschaft erhalten.«

»Deshalb bin ich ja gerade auch noch rechtzeitig gekommen!«, witzelte Jones und marschierte mit steifen Schritten in Richtung des fernen Brückenaufbaus los. Jeder Knochen tat ihm dabei weh, und seine Schultern vermittelten das Gefühl, als habe jemand versucht, ihm die Arme auszureißen. Aber er gehörte schließlich keinem Bowlingclub an, der aus Rentnern bestand, die sich im Grunde genommen nur trafen, um sich gegenseitig ihre Wehwehchen vorzujammern. Er war ein SEAL und stand in dem Ruf, als Sergeant einer der härtesten Hunde zu sein. Jones grinste. Schon allein der Gedanke schien ihm neue Kraft zu geben, und als er die Brücke von der Lichtschattenseite aufenterte, war ihm von den Strapazen der letzten Viertelstunde nichts mehr anzumerken. Er salutierte stramm vor dem Admiral. »Sergeant Jones zur Stelle, Sir!«

Konteradmiral DiAngelo erwiderte den Gruß und sah den Mann nachdenklich an. »Schön Sie zu sehen! Bloß von woher kommen Sie eigentlich angeschneit?«

»Von der *Alaska*, dann Ihnen hinterher entlang der Küste, danach wieder hierher zurück. Mehr als auf einen Tanker zu warten, der versucht, sich dem Boot zu nähern, brauchten wir nicht zu tun. Und als Sie vorbeikamen, haben wir Sie geentert!«

»Respekt, Sergeant, eine reife Leistung!«

»Danke Sir!« Jones lächelte und griff zu seiner Munitionstasche. »Der Kommandant hat mir etwas für Sie mitgegeben, weil ein Zerstörer versucht hat, mit Filmmusik Kontakt zur *Alaska* aufzunehmen.«

Wie vom Donner gerührt, starrte DiAngelo auf seinen CD-Player und das Etui mit den CDs, die er von dem Sergeant gereicht bekam. Mehr als ein »Danke, Jones!«, brachte er zunächst nicht hervor.

Der Sergeant grinste. »Demnach hatte Commander Martinez ja wohl doch recht mit seiner Meinung, Sie könnten was damit anfangen.«

»Und ob! Das ist beinahe wie ein Geschenk des Himmels!«

23. Tag, 05:00 Ortszeit, 01:30 Zulu – Jaz Murian,
iranisches Kommandoteam

Den Amerikanern zu ermöglichen, einfach so und gänzlich unbehelligt abzuziehen, hätte bei denen unter Umständen den Verdacht erwecken können, irgendetwas sei bei der Sache getürkt gewesen, weil diese einfach zu glatt über die Bühne gegangen war. Der Überfall auf sie erfolgte, nachdem sie ihre Beute auf eines ihrer Fahrzeuge verladen hatten und bereit zum Abfahren waren.

Kurz darauf blitzte Mündungsfeuer aus automatischen Waffen in der Dämmerung auf, Kugeln flogen durch die Gegend, Männer sprangen in Deckung. Hauptmann Meshehr visierte durch die starke Optik seines Gewehrs sorgfältig den Oberschenkel eines Recons an, suchte den Druckpunkt, hielt den Atem an und drückte ab. Er spürte nicht das geringste Mitleid, als der Mann aufschrie und zu Boden stürzte. Sofort eilten zwei von dessen Kameraden herbei und bargen den Verletzten. Gleich danach setzten sich die Fahrzeuge mit Karacho in Bewegung, große Staubwolken aufwirbelnd.

Keine fünf Minuten hatte der Spuk gedauert, bis er

vorbei war. Meshehr erhob sich aus seiner Deckung und sah den davonfahrenden Amerikanern nach.

»Wenigstens haben sie sich kein Gefecht mit uns geliefert.«

»Wozu auch«, sagte Meshehr. »Sie haben doch, was sie wollten, und das allein zählt.«

»Und nun? Hinterher?«

»Nein«, erklärte der Hauptmann. »Wir kehren nach Bender Abbas zurück, und danach vergessen Sie und Ihre Leute am besten, dass wir jemals hier waren.«

23. Tag, 05:10 Ortszeit, 01:40 Zulu – *USS John P. Ashton*, Straße von Hormuz

Der Lautsprecher übertrug nach wie vor den ständigen Sprechfunkverkehr zwischen der iranischen Fregatte und dem Tanker. Die zwischenzeitlich an den US-Zerstörer ergangene zweifache Aufforderung, sich zu identifizieren, hatte Captain Thyne glatt ignoriert. Wenn der Iraner jetzt noch nicht wusste, was Sache war, dann war ihm auch nicht mehr zu helfen.

»Steuerbord zehn!« Captain Thyne überflog das taktische Szenario auf dem Schirm vor ihnen. Auf der einen Seite des Tankers manövrierte die *Sabahan*, auf der anderen Seite, immer noch knapp außerhalb der Zwölfmeilenzone, zogen ihre beiden Zerstörer ihre Kreise, wobei Captain Thyne nicht gewillt war, mit der Fahrt herunterzugehen, selbst wenn das ständige Kursänderungen bedeutete. Das dauernde Hin und Her der beiden größeren Kriegsschiffe brachte schließlich nicht nur die amerikanischen Schussunterlagen durcheinander. »Gehen Sie auf eins-neun-null!«

»Unbekanntes Kriegsschiff, identifizieren Sie sich umgehend, oder Sie werden beschossen!«, plärrte es nun schon zum dritten Mal aus den Lautsprechern.

Der Kommandant blies die Backen auf. »Ist der Kerl mutig oder einfach bescheuert?«

»Er könnte darauf setzen, dass seine Luftwaffe ihm zu Hilfe kommt«, meinte Igor Sarubin.

»Wir haben achttausend Tonnen Schiff unter dem Hintern, und eine Meile hinter uns läuft die *Mahony*, nicht minder groß. Der Iraner kann, wenn er lustig ist, seine Fregatte von mir aus bei uns an Deck parken. Und seine Flieger kann er doch vergessen. Im Augenblick haben wir zwei Rotten Superhornets im Luftraum über uns und nur zwei nicht identifizierte Flugzeuge auf dem Radarschirm. Der hat schlechte Karten, wenn Sie mich fragen.«

»Bliebe das U-Boot«, warf Angela DiAngelo ein. »Es ist da, nur wissen Sie nicht, wo es genau steckt.«

»Die Iraner haben den Russen konventionelle Boote der Kilo-Klasse abgekauft, richtig?«

»Drei, wenn ich mich richtig erinnere«, ergänzte Sarubin. »Den Boots-Typ sollte man nicht unterschätzen, vor allem nicht in diesen flachen Gewässern. Denkbar, dass der Kerl uns bereits vor seinen sechs Bugtorpedorohren hat.«

Bevor Thyne dazu etwas sagen konnte, ertönte aus dem Lautsprecher ein helles Rauschen, dem einige Takte Musik folgten.

»Bruce Willis!«, sprudelte es spontan aus Angela heraus.

Sarubin nickte zustimmend. »*Die Hard*, Teil eins.«

»Was zum ...?«

Mrs DiAngelo schnitt dem Kommandanten das

Wort ab. »Wir müssen sofort feststellen, wo das herkommt!«

Thyne griff zum Mikrofon. »Sparks, ich brauche eine Peilung zu der Musik, und die *Mahony* soll auch eine vornehmen!« Er ließ den Sprechknopf los, ohne auf eine Bestätigung zu warten, und starrte Angela an. »Ist es das, worauf wir gewartet haben?«

In deren Gesicht stand immer noch eine Mischung aus Verblüffung und Erleichterung geschrieben. »Zur falschen Zeit und am falschen Ort.« Sie schüttelte ungläubig den Kopf. »Darauf kann nur Bob kommen!«

»Dann kann er nur auf dem Tanker sein, denn den Iraner können wir ja wohl ausschließen«, stellte der Captain fest. »Fragt sich nur, was zum Teufel er da macht?«

Augenblicke später erfolgte die Bestätigung durch den Funkoffizier, dass die Musik definitiv von der *Oil Monarch* kam. Eine Minute später sendete auch die *John P. Ashton* wieder Musik, dieses Mal nicht unter Wasser, sondern ganz simpel über UKW.

23. Tag, 05:30 Ortszeit, 02:00 Zulu –
ein paar Meilen entfernt vom Jaz Murian,
amerikanisches Kommandoteam

»Es sieht nicht so aus, als würden wir verfolgt werden«, gab Briggs bekannt und setzte den Feldstecher ab. »Mit zwei neu Verletzten zum Schluss sind wir eigentlich verdammt glimpflich davongekommen.«

»Wie geht es den beiden?«

»Corporal Thorpe hat einen Steckschuss im Oberschenkel, Private West ist bei einem Sprung über einen

Felsen unglücklich gelandet und hat sich den linken Fuß gebrochen.«

»Also nicht unbedingt kritisch?«, erkundigte sich Small.

»Das nicht, eher schmerzhaft, aber sie werden schon durchhalten. Es bleibt ihnen ja auch nichts anderes übrig, da wir die *Oklahoma* sowieso erst in der kommenden Nacht erreichen können.«

»Dann los, wir erreichen Punkt A in Bälde.« Small sah auf die Uhr. »Das langt gerade noch, um rechtzeitig vom Erdboden zu verschwinden, bevor die Luftaufklärung einsetzen kann.«

Wenig später bogen die Fahrzeuge in ein schmales Tal nördlich des Jaz ein. Sich zunächst nach Norden abzusetzen, machte Sinn, denn alle Suchmaßnahmen würden sich auf den Süden und Westen als an sich logische Richtungen konzentrieren. Keine zehn Minuten später waren auch die letzten der Fahrzeuge unter Tarnnetzen verschwunden. Die Recons bereiteten sich auf einen langen heißen, und so hofften sie, langweiligen Tag vor.

23. Tag, 05:30 Ortszeit, 02:00 Zulu – Tanker *Oil Monarch*, Straße von Hormuz

Es war knapp gewesen, aber sie hatten es geschafft. Mit jeder Minute war der Supertanker langsamer geworden, mit jedem Herzschlag waren sie tiefer in die vom Iran beanspruchte Zwölfmeilenzone eingedrungen. Seit ein paar Augenblicken lief auf der Sprechfunkfrequenz auch noch Musik mit, die den Kommandanten der iranischen Fregatte noch mehr ergrimmte als die Anwesenheit des Tankers oder der amerikanischen Zerstörer. Er vermutete dahinter eine Art von Verständigung, die ihm nicht gefiel, weil er sie nicht verstand. Dabei gab es an dem Soundtrack von *Apollo 13* musikalisch nichts auszusetzen.

Auf der *Oil Monarch* erklang von achtern das Donnern, mit dem die schwere Kette mit dem Anker durch die Heckklüse rauschte, der die Restfahrt aus der Masse des Tankers nehmen sollte.

Über Walkie-Talkie meldete der Zweite Offizier die Ausführung: »Zwanzig Längen gesteckt, Captain!«

»Danke, Mister Cox.«

DiAngelo blickte durch die Brückenfenster, wobei seine Augen die Leuchtzeichen der Tonnen, die Landmarken und Küstenkonturen registrierten, die im Licht der aufsteigenden Sonne sichtbar wurden. »Von der Position her sind wir ungefähr da, wo wir sein sollten.«

»Laut Karte, Radar und GPS nicht nur ungefähr, sondern ziemlich genau«, erklärte Graham. »Ich lasse das Schiff noch etwas in den Wind schwingen, bevor ich Buganker werfe.«

Über Lautsprecher ließ sich erneut der Kommandant der iranischen Fregatte vernehmen. »Dies ist die letzte Aufforderung! Unbekanntes Kriegsschiff, identifizieren Sie sich, sonst müssen wir in Ausübung unserer Hoheitsrechte das Feuer auf Sie eröffnen. Haben Sie verstanden?«

Die prompte Antwort, die erfolgte, ließ an Deutlichkeit nicht zu wünschen übrig: »*This is the US guided missile destroyer* John P. Ashton – *Ready when ycu are, partner!* – Dies ist der US Lenkwaffenzerstörer *John P. Ashton*, leg los, Kamerad, wir sind bereit!«

23. Tag, 05:35 Ortszeit, 02:05 Zulu – *USS John P. Ashton*, Straße von Hormuz

Während sie auf eine Antwort warteten, sei es in Form von Worten oder Raketen, lag Thynes Hand neben dem roten Knopf – die Waffensysteme der *Ashton* waren heiß. Sekunden verstrichen, aus denen Minuten wurden. Die Rückmeldung blieb aus, dafür ertönte wiederum Musik aus dem Lautsprecher.

Thyne war verblüfft. »Das kenne sogar ich! Das stammt aus dem Film *Titanic*!« Er schluckte. »Das soll doch hoffentlich nicht heißen, der Tanker sinkt?«

»*Titanic*, Winslet, DiCaprio ...« Sarubin dachte laut nach. »Das ergibt alles keinen Sinn. Angela, haben Sie ...« Der Russe brach ab, weil Angela DiAngelo gar nicht auf ihn achtete. In aller Eile kramte sie in den CDs, die sie aus Amerika mitgebracht und von denen sie die wichtigsten bereits in die Operationszentrale geschafft hatten.

Angela richtete sich auf und wedelte triumphierend mit einer CD. »Cameron!«

»Klar, das ist der Regisseur, aber was weiter?«, fragte Sarubin.

»*Titanic* wurde von Cameron ebenso gemacht wie *Abyss*, nur hat Bob den Soundtrack nicht dabei!«

Man konnte Thyne ansehen, dass er sich dunkel an den Film erinnerte. »War das nicht so eine Geschichte mit einer Ölplattform, Außerirdischen und einem U-Boot, das am Meeresgrund zerstört wurde?«

»Genau«, sagte Sarubin und schüttelte nur noch den Kopf. »Völlig verrückt!«

Thyne überkam eines dieser unbeschreiblichen Gefühle, die man manchmal hat, wenn gerade etwas dabei ist, ganz fürchterlich schiefzugehen, ohne dass man weiß, was es sein wird. »Was glauben Sie, hat er vor?«

»Am Ende des Filmes wird die unterseeische Ölplattform durch eine gewaltige Konstruktion der Außerirdischen an die Oberfläche getragen.« Sarubin sah den Kommandanten an. »Verstehen Sie? DiAngelo kann die *Alaska* nicht einfach abschleppen, indem er sie über den Meeresgrund schleift. Er muss das ganze Boot irgendwie anheben, damit es frei schwebt.«

»Und wie soll das gehen?«

»Ich habe jahrelang Atom-U-Boote kommandiert und vermutlich so ziemlich alles erlebt, was man mit den Dingern erleben kann, Sir«, bekannte Sarubin, »aber ich habe trotzdem nicht die geringste Ahnung.«

23. Tag, 05:45 Ortszeit, 02:15 Zulu –
iranisches konventionelles U-Boot *Mokhanar*,
Straße von Hormuz

»Feuerleitlösung im Computer, Bugklappen geöffnet. Wir sind bereit, Kommandant!«

»Sollte der Ami feuern, dann blasen wir ihn aus dem Wasser!«

»Kommandant!«

Kapitänleutnant Khoudi wandte den Kopf. »Sonar, was haben Sie?«

»Neuer Kontakt! Hecksektor, dicht über dem Grund. Er öffnet seine Klappen!«

Für einen kurzen Augenblick fühlte Khoudi sich wie gelähmt. Seine Ausbildung, seine Erfahrung, alles in ihm schrie ihm die grausige Wahrheit zu, dass sie damit so gut wie tot waren! »Der Amerikaner?«

»Amerikaner ja, aber nicht das gleiche Boot.« Dem Sonaroffizier war seine Panik anzumerken. »Der hier ist um Welten größer, das muss ein Riese sein! Ich habe dessen Schraube und Bugrohre in zwei verschiedenen Winkeln!« Es klang, als könne der Mann selbst nicht fassen, was er da sagte. »Er ist feuerbereit!«

23. Tag, 05:45 Ortszeit, 02:15 Zulu – *USS Oklahoma*, Straße von Hormuz

»Umdrehungen für sechs Knoten, wir sind zu nahe dran!«, ordnete Commander Turk an.

»Sechs Knoten, aye, aye, Sir!«

Aus dem Sonarraum kam die Meldung: »Er verringert Fahrt!«

»Runtergehen auf zwei Knoten«, lautete prompt der Befehl. »Wir haben ihn, Männer, und er weiß das«, verkündete Turk zufrieden. Auch wenn die Boote der Ohio-Klasse niemals dafür entwickelt worden waren, um sich in flachen Gewässern herumzutreiben oder U-Boote zu jagen, so verfügte die *Oklahoma* nach den letzten Updates immerhin über Sonarsysteme, die sich mit denen der besten Jagdboote messen konnten. Ihr Sonaroffizier wusste auf den Meter genau, wo sich der Tanker, die Zerstörer und die Fregatte befanden. Es war lediglich eine Frage der Zeit gewesen, bis wann sich das iranische U-Boot in eine günstige Schussposition geschlichen haben würde, und es war ebenso nur eine Frage der Logik gewesen, diese Position zu bestimmen.

»Was nun, Sir?« Der XO blickte seinen Kommandanten erwartungsvoll an.

Turk konnte die Erregung des Mannes beinahe körperlich spüren. Seit er den Befehl gegeben hatte, den einen Tag, der ihnen bis zum Zurücklaufen zum Rendezvous mit Briggs' Kommando zur Verfügung stand, für die Suche nach der *Alaska* zu nutzen, war die gesamte Besatzung von einem regelrechten Jagdfieber erfüllt worden. Das war etwas anderes, als die sonst so endlosen Patrouillenfahrten, auf denen sich außer Monotonie nichts zutrug. »Wir lassen ihn im eigenen Saft schmoren. Behalten Sie ihn einfach nur immer schön vor uns. Und sollte er auch nur husten, dann schicken wir ihn in Allahs paradiesische Gefilde.«

23. Tag, 06:00 Ortszeit, 02:30 Zulu – Tanker *Oil Monarch*,
Straße von Hormuz

Des Rätsels Lösung war so einfach, dass die Männer, die das Wunder vollbrachten, es nicht einmal als besonders aufregend empfanden. Die *Oil Monarch* war, wie alle Großtanker, die in den letzten etwa zwanzig Jahren gebaut worden waren, ein Zweihüllentanker. Und konstruktionsbedingt war der Raum zwischen den Hüllen in mehrere Abschnitte unterteilt, damit das Schiff im Falle einer Kollision nicht unterging, weil sich zwischen den beiden Stahlhäuten so viel Wasser sammelte, dass der Auftrieb nicht mehr reichte. Der Wallgang zwischen den beiden Außenhäuten war daher nicht durchgängig, sondern wurde durch wasserdichte Schotts untergliedert, wobei jeder Abschnitt durch entsprechende Wartungszugänge erreicht werden konnte, genauso, wie es auch Öffnungen nach außen zum Schiffsboden hin gab, die natürlich mit schweren Stahldeckeln verschlossen waren.

Luft- und Wasserdruck sind komische Sachen. Wenn

Wasser in ein nach oben verschlossenes Gefäß läuft, was wird passieren? Es wird nur sehr wenig Wasser in dieses Gefäß laufen, weil die Luft nicht nach oben entweichen kann.

Lieutenant Jackson und seine Männer, die den Tanker durch eine dieser Wartungsöffnungen verließen, machten sich relativ wenig Gedanken über die Physik hinter diesen Tatsachen. Die meisten dieser Erkenntnisse waren ihnen als Taucher ohnehin geläufig. Fünf der insgesamt vierundsechzig Zellen der Doppelhaut waren nach unten geöffnet, und es war eine fürchterliche Plackerei gewesen, die dicken Stahlkabel nach unten zu schaffen. Verglichen damit, war der Rest beinahe ein Kinderspiel. Vier Kabel, verankert im Inneren der Doppelhaut, baumelten unter dem Tanker, und brauchten nur noch an der *Alaska* befestigt werden, die wie alle U-Boote versenkbare Poller an Deck hatte. Eigentlich musste nur noch einer der Männer durch die Schleuse in das U-Boot, um Commander Martinez Bescheid zu sagen, dass sich sein waidwundes Boot demnächst bewegen würde, denn der hatte nämlich noch keine Ahnung von seinem Glück.

Die *Oil Monarch* hatte nicht nur Öl gebunkert, da der Ladevorgang nur etwa acht Stunden gedauert hatte. Einen Supertanker jedoch innerhalb von dieser Zeitspanne vollzupumpen, ist allein schon deswegen unmöglich, weil die Tanks gleichmäßig gefüllt werden müssen. Falsch betankte Supertanker können unter dem Gewicht ihrer eigenen Ladung bei der kleinsten Kleinigkeit zerbrechen, einfach so. Acht Stunden waren, auch wenn dies anscheinend keinem sonst aufgefallen war, zu wenig, es sei denn, jeder zweite der großen Tanks war nicht mit Öl, sondern mit Ballastwasser gefüllt.

Captain Graham nickte dem Zweiten zu. »Dann los, und sachte!«, forderte Captain Graham den Zweiten auf.

»Aye, aye, Captain!« Cox legte einige Schalter um. Tief unten im Rumpf begannen Pumpen zu rumoren, und Ballastwasser schoss in breiten Strömen aus den Auslassöffnungen im Rumpf.

In der Brückennock richtete Bob sein Glas auf die iranische Fregatte. Irgendwann mussten die dort drüben raffen, was vorging. Von der Planung her hätte die ganze Aktion sehr viel diskreter stattfinden sollen, aber das Kriegsschiff war einfach zur falschen Zeit am falschen Ort gewesen. Natürlich hatte dessen Kommandant mittlerweile längst sein Hauptquartier informiert. Nur, welche Befehle würde er bekommen?

Stunden vergingen, die Fregatte und die beiden Zerstörer blieben immer in der Nähe, belauerten einander, ohne aber etwas zu unternehmen, denn dies hätte den Anlass für einen Krieg bedeuten können, bei dem jeder der beiden Parteien von dritter Seite hätte unterstellt werden können, ihn herausgefordert zu haben.

Währenddessen spie die *Oil Monarch* Wasser aus ihrer Bordwand. Allein das Abpumpen des gesamten Ballasts hätte einen kompletten Tag gedauert, aber sie brauchten zum Glück die Tanks nicht völlig zu leeren. Gerade einmal sechsunddreißigtausend Tonnen Wasser mussten aus dem Schiff, eine Menge, die Cox, der für die Beladung zuständige Offizier, als »eher lausig« ansah. Gegen zehn Uhr hatte sich der Rumpf der *Oil Monarch* um über zehn Meter gehoben.

23. Tag, 10:00 Ortszeit, 06:30 Zulu – *USS Alaska*,
Straße von Hormuz

Joshua Martinez hatte das Bedürfnis, sich an den Armlehnen seines Kommandantensessels festzuhalten. »Wie tief?«

Lieutenant Jackson zuckte mit keiner Wimper. »Siebenundneunzig Fuß!«

»Sie wissen, was das heißt?«

Der SEAL, der in seinem Neoprenanzug neben dem Kommandanten stand, nickte. »Wir hängen gerade einmal ungefähr dreißig Fuß unter dem Tanker. Ich war draußen und hab's gesehen, Sir. Sieht irre aus.«

»Verdammte Gringos!« Joshua Martinez warf dem Lieutenant einen Seitenblick zu. »Immerhin fühle ich mich jetzt schon einen Tick besser, nachdem nun auch wir wieder etwas Wasser unter dem Kiel haben.«

Ein dumpfes Schlagen, laut und sehr nahe, setzte ein, doch dann begriff er ganz schnell den Grund. »Es geht nach Hause, Männer, der Tanker nimmt Fahrt auf!«

23. Tag, 10:00 Ortszeit, 06:30 Zulu – *USS John P. Ashton*,
Straße von Hormuz

Sie hörten das Anlaufen der Maschinen des Tankers, und der Brückenoffizier sah am Achterschiff den Wasserschaum aufsteigen. Aus dem UKW-Lautsprecher, der so lange geschwiegen hatte, drang die Botschaft: »Hier spricht der Tanker *Oil Monarch*, wir haben unsere Reparaturen ausgeführt und nehmen wieder Fahrt auf. Wir danken allen, die uns ihre Hilfe angeboten haben!«

»Typisch Bob das Ganze«, lautete der Kommentar, den Angela DiAngelo mit einem strahlenden Lächeln abgab.

Epilog I

Vier Wochen waren seitdem vergangen. »Und das ist alles?«, fragte DiAngelo, während er die Steaks auf dem Grill wendete.

Roger Marsden nahm einen Schluck von seinem Bier. »Unsere Experten haben das Ding untersucht. Es handelt sich dabei um eine voll funktionsfähige Plutoniumbombe, ausreichend, um eine mittlere Stadt zu zerstören und das Gebiet für, ich weiß nicht wie lange, zu verstrahlen.«

»Zweifel an dem, was der Iran tatsächlich betreibt, kann es ja wohl seitens der Weltöffentlichkeit damit kaum noch geben. Abzustreiten gibt es ja an den Fakten nun nichts mehr.«

»Leider doch!«, warf Präsidentenberater William Boulden höchst missmutig ein. »Den mir bekannten Berichten zufolge, lassen sich die Bauteile nicht speziell dem Iran zuordnen. Das meiste ist Material, das man sich auf dem sogenannten freien Markt beschaffen kann. Wenn wir mit dieser Bombe als Beweis dafür antreten, was tatsächlich Sache ist, wird es ein mächtiges Geschrei geben. Man wird Amerika vorwerfen, dass wir das Ding selbst gebastelt hätten, um einen Vorwand für einen Krieg mit dem Iran zu finden.«

Kurt Walker, der der Unterhaltung bisher schweigend zugehört hatte, nickte grimmig. »Sie hätten die ganze verdammte Atomanlage in die Luft jagen sollen, denn das wäre immerhin ein strahlender Beweis gewesen. Messbar!«

Jack Small drehte seine Bierdose unbehaglich in den Händen herum. »Für mich ist das Ganze zu glatt verlaufen. Ich werde das Gefühl nicht los, die Iraner wollten, dass wir der Bombe habhaft werden. Echte Sicherheitsmaßnahmen existierten nicht wirklich, und das Ding lag praktisch schon zum Abtransport für uns bereit.«

»Und warum sollten die Iraner das gewollt haben?«, fragte DiAngelo.

»Damit wir wissen, woran wir machtpolitisch mit denen dran sind, auch wenn wir den Nachweis darüber nicht anderweitig führen können«, erläuterte CIA-Vice-Director Marsden mit einem Anflug von Verbitterung.

»Und was soll das heißen?«

Boulden räusperte sich. »Die Welt hat sich verändert und mit ihr die Politik. Die Europäer haben uns vielleicht zu oft vorgeworfen, die Weltpolizei zu spielen. Im Rahmen unseres Politikwandels ist jetzt der Dialog angesagt, wobei ich gespannt bin, was dabei herauskommt.«

»Das bleibt wirklich abzuwarten«, meinte Roger Marsden, »denn im Moment herrscht Alarmstimmung. Homeland, CIA, NSA und alle anderen Dienste setzen alles daran, um zu verhindern, dass uns ein Terrorist so ein weiteres iranisches Ei ins Land schafft.«

Epilog II

Der Passagier mit dem großen Koffer mühte sich ordentlich ab, das Trumm auf einen Karren zu wuchten. Keiner der Beamten in der Nähe warf ihm auch nur einen zweiten Blick zu. Es gab viele Reisende mit schwerem Gepäck, vor allem auf den Verbindungen aus dem Nahen Osten. Die Route von Beirut machte da keine Ausnahme.

Ruhig stellte sich der Reisende, ein noch junger Mann, an die Warteschlange an. Ein Beamter kontrollierte seinen Pass, aber in den allgegenwärtigen Computern gab es keine Eintragung über den Inhaber. Wenigstens nicht unter dem Namen, auf den das Dokument ausgestellt war.

Am Zoll gab es keine Probleme. Er hatte auch keine erwartet. Selbst die Frage, ob er etwas zu verzollen habe, wurde in einem Ton gestellt, der kaum eine Antwort zugelassen hätte, selbst wenn er gewillt gewesen wäre, eine zu geben. Die Vorstellung, was für ein Gesicht die Beamten machen würden, wenn er sagte, was er mit sich führte, belustigte ihn auf eine seltsam distanzierte Art und Weise. Sie würden lachen und ihn weiterwinken. Ein junger Mann, allem Anschein nach Student, der mit einem großen Koffer reiste, weil er mit seinen Utensilien ein ganzes Semester auskommen musste, bevor er wieder mal nach Hause fliegen konnte.

Nur war der junge Mann kein Student und der Inhalt seines Koffers alles andere als unverfänglich. Gelassen schob er seine Gepäckkarre aus dem Sicherheitsbereich in das Getümmel des großen europäischen Flughafens.